Ungekürzte Ausgabe

Made in Germany · 9/83 · 1. Auflage · 1.–20. Tsd.
Alle Rechte bei C. Bertelsmann Verlag GmbH, München 1977
Umschlagentwurf: Atelier Adolf & Angelika Bachmann, München
Umschlagfotos: CEFA, Düsseldorf, und Süddeutscher Verlag, München
Druck: Elsnerdruck GmbH, Berlin
Verlagsnummer: 6597
MV · Herstellung: Peter Papenbrok
ISBN 3-442-06597-6

Buch

In einem britischen Kriegsgefangenenlager nicht weit von Kairo
betätigt sich der deutsche Soldat Heinrich Faust als ebenso be-
harrlicher wie einfallsreicher Ausbrecher. Um ihm den Spaß zu
verderben, setzt der Kommandant seinen besten, nicht minder
wendigen Mann auf ihn an: Sergeant Silvers. Nun versuchen der
Engländer und der Deutsche einander in einem fesselnden Duell
auszuspielen, bis sie erkennen, daß es sinnvoll wäre, gemeinsame Sache zu machen.
Beide sprengen in der Folge den tristen Alltag des Gefangenen-
bzw. Bewacherdaseins und zwingen ihre Umgebung zu teils ku-
riosen, teils makabren Reaktionen. Der britische Colonel und der
ranghöchste deutsche Offizier des Lagers flüchten in die Kriegs-
geschichte und rekonstruieren jeden Zug der Schlacht von El Alamein; ihre Untergebenen hingegen verwickeln sich in undurch-
sichtige Machenschaften, die ihnen alles abverlangen, wenn sie
sich in ihren Positionen behaupten wollen.
Bald greift das turbulente Geschehen über das Lager hinaus und
bezieht als farbigen Schauplatz das Nachkriegskairo ein, kühl
kalkulierende Geschäftsleute und temperamentvolle Mädchen
geraten ins immer schwerer durchschaubare Spiel, und der heftig
trommelnden und pfeifenden Dudelsackkapelle der Deutschen
fällt eine erheiternd-entscheidende Rolle bei diesem Balanceakt
widerstreitender Kräfte zu...

Autor

Hans Hellmut Kirst wurde am 5. Dezember 1914 in Osterode in
Ostpreußen geboren. Seine Vorfahren waren Bauern, Beamte
und Handwerker. Im zweiten Weltkrieg nahm er an den Feldzü-
gen in Polen, Frankreich und Rußland teil. Später versuchte er
sich in vielen Berufen, war landwirtschaftlicher Angestellter,
Straßenarbeiter, Gärtner, Dramaturg und Kritiker. Sein erstes
Buch veröffentlichte er 1950, jetzt sind es 33 mit einer Weltauflage
von 12 Millionen Exemplaren in 28 Sprachen.

Eine Übersicht über die als Goldmann-Taschenbücher erschiene-
nen Werke von Hans Hellmut Kirst finden Sie am Schluß dieses
Bandes.

Hans Hellmut
KIRST
Faustrecht

Roman

Wilhelm Goldmann Verlag

1945 existierten einige Dutzend Kriegsgefangenenlager in Nordafrika unter britischer Bewachung. Sie waren von ermüdender Eintönigkeit: endlos erscheinende Zeltreihen über Sandlöchern, in sogenannte »Käfige« (cages) zerteilt, von Fachleuten auch »compound« genannt. Stacheldrahtwelten von würgender Hoffnungslosigkeit.

Darüber hinaus wurde aber — heimlich, doch fast immer heiter — von einem vielumstrittenen Sonderlager in der Umgebung von Kairo berichtet, das ganz erheblich aus dem erprobten Rahmen der üblichen militärischen Gepflogenheiten herausgefallen sein soll. Das auslösende Element dafür: ein gewisser Colonel Nelson — als »bedenklich zweckentfremdeter zivilistischer Typ« bezeichnet, und das sogar von einigen seiner eigenen Leute, was zwangsläufig zu Komplikationen führen mußte.

Dieser Colonel Nelson — ein Gentleman mit allerbesten Beziehungen bei sehr zivilistischen Neigungen — hatte sich offenbar den ziemlich uneingeschränkten Auftrag verschafft, »im Hinblick auf eine denkbare Entwicklung in vermutlich nicht allzuferner Zukunft«, sich möglichst neuartiger, ja sogar betont demokratischer Methoden zu bedienen. Und das selbst bei Angehörigen der restgroßdeutschen Wehrmacht.

Der Erfolg soll, in verschiedener Hinsicht, geradezu verblüffend gewesen sein. Und das nicht zuletzt bei dem großzügig aus verschiedenartigen Einheiten zusammengesuchten britischen Soldaten, die prompt versuchten, eine günstig erscheinende einmalige Gelegenheit auf ihre Weise auszuwerten. Das Endergebnis war aber dennoch nicht restlos erfreulich — ein einziger Einzelgänger sorgte dafür.

Dieser Mann hieß Faust. Muntere Märchen und lustige Legenden kamen alsbald über ihn auf. Die Wahrheit war ungleich phantastischer.

Blaaast — hinein, Men! Schlaaagt — auf das Fell!« tönte eine helle, singend-jaulende Stimme himmelwärts. »Geeebt — das Letzte!«

Der fahlblaue Himmel, zu dem diese kraftvoll kreischende Stimme hinauftönte, war wie ein straffgespanntes gigantisches Segeltuch — von bedrückend eintöniger Farbe. Wolken, wesenlos — endlos erdenfern. Doch von flirrender, träg lauernder Hitze umspielt. Nichts weiter sonst in dieser Welt, so schien es — vorerst nicht.

Dann wieder diese grelltönende, wie unter Hochdruck hervorgepreßte Kommandostimme — ein urbritisches Kasernenhofprodukt mit deutschen Wortgebilden. »Reißt euch am Riemen, Men! Verdammt noch mal! Zeigt — was ihr könnt! Oder ich fahre mit euch Schlitten — mitten in der Wüste!«

Dumpf-rhythmische Geräusche drängten jetzt zum Himmel empor — erzeugt durch intensives Trommeln auf Fellen, die über Hohlräume gespannt waren: »*drummers*« waren in Aktion getreten.

Nur Sekunden später kamen schroffe, aber auch freudig jaulende Pfeiftöne hinzu — von Instrumenten, die »Dudelsack« genannt werden. Es waren sogenannte »*pipers*«, die sich nun lautstark bemerkbar machten.

Dieses dumpf trommelnde, sirenenhafte Getöse ließ eine Art Melodie erkennen, die an ein schottisches Lied erinnerte — über den See »Loch Lomand«, unweit von Glasgow. Er lag in herrlich kühler Einsamkeit inmitten saftgrüner Wiesen, auf denen träg genießende Schafe weideten, umstanden von uralten, dichtbelaubten Bäumen.

Und so was hier — mitten in der Wüste, in dieser Landschaft von fahlblauer, grellgelber, silberweißer Eintönigkeit.

Erzeugt von deutschen Kriegsgefangenen.

Es waren ihrer elf — sechs *drummers* und fünf *pipers* —, die da zwischen geduckten, kastenartigen Wellblechgebilden durch den Sand stapften. Dabei trommelnd und blasend — angestrengt, mit spürbarer Hingabe. In schlotternden kurzen Hosen und mit weit geöffneten Tropenhemden.

Ihnen voran schritt ein Mann, der wie ein wandelnder Eichenschrank war — ein mächtiges, breitschultriges, hochgerecktes Gebilde von Mensch. In sauberer, sorgfältig angepaßter britischer Uniform — mit den Rangabzeichen eines Sergeants. Sein breitflächiges Gesicht blickte angestrengt lauschend, zugleich mit bereitwilliger Hoffnung.

»Und jetzt, Men«, rief dieser Sergeant freudig-ermunternd, »*My home!*« Ohne sich umzublicken, also sich seiner Gefolgschaft absolut sicher wähnend, tönte seine gepreßte, doch durchdringend lautstarke Kommandostimme: »*My Home*, Men!«

Worauf er anspornend in angenähertem Berliner Dialekt hinzufügte: »Und nun zeigt mal, was ihr auf dem Kasten habt! Drückt kräftig auf die Tube, Men! Dabei aber immer mit Gefühl! Umhauen muß das jeden, der ein Herz im Leibe hat.«

Prompt wechselte die Melodie — von einigen gepreßten, doch schnell verklingenden Dudelsackquälereien abgesehen. Fast feierliche Trommelrhythmen ertönten nun in stetiger dynamischer Steigerung. Hinzu kamen dann, wie nach wirkungsvoll berechnetem Abwarten, die sentimentalen Lochtöne der *pipers*, die alsbald schrill hochstießen. Doch dabei gelang es ihnen nicht, den Rhythmus der *drummers* einzufangen – vielmehr drohten sie sich in eine schauderhaft verquollene Geräuschkulisse zu verlieren.

»Men!« rief die kraftvolle Befehlsstimme des Sergeants ehrlich entsetzt. Er blieb plötzlich wie angenagelt stehen. Drehte sich dann kranartig herum. Musterte seine Leute, die gleichfalls stehengeblieben waren, geradezu ungläubig. Fragte: »Waaas – war denn das?«

Der seidige Himmel über ihnen, der graugelbe Sand unter ihnen, die Maulwurfshügel der Wellblechbaracken – ringsum – ihre seit Monaten alltägliche Welt. Und darin dieser Sergeant, der Ken McKellar hieß. Die elf Mann mit den schottischen Musikinstrumenten starrten ihn stumm an.

Der aber schüttelte seinen mächtigen Bernhardinerschädel, blickte betrübt und fragte: »Wollt ihr mich denn unbedingt enttäuschen, Men – mit Gewalt?«

Das wollten sie nicht – das versuchten sie deutlich zu machen. Sie waren hier zwölf, ausgesucht aus eintausendzweihundert Kriegsgefangenen. Von Sergeant Ken McKellar persönlich ausgesucht. Sie hatten ihm viel zu verdanken – Sonderrationen, bevorzugten Arbeitseinsatz, eine vergleichsweise angenehm ausgefüllte Freizeit. Sie brauchten dafür nur zu trommeln und zu blasen. Was immer er für gut und richtig hielt.

»Aber so geht das nicht, Men!« Ken McKellar, der Sergeant-Major dieses Lagers – und dort offiziell für die »innere Ordnung« verantwortlich –, musterte seine so mühsam auf Musik getrimmte Spezialtruppe besorgt. »Ich vermisse – bei ›My home‹ – den bewegenden Einsatz des Ersten *pipers*. Wo ist dieser Mann?«

Erster *piper* war ein gewisser Faust. Keinesfalls ein musikalisches Genie, nicht in McKellars Augen – doch ein recht williger und auch einfühlsamer Bursche, durchaus begabt mit einem gewissen Gefühl für Harmonie. Seine recht brauchbare Melodieführung wurde nun lebhaft vermißt.

»Wo ist denn dieser Faust?«

Das mußte Ken McKellar gleich zweimal fragen, ohne eine Antwort darauf zu erhalten.

Die von ihm in mühevoller, wochenlanger Kleinarbeit abgerichteten *pipers* und *drummers* umstanden ihn stumm. Zwar ohne militärische Haltung, doch durchaus ergeben wirkend. Vorsichtig lauernd schwiegen sie ihn an.

Abermals verlangte McKellar nach seinem Faust – doch wieder ohne eine Antwort zu bekommen. Dann wies er mit weit ausgestreckter Hand auf den *drummer* Schulz, einen ehemaligen deutschen Feldwebel, den er für einigermaßen vertrauenswürdig hielt. Und von dem wollte er wissen: »Wo steckt denn dieser Kerl?«

»Sergeant«, sagte der Feldwebel Schulz, auch »die Spitzmaus«

genannt, mit bedächtiger Vorsicht: »Ich weiß nur soviel: Bevor wir vorhin um die Ecke der vorletzten Wellblechbaracke herummarschiert sind, war Faust noch anwesend.«

»Und — wo ist er jetzt?«

»Woher soll ich das wissen?« Das versicherte der Feldwebel Schulz kameradschaftlich bieder im internationalen Gewerkschaftston der mittleren Dienstgrade. Es klang wie ein wohlmeinender Rat, als er hinzufügte: »Durchaus möglich, daß Faust nur mal kurz austreten gegangen ist.«

»Ohne sich bei mir abzumelden?«

»Vielleicht hatte er es sehr eilig«, half der Feldwebel Schulz bereitwillig weiter, der nunmehr Erste *drummer* bei den »Scottish-Bavarian-Highlanders«, wie der Sergeant-Major seine Spezialgruppe zu nennen pflegte. »Kann ja durchaus sein, daß dem plötzlich schlecht geworden ist. So was ist hier doch fast unvermeidlich — womit ich das Klima meine!«

»Steht still!« rief McKellar plötzlich alarmiert. »Rührt euch nicht vom Fleck! Wie die Puppen! Wie angewurzelt! Und Sie, Schulz, übernehmen die Verantwortung dafür! Und der Herrgott soll Sie schützen, falls dieser Faust — etwa mit Ihrer Hilfe — schon wieder einmal einen seiner Ausbruchsversuche riskiert hat. Wenn das so ist, dann sind Sie im Eimer!«

»Sergeant«, sagte Schulz ebenso vertraulich wie gedämpft, »ich an Ihrer Stelle würde so was nicht einmal denken! Denn schließlich ist das hier Ihr Sonderkommando. Und wir alle hier sind ganz gerne dabei; und wir wollen auch weiter gerne dabeibleiben.«

»Schulz, mein Bester«, gestand Ken McKellar, gleichermaßen vertraulich, den Feldwebel zur Seite ziehend, »ich weiß Sie zu schätzen! Sie sind alles andere als eine restgroßdeutsche Wildsau! Und ich bin nun mal ein alter, echter Schotte!«

»Was wir zu schätzen wissen, Sergeant!«

»Und in meiner Eigenschaft als Schotte, Schulz, weiß ich um gewisse Unterschiede. So gönne ich diesen Engländern durchaus einiges — sogar diesen Faust!« Und nun flüsterte er fast verschwörerhaft: »Doch ich muß mich wohl fragen, ob ich mir so was leisten kann? Im Zusammenhang mit euch Deutschen!«

Das, erkannte selbst Schulz unverzüglich, war eine Frage von weitreichender Bedeutung. Sein Spitzmausgesicht blickte besorgt zu Ken McKellar hoch. Dessen geschätzte Höhe war etwa 1,90 Meter. Geradezu ein Ochsengeschöpf — doch eins, wie es den Anschein hatte, mit dem Gemüt eines liebenswerten Kleinkindes; was aber täuschte.

Dieser Sergeant pflegte mit entblößtem Oberkörper jedermann zu schottischen Ringkämpfen aufzufordern. Doch niemand fühlte sich ihm gewachsen. So trainierte er denn einsam und regelmäßig im Sonderteil des Lagers, der »Arena«, mit eigens für ihn herbeigeschafften Baumstämmen. Er warf sie meterweit. Auch schleuderte er Felsbrocken wie Steine durch die Gegend. Wobei sich niemand in seine Nähe wagte.

Er wurde vorsorglich respektiert — von seinen britischen Kameraden ebenso wie von den deutschen Kriegsgefangenen. Von diesen aber besonders — denn die hatten direkt mit ihm zu tun: Colonel Nelson, der Kommandant, hatte Ken McKellar als eine Art Lageraufseher eingesetzt — und er hätte keinen Besseren finden können. Denn der Sergeant war um Gerechtigkeit bemüht, nicht ohne Großzügigkeit, und ein verläßlicher Organisator. Mit vielleicht nur einer einzigen Schwäche: seine schottisch-bayerische Band! Sie wurde wie ein Naturereignis hingenommen.

»Dabei kann ich nicht zulassen«, versicherte Ken McKellar, »daß hier irgend jemand versucht, unsere so mühsam errungene Harmonie zu gefährden. Die von mir gegründete Musikgruppe ist geradezu ein Musterbeispiel für vorbildliche Vergangenheitsbewältigung. Und mir persönlich ans Herz gewachsen.«

»Verstehe!« beeilte sich Schulz zuzustimmen. Dieser Feldwebel war ein kleiner, drahtiger und in jeder Hinsicht wieselflinker Mann mit neugierigen Augen. »Verstehe durchaus! Ich bin auch in diesem Punkt ganz Ihrer Meinung! Doch was den Kameraden Faust anbelangt, da gibt es bei uns in Deutschland ein in solchen Fällen gewiß sehr schönes Sprichwort: Was ich nicht weiß, macht mich nicht heiß.«

»Das kenne ich, Schulz! Doch wir sind hier nicht in Deutschland.«

»Aber in militärischen Bereichen — und die sind doch geradezu international. Ich meine daher, Sergeant: Falls dieser Faust tatsächlich wieder einmal versucht haben sollte, hier verrückt zu spielen — was geht uns das an? Wir wissen von nichts, haben nichts gesehen, nicht das geringste geahnt! Wir machen lediglich Musik.«

»Musik möchte ich das nicht unbedingt nennen«, korrigierte Ken McKellar nahezu wieder hoffnungsvoll. »Wir versuchen hier lediglich, Instrumente zu bearbeiten. Nur das — und nichts weiter sonst! Klar?«

»Sir«, sagte dieser Sergeant Ken McKellar knapp zehn Minuten später im britischen Kommandanturgebäude zu Captain Moone — und das in ehrlich wirkender Besorgnis —, »so geht das wirklich nicht weiter.«

»Alles geht hier weiter — so oder so!« Der Captain, der Adjutant des britischen Kommandanten, schwenkte dabei sein Glas mit stark geeistem Whisky lässig. »Denn was kann denn in diesem Extrazirkus schon plötzlich anders werden oder gar aufhören?

9

Leider nicht einmal die Tätigkeit Ihres gellend dröhnenden Jaul-ensembles!«

»Meine Spezialgruppe, Sir«, erklärte der Sergeant steif, »ist von Colonel Nelson persönlich und schriftlich genehmigt worden. Und was die künstlerischen Leistungen anbetrifft — so braucht alles seine Zeit. Bis dahin müssen eben diverse Schwierigkeiten in Kauf genommen werden!«

»Sollten Sie etwa Schwierigkeiten haben, Sergeant?« fragte Captain Moone, während er sich lauernd in seinen Sessel zurück-lehnte. »Schwierigkeiten, die Sie auf uns abzuwälzen versuchen?«

»Ich habe lediglich die Absicht, Sir, um die Schaffung klarer Verhältnisse zu bitten.«

»Sind die hier immer noch nicht klar genug?«

»Nicht im Hinblick auf meine Spezialgruppe, Sir.« Der Ser-geant-Major gab sich eigenwillig — er hielt das für die hier beste Taktik; und das war sie auch. »Oder muß ich annehmen, daß hier irgendeine feindselige Abneigung gegen schottische Musik besteht?«

»Die liebe ich«, versicherte Captain Moone, nun ungeniert gäh-nend. »Und der Colonel liebt sie auch. Wir alle lieben sie! Das jedoch nicht unbedingt dann, wenn sie in so fragwürdiger Weise ausgerechnet von Deutschen erzeugt wird.«

»Wer so eine Musik erzeugt, Sir, das ist eine Frage, die durch-aus zweitrangig sein kann«, erklärte der Sergeant-Major ernsthaft. »So etwa ist der mit Abstand beste *drummer* während der zwan-ziger Jahre in Glasgow ein Engländer gewesen; noch dazu einer aus Süd-Wales. Wir sind da nicht kleinlich, Sir.«

»Worauf wollen Sie hinaus, McKellar?« wollte der Captain wissen, wobei er sein Whiskyglas abstellte, ohne es leergetrunken zu haben. »Versuchen Sie etwa, mich irgendwie aufs Kreuz zu legen?«

So etwas traute Captain Moone, der Adjutant, hier fast jedem zu. Denn in den Augen lange dienender Soldaten war er nichts als ein Eindringling auf Zeit, ein durch den Krieg zweckentfremdeter Zivilist: ein Jurist, Rechtsanwalt in London, ohne sonderliche Be-ziehungen. Nicht ganz zu Unrecht empfand er seine Situation in diesem Lager als leicht komisch — doch er war stets bemüht, sich darüber zu amüsieren.

»Was ist denn passiert, Mann?« wollte er wissen.

»Nichts Besonderes, Sir! Nur eben, daß für meine Spezialgruppe keinerlei einwandfreie, schriftlich festgelegte Befehle bestehen. Somit findet dort alles auf der Basis einer gewissen Freiwilligkeit statt. Was praktisch heißt: Die Männer können kommen oder gehen, wann immer sie wollen. Und wenn sie nicht mehr wollen, dann hauen sie einfach ab!«

»Ist denn einer abgehauen?« fragte Captain Moone. »Wer denn?«

»Mein derzeitiger Erster *piper!* Er entzog sich einfach meinem Kommando, knapp zehn Minuten bevor ich hergekommen bin; also vor kaum viel mehr als einer Viertelstunde. Er trat einfach ab — dieser Faust.«

»Sagten Sie Faust?«

»Das sagte ich, Sir.« Der Sergeant-Major Ken McKellar blinzelte erwartungsvoll vor sich hin. »Ein Kriegsgefangener namens Faust — der mit Vornamen Heinrich heißt, was, wenn ich nicht irre, mit Henry zu übersetzen wäre.«

»Das, McKellar«, versicherte Captain Moone offenbar freudig erregt, »kann Sie sehr teuer zu stehen kommen.«

»Warum denn, Sir?« fragte der gekonnt naiv.

»Das sollten Sie eigentlich ganz genau wissen, Sergeant! Denn bei diesem Faust handelt es sich schließlich um einen notorischen Ausbrecher! Er hat doch schon mindestens zwei diesbezügliche Versuche gewagt — vergeblich, glücklicherweise! Und ausgerechnet einen solchen Maulwurf lassen Sie entwischen?«

»Davon, Sir«, erklärte der Sergeant bieder, »kann doch wohl nicht die Rede sein. Ich habe nichts davon gesagt — Sie deuten meine Worte so aus. Ich jedenfalls weiß nur so viel: Dieser Faust hat lediglich aufgehört, sich bei mir als Erster *piper* zu betätigen. Was ich sehr bedaure, Sir!«

»Sie können das bedauern, so viel sie wollen, McKellar — aber Sie sind für ihn verantwortlich!«

»Irrtum, Sir«, versicherte der Sergeant-Major bemüht höflich. »Verantwortlich bin ich hier nur für die innere Ordnung in diesem Lager — und die ist einwandfrei! Für eventuell mögliche Ausbruchsversuche ist allein Major Turner zuständig — an den sollten Sie sich halten! Falls Ihnen nichts Besseres einfällt.«

Der Major T. S. Turner — verantwortlich für »allgemeine Sicherheit«, also für die Bewachung dieses Lagers — hielt sich im zweiten der steinernen Gebäude dieses ehemaligen Wüstenforts auf.

Steinerne Gebäude gab es hier drei — im ersten davon hauste der britische Kommandant, Colonel Nelson, mit seinem Stab; im dritten waren diverse Wachmannschaften einquartiert; im zweiten T. S. Turner mit seinen speziellen Einsatzkommandos; genannt: die Meute. Und der Major galt als empireweit anerkannter Fachmann.

Er pflegte bei jeder sich bietenden Gelegenheit zu verkünden: Wenn es nach mir ginge, wäre dies das am besten bewachte Lager auf afrikanischem Boden, in einer nun endgültig befreiten westlichen Welt. Doch es ging nicht nach ihm - leider nicht! Denn der derzeit zuständige Colonel, dieser Nelson, war eine Art parfümierter Phantast — und dessen Adjutant, dieser Captain Moone, kaum mehr als ein hoffnungslos zivilistischer Uniformträger.

»Womit wollen Sie mich denn diesmal belästigen?« fragte der Major Turner, während er sich auf seinem Feldbett herumwälzte. Prall und gelassen schwitzte er vor sich hin. »Und worauf Sie auch immer hinauswollen, Moone — dieses Lager ist nichts als eine Art Santorium, wovor ich mehrmals, und das sogar schriftlich, gewarnt habe! Doch wer hört schon auf mich? Aber das wird man irgendwann einmal fühlen müssen! Sollte es jetzt soweit sein?«

Dieser T. S. Turner, ein schnauzbärtiger, vollfleischiger, rotgesichtiger Zwangsvollstrecker, hatte düstere Wochen und Monate in diesem Lager verbringen müssen: Die Kriegsgefangenen waren seiner Ansicht nach wie rohe Eier behandelt worden — sie wurden ausgefragt und klassifiziert — sie wurden voll verpflegt, wie aktive britische Einheiten. Sogar eine Art Selbstverwaltung, auf angeblich demokratischer Basis, war ihnen zugestanden worden. Was entschieden zu weit ging. Was aber, selbst hier, noch nicht das letzte Wort sein mußte. Schließlich gab es ja auch ihn in diesem Bereich.

»Es scheint sich — schon wieder einmal — um diesen gewissen Faust zu handeln«, erklärte Captain Moone. »Eine Vermutung, Sir — zunächst nichts weiter. Aber der scheint tatsächlich erneut versucht zu haben, von hier auszubrechen.«

»Ausgeschlossen!« versicherte der Major T. S. Turner. Wieder wälzte er seine Fleischmassen über sein Feldbett, legte sich dann auf den Rücken und blinzelte vor sich hin. Ein hier fast mild wirkendes Licht fiel auf ihn. Er wurde gemeinhin »das Wüstenwalroß« genannt. »Bei meinen Sicherheitsmaßnahmen, Captain, kann es so was gar nicht geben! Die sind hundertprozentig!«

»Sind Sie tatsächlich überzeugt davon, Sir — auch im Hinblick auf einen Faust?«

»Wer ist denn schon dieser Faust?« meinte T. S. Turner völlig unbeeindruckt. »Und wer«, fragte er dann entwaffnend selbstbewußt, »bin ich? Ich habe bereits Lager betreut, als dieser Faust noch Knabenhosen trug und vermutlich in dieselben hineinmachte.«

»Dennoch, Sir, sollten Sie auf diesen Faust achten«, empfahl Captain Moone hoffnungsvoll amüsiert. »Es scheint gefährlich, ihn zu unterschätzen!«

»Es genügt doch wohl, Captain, wenn ich mich und meine Möglichkeiten richtig einschätze.« Der Major fächerte sich mit einer Zeitung, es war eine ungelesene *Times*, unendlich lässig Luft zu. »Mein Überwachungssystem funktioniert garantiert!«

Er wußte: Dieses Lager besaß eine drei Meter breite, von massivem Stacheldraht umknäulte Todesgasse — allnächtlich durch Scheinwerfer beleuchtet und von den Wachtürmen mühelos zu beherrschen. Dieses Lager war aber auch noch bis zu vier Meter tief abgesichert — durch vergrabene massive Sperrzäune. Seine Erfindung! Keine Ratte kam da durch!

»Sir — wenn aber dieser Faust nicht im Lager aufzufinden sein sollte, dann muß er eben anderwärts sein!«

»Das muß er nicht sein!« behauptete der Major, seinen Bauch liebevoll betastend. »Wenn dieser Bastard nicht in unserem Lager ist — dann kann er unter demselben sein! Also etwa in der Erde — oder in irgendeiner Scheißhausgrube. Verstehen Sie, was ich damit sagen will, Moone?«

»Sie meinen«, fragte der Captain ungläubig, »dieser Faust könnte umgebracht worden sein — etwa gar von seinen Kameraden?«

»So was kommt vor«, bestätigte der Major versonnen. Und behaglich vor sich hin blinzelnd meinte er dann: »Da wird der Colonel wenig erfreut sein — was?«

»Es wäre eine Katastrophe«, versicherte der Captain Moone fast hoffnungsvoll.

»Für mich nicht«, sagte T. S. Turner. »Mein Bereich ist die Absperrung, die Absicherung, die Überwachung — und dort ist alles hundertprozentig in Ordnung. Denn fliegen kann dieser Faust doch nicht. — Oder?«

»Vielleicht ist er ein Stabhochspringer?« gab Moone zu bedenken. »Dem soll so gut wie alles zuzutrauen sein! Und Stabhochspringer schaffen drei Meter.«

T. S. Turner wälzte sich alarmiert von seinem Feldbett, kam auf seine Beine zu stehen und richtete sich auf. Sein fleischiges Gesicht hatte sich noch weiter gerötet, und seine Stimme bekam kläffende Obertöne. »Jetzt will ich das aber ganz genau wissen, Moone! Sind Sie sicher, daß in diesem Lager ein Mann fehlt?«

»Das weiß ich eben nicht genau, Sir!«

»Dann werden wir das feststellen müssen, Moone!« Der Major knöpfte entschlossen sein Hemd zu, stieg in die bereitstehenden blankgeputzten Schuhe und langte nach seinem Koppel mit der Pistole, wobei er sagte: »Schickt Sie der Colonel?«

»Der weiß noch gar nichts von alldem!«

»Dann unterrichten Sie ihn davon — auch wenn Sie ihn um seinen Mittagsschlaf bringen! Inzwischen werde ich hier wohl wieder einmal ganze Arbeit leisten müssen! Und ich kann nur hoffen, Moone, daß niemand auf die Idee kommt, mich dabei zu behindern!«

Major T. S. Turner, Sicherheitsoffizier, nunmehr in voller Uniform, stand breit und fordernd vor dem Kommandanturgebäude. Weit blickte er, über den Wüstensand hinweg, zum flachen Horizont. Trotz der grellen Sonne blinzelte er nicht.

Er befahl zu sich: seine beiden, ihm zwecks Ausbildung zugeteilten Offiziere, die Leutnante Miller und Mills — im Lager auch »die siamesischen Sicherheitszwillinge« genannt; sie wirkten rosig und rund und versuchten sich zu bewegen wie er. Mit einigem Erfolg. Doch denken wie er konnten sie nicht — da war der Major sicher. Er hielt es für selbstverständlich, auch für sie zu denken.

Turner sagte zu Miller: »Sie übernehmen die Einsatzgruppe eins. Sie geben scharfe Munition aus. Sie blockieren die Ausfahrtstraße nach Kairo mit drei Mann und einem Maschinengewehr. Mit den restlichen Leuten und zwei Geländewagen schlagen Sie Kreis um Kreis im Durchmesser von drei bis fünf Kilometern um das Lager. Spiralenförmig!«

Und zu Mills sagte Turner: »Sie teilen die Einsatzgruppe zwei in vier Kommandotrupps auf, zwecks Überprüfung des Sperrzaunes. Dabei ist der Boden in einer Breite von zehn Metern nach Hohlräumen abzuklopfen. Lassen Sie überall nachgraben, wo die Erde locker zu sein scheint. Aber das nur in den Sektoren Norden und Westen, wo es sandig ist — also nicht im Süden und Osten, da sind Felsen, da kommt sowieso keiner durch.«

Turners Offiziersschüler entfernten sich beschleunigt. Als nächster wurde Sergeant McKellar abgefertigt — der hatte sich gemeinsam, wie befohlen, mit Corporal Copland eingefunden, der »Sportfreund« genannt wurde.

»Zählappell im Lager!« ordnete der Major an.

»Um diese Zeit?« fragte McKellar nicht ohne Besorgnis. »Das ist ungewöhnlich.«

»Was ist denn hier gewöhnlich?« knurrte T. S. Turner gereizt. »Schon gar nicht jene Darbietung, die Sie Musik nennen. Also — los, Mann! Betätigen Sie sich zwischendurch auch mal dienstlich!«

»Auf Anordnung des Colonels, Sir?« wollte der Sergeant noch höflich wissen.

»Was geht Sie das an!« bellte der Major. »Sie haben zu tun, was ich anordne — und ich ordne an: Zählappell! Und zwar Überprüfungsstufe eins — alles hat anzutanzen, was noch lebt!«

»Mit sportlichen Einlagen, Sir?« wollte der Corporal Copland begierig wissen.

T. S. Turner nickte ihm wohlwollend zu. »Deshalb habe ich Sie kommen lassen! Suchen Sie sich sechs bis zehn guttrainierte Leute aus — wir werden jetzt dieses Sanatorium mal umkrempeln wie einen alten Handschuh! Diesen Hitlers geht es hier zu gut!«

»Sir . . .«, setzte der Sergeant abermals warnend an, »ich kann mir nicht vorstellen, daß der Colonel . . .«

»Fangen Sie endlich an, McKellar!« rief der Major bedrohlich munter. »Zeigen Sie mal, daß Sie mehr können, als nur zwölf Kriegsgefangene zu Lärmerzeugern abzurichten — führen Sie mal vor, ob diese Ihre Bastarde überhaupt noch funktionieren!«

Der Sergeant salutierte und setzte sich steif, auf das innere Lagertor zu, in Bewegung. Die Posten öffneten es auf seinen Wink und schlossen es hinter ihm wieder. Hierauf ließ er seine Trillerpfeife ertönen — dreimal lang und dreimal hintereinander. Das bedeutete: Antreten zum Zählappell!

Und alsbald trotteten die Kriegsgefangenen herbei — alle graublau bekleidet, scheinbar gleichgültig, wie ergeben. Sie pflegten die Mittagsstunden der Tage in ihren Hütten zu verbringen — schlafend oder vor sich hin dösend; die lauernde Hitze ließ kaum andere Tätigkeiten zu.

»Immer munter, Men!« rief ihnen der Sergeant lautstark zu. »Reißt euch am Riemen! Je mehr ihr euch ins Zeug legt, desto schneller sind wir hier fertig!«

Einige murmelten undeutliche, doch wenig freundlich klingende Sätze vor sich hin — waren sie doch in ihrer Mittagsruhe aufgestört worden. Doch die meisten schwiegen, schoben sich zu ihren Sammelplätzen, formierten sich dort. Schafherden gleich. Etliche hochgerötete Gesichter glänzten — die Augen waren halb geschlossen. Lediglich die »Leithammel«, wie Turner die Barackenältesten nannte, bewegten sich, erwartungsgemäß, ein wenig schneller.

»Imponierend ist das ja nicht gerade!« rief der Major, der lauernd hinter dem Tor stand, dem Sergeant zu. »Diese Bastarde pennen noch im Stehen! Aber weiter kein Wunder — bei diesen Sanatoriumsmethoden.«

Ken McKellar reagierte auf diese Bemerkung nicht. Denn alles verlief normal — auf seine Deutschen war, besonders in dieser Hinsicht, durchaus Verlaß: Die wußten immer noch, was Befehle waren! Von einigen, ziemlich seltenen Ausnahmen abgesehen.

Sie stellten sich in Hunderterblocks auf, zehn mal zehn in sauber ausgerichteten Quadraten — in drei großen Formationen: die aus den vier Wellblechbaracken links der Lagerstraße, an die vierhundert Mann — die gleiche Anzahl aus den Baracken rechts — und im Hintergrund, quer dazu, der zahlenmäßig fast gleichstarke Rest.

Hauptmann Müller-Wipper, der Adjutant des deutschen Lagerkommandanten, eines Obersts von Schwerin-Sommershausen, marschierte auf den immer noch am Tor stehenden Sergeant McKellar zu, blieb vor dem stehen, grüßte kurz, mehr andeutungsweise, und fragte: »Irgend etwas Besonderes im Rohr?«

»Der Sergeant ist für Sie kein Auskunftsbüro!« rief Major Turner aus dem Hintergrund.

Prompt wandte sich der Hauptmann direkt an ihn. »Verzeihung, Herr Major — aber ich erkundigte mich im Auftrag von Herrn Oberst von Schwerin, unserem Lagerkommandanten.«

»Bei dieser Aktion ist der ein Kriegsgefangener wie alle anderen auch«, erklärte Turner ablehnend. »Auch Sie sollten das nicht vergessen!«

»Wenn das so ist«, sagte Müller-Wipper förmlich, »dann ersucht der Oberst um eine Unterredung mit dem Colonel.«

»Immer eins nach dem anderen«, knurrte Major Turner den Hauptmann an. »Zuerst werden wir hier mal gründlich aufräumen — und dann kann es durchaus sein, daß der Colonel Ihren Oberst zu sprechen wünscht. Womöglich wird er ihn dann sogar vorführen lassen!«

»Hier stinkt es!« verkündete unmittelbar danach Hauptmann Müller-Wipper seinem Oberst. »Hier ist irgend etwas faul. — Aber was? Irgendeiner muß da irgendeine Sauerei veranstaltet haben. — Aber wer? Wenn ich den erwische ...«

»Warten wir ab«, sagte der Oberst von Schwerin-Sommershausen. »Auch hier muß nichts so heiß gegessen werden, wie es gekocht ist.« Wie stets gab er sich auch diesmal reserviert.

Das vor allem Hauptmann Müller-Wipper gegenüber. Den hatte er sich nicht aussuchen können, der war ihm zugeteilt worden — auch in dieser Hinsicht waren die Entscheidungen der Briten unberechenbar. Doch immerhin: Dieser Müller war tüchtig, ungemein sogar. Ein unermüdlicher Organisator.

»Dieser Turner«, sagte Müller-Wipper erklärend, »ist ein ganz scharfer Hund — aber er weiß, was er will! Gegen ihn wird schwer anzukommen sein. Wenn er diese Chose hier in die Länge zieht, dann wird er, leider, seine Gründe dafür haben. Aber welche?«

»Betrachten wir diesen Vorgang als eine Ausnahme«, meinte der Oberst, und es klang wohlüberlegt. »Es ist, zumal in unserer Situation, immer empfehlenswert, nichts zu überstürzen.«

»Wir sollen uns diese Schikane einfach gefallen lassen?« fragte der Hauptmann aufputschend — und erkannte zugleich, wieder einmal, wie vergeblich derartige Bemühungen bei diesem Oberst waren. Der gehörte nicht zu den Realisten in allen Lebenslagen — der war den Praktiken dieser Großbriten nicht gewachsen!

Sie standen — gemeinsam kräftig schwitzend, die Briten ebenso wie die Deutschen — eine Stunde unter der glühenden Sonne. Dann noch eine weitere Stunde. Währenddessen rechneten sie, von Turner belauert: sieben Mann im Krankenrevier; sechs mit Wäsche unterwegs; drei betätigten sich in der britischen Kantine als Bedienungspersonal; zwei weitere reinigten Latrinen; einer pflegte den sogenannten Garten des Colonels.

»Alle — ohne Ausnahme — haben sich hier zu versammeln!« ordnete der Major unbeirrbar an.

»Auch die Kranken?« fragte McKellar.

»Klar — auch die! Soweit sie transportfähig sind. Der Doktor soll dafür sorgen!«

»Und die Toten?

»Welche Toten, Mann?«

»Wir hatten in den letzten vierzig Stunden, während des großen Sandsturmes, drei Abgänge, Sir.«

»Auch die sind aufzustellen«, erklärte T. S. Turner völlig unbeeindruckt, »Sie können natürlich im Isolierschuppen bleiben — Copland wird das nachprüfen.«

»Sir — wenn der Colonel . . .«

»Vergeuden Sie hier nicht unsere wertvolle Zeit durch höchst überflüssige Bemerkungen! Ich will jetzt endlich greifbare Resultate sehen!«

Das zunächst greifbare Resultat — nach drei weiteren vergleichenden Zählungen — war dann dies: Ein Mann schien zu fehlen. Unklar zunächst noch, wer. »Wir werden eine Überprüfung an Hand der Namenslisten machen müssen«, erklärte McKellar. »Aber das kann Stunden dauern!«

»Von mir aus auch Tage!« rief der Major. »Inzwischen kann Copland sein Sportfest veranstalten.«

»Gern, Sir!« äußerte der sprungbereit dastehende Corporal. Er hatte einige Übung in dem, was nun von ihm erwartet wurde. Acht Mann standen aktionsfreudig hinter ihm — mit armlangen Knüppeln bewaffnet.

Sie stürzten, systematisch und geschult, in die jetzt leeren Hütten, nahmen dort die Bettgestelle auseinander, durchsuchten das Handgebäck, sonderten sachverständig mögliche Ausbruchswerkzeuge aus, wie Messer oder geschärfte Löffelstiele, und klopften die Fußböden nach Hohlräumen ab. Pro Baracke brauchten sie dabei, bei aller Gründlichkeit, kaum mehr als zehn Minuten — in gut zwei Stunden drohten sie fertig zu werden.

»Der Name des fehlenden Mannes ist gefunden«, meldete schließlich Sergeant McKellar, sichtlich um Selbstbeherrschung ringend. »Es handelt sich um den Kriegsgefangenen Faust.«

»Tatsächlich?« fragte Major T. S. Turner nicht unbeeindruckt. Um unverzüglich zu erklären: »Dann werden wir jetzt hier mal ein Feuerwerk veranstalten, bei dem einigen Hören und Sehen vergehen wird — auch Ihnen vermutlich. Denn dieser Faust ist doch Ihr Mann gewesen. — Oder etwa nicht? Das wird Folgen haben!«

Das ist ja wenig erfreulich, Moone«, stellte Colonel Nelson in seinem Dienstzimmer besorgt fest. »Sind Sie sicher, daß sich Major Turner nicht verrechnet hat?«

Der Captain bemühte sich, bedauernd zu blicken. »Scheint tatsächlich einer ausgebrochen zu sein, Sir — und ausgerechnet abermals dieser Faust!«

»Und dem Major ist es nicht gelungen, ihn wieder einzufangen?«

»Der läßt in der Umgebung wahre Teibjagden veranstalten — und außerdem krempelt er das ganze Lager um. Am liebsten, so ist zu vermuten, würde der alle Baracken in Einzelteile zerlegen.«

»Das ist schlimm«, bemerkte der Colonel nachdenklich. Dabei blickte er seinen Adjutanten aufmerksam an: »Amüsieren Sie sich etwa darüber, Moone?«

»Pardon, Sir — aber der Anblick von Major Turner ist wirklich sehenswert! Der sieht fast aus, als wären ihm zum erstenmal alle Felle weggeschwommen.«

»Ich kann leider nicht darüber lachen, Moone!« Der Colonel erhob sich aus seinem Schreibtischsessel und begab sich an das rechte Fenster, von dem aus er das Lager sehen konnte. »Diese Angelegenheit ist ernst! Sie kann unser Ansehen kosten. Sie könnte den hervorragenden Ruf unseres Lagers gefährden. Erkennen Sie das nicht? Oder ist es Ihnen gleichgültig, wer hier Colonel ist?«

»Natürlich nicht, Sir!« beeilte sich der Captain zu versichern; und das sogar glaubhaft. »Mein Job hier gefällt mir — ich kann mir in der Armee keinen besseren vorstellen. Und das nicht zuletzt, wenn ich mir diese Bemerkung erlauben darf, Sir — aus persönlichen Gründen . . .«

»Stop, Moone!« rief Colonel Nelson nunmehr mäßig erheitert. »Lassen Sie gefälligst meine Tochter Nancy aus dem Spiel! Die hat nicht das geringste mit unserem dienstlichen Verhältnis zu tun.«

»Natürlich nicht, Sir! Ich wollte Sie nur nicht darüber im unklaren lassen, daß ich erst vorgestern den Vorzug hatte, mit Miß Nancy in Kairo . . .«

»Aber das, Captain, gönne ich Ihnen!« Colonel Nelson lächelte wieder. »Nancy wird sogar mit mir fast spielend fertig — versuchen Sie getrost, mit ihr fertig zu werden.«

»Jedenfalls, Sir, finde ich es erfreulich und bemerkenswert, daß Miß Nancy zu diesem Zeitpunkt und unter diesen Umständen Gelegenheit gefunden hat, in Kairo zu erscheinen.«

»Bestimmte Spekulationen in dieser Hinsicht dürfen Sie sich schenken, Moone! Denn die Anwesenheit meiner Tochter Nancy in Kairo ist absolut korrekt — wie alles in meinem Bereich! Darauf lege ich, wie Sie wissen, entschieden Wert! Nancy hält sich auf persönliche Einladung des Botschafters Seiner Majestät in Ägypten auf. Denn der Lord ist zufällig ein Verwandter meiner Frau.«

»Wie gut sich das trifft, Sir.«

»Entwickeln Sie von mir aus, Captain Moone, jede erdenkliche Sorte von Ehrgeiz — von mir aus auch im Hinblick auf meine Tochter Nancy, wenn Sie sich dazu versucht fühlen sollten. Doch zunächst einmal muß hier alles in Ordnung sein. Einen Ausbruch jedenfalls können wir uns nicht leisten.«

»Sir — verantwortlich dafür zu machen wäre allein Major Turner! Zumal der als einer der besten Sicherheitspezialisten in der Armee gilt.«

»Er ist der Beste!« sagte der Colonel. »Eben deshalb ist er mir zugeteilt worden. Denn dies ist ein Musterlager, Moone — falls Sie das noch nicht gemerkt haben sollten. Jederzeit vorführbar — so war es geplant. Aber nun dies!«

»Auch Sergeant McKellar, Sir, könnte zur Verantwortung gezogen werden — schließlich hat er diesen Faust bevorzugt, womit ich noch nichts gegen seine schottischen Musikveranstaltungen gesagt haben will.«

»Was ich Ihnen auch nicht empfehlen würde, Moone!« Der Colonel blickte bedächtig ins Leere. »In einer solchen Situation müssen wir wohl alle vorhandenen Möglichkeiten ausschöpfen — und das ohne jede Voreingenommenheit. Schicken Sie also den Sergeant Silvers zu mir.«

»Ausgerechnet den, Sir?«

Der Colonel nickte. »Was bleibt mir — oder eben uns — denn anders übrig! Wenn Turner, McKellar und Sie zu keinen brauchbaren Lösungen kommen, dann müssen wir eben zu letzten Möglichkeiten greifen. Also zu Silvers, auch wenn der seine ureigenen Methoden hat!«

»Vor denen ich nur warnen kann, Sir!«

Der Colonel lachte kurz auf. »Sollte der Ihnen etwa bei Nancy in die Quere zu kommen versuchen? Zuzutrauen ist dem alles — doch auch das denkbar Beste! Aber Spaß beiseite, Moone — zu Silvers' speziellen Fähigkeiten kann man Vertrauen haben. Dem vertraue ich sogar meinen Rolls-Royce an. Das sagt doch wohl alles.«

»Das hat uns gerade noch gefehlt!« sagte Hauptmann Müller-Wipper zu seinem Oberst. »Es handelt sich tatsächlich um diesen Faust!«

»Ja — das ist schlimm«, bekannte der Oberst besorgt.

»Für wen? Es muß ja nicht unbedingt unsere Schuld sein, wenn hier dieser Faust frei herumlaufen kann — dafür sind die Briten zuständig.«

»Wobei wohl auch bedacht werden sollte, daß diese Angelegenheit, wie ja alle anderen ebenfalls, ihre zwei Seiten hat.« Das gab der Oberst von Schwerin-Sommershausen zu bedenken, wobei er sein schweißglänzendes, beklagenswert schmal gewordenes Gesicht in Falten legte. »Dieser Faust«, sagte er, »ist zwar ein reichlich disziplinloser Bursche — aber doch ein Kerl!«

»Wie man es nimmt, Herr Oberst. So was ist wohl Ansichtssache; außerdem in unserer derzeitigen Situation ein nicht ganz ungefährlicher Vorgang. Denn die Briten warten doch nur auf einen Zwischenfall, den sie ausschlachten können, um uns dann in die Pfanne zu hauen! Besonders Turner ist wie versessen darauf!«

Hauptmann Müller-Wipper war rundgesichtig, grauäugig, braunhaarig. Wirkte stets energisch, von prallem Selbstbewußtsein erfüllt, das durch nichts zu trüben schien — auch nicht durch die Existenz dieses Obersts. Er lächelte ihm lauernd zu.

Der Oberst von Schwerin jedoch betrachtete blinzelnd — er hatte immer noch nicht vermocht, sich an die grelle Sonne zu gewöhnen — seine Leute. Die standen nun schon nahezu drei Stunden herum — geduckt, müde, einige leicht schwankend. Im hinteren Block brachen zwei zusammen. Zwei, die umkippten, waren keine ungewöhnliche Quote. Man gewöhnte sich daran.

»Das ist wirklich glatte Schikane!« rief der Hauptmann Müller-Wipper. »Und das alles wegen diesem Faust!«

Der Oberst von Schwerin antwortete nicht. Er sah angestrengt zu jener Hütte hinüber — es war jetzt die mit der Nummer zehn — in der das britische Durchsuchungskommando unter Corporal Copland werkte. Der »Sportfreund« war in voller Aktion. Sie schienen alles auseinandernehmen zu wollen, was sich auseinandernehmen ließ.

»Dagegen muß jetzt protestiert werden — und zwar mit allem Nachdruck, Herr Oberst! Wenn wir uns das gefallen lassen, dann fahren diese Briten mit uns endgültig Schlitten! Und das kann uns ein Faust nicht wert sein, Herr Oberst! Den sollten wir abstoßen; und zwar schleunigst! Ganz bewußt. Denn der stört — wie kein zweiter — unsere Ordnung!«

»Was dieser Mann betreibt«, sagte nun der Oberst gewichtig, »das gefährdet natürlich jede in diesem Lager so überaus mühsam errungene Harmonie. Als deutscher Kommandant muß und werde ich ihm daher auch meine schärfste Mißbilligung aussprechen. Doch als Offizier und Mensch kann ich selbst einem Faust meine persönliche Anerkennung nicht ganz versagen.«

»Für diesen Mann, Herr Oberst, sind höhere Gefühle glatte Zeitverschwendung! Denn der veranstaltet doch hier seine spektakulären Ausbruchsversuche gar nicht aus soldatischen Motiven!«

»Aber er macht sie nun mal, Müller.«

»Vermutlich nur, um sich unserer Gemeinschaft zu entziehen!«

»Aus welchen Beweggründen auch immer! Fest steht doch wohl, daß es bisher noch niemandem gelungen sein soll, aus einem Gefangenenlager in Afrika auszubrechen, ohne sehr schnell wieder eingefangen zu werden. Aber dieser Faust — und das sagt mir mein soldatischer Instinkt, Müller —, der könnte es schaffen!«

Der Oberst blickte dabei in die scheinbare Endlosigkeit der Wüste. Über seine Leute hinweg. Vorübergehend beherrschte ihn ein Gefühl einsamer Größe.

»Auf diesen Faust, Herr Oberst, dürfen wir keine Rücksicht nehmen! Wir müssen vielmehr jetzt irgend etwas Überzeugendes unternehmen — bevor es möglicherweise zu spät ist.«

»Aber was denn — Ihrer Ansicht nach?«

»Ich orientiere mich an Major Turner, Herr Oberst — der mag ein Nilpferd sein, aber er hat allerhand auf dem Kasten! Der weiß, woher in einem solchen Lager die Winde wehen. Und der meint: Wenn Faust unauffindbar ist, aber sich dennoch im Lager aufhält, dann kann es dafür nur zwei Gründe geben.«

»Welche denn, Müller?«

»Erstens: Wir schützen diesen Faust, sozusagen aus Kameradschaft — wir sichern ihn ab, wir verbergen ihn!«

»Was aber nicht zutrifft — oder?«

»Was natürlich nicht zutrifft, Herr Oberst! Weil es einfach absurd wäre! Bodenlos dumm — bei diesem Faust und in unserer speziellen Situation.«

»Und der zweite Grund?«

»Wenn Faust — immer nach Major Turner — nicht mehr in unserem Lager existiert, dann doch wohl, weil wir ihn beseitigt haben! Weil er hier unsere Kreise gestört hat, weil er unbequem geworden war.«

»Aber so was, Müller, ist doch einfach haarsträubend! Das kann und will ich nicht glauben! Ich muß sofort den Colonel sprechen — bitte, sorgen Sie dafür.«

»Wie geht es Ihnen denn, Herr Oberst?« Das fragte Colonel Nelson mit ausgesuchter Höflichkeit, wobei er eine Verbeugung andeutete. »Kommen Sie bitte näher — setzen Sie sich zu mir.« Er wies auf den Stuhl, der unterhalb der britischen Flagge stand. »Was darf ich anbieten?«

»Ich bitte um eine Unterredung wegen der heiklen Vorgänge in diesem unserem Lager«, sagte der Oberst, ebenso höflich wie der Colonel. Nachdem auch er sich knapp verbeugt hatte, nahm er Platz. »Und ich kann nur hoffen, daß es sich dabei um ein schnell korrigierbares Mißverständnis handelt.«

»Das hoffe ich auch. Denn bisher, Herr Oberst, haben wir es

stets verstanden, das denkbar Beste aus unserer Situation zu machen. Und so, meine ich, sollte es bleiben. Nehmen Sie einen Whisky? Schottischer Whisky. Mit viel Eis, selbstverständlich. Akzeptiert?«

»Verbindlichen Dank!«

Sie saßen einander gegenüber — fast wie Geschäftspartner, die einen möglichst lukrativen Abschluß, für beide Seiten, erhoffen. Hier der schlanke, strahlend blauäugige Colonel; dort der stämmige, gelassene, vertrauensvoll wirkende pferdegesichtige Oberst.

»Zigaretten — direkt von Dunhill aus London — liegen vor Ihnen. Bitte, bedienen Sie sich.«

Bedächtig tranken sie. Rauchten schweigend. Der Oberst atmete, wie überwältigt durch langentbehrten Genuß, hörbar aus — dabei schloß er die Augen. Der Colonel lehnte sich behaglich in seinen Stuhl zurück.

Und dabei sagte er: »Herr Oberst — wenn dieses unser Lager als einzigartig gilt, als vorbildlich, als ein Musterbeispiel schlechthin, dann ist das nicht zuletzt Ihr persönliches Verdienst.«

»Ich bitte Sie!« wehrte der Oberst von Schwerin, nicht ungeschmeichelt, ab. »So was, meine ich, beruht immer auf Gegenseitigkeit.«

»Ich darf vermuten, daß Sie gewisse, eigentlich nur in diesem unserem Lager existierende Feinheiten herausgefunden haben. Etwa diese: Unsere Kriegsgefangenen sind voll mit Tropenkleidung ausgestattet worden — und diese wird sogar im Bedarfsfall ausgewechselt.«

»Was dankend anerkannt wird!«

»Hinzu, Herr Oberst, kommen weitere Bevorzugungen! So sind Ihren Leuten nicht nur ein Napf und große Teller zugestanden worden, sondern auch neben einem Löffel und der üblichen Gabel bedarfsweise ein Messer zusätzlich! Wenn das nicht großzügig ist . . .«

»Ich weiß das zu würdigen.«

»In fast allen übrigen Lagern ist unmittelbar nach dem Waffenstillstand die Verpflegung erheblich gekürzt worden — in diesem aber nicht.«

»Ich habe das stets zu honorieren gesucht. Meine Mitarbeit war immer aufrichtig und vorbehaltlos. Um so irritierender daher, wenn ich offen sein darf, die derzeitigen Maßnahmen von Major Turner.«

»Aber ich bitte Sie, Herr Oberst — der Mann tut doch nur seine Pflicht. Allerdings auf seine Weise. Doch dafür muß man Verständnis haben. Wenn hier tatsächlich ein Mann verschwunden sein sollte, so könnte sich das geradezu katastrophal auswirken — und nicht nur für ihn.«

Oberst von Schwerin schien andächtig sein Whiskyglas zu betrachten. »Noch«, sagte er, »steht ja wohl nichts Endgültiges fest.«

»Aber falls es tatsächlich, Herr Oberst, soweit kommen sollte — dann bedenken Sie bitte die möglichen Folgen! Bei unseren eintausendzweihundert ausgesuchten Kriegsgefangenen ist die Sterbequote denkbar gering. Lediglich zwei bis drei Mann davon gehen in schlechten Monaten ein — besonders im Winter, Januar und Februar, oder während dieser scheußlichen Sandstürme wie gestern und vorgestern. Schwächezustände, Hirnschläge, Herzfehler, Selbstmordpanik — und ähnliches in dieser Preislage. Sehr bedauerlich, doch unvermeidlich, also ganz normal. Bisher jedoch, Herr Oberst, kein Verlust in diesem Lager, nicht ein einziger, durch einen Ausbruchsversuch! Verstehen Sie, was ich damit sagen will?«

»Ich glaube, Sie zu verstehen.« Der Oberst von Schwerin stellte sein nur halb geleertes Whiskyglas auf den Tisch des Colonels. »Sie wollen nicht, daß der eventuell mögliche Verlust dieses Faust in Ihren Zahlen auftaucht — sondern, wenn es unbedingt sein muß, in den unseren. Er soll von uns als Abgang gemeldet werden.«

»Das wollte ich damit nicht gesagt haben!« Der Colonel hob warnend die Hand; doch seine Augen blinzelten anerkennend. »Was Sie da soeben angedeutet haben, ist eine Anregung, die einiges für sich hätte — die ich aber natürlich nicht aufgreifen kann. Nicht offiziell.«

»Aber wenn dieser möglicherweise verschwundene Faust nicht überzeugend nachweisbar an einer der üblichen Krankheiten gestorben ist — dann könnte es heißen: Er ist umgebracht worden! Und zwar von seinen Kameraden. Der denkbar scheußlichste Vorgang mithin — Kameradenmord!«

»Herr Oberst von Schwerin«, sagte nunmehr der Colonel mit leichtem Lächeln, »wir beide brauchen uns da doch nichts vorzumachen. Was in diesem Lager wirklich vorzugehen hat, bestimmen immer noch wir! Da lassen wir uns doch nicht hineinpfuschen! Oder?«

»Mein Einfluß ist leider begrenzt, Mr. Nelson.«

»Nicht in Ihrem Bereich, Herr von Schwerin — nicht durch mich! Oder haben Sie Veranlassung, irgendwelche Zugeständnisse zu machen — etwa an Leute wie diesen Hauptmann Müller?«

»Eine Situation wie die hier heraufbeschworene könnte zu unabsehbaren Folgen führen.«

»Dann beenden wir sie doch, Herr Oberst — möglichst schnell und gründlich. Helfen Sie mit Ihren verläßlichen Leuten mit, diesen Faust aufzufinden — dann wird es sein, als wäre nichts geschehen.«

Der Oberst ergriff sein Whiskyglas und trank es leer. »Sie dürfen mir glauben — es wäre auch ganz in meinem Sinne, diese Angelegenheit endgültig zu bereinigen. Aber wie am besten?«

»Überlegen Sie sich das bitte!« forderte der Colonel. »Aber sonderlich viel Zeit haben Sie dazu nicht mehr — hat keiner von uns beiden, fürchte ich. Und Sie sollen wissen: Auch ich habe bereits einiges veranlaßt; ich habe meinen verläßlichsten Mann angesetzt — wenn auch nicht ganz ohne Bedenken. Doch wie Ihr Generaloberst Beck schon sagte: Ungewöhnliche Zustände erfordern ungewöhnliche Maßnahmen!«

»Heute großes Staatstheater — was?« Der Sergeant Sid Silvers war am Innentor angekommen und unterhielt sich mit dem Posten. »Die Vorstellung scheint sich auszudehnen — wie?«

Der Posten nickte grinsend. »So in Form habe ich den Major noch nie gesehen!«

»Dann genieße diesen Anblick«, empfahl Silvers und ließ sich das Tor öffnen.

Er betrachtete mit hellen, schnell registrierenden Augen das Schauspiel, das sich ihm bot: die angetretenen, nun ergeben dumpf dastehenden drei Vierhundertschaften. Corporal Coplands Sportverein schien im Sand zu spielen — und Major Turner stand lauernd dabei. Seinerseits, mit Abstand, belauert von Hauptmann Müller-Wipper.

»Ihr seid ja mächtig vergnügungssüchtig«, sagte Sid Silvers zu Ken McKellar, der an eine Barackenwand gelehnt dastand. »Aber du siehst nicht gerade hell begeistert aus.«

»Willst du dich etwa über mich lustig machen?« fragte der Sergeant-Major grollend. »Mein Bedarf an Vergnügungen ist bis auf weiteres gedeckt.«

»Hast du dich etwa von Turner überfahren lassen?«

»Der«, stieß McKellar hervor, »versaut mir das ganze Lager! Da geht in wenigen Stunden in die Binsen, was ich monatelang mühsam aufgebaut habe!«

»Und du stehst hier so herum — du tust nichts dagegen?«

»Mann Gottes, Silvers! Dieser Turner ist ein Sauhund allererster Ordnung — aber der versteht sein Geschäft, das muß man ihm lassen! Wenn überhaupt einer diesen Faust wieder auffinden kann — dann er. Er hat alle Latrinen mit Stangen absuchen lassen, sämtliche Dreckkübel umgekippt — die meisten davon eigenhändig — und jede Barackenwand abgeklopft. Er hat sich sogar die Toten in den Särgen angesehen.«

Zur Zeit hatte Major Turner Coplands Sportverein in eine Art Lawinensuchtrupp umgewandelt — sie suchten, mit meterlangen Metallstangen, die sandigen Stellen im Lager ab, die exakt in die Spezialkarte des Majors eingezeichnet waren. Von Copland dirigiert, stachen sechs Mann, nebeneinander herschreitend, in regelmäßigen Abständen in den lockeren Boden.

»Irgendwo muß der sein!« rief McKellar. »In Luft kann er sich schließlich nicht aufgelöst haben.«

»Du legst großen Wert auf ihn — was?«

»Nun ja — er ist ein guter Erster *piper*, was ja nicht wenig ist. Und sonst sieht der völlig harmlos aus, Sid — der kann blicken wie ein Schaf! Wie ein Schafsbock, meinetwegen.«

»Eine hier gewiß sehr verwendungsfähige Begabung«, meinte Silvers. »Du willst diesen Burschen also wieder haben — als *piper*. Und dann, um Turner loszuwerden. Was läßt du dir das kosten?«

»Was denn, was denn, Sid — du willst Geschäfte mit mir machen?«

»Ich mache immer Geschäfte, Ken, das weißt du. Du kannst dich jederzeit daran beteiligen — und das weißt du auch.« Silvers blickte überaus freundlich. »Ich habe schon immer gesagt: Hier liegt eine Menge wertvoller Kräfte — Fachkräfte — brach; die müßte man endlich mobilisieren. Mit deiner Hilfe!«

»Du weißt, das kann ich nicht — nicht ohne Zustimmung des Colonels.«

»Die könnte jetzt fällig sein«, meinte der Sergeant Silvers mit munterer Zuversicht. »Denn auch der scheint großen Wert auf das Erscheinen Fausts zu legen — was praktisch heißt: Er wird sich das einiges kosten lassen!«

»Bist du etwa deshalb hier?« Ken McKellar starrte den mittelgroßen, zumeist freundlich lächelnden, stets wie neu eingekleidet wirkenden Silvers ungläubig an. »Mann — da bist du aber auf dem falschen Dampfer! Wie willst du schaffen, was nicht einmal Turner zu schaffen scheint?«

»Indem ich nachdenke, Ken — denn der Major macht doch nichts wie Betrieb. Dabei muß ihm, wohl in der Eile, irgendein Fehler unterlaufen sein — und den möchte ich herausfinden.«

»Mann — wenn dir das gelingt . . .«

»Dann werde ich bei dir kassieren, Ken — richte dich darauf ein.«

»Sie finden ihn nicht!« stellte der Feldwebel Schulz, die Spitzmaus, fest. Er wußte dabei nicht recht, ob er sich nun freuen sollte oder besorgt zu sein hatte. »Die graben womöglich noch das ganze Lager um — aber sie finden ihn nicht.«

»Kann ich dann sein Bettgestell beziehen?« erkundigte sich der danebenstehende Obergefreite Schafgott. »Es liegt so bequem gleich neben der Tür und ist immer gut belüftet.«

»Du denkst auch nicht weiter als bis zum nächsten Pennen«, sagte Schulz, das dienstrangälteste Mitglied der McKellar-Band. »Was meinst du denn wohl, was der Ausfall von Faust bedeutet?«

»Daß dann ich seine Stelle als Erster *piper* einnehmen muß«,

sagte Schafgott bieder. »Und eben deshalb habe ich einen Anspruch auf sein Bett — zumal wir so gut wie Freunde waren.«

Was fast stimmte. Dieser Faust pflegte sich zurückzuhalten, saß
in Ecken, las in Büchern, ging allein zur Latrine, mied Gespräche
— war jedoch mit Schafgott des öfteren gesehen worden. Doch
vermutlich nur, um den auszuhorchen. Schafgott war eine wan-
delnde Zeitung.

Feldwebel Schulz betrachtete ihn aufmerksam und meinte
dann: »Wenn du jetzt schon sein Bett haben willst — dann bist du
offenbar ganz sicher, daß Faust nicht mehr zurückkommt. Warum
eigentlich?«

»Nur so«, beeilte sich der Obergefreite zu versichern. »Ganz
instinktiv sozusagen. Ich meine — der schafft es.«

»Hast du ihm etwa dabei geholfen? So was kann gefährlich
werden — für uns alle.«

»Ich weiß von nichts!« rief Schafgott alarmiert. Er nahm Abstand von Schulz und beschäftigte sich mit seiner Arbeit.

Sie waren — von Ken McKellar — in den Geräteschuppen abkommandiert worden, in dem die Blas- und Schlaginstrumente der
Band untergebracht waren; hinter doppelten Sicherheitsschlös-
sern. Schafgott massierte hingebungsvoll einen Dudelsackbalg —
Schulz beobachtete ihn.

Doch zu einem weiteren Gespräch kamen sie zunächst nicht —
Hauptmann Müller-Wipper tauchte auf, schloß hinter sich sorg-
fältig den Eingang, stellte sich dann vor beiden in Positur. Sagte:
»Die Stunden dieses Vereins sind jetzt wohl gezählt!«

»Bestimmen Sie das?« fragte der Feldwebel Schulz verhältnis-
mäßig höflich.

»Auch Ihre Frechheiten sind dann zu Ende«, erklärte Müller-
Wipper zuversichtlich. »Dann wird euch keine Extrawurst mehr
gebraten! Statt sogenannter schottischer Musik — endlich wieder
gute deutsche Ordnung und Disziplin.«

»Das muß ja wohl nicht unbedingt gleich sein«, meinte Schafgott besorgt. »Zu ersetzen ist schließlich jeder — auch ein Erster
piper.«

»Aber doch nicht durch Sie, Schafsnase!« Der Hauptmann gab
sich belustigt. »Ich verstehe zwar nicht viel von Musik, und von
einer solchen schon gar nichts — aber eins weiß selbst ich: Sie,
Schafsnase, blasen Ihren Dudelsack wie andere auf einem Kamm.
Damit verglichen war die Jaulerei des Faust geradezu genial.«

Der Feldwebel Schulz schob Schafgott zur Seite und näherte sich
erwartungsvoll dem Hauptmann. »Wissen Sie, wie sich das, was
Sie da vorbringen, anhört? Als wären Sie geradezu besorgt um
unseren Verein!«

»Der aber ohne Faust ein Dreck ist!«

»Also sollen wir mithelfen, ihn zu finden. — Sind Sie darauf aus?«

»Lassen Sie diese Anbiederungstöne!« sagte Müller-Wipper warnend. »Die könnten Sie sehr bald bereuen. Doch im Augenblick haben Sie noch Glück, Schulz: Sie kommen ohne diesen Faust nicht weiter, und ich will ihn haben. Unsere Interessen begegnen sich also in diesem Punkt! Welch ein schöner Zufall — für uns beide! Also?«

»Also — was?«

»Schulz, wenn einer weiß, wo dieser Faust zu suchen ist, dann sind Sie das — oder eben einer von Ihrer Band. Also los — liefern Sie ihn an! Dann ist Ihre Band wieder komplett und wir sind — das sage ich ganz offen, Schulz — fein 'raus. Diesen Briten gegenüber.«

»Und wenn nicht?«

»Ist für Sie und Ihren Verein Sense!«

»Feldwebel Schulz hier?« fragte eine helle Stimme von der Tür her.

Der meldete sich. Der Sergeant Sid Silvers schritt auf ihn zu. »Sie will ich sprechen — Sie allein.«

»Erlauben Sie, bitte«, mischte sich der Hauptmann Müller-Wipper ein, »aber ich, als Adjutant des deutschen Lagerkommandanten . . .«

»Sie sind hier überflüssig«, sagte Silvers in freundlichem Ton. »Ich bin allein an Feldwebel Schulz interessiert. Darf ich also bitten!«

Der Hauptmann zog sich — unwillig — zurück. Der Obergefreite Schafgott durfte sich gleichfalls entfernen, hatte sich aber, in Türnähe, auf Abruf bereitzuhalten. Silvers widmete sich allein Schulz.

»Dieser Faust«, sagte der freundliche Sergeant, »gehörte zu Ihrer Spezialgruppe; er lag neben Ihnen in der gleichen Baracke — doch er muß vergleichsweise unzugänglich gewesen sein, möglicherweise kompliziert, zumindest äußerst verschlossen — ein erklärter Einzelgänger vermutlich.«

»Woher«, fragte Schulz staunend, »wissen Sie das?«

»Ich habe einiges von ihm gehört und ein Aktenstück über ihn gelesen«, erklärte Sid Silvers entgegenkommend. »Sie wissen ja, Kamerad Schulz, daß in diesem Lager alle erreichbaren Nachrichtenträger, Techniker und Befehlshaber des Afrikakorps zusammengefaßt worden sind, um ausführlich befragt zu werden — zahlreiche Aktenstücke ergaben sich daraus. Und eins war nichtssagender als das andere. Doch geradezu verdächtig nichtssagend ist das über diesen Faust.«

»Erwarten Sie, daß ich es ergänze? Das könnte ich nicht!« Der Feldwebel Schulz sagte das glaubhaft aufrichtig. »Ich habe an die vier Monate mit ihm auf engstem Raum zusammen gelebt — ohne ihn auch nur ein wenig näher kennenzulernen.«

»Das entspricht meinen Vorstellungen.«

»Ich weiß nicht, wie, wann und wohin er entschwunden sein könnte.«

»Das heißt vermutlich: Sie haben sich bisher nicht sonderlich dafür interessiert. Aber genau das sollten Sie jetzt einmal versuchen.«

»Warum?«

»Nun — vielleicht, um McKellar einen wichtigen Gefallen zu tun. Oder sich selber — und den Kameraden. Schauen Sie her!« Der Sergeant Sid Silvers breitete eine großformatige Lagerkarte aus. »Und nun zeigen Sie mir mal den genauen Weg, den die Band genommen hat. Wo dabei, genau, hatten Sie das Gefühl, daß Faust nicht mehr als Erster *piper* in Aktion war? Und wo, wieder möglichst genau, bemerkte das McKellar?«

Die Tür wurde weit aufgestoßen. Major T. S. Turner erschien. Das Wüstenwalroß brüllte Silvers entgegen: »Was haben Sie hier zu suchen — ausgerechnet Sie! Sie stören hier meine Untersuchungen, Silvers!«

»Ich ergänze sie, Sir — wenn Sie so wollen. Auf Anordnung des Colonels. Sie können nachfragen, falls Sie Wert darauf legen.«

»Sie sind auch bald fällig!« grollte der Major. »Sie und Ihre parfümierten Parteigänger! Dafür werde ich sorgen!« Undeutlich, doch laut fluchend zog er sich zurück. Knallte die Tür zu.

»Das«, meinte dann Silvers versonnen, »sind so die gängigen Methoden, mit denen wir uns hier herumschlagen müssen. Wie lange wohl noch? Ein Oberst schickt seinen Hauptmann vor, der wird absorviert und alarmiert einen Major — und der trifft auf einen Sergeant, den sein Colonel angesetzt hat, ohne genau zu wissen, worauf! So sitzt einer dem anderen im Nacken.«

»Und Sie — mir.«

»Quatsch, Schulz! Ich drohe doch gar nicht. Ich mache lediglich ein Angebot — sagen wir, zunächst eine Flasche Whisky pro Mann der Band. Dann: lohnende Sonderbeschäftigungen in Kairo. Denn langsam, Kamerad Schulz, habe ich das Gefühl: Dieser Faust ist Gold wert — mit dem müßte sich allerhand anfangen lassen. Wenn man ihn hätte!«

»Hier«, sagte der Feldwebel Schulz und tippte auf die Lagerkarte. »Wir begannen gerade auf Block zwei zuzuschwenken — da verschwand er.«

Block zwei lag links seitwärts. Dahinter die drei Schuppen: der für die Musikinstrumente, einer für die Leichen, der dritte für Vorräte und Handwerkszeug — wie: Sägen, Äxte, Hacken, Harken und Spaten. »Wie vom Erdboden verschwunden war er!«

»Prüfen wir das einmal nach«, sagte Sid Silvers ermuntert.

»Punkt für Punkt — Lokalität nach Lokalität —, Meter um Meter. Und versuchen wir dabei zu denken, wie dieser Faust gedacht haben könnte. Das sollte mir eigentlich gar nicht so schwerfallen, fürchte ich.«

»Das allerdings«, gab Schulz zu, »fürchte ich nun auch.«

»Wer ist denn dieser Mensch überhaupt?« wollte nun der Oberst von Schwerin-Sommershausen dringlich wissen. »Ich habe den Namen Faust bisher noch niemals bewußt zur Kenntnis genommen!«

Sein Adjutant, der Hauptmann Müller-Wipper, nickte ermunternd dem dritten Mann im Raum zu, den er mitgebracht hatte. Das war Major Roßberg, Alfred mit Vornamen. Ein gelernter, sehr bewußt deutscher Historiker, beim Afrikakorps als Stabsoffizier eingesetzt und nunmehr auch nichts als ein Kriegsgefangener, doch selbst noch als solcher in seinem besonderen Wert, wie er meinte, erkannt und gewürdigt. Er gehörte zur deutschen Lagerleitung.

»Dieser Faust«, erklärte Roßberg, »ist einfacher Soldat, niedrigster Dienstgrad, soll aber technische Kenntnisse besitzen und mit Panzern umgehen können. Doch besitzt er keine Kriegsauszeichnungen, keine erkennbaren Freunde, keine Anteilnahme an gemeinschaftlichen Interessengruppen.«

»Soll das heißen — er ist nicht kameradschaftlich veranlagt?«

»Offenbar nicht im geringsten.«

»Immerhin«, gab der Oberst zu bedenken, »hat er sich benommen wie ein Offizier — denn fast nur bei denen sind Fluchtversuche üblich!«

»Was aber hier«, ergänzte Hauptmann Müller-Wipper eilig, »sozusagen mitten in der Wüste, praktisch gar nicht in Frage kommt! Das hat einer unserer besten Offiziere, der Oberleutnant Hartmannsweiler, bereits vor geraumer Zeit überzeugend bewiesen — er kam, trotz sorgfältigster Vorbereitungen und intensivster Anstrengungen, nicht über den inneren Sperrzaun hinaus. Das hat sich im ganzen Lager herumgesprochen, und das müßte auch dieser Faust wissen. Doch der macht nichts wie überflüssige Schwierigkeiten!«

»Ganz offensichtlich haben wir es hier«, erklärte Major Roßberg bereitwillig, »mit einem unnormal reagierenden Menschen zu tun. Ich habe versucht, mit ihm ins Gespräch zu kommen — er lehnte das ab. Verweigerte mir die einfachsten Angaben. Auch Auskünfte von Kameraden über ihn waren schwer zu erhalten. Er soll aus einfachsten Verhältnissen kommen, Vater Metallarbeiter oder so was Ähnliches; wohl kein sonderlich staatserhaltendes Element, soweit ich das ausmachen konnte. Hier im Lager beschäftigte sich dieser Faust mit Bastelarbeiten und dem Lesen von fremdsprachigen Büchern — außerdem gehörte er dann ja noch diesem schottischen Nervtöterverein an!«

»Von mir aus«, rief der Hauptmann, »kann der hier den Koran beten und dreimal gen Mekka knien — nur eins darf dieser Kerl nicht: uns alle in eine heikle Situation bringen!«

»Das aber, Müller, scheint der Fall zu sein«, bestätigte der Oberst.

»Erlauben Sie mir, auch hierfür eine Erklärung anzuliefern.« Major Roßberg meldete sich, durch Hauptmann Müller ermuntert, zu Wort. »Man muß nämlich so was, meine ich, in größeren Zusammenhängen sehen. Die Briten haben hier in Afrika über Teilkräfte von uns, und das noch dazu höchst mühsam, einen militärischen Sieg errungen. Diesen jedoch nicht wegen überragender Tüchtigkeit und strategischer Befähigung — sondern fast ausschließlich durch massierte Materialüberlegenheit. Und eben darunter leiden sie — heute noch und auch hier.«

»So ist es!« sagte Hauptmann Müller-Wipper. »Die Briten geben sich zwar äußerlich gelassen, doch innerlich sind sie unsicher.«

»Das könnte — in diesem speziellen Fall — leider stimmen«, sagte der Oberst bedächtig. »Und ich sage leider, weil diese Angelegenheit äußerst heikel ist — und zwar für beide Seiten.«

»Vermuten Sie das, Herr Oberst«, wollte der Hauptmann wissen, »oder gibt es bestimmte Anzeichen dafür?«

»Der Colonel«, erklärte der Oberst, »wäre heilfroh, wenn wir diesen Faust abbuchen würden — auf unserer Verlustliste.«

»Hat er das verlangt?«

»Das nicht gerade — doch er hat es angedeutet.« Der Oberst vermied es, irgend jemanden im Raum anzublicken. »Und ich meine: Wir sollten ihm da entgegenkommen.«

»Was bietet er denn dafür?«

»Aber ich bitte Sie, meine Herren — so was ist eine Art Gentlemen-Abkommen!«

»Diesen Briten«, mutmaßte Müller freudig, »geht jetzt offenbar die Luft aus! So was muß man ausnützen — und zwar zielstrebig! Wir jubeln ihnen diesen Schwarzen Peter einfach unters Hemd.«

»Diese Ansicht«, stimmte Major Roßberg zu, »deckt sich mit meinen Beobachtungen! Ich habe Turner genau beobachtet — er hat einen Mist nach dem anderen gebaut. Und dann andere dafür verantwortlich zu machen versucht — etwa Sergeant McKellar, sogar unsere Lagerkommandantur, selbst seinen Corporal Copland! Er wird auch vor dem Colonel nicht haltmachen!«

»Das aber ist unsere Stunde!« rief der Hauptmann energisch aus. »Wir fordern: mehr Selbstverwaltung, Einfluß auf die Verpflegungszuteilung, Verstärkung der deutschen Lagerpolizei, Einschränkung der Befehlsbefugnisse des Sergeant-Majors, Auflösung dieser musikalischen Sonderformation, zumindest deren direkte Unterstellung unter unsere Kommandantur. Und alles muß schriftlich fixiert werden — dann kann der Colonel seinen Abgang auf unsere Kosten haben!«

»Ich muß doch sehr bitten!« sagte der Oberst mit bemühter Würde. »Nur nicht immer gleich so maßlos, meine Herren! Noch ist schließlich nichts endgültig entschieden! Noch ist so gut wie alles möglich — sogar eine Art Wunder ist nicht ganz ausgeschlossen.«

»Ein schöner Tag, Sir — nicht wahr?« Sergeant Sid Silvers blinzelte gut gelaunt Captain Moone zu. »Regen — wie im alten England — ist hier kaum zu erwarten.«

»Sie werden immer alberner, Silvers«, meinte Moone. »Das liegt am Klima — es bekommt nicht jedem.«

»Aber sonst, hoffe ich, geht es Ihnen gut, Sir?«

»Gewöhnlich schon — aber nicht unbedingt dann, wenn ich mich mit Ihnen beschäftigen muß, Silvers.«

»Ich habe keinesfalls die Absicht, Sir, Sie unnötig lange durch meinen Anblick zu erfreuen. Ist der alte Knabe in seinem Dienstzimmer?«

»Silvers — sprechen Sie etwa von Ihrem Colonel?«

»Von unserem Colonel, Sir.«

Das war der zwischen ihnen im Verlaufe der Zeit üblich gewordene Umgangston — doch nur, wenn sie ganz unter sich waren. In Gegenwart Dritter beschränkten sie sich auf knappe, korrekt klingende Formulierungen. Ihre privaten Vertraulichkeiten jedoch basierten auf der Erkenntnis, daß sie beide, hier in diesem Lager, Colonel Nelson am nächsten standen: Moone erledigte dessen Dienstgeschäfte, Silvers sorgte für sein Privatleben — wozu, in allererster Linie, die Pflege und Betreuung seines Rolls-Royce gehörte.

»Diesmal«, sagte der Captain, »werden Sie Ihren — unseren! — Colonel jedenfalls nicht so leicht erfreuen können. Dieser Faust ist offenbar ein schwerer Brocken! Kaum zu verdauen!«

Sid Silvers lächelte; wie stets war er bemüht, irritierend harmlos zu wirken. »Ist das Ihre Ansicht, Sir — oder die von Major Turner?«

»Ich werde mich hüten, Silvers, ausgerechnet Ihnen meine persönliche Beurteilung dieser Situation zu unterbreiten. Aber Major Turner kennt bereits diverse Schuldige — er hat sie sogar schon schriftlich erfaßt. Er fordert erhöhte Absicherungen, die Einschränkung aller fragwürdigen Freiheiten der Kriegsgefangenen, die Einführung des Käfigsystems endlich auch für dieses Lager.«

»Und so was beeindruckt Sie?«

»Das ist doch nicht wenig — meine ich.«

»Das meinen Sie!« Sergeant Silvers nickte dem Captain zu. Dann begab er sich an die Tür, auf der des Colonels Name stand. Hier klopfte er. Dreimal. Im vereinbarten Rhythmus — wobei er Moone freundlich beruhigend zublinzelte. Dann öffnete er die Tür und trat ein.

Silvers sah seinen Colonel hinter dem Schreibtisch sitzen. Offenbar gedankenträchtig. Und Nelson nickte, wie abwesend, seinem Sergeant zu. Der nahm, unaufgefordert, mit großer Selbstverständlichkeit im Besucherstuhl Platz.

»Sir«, sagte er dann bedächtig, »ich habe da ein Problem — mit dem Rolls-Royce.«

Colonel Nelson blickte auf — nicht ohne Besorgnis. »Wie kann das sein?« fragte er.

»Die Uhr tickt zu laut, Sir — selbst wenn der Motor läuft.«

»Dann«, entschied der Colonel spontan, »muß man eben die Uhr abstellen.«

»Das, Sir, ist die Lösung!« erklärte Sid Silvers. »Was stört, muß abgestellt werden — eigentlich ganz einfach. Ein Grundprinzip.«

»Silvers«, verlangte nun der Colonel zu wissen, »was halten Sie von dieser doch wohl recht heiklen Situation?«

Sid Silvers stammte aus Manchester; sein Vater hatte in einer Baumwollfabrik gearbeitet. »Sir«, sagte er, sich zurücklehnend, »Sie haben einen erklärten Hang zur Großzügigkeit — was Sie ehrt, was aber unter gewissen Umständen, wie diesem hier, ein Fehler sein kann.«

»Unterschätzen Sie mich nicht, Sid«, meinte Nelson im Ton aufgeschlossener Herzlichkeit. »Vor allem nicht im Hinblick auf diese Deutschen!«

Sid Silvers nickte. Seine außerordentliche Vielseitigkeit hatte sich stets bewährt. So sehr sogar, daß er für gewisse männliche Typen höchst anziehend und gewissen anderen leicht verdächtig erschien — wofür er aber nichts konnte, was er jedoch unbedenklich mißbrauchte. Er zog seine Hand nicht weg, auf die jetzt der Colonel — wie vertrauensvoll — die seine legte.

»Irgendwelche Fehler, Sid, scheinen sich in meine sonst so vorbildlich erscheinende Organisation eingeschlichen zu haben. — Aber welche?«

»Sie nehmen, Sir, wenn ich das so offen und vereinfachend sagen darf, jede erdenkliche Verantwortung auf sich — ohne so was letzten Endes wirklich nötig zu haben. Das macht gewiß einen guten Eindruck, kann aber auch verdammt unpraktisch sein. Unzweckmäßig.«

»Was wollen Sie mir denn diesmal einflüstern, Silvers?« Der Colonel gab sich Mühe, belustigt zu wirken.

»Die Grundorganisation in diesem Lager, Sir, ist ja gar nicht schlecht — sie wird nur zu zentral, zu plump gehandhabt. Das heißt: Sie halsen sich hier viel zuviel auf!«

»Silvers«, meinte der Colonel nicht unbeeindruckt, »Sie besitzen eine Menge Fantasie! Doch was läßt sich, in diesem speziellen Fall, praktisch damit anfangen? Bedenken Sie — dieses Lager war von mir von Anfang an als ein Musterfall geplant. Jederzeit vorzeigbar. Jedem!«

»Niemand hindert Sie daran, Sir.«

»Auch nicht dieser Faust?«

»Nicht einmal der — Sie müssen sich nur absichern!«

»Aber wie denn, Sid — Ihrer Ansicht nach?«

»An sich ist das ganz einfach, Sir. Denn allein in Ihrem Bereich existieren doch zumindest drei Leute, die Ihnen jede Verantwortung bereitwillig abnehmen könnten. Und die auch dazu bereit sind. Einmal: Turner — er will allein und überzeugend für Sicherheit sorgen; lassen Sie ihm das! Dann Ken McKellar — seine Betreuungswut, den Deutschen gegenüber, ist grenzenlos — nützen Sie das aus! Und Captain Moone ist nur allzu bereit, das alles zu koordinieren — soll er doch!«

»Erwarten Sie von mir, Sid, daß ich meine Verantwortung aufteile?«

»Genau das, Sir — Sie sollten sie zumindest dreiteilen!«

Colonel Nelson war tief in seinen Sessel hineingerutscht. Von dort aus betrachtete er seinen Sid Silvers mit genießerischer Anerkennung. »Aber was dann, Sid, wenn es tatsächlich einem gelingt, auszubrechen — etwa diesem Faust?«

»Dann, Sir, müssen Sie eben versuchen, sich nicht unbedingt allein dafür verantwortlich machen zu lassen! In einem Lager bei Alexandria hat General Forester eine Art Listensystem eingeführt. Danach werden die Kriegsgefangenen immer schriftlich übergeben — von der britischen Kommandantur an den Sicherheitsoffizier, von diesem an die deutsche Lagerkommandantur, von dort an die Leiter der Arbeitskommandos! Und so weiter und so fort. Bei diesem System, Sir, ist immer ganz automatisch einer für irgendeinen anderen verantwortlich! Nur ein einziger ist dabei praktisch sozusagen immer außer Obligo: der britische Lagerkommandant.«

»Noch weitere Einfälle in dieser Preislage, Sid?«

»Noch eine ganze Menge, Sir! Denn schließlich betreue ich Ihren Rolls-Royce — und für den bin ich sogar bereit, mich in geistige Unkosten zu stürzen. Und bei dieser günstigen Gelegenheit, Sir, erlaube ich mir, Sie wieder einmal darauf aufmerksam zu machen, daß hier, in diesem Lager, wertvolle Arbeits- und Einsatzkräfte einfach brachliegen! Es gibt da äußerst verwendungsfähige Spezialisten.«

»Silvers, mein Lieber — kommen Sie mir doch nicht wieder damit!« Colonel Nelson blickte mit mildem Tadel auf seinen engsten Vertrauten. »In dieser Hinsicht glaube ich Sie völlig durchschaut zu haben. Sie wollen sich ausbreiten — möglichst bis nach Kairo!«

»Ich weiß einiges von den dortigen Verhältnissen, Sir! Was dort am dringendsten gebraucht wird, sind Spezialisten aller Art — besonders Handwerker, Elektriker, Installateure und Fachkräfte ähnlicher Kategorien. Aber eben die, Sir, sind hier, in diesem Lager, reichlich vorhanden. Mit ihnen könnten wir Dienststellen und Behörden in Kairo reihenweise erfreuen!«

»Silvers! Versuchen Sie etwa, sogar mit mir Ihre Geschäfte zu machen?«

»Für Sie, Sir, liefere ich sozusagen alles gratis, was ich anzubieten habe. Wobei ich aber herausgefunden habe, daß Sie sich nichts schenken lassen — also wissen wollen, womit Sie sich am sichersten revanchieren könnten.«

»Zumindest weiß ich eins, Silvers — Sie werden nicht den Ast absägen, auf dem Sie sitzen.«

»Stimmt, Sir«, bestätigte der Sergeant höflich.

»Aber Sie werden auch niemals zögern, Silvers, jeden sich bietenden Vorteil wahrzunehmen?«

»Stimmt auch, Sir! Nur eben, daß der Vorteil des einen nicht auch gleich unbedingt ein Nachteil für einen anderen sein muß.«

»Nun gut, Silvers — Sie kennen jedenfalls mein derzeitig spezielles Problem! Es heißt: Faust. Das scheint hier niemand lösen zu können. Vermögen Sie es?«

»Wenn dabei ein erstes ausgesuchtes Sonderkommando herausspringt, Sir, von mir in Kairo betreut — — —«

»Akzeptiert, Silvers! Immer vorausgesetzt, daß Sie eine wirkliche Lösung liefern können.«

»Was mein Pflichtbewußtsein natürlich sehr anspornt, Sir.« Silvers wirkte dennoch bedächtig — seinen ausgeprägten Sinn für Humor zeigte er nur selten. »Und ich bin auch durchaus zuversichtlich! Denn ich habe mich mit diesem Faust bereits beschäftigt. Dabei glaube ich etwas recht Bemerkenswertes herausgefunden zu haben: Dieser Bursche denkt offenbar ähnlich wie ich! Mithin scheint mir fast sicher: Ich kann denken wie er!«

»Nur keine leichtfertigen Aktionen, Silvers!« warnte Colonel Nelson. »Die kann ich mir jetzt nicht leisten!«

»Ich auch nicht«, versicherte Sergeant Sid Silvers ernsthaft. »Ich habe bereits eine Menge in diese Angelegenheit investiert. Sie können jetzt in Aktion treten, Sir.«

»Mir scheint offenbar nichts anderes übrigzubleiben, als hier persönlich einzugreifen«, verkündete Colonel Nelson eine knappe halbe Stunde später seinem Adjutanten. »Einer muß ja schließlich hier eingreifen — obgleich das nicht meine eigentliche Aufgabe ist. Aber was soll man machen, wenn alle anderen versagen!«

Der Captain betrachtete seinen Colonel mit amüsierter, doch respektvoller Neugier. Denn er hatte im Hintergrund Sid Silvers erblickt, der ein vielversprechendes Grinsen produzierte. »Darf ich fragen, Sir, was Sie beabsichtigen?«

»Sie werden es sehen, Moone!«

Colonel Nelson bot ein hier völlig ungewöhnliches Schauspiel: Er stand ganz einfach da — auf der überdachten Terrasse vor seinem Kommandanturgebäude. Er stand nichts als da und schien in die Endlosigkeit der Wüste zu blicken, regungslos wartend.

So gab er Rätsel auf, was beabsichtigt war und eine gewisse Unruhe schaffte, die er erhofft hatte. Nelson blinzelte kurz zu Silvers hinüber; und der blinzelte, ermunternd, zurück. Lange Minuten vergingen. Und schnell sprach es sich herum, daß der Colonel einen neuartigen Anblick zu bieten beliebte. Was im Lager alarmierend wirkte.

Alsbald fand sich in der Nähe des inneren Tores auch Hauptmann Müller-Wipper ein, gemeinsam mit Major Roßberg. Sie sorgten dafür, daß der Oberst von Schwerin informiert wurde — auch der tauchte dann auf, tat aber so, als unternähme er lediglich einen Spaziergang.

Die britischen Posten — auf vier Mann verstärkt — schienen die Anwesenheit des Colonels als äußerst anspornend zu empfinden; sie hielten sich streng an ihre Vorschriften: untersuchten jeden Kriegsgefangenen, der passieren wollte, bis auf die Haut. Sie tasteten ihn ab, ließen ihn die Taschen leeren, das Hemd ausziehen.

»Was soll das!« knurrte Ken McKellar, der sich ebenfalls eingefunden hatte.

»Befehl von Major Turner«, wurde ihm lapidar entgegnet.

Schließlich eilte sogar T. S. Turner herbei — von seinen beiden Sicherheitslehrlingen, Miller und Mills, in respektvollem Abstand gefolgt. »Sir«, meldete er hastig dem Colonel, »Lage ohne Besonderheit!«

»Was also wohl heißt, Major — Sie haben mir immer noch nichts Positives zu berichten.«

»Weder Positives noch Negatives, Sir.«

»Also — nichts!« Und nach längerem, betrübt wirkendem Blick: »Ich hätte nie gedacht, Turner, daß ich hier auch noch Ihre Arbeit machen muß.«

»Sir!« schnaufte der gekränkt auf und holte dann tief Luft.

»Erledigen Sie wenigstens Ihre Routinearbeiten, Major — davon will ich Sie nicht abhalten.«

T. S. Turner zog sich mit hochrotem Kopf zurück, winkte die Leutnante Miller und Mills herbei und jagte sie alsbald in zwei verschiedene Richtungen davon. Hierauf betrieb er, unter den Augen des Colonels, die allgemein üblichen Lagerspiele. Er befahl die Wachmannschaften des Innentores einzeln zu sich, stellte ihnen Routinefragen, überprüfte den Sitz ihrer Uniformen, murmelte Ermunterndes aber auch Abwertendes. Interessierte sich für die Sauberkeit von Fingernägeln, die Verschnürung des Schuhzeuges, die Rasur.

»Passieren lassen!« rief er unwillig, als zwei Kriegsgefangene aufkreuzten, die zum Reinigen des Krankenreviers abkommandiert waren. »Oder glaubt ihr etwa, die werden diesen Faust in Einzelteile zerlegt in den britischen Lagerbereich transportieren?« Und zu McKellar, der danebenstand, sagte er scharf: »Grinsen Sie gefälligst nicht, Sergeant! Sie haben nicht den geringsten Grund dafür — Sie am wenigsten!«

Der Colonel blickte indessen himmelwärts — sah in das bleierne Blau, das sich über die endlosen Horizonte spannte. Sah dann auf seine Armbanduhr — hierauf zu Silvers hinüber. Und der schwenkte, nur andeutungsweise, seinen sorgfältig frisierten Kopf in Richtung des inneren Tors.

Dort erschien nun ein Esel, neben dem ein älterer Kriegsgefangener mit mechanischer Gelassenheit einhertrottete. Der Esel zog einen zweirädrigen Karren hinter sich — und auf dem Wagen, dicht nebeneinanderliegend, befanden sich drei längliche kistenartige Gebilde: Särge.

Es handelte sich bei diesem Sargtransporteur um eine im Lager allgemein bekannte, niemals gern gesehene Gestalt — um einen gewissen Jablonski, Josef mit Vornamen. Josef, obgleich erst knapp über fünfzig, machte fast den Eindruck eines ehrwürdigen Greises — sein Vollbart sorgte dafür. Denn er besaß — als einziger in diesem Lager — das Privileg, sich einen Bart stehenzulassen.

Denn Josef Jablonski genoß die besondere Protektion von Colonel Nelson. Dem hatte er, unmittelbar vor dem Fenster seines Dienstraumes, eine Art Garten angelegt — mit Abfällen aus der britischen Lagerküche gedüngt, durch eine eigene Wasserleitung besprengt: zwei Jungpalmen, vier Gladiolenbüsche und ein dekoratives Gewirr von tropennachtblauen Winden.

Jablonski grüßte, in einiger Entfernung, in Richtung des Colonels. Dann trottete er neben seinem Esel weiter. Er war in diesem Lager nicht nur Nelsons Gärtner — auch Sargtischler, Leichentransporteur und Totengräber. Und sein Esel war eine Eselin — ein hellgraues Wesen von größter ergebener Geduld. Josef hatte sie, seinem Vornamen angleichend, Josefa genannt.

Mit seiner Josefa, den Särgen und den jeweils anfallenden Leichen hauste er in einem stallähnlichen Gebäude — Schuppen zwei — am linken Rande des deutschen Lagers. Dort pflegte er, stets lautstark und vielmals täglich, zu beten und Kirchenlieder zu singen — niemand störte ihn dabei. Sein Friedhof lag außerhalb des Lagers.

»Die übliche Fuhre, Mister!«

Einer der britischen Posten öffnete das Tor weit. Auch Turner wich zur Seite und deutete eine Art Ehrenbezeigung an — auf solche Demonstrationen britischer Fairneß legte er Wert, zumal in Gegenwart des Colonels, wenn der auch unentwegt in die Luft zu starren schien.

An diesem Tag schleppte Josefa drei Särge auf dem Karren hinter sich mit: eine recht ungewöhnliche Quote; bedingt durch jenen heftigen, erstickenden zweitägigen Sandsturm. Einer der transportierten Toten war an Herzschwäche gestorben; ein anderer durch Hitzschlag; der dritte hatte sich selbst gemordet, mit Hilfe eines Strickes. Das hatte ein deutscher Arzt festgestellt, ein britischer bestätigt. Begleitpapiere lagen vor.

»Stop!« rief der Colonel.

»Steh still, Josefa!« rief Jablonski seiner Eselin zu. Was die auch prompt tat. Selbst Josefa schien sich hier völlig an deutsche Befehlsgebung und britische Organisation gewöhnt zu haben.

Colonel Nelson winkte energisch zwei der Wachsoldaten zu sich, die denn auch dienstreifig herbeieilten. Und ihnen befahl er: »Öffnen Sie den ersten Sarg!«

Die Leuten zögerten — sie blickten zunächst maßlos verwundert. Ein Vorgang, den Captain Moone bereitwillig ausnutzte. Dringlich flüsternd, gab er seinem Colonel zu bedenken: »Sir — so was könnte mißverstanden werden!«

Auch Major Turner eilte abermals herbei und meinte besorgt: »Sir — nicht etwa, daß ich sonderlich pietätvoll veranlagt wäre, das nicht, gewiß nicht — aber der Tod dieser Leute ist ärztlich bestätigt worden, somit offiziell. Ein Geistlicher hat, bevor die Särge endgültig verschlossen wurden, ein letztes Gebet gesprochen. Diese Toten, die ich überprüft habe, brauchen somit jetzt nur noch beerdigt werden. Und das, Sir, sollte man ihnen gönnen — wenn man nicht unnötig böses Blut machen will.«

Der Friedhof befand sich außerhalb, doch dicht am Rande des Lagers. Er wirkte, den Verhältnissen entsprechend, nahezu würdig — auf Steingräbern standen Steinkreuze. Auch war er denkbar ausbaufähig, dabei hygienisch einwandfrei: denn es mußte, wie angeordnet, mindestens ein Meter fünfzig tief gegraben werden. Wofür der verläßliche Jablonski verantwortlich war.

»Öffnet den ersten Sarg!« befahl der Colonel unbeeindruckt.

Das geschah denn auch. Nelsons Wachsoldaten werkten alsbald, ohne ihre Gewehre abzulegen, mit Eifer. Sie brauchten lediglich zwei Schraubverschlüsse zu lösen, um den Sargdeckel heben zu können.

Zum Vorschein kam: ein fahlgelber, intensiv riechender Toter. »Nichts als ein Leichnam, Sir«, meldete der eine der Soldaten.

»Dann öffnen Sie den zweiten Sarg!« ordnete der Colonel an.

»Sir«, gab sein Captain, dicht hinter Nelson, zu verstehen, »so was könnte unter Umständen als eine Art Leichenschändung ausgelegt werden.«

Und auch der Major meinte: »Ich will nicht behaupten, Sir, daß diese Deutschen irgendwelche besondere Rücksichtnahme verdienen — bestimmt nicht! Aber schließlich, Sir, vertreten wir hier das Empire, das sollten selbst diese Bastarde zu spüren bekommen. Zumal ich diese Toten doch bereits persönlich kontrolliert habe — diese neuerliche Untersuchung könnte man direkt als Mißtrauen gegen meine Maßnahmen auffassen.«

»Wieder dasselbe, Sir!« stellte nun einer der Wachsoldaten sachlich fest. »Nichts als ein Leichnam!«

Diese zweite Leiche war mehr von bläulicher Blässe, bereits von Verfall gezeichnet, doch noch deutlich erkennbar. Leichen hielten sich hier ziemlich lange frisch, der Trockenheit wegen; dennoch mußte, laut Befehl, alles möglichst binnen achtundvierzig Stunden unter die Erde, was hier offiziell gestorben war.

Das war Josef Jablonski, dem Gärtner und Totengräber, verbindlich, also schriftlich bestätigt worden. Und das schien sogar Josefa, die Eselin, zu wissen — sie blickte ermüdet-friedfertig den Colonel an und strullte eine milchig-gelbe Flüssigkeit in den Wüstensand. Was wie ein Kommentar war.

»Ich kann da wirklich nur warnen, Sir!« flüsterte Captain Moone. »Nicht auch noch den dritten Sarg!«

Und der Major Turner meinte: »Kontrollen, Sir, sind immer gut — aber man sollte es nicht übertreiben. Nur zu leicht kann man sich dabei lächerlich machen. Das, Sir, mit allem Respekt gesagt...«

Das glatte, lediglich dezent gebräunte Gesicht des Colonel Nelson wirkte nunmehr leicht gerötet — eine dünne Schweißschicht lag darauf.

»Also dann«, ordnete er an, »wollen wir uns auch noch den dritten Sarg ansehen.«

Das geschah! Nicht gerade prompt, nach kurzem Zögern, beschäftigten sich dann die beiden Wachsoldaten mit der vorderen und mit der hinteren Flügelschraube des Sarges. Danach hoben sie den Deckel ab.

Zum Vorschein kam eine Gestalt, die mit gekreuzten Armen auf einer Strohunterlage ruhte. Und die dann zu blinzeln begann — in das grelle Sonnenlicht hinein. Die sich nun aufrichtete, um sich blickte — und lächelte.

Diese Gestalt stieg aus, vertrat sich die Beine, probierte ein paar

Freiübungen. Blieb hierauf stehen. Lächelte unentwegt weiter —
den Colonel an.

»Wen haben wir denn da?« rief Nelson beglückt.

Er hatte Faust.

»Nun erzählen Sie mal«, forderte Colonel Nelson den vor ihm
stehenden Kriegsgefangenen Faust durchaus freundlich auf.
»Aber möglichst ohne irgend etwas auszulassen.«

»Mein Name ist Faust«, sagte der Angesprochene nicht minder
freundlich. »Mein Dienstgrad ist Grenadier. Meine Einheit hatte
die Feldpostnummer 17 307. Die Nummer meiner einstigen
Kennmarke weiß ich nicht auswendig. Hier jedoch habe ich die
Bezeichnung ME — was wohl ›Middle East‹ bedeutet — mit der
Nummer 172 211 erhalten.«

»Lassen Sie gefälligst dieses Schmierentheater!« forderte ihn
Major Turner scharf auf. »Versuchen Sie ja nicht, uns für dumm
zu verkaufen!«

»So was, Herr Major, ist doch allgemein üblich; zumindest
unter Soldaten. Ein Kriegsgefangener ist, laut Genfer Konvention,
lediglich dazu verpflichtet, seinen Namen und seinen Dienstgrad
zu nennen, dazu seine Kennummer. Nichts weiter sonst.« Faust
blickte lächelnd um sich.

Und er sah — im Dienstzimmer des britischen Kommandanten:
einmal Colonel Nelson, dann Major Turner, schließlich Captain
Moone — dann aber auch diesen Sergeant, der Silvers hieß. Und
sie alle, vielleicht mit Ausnahme von Silvers, betrachteten ihn
nicht ohne Neugier.

»Wir haben es hier offenbar mit einem Spaßvogel zu tun«,
meinte Captain Moone. »Aber das muß ja wohl nicht so bleiben.«

»Überlassen Sie mir diese reichlich komische Type für eine
knappe Stunde«, forderte Major Turner. »Den bringe ich in dieser
Zeit garantiert zum Singen!«

»Das muß wohl nicht unbedingt sein«, meinte der Colonel ver-
weisend. »Denn einiges spricht dafür, daß unser Freund Faust
über einen gewissen Verstand verfügt. Warum sollte er den, ausgerechnet jetzt, nicht gebrauchen? Also?«

Faust sagte: »Faust, Grenadier, 17 307 im großdeutschen Verein
— ME 172 211 im jetzigen Betrieb.«

»Er liebt kein Publikum«, stellte Sergeant Silvers fest. »Davor
sollten wir ihn bewahren, schätze ich — wenn wir hier weiterkommen wollen.«

Der Colonel nickte. Er hob lässig die linke Hand und winkte
Turner und Moone zu. Die verstanden und entfernten sich — nicht
gerade bereitwillig, doch gehorsam.

Und nachdem der Major und der Captain den Raum verlassen

hatten, wollte Faust unvermindert freundlich wissen: »Und was jetzt?«

»Jetzt«, versicherte Colonel Nelson lächelnd, »sind wir ganz unter uns.«

Faust blickte auf Silvers. »Gehört der dazu?«

Nelson wies auf den leeren Stuhl vor seinem Schreibtisch — Faust nahm darin Platz. »Sergeant Silvers betreut meinen Rolls-Royce — aber auch sonst habe ich Vertrauen zu ihm. Das hat sich so ergeben.«

Faust sah sich diesen Silvers aufmerksam an. Dann fragte er: »Haben Sie mich aufgespürt?«

»Ja«, sagte der Sergeant freundlich.

»Und wie?«

»Ich brauchte mir nur vorstellen, ich wäre Sie — und das funktionierte. Vermutlich arbeiten wir auf der gleichen Wellenlänge.«

»Das ist schlimm — für mich.« Faust musterte Silvers wie eine attraktive Schaufensterauslage. »Aber das muß kein Dauerzustand sein — oder?«

»Muß nicht — kann aber.« Sid Silvers blinzelte. »Es wird darauf ankommen.«

»Worauf?«

»Das werden Sie vermutlich bald herausbekommen.«

Silvers zog einen weiteren Stuhl herbei und setzte sich neben Faust. Er angelte mit lässigen Bewegungen ein Etui aus einer seiner Uniformtaschen, klappte es auf, bot Faust von den darin liegenden Zigaretten an.

»Nehmen Sie ruhig eine — auch zwei, wenn Sie wollen«, sagte der Sergeant. »Ich besitze das Privileg, in Gegenwart des Colonels rauchen zu dürfen, ohne erst um Erlaubnis bitten zu müssen. Es handelt sich dabei jedoch um ein sozusagen ganz privates Privileg — es gilt nicht in Gegenwart eines dritten Briten.«

»Dann beteilige ich mich gern daran.« Faust entnahm dem goldenen Etui eine Zigarette — nur eine. Er zündete sie an, sog genießerisch ihr Aroma ein, atmete tief aus. Dabei blickte er den Colonel aufmerksam an — und fragte: »Was erwarten Sie von mir?«

»Offenheit, Faust — soweit Ihnen das möglich ist.«

»Die können Sie haben, Mr. Colonel! Aber versprechen Sie sich nicht allzuviel davon.«

»Auch von mir dürfen Sie Offenheit erwarten, Faust — aber auch von der sollten Sie sich nicht zuviel versprechen.« Nelson sagte das mit fast sanfter Stimme, während er sich zurücklehnte, um seinen Besucher bequemer betrachten zu können. »Gehen wir von einer unbestreitbaren Tatsache aus: Sie haben einen Ausbruchsversuch unternommen. Und das soll sogar bereits Ihr dritter gewesen sein.«

»Mein fünfter, Sir — zwei weitere Versuche haben sich nicht herumgesprochen. Sie sind auch ziemlich belanglos gewesen.«

»Dieser aber zählt! Denn mit dem bin ich sozusagen persönlich konfrontiert worden. Ich werde also entsprechend reagieren müssen. Verstehen Sie das?«

»Ich rechne damit«, erklärte Faust mit großer Selbstverständlichkeit. »Einzelbunker, schätze ich; mit verschärften Kontrollen und verminderter Verpflegung. Zwei oder drei Wochen? Oder gar vier?«

»Sagen wir: zwei Wochen«, entschied der Colonel höflich. Er war überzeugt, sich eine derartige Großzügigkeit ohne weiteres leisten zu können — denn diese Partie war bis jetzt überzeugend die seine: Schließlich hatte er persönlich, noch vor aller Lageröffentlichkeit, diesen Faust aufgespürt. »Dabei würde ich aber Wert auf eine Art Auskunft legen.«

»Auf welche, bitte?«

»Beabsichtigen Sie, auch weiterhin auszubrechen?«

»Ja«, erklärte Faust schlicht.

»Und warum?«

»Aus mehreren, sehr verschiedenen Gründen — und aus einem ganz speziellen.«

Nelson lehnte sich weit zurück; er rutschte in seinen Sessel hinein, legte die Handflächen aufeinander und blickte zu Silvers hinüber — der blinzelte geradezu genießerisch vor sich hin. Ermuntert beschäftigte sich der Colonel wieder mit Faust. »Können Sie sich über die Behandlung in diesem Lager beklagen?«

»Kaum«, sagte der Soldat Faust entgegenkommend. »Daran liegt es nicht. Das können Sie sogar, wenn Sie wollen, schriftlich haben.«

»Was etwa noch, Faust?« fragte nun Silvers mit steigender Neugier. »Wie wäre es, zum Beispiel, mit einem ausführlichen Anerkennungsschreiben; etwa dahingehend, daß es der britischen Kommandantur gelungen ist, die denkbar beste Auswahl für die deutsche Lagerkommandantur zu treffen?«

»Sie scheinen tatsächlich auf einer ähnlichen Wellenlänge wie ich zu arbeiten«, bemerkte Faust. »Dann ist es wohl am besten — weil es am sichersten für mich ist —, wenn ich nun ganz einfach abschalte.«

»Langsam, Faust«, empfahl Silvers. »Bleiben Sie zunächst noch auf Empfang.«

»Was wollen Sie mir denn einreden, Silvers?«

»Vielleicht nur dies, Faust — Ihre beständigen Ausbruchsversuche stören hier eine gewisse Ordnung, diesseits und jenseits des inneren Tores. Aber das nehmen Sie nicht nur in Kauf, das ist Ihnen sogar scheißegal! Habe ich recht?«

»Nehmen wir an, Silvers: Sie haben hier eine Art Maulwurf vor sich, der unentwegt graben muß — er kann einfach nicht anders.«

Sie sahen sich dabei groß und anhaltend an. Wobei der Colonel das Gefühl hatte: Hier beschnuppern sich zwei Hunde — Jagdhunde vermutlich. Unklar nur, ob sie sich schwanzwedelnd vertragen oder knurrend übereinander herfallen würden.

Silvers fragte: »Und was dann, wenn ich persönlich nichts von der Tätigkeit von Maulwürfen hielte?«

»Heißt das, Silvers, daß Sie selber mich weiterhin daran hindern wollen, hier meine Ausbruchspiele zu betreiben?«

»Das weiß ich noch nicht, Faust — doch es könnte schon sein. Das jedoch nicht irgendwelcher Prinzipien wegen; oder etwa gar, weil Sie mir unsympathisch sind, das nämlich sind Sie nicht. Aber durchaus möglich, daß Sie für mich eine Art Kapitalanlage bedeuten. Darauf sollten Sie achten!«

Der Colonel betrachtet, in steigender Verwunderung, seinen Sergeant und den deutschen Kriegsgefangenen. Und er sagte, geradezu energisch: »Sie sprachen von Ihren Gründen, Faust — und dann von einem ganz speziellen. Worum handelt es sich dabei?«

»Ich muß dringend nach Deutschland!«

»Was wollen Sie dort?«

»Einen umlegen, Sir!«

»Die Existenz dieses Faust, den wir schon abgeschrieben hatten«, erklärte Hauptmann Müller-Wipper, »droht sich zu einer eklatanten Gefahr für uns, für unsere Gemeinschaft auszuweiten.«

»Aber wieso denn das?« fragte der Oberst Henning von Schwerin-Sommershausen. »Ich denke, dieser Mensch ist zumindest doch für volle zwei Wochen außer Betrieb gesetzt worden.«

»Selbst wenn ihn die Briten nicht in einen Einzelbunker gesteckt hätten! — wer ist er denn schon? Ein unbedeutender niederer Dienstgrad. Ein Querulant!« Das meinte Oberstleutnant Merker, der hier als Stellvertreter des deutschen Lagerkommandanten fungierte — und das zunächst noch betont solidarisch an der Seite des Obersten von Schwerin. »Da sind wir doch schon mit ganz anderen Schwierigkeiten fertig geworden!«

»Wenn Sie mich fragen«, mischte sich, wie immer ungefragt, Major Roßberg ein, »so kann ich nur feststellen, daß Hauptmann Müller-Wipper leider richtig vermutet. Die Tatsache, daß es dem Colonel gelungen ist, diesen Faust aufzuspüren, liefert der britischen Kommandantur willkommene Vorwände für diverse Schikanen.«

Eine »außerordentliche« Lagebesprechung fand statt. Hauptmann Müller-Wipper, der Adjutant des Obersts, hatte sie als dringend notwendig bezeichnet. Dazu hatte er seinen verläßlichsten Trabanten mitgebracht — Major Roßberg, der alles erklären konnte, was zu erklären notwendig schien. Doch es war auch wohlberechnet, daß Oberstleutnant Merker mit von dieser Partie war.

Zwar begriff Merker so gut wie nichts von dem, was hier wirklich geschah. Doch Müller rechnete mit seinem verläßlichen Drang nach Anerkennung. Dieser Oberstleutnant konnte hier möglicherweise deutscher Lagerkommandant werden. Das wußte er. Und Müller wußte, daß er es wußte.

»Ich empfehle allerhöchste Vorsicht!« Der Oberst von Schwerin hob warnend die rechte Hand mit ausgestrecktem Zeigefinger. »Die Briten sind hier schließlich die derzeitigen Sieger! Und als solche können sie uns ihre eigenen, besonderen Spielregeln aufzwingen.«

»Dem«, versicherte eifrig der Oberstleutnant Merker, »kann ich nur beipflichten!« Worauf er aber eilends, nach kurzem Seitenblick auf Müller-Wipper, hinzufügte: »Falls nicht inzwischen Dinge geschehen sein sollten, die eine Revision dieser Ansicht erforderlich machen.«

»Und genau das scheint leider der Fall zu sein!« Der Hauptmann wirkte sicher und entschlossen, wenn auch noch mit einiger Vorsicht. »Da ist einmal die bemerkenswerte und bezeichnende Reaktion dieses Captains Moone! Er verweigert konstant jede Kontaktaufnahme!«

»Vielleicht«, meinte der Oberst besänftigend, »ist Mr. Moone übermäßig beschäftigt — oder er hat Ihnen im Augenblick nichts zu sagen.«

»Zugleich«, versicherte Müller-Wipper beharrlich, »fällt Major Turners erhöhte Betriebsamkeit auf! Der verstärkt nicht nur erneut seine Sicherheitsmaßnahmen, der geht sogar so weit, von uns einen ausführlichen Bericht zu verlangen. Und zwar einen über die genaue Art und Weise des Ausbruchsversuches dieses Faust! Aber Faust selber stellt er uns dafür nicht zur Verfügung.«

»Tun Sie trotzdem, was Sie können, Müller!« Der Oberst zeigte leichten Unwillen. »So ein Bericht ist doch kaum mehr als reine Routine. Diesen Gefallen, meine ich, sollten wir den Briten tun.«

»Das ist aber noch nicht alles, Herr Oberst«, berichtete Müller-Wipper. »Selbst McKellar, mit dem doch bisher einigermaßen auszukommen war, entwickelt diktatorische Ambitionen! Er verweigert eine Befragung seiner Band, dieser Musikmacher, durch unsere Sicherheitsorgane, sogar durch mich — gleichfalls läßt er Vernehmungen von Josef Jablonski nicht zu, der doch irgendwie an diesem Ausbruch beteiligt gewesen sein muß.«

»Aber nicht doch, nicht doch!« rief der Oberst widerwillig.

»Warum denn noch weiter Staub aufwirbeln! Der Colonel hat mir sagen lassen: Diese Angelegenheit ist erledigt!«

»Für ihn — vielleicht. Aber nicht für seine Leute! Dieser McKellar läßt uns neuerdings, zum Beispiel, nicht mehr die Verpflegung pauschal zuteilen — er beginnt sogar deren Aufteilung zu überwachen!«

»Aber ich bitte Sie, Müller!« rief der Oberst. »Derartige Kontrollen können uns doch nichts anhaben!«

»Sie schaffen aber wucherndes Mißtrauen!« Hauptmann Müller-Wipper wirkte empört. »Sie gefährden das Prinzip unserer so mühsam errungenen Selbstverwaltung! Und das alles wegen diesem Faust!«

»Klingt bedenklich«, meinte der Oberstleutnant Merker vorsichtig. »Dennoch könnte es sich dabei um eine Täuschung handeln, Herr Müller — oder etwa nicht?«

»Leider nicht, Herr Oberstleutnant. Nicht nach dem Auftreten eines Sergeants namens Silvers!« Der Hauptmann versicherte das überzeugt. »Denn die Deutlichkeiten, die sich dieser Silvers — ein Intimus des Colonels übrigens — geleistet hat, waren unmißverständlich. Der verhandelte nicht mehr mit mir, der stellte nur noch Forderungen.«

»Alarmierend — wenn Sie mich fragen«, äußerte Major Roßberg ungefragt.

»Was ist denn«, wollte der Oberst wissen, »mit diesem Sergeant?«

»Der kreuzte hier vor wenigen Stunden auf. Er forderte von mir — denkbar ungeniert —, ein Spezialkommando für ihn aufzustellen; zwei Dutzend Mann zunächst. Bevorzugt gelernte, erprobte, vielseitig verwendungsfähige Handwerker.«

»Eine glatte Unverschämtheit!« meinte Oberstleutnant Merker. »Oder etwa nicht?«

»Das allerdings«, gab der Oberst zu, »ist bisher in unserem Bereich noch nicht vorgekommen. Worauf, meinen Sie, will dieser Mann hinaus?«

»Er hat es auf unsere Spezialisten abgesehen, die wir im direkten Bereich unserer deutschen Kommandantur zusammenfassen konnten — sie garantieren uns Licht, Wasser, sanitäre Anlagen, Reparaturen an allen Baulichkeiten und sonstige Annehmlichkeiten. Und ausgerechnet diese für uns lebenswichtigen Leute versucht dieser Silvers für sich zu vereinnahmen.«

»Sie haben sie ihm aber natürlich nicht ausgeliefert!« mutmaßte zuversichtlich der Oberstleutnant.

»Das«, versicherte Müller-Wipper, »wäre ja gleichbedeutend mit Sabotage gewesen — ich habe lediglich irgendwelche unqualifizierten Arbeitskräfte abgeschoben! Zumal ich die Arroganz eines Silvers nicht ausstehen kann — solche Typen verursachen mir Brechreiz!«

»Wobei dieser Silvers in dem Verdacht zu stehen scheint, nicht zufällig die — sagen wir — warme Zuneigung seines Colonels zu besitzen. Eine recht typisch zu nennende britische Schwäche — die wir aber keinesfalls außer acht lassen sollten.« Major Roßberg fühlte sich auch hier ganz in seinem historisch-wissenschaftlichen Element. »Denn diese Leute sind, und das wahrlich nicht erst seit Oscar Wilde, in dieser Hinsicht überaus anfällig.«

»Stop!« rief der Oberst von Schwerin. »Das, meine ich, hat uns nichts anzugehen!«

»Auch ich meine«, versicherte Oberstleutnant Merker, das Echo. »daß wir so etwas nicht leichtfertig aufbauschen sollten. Denn auch unter unseren Leuten soll es — ich betone: soll es! — zu homosexuellen Verhältnissen und Praktiken gekommen sein. Vereinzelt! Und das mehr aus der zeitbedingten Not geboren. Ein Umstand, der übrigens auch dieser von den Briten zu verantwortenden Situation angelastet werden könnte.«

»Lassen wir das, bitte!« sagte der Oberst. »So was würde entschieden zu weit führen. Wir sollten uns hier auf das konzentrieren, was zu wirklich maßgeblichen Entscheidungen führen kann — also etwa auf die Ansichten des Colonels. Ich bin von ihm für heute abend eingeladen worden.«

»Heißt das«, fragte der Hauptmann, »er hat Sie zu sich befohlen?«

»Keinesfalls, Müller! Vielmehr hat mich der Colonel um ein privates Gespräch gebeten, unter vier Augen!«

»In diesem Fall«, schaltete sich Major Roßberg unverzüglich ein, »muß auf die besondere Mentalität dieser Briten mit warnendem Nachdruck hingewiesen werden. Etwa auf deren gewisse, zumeist geschickt getarnte, doch heimtückische Brutalität — die ja schließlich auch in Nigeria, in Indien und bei den Buren anläßlich der Errichtung der ersten Konzentrationslager . . .«

»Kein Thema für uns, Major Roßberg«, unterbrach ihn Henning von Schwerin-Sommershausen überraschend schroff. »Sie dürfen mir zutrauen, daß ich aus der nun einmal gegebenen Situation das denkbar Beste herausholen werde! Bis dahin, bitte, warten Sie ab!«

»Verdammte Scheiße!« rief der Kriegsgefangene Faust vor sich hin.

Er war, als Ausbrecher überführt, in eine Einzelzelle eingewiesen worden. Und dort lag er nun — oder er stand dort, kniete, hockte, krümmte sich, versuchte sich igelartig einzurollen. Beharrlich probierte er alle Möglichkeiten aus, sich den Aufenthalt in einem schmalen, kurzen, flachen Raum so angenehm wie unter diesen Umständen irgend möglich zu machen.

Diese Einzelzelle — auf felsigem Untergrund, von Steinen ummauert, mit Wellblech überdacht — befand sich auf dem sogenannten »Isoliergelände«. Es wurde auch »Zone Null« oder »die Arena« genannt, besaß die Ausmaße eines Fußballplatzes und war eine der wirksamsten Erfindungen der Bewacher. Es besaß zwei Tore — eins zum deutschen Lagerkomplex hin, das andere nur vom britischen Bereich aus zu betreten. Darin, mehr am Rande, lag die Vernehmungsbaracke — sie war, noch vor nicht allzu langer Zeit, von britischen Gehirnforschern im Offiziersrang und ihren beharrlich ausgefragten Opfern bevölkert worden. Doch bereits schon seit Wochen stand sie leer. Aber immer noch befanden sich mitten im Gelände die Bunker — drei an der Zahl.

In der mittleren dieser Einzelzellen hielt sich jetzt Faust auf. Die beiden anderen Bunker, rechts und links von ihm, waren zur Zeit unbelegt. Somit schmorte Faust allein in diesem sonnenüberglühten Wüstenkäfig. In den Mittagsstunden bot nur der Fußboden eine hier vergleichsweise erträgliche Temperatur.

So lag denn Faust eingerollt da, wobei er zur Eingangsluke hochblinzelte, durch deren Spalten ihn grelle Lichtstreifen anfielen. Diese Luke besaß eine schmale eiserne Tür, sie war überdies mit schweren Scharnieren und einem dicken Vorhängeschloß versehen. Nicht durch Schmiedehämmer zu sprengen! Und eine zusätzliche Kette sicherte das alles dreifach ab. Allein seinetwegen — Faust hätte sich geschmeichelt fühlen dürfen; doch er empfand zur Zeit nichts als quälenden fiebrigen Durst.

Er regte sich auch nicht, als er die schwere Kette über sich klirren hörte. Das Schloß kreischte, und die Eisentür, in ihren Angeln bewegt, erzeugte schrille Töne. Faust schloß die Augen kurz, als das grellweiße Sonnenlicht sich nun wie gebündelt auf ihn stürzte. Dann erkannte er, blinzelnd, eine schwere Gestalt, die sich gemächlich zu ihm herabließ.

»Willkommen, Sergeant!« rief Faust Ken McKellar zu. »Beabsichtigen Sie, mir lediglich einen Besuch abzustatten — oder müssen Sie mir etwa auf längere Zeit Gesellschaft leisten? Etwa weil Ihre Musikdarbietungen wieder einmal unvermeidliches Mißfallen erregt haben?«

»Machen Sie sich hier nicht so breit, Faust«, forderte ihn der Sergeant-Major auf. »Rücken Sie mal zur Seite!« McKellar ließ die Eisentür über sich zufallen und hockte sich dann dicht vor Faust hin. Er musterte ihn neugierig und meinte: »Jedenfalls funktioniert Ihre freche Schnauze noch.«

»Na ja. Wenn man mich umbringen will, muß man sie extra totschlagen — viel besitze ich ja nicht, aber die bis zuletzt!«

»Mann, Faust«, sagte der Sergeant-Major bedächtig, »spucken Sie hier nicht so große Bogen!«

Das klang wieder ziemlich berlinerisch, was denn auch alles andere als ein Zufall war — man wußte das hier nur nicht. Denn Ken McKellar, der schottische Kraftsportler, war 1936 nach Berlin zur Olympiade gereist. Dort hatte er sich als Kugelstoßer betätigt — da das Werfen von Baumstämmen in seiner landsmannschaftlichen Manier immer noch nicht als olympische Disziplin anerkannt war. Er vermochte zwar keine Medaille zu erringen, konnte jedoch einen ganz beachtlichen neunten Rang belegen.

Hinzu kam dann, daß McKellar nach den Spielen in Berlin nicht abgereist war — er blieb dort, nahezu zwei Jahre lang. Und zwar, versteht sich, bei einer Berlinerin. Durch sie hatte er sein bildhaftes Deutsch erlernt — auf Grund dessen er dann schließlich auch in diese Funktion geraten war.

»Faust«, sagte er nicht unbesorgt, »Sie befinden sich kaum mehr als vierundzwanzig Stunden in diesem Loch — mithin haben Sie noch an die dreizehn Tage vor sich! Sie schnaufen jetzt schon — wie wollen Sie da munter bleiben?«

»Wenn Sie mir, Sergeant, von Zeit zu Zeit Ihren werten Anblick gönnen, wird das meine Munterkeit mächtig beleben.«

»Das können Sie haben«, meinte Ken McKellar. »Allerdings nur unter bestimmten Voraussetzungen.«

»Soll ich mich etwa verpflichten, Sergeant, in Zukunft nichts weiter zu tun, als bei Ihnen den Dudelsack zu blasen?«

»Das«, meinte McKellar, übergangslos würdig, »ist keine Verpflichtung — das ist eine Auszeichnung!«

Der Sergeant-Major hielt eine Antwort hierauf offenbar für völlig überflüssig. Er zog aus seinem Uniformrock einen dickbauchigen Ggenstand hervor — es war eine Thermosflasche. Diese stellte er, nahezu feierlich, vor sich und damit auch zugleich vor Faust hin. »Was meinen Sie wohl, mein Lieber, befindet sich darin?«

»Eiswasser, vermutlich.«

»Genau! Für Sie!«

»Und was erwarten Sie dafür?«

»Nun, Faust — sagen wir: eine Auskunft! Weiter nichts. Nicht unbedingt für mich — vielmehr eine für den Colonel, für dessen Dienststelle. Sie kennen doch die überall üblichen Methoden, Faust — Vorgesetzte befehlen, Untergebene haben zu gehorchen, beziehungsweise zu liefern. In diesem Fall: Einzelheiten über Ihren Ausbruchsversuch.«

»Und dafür bieten Sie mir eine Flasche mit Eiswasser an?«

Der Sergeant-Major grinste. »Dabei sollten doch gerade Sie wissen, Faust, was relativ ist. Wie? Schließlich ist Einstein Deutscher gewesen.«

»Wäre Einstein in Deutschland geblieben, hätte man ihn schlimmer als Vieh behandelt und ihn schließlich vergast oder zu Tode geprügelt.«

»Brüsten Sie sich nicht immer mit Ihrer sittlichen Empörung!« sagte der Sergeant. »Das ist zur Zeit allein unser Privileg! Doch wenn ich relativ sagte, so meinte ich damit: In Ihrer derzeitigen Situation ist eine Flasche Eiswasser doch wohl weit mehr wert als unter anderen Umständen ein Klumpen Gold. Aber Sie sollen nicht nur diese eine Flasche Eiswasser haben — sondern täglich eine davon; solange Sie hier in diesem Bunker sitzen müssen!«

»Und dafür erwarten Sie von mir möglichst exakte Details! Etwa: Wer hat mitgeholfen, den Sarg für mich zu präparieren? Wer ist also möglicherweise als Helfershelfer zu entlarven? Kann damit eine eventuelle Organisation ausgehoben werden? Aber da sind Sie bei mir an der falschen Adresse.«

»Hier«, lockte Ken McKellar einladend, während er den Verschluß der Thermosflasche genießerisch langsam aufschraubte, »riechen Sie mal! Tauchen Sie einen Finger ein! Nehmen Sie getrost einen Probeschluck, wenn Sie wollen — das Wasser ist gletscherkalt! Und es ist kein gewöhnliches Wasser. Es stammt von einer Mineralquelle — ist den privaten Beständen des Colonels entnommen. Silvers hat es für Sie geliefert.«

»Verbindlichen Dank!« sagte Faust. Er lehnte sich, so weit wie nur möglich, zurück — sein Kopf stieß gegen die gemauerten Steine; sie waren backofenwarm. Er schloß die Augen. »Ich kann«, sagte er dann, »leider nicht liefern, was Sie von mir erwarten.«

»Nun gut!« Der Sergeant-Major Ken McKellar stemmte sich hoch. »Ganz wie Sie wollen! Dann kann ich jetzt wohl gehen!«

»Verschwinden Sie hier — mitsamt Ihrer Scheißflasche voll Eiswasser!«

»Die«, sagte Ken McKellar, sich gegen die Tür stemmend, »gehört Ihnen! Und jeden Tag, den Sie hier verbringen müssen, eine weitere dazu. Sagen wir: weil Sie ein recht brauchbarer Erster *piper* sind.«

»Und das genügt Ihnen?«

»Allemal!« Der Sergeant-Major schnaufte mächtig auf — vermutlich der schweren Eisentür wegen, gegen die er sich zu stemmen hatte, möglicherweise aber auch aus tiefer Ergriffenheit. »Sie müssen eins wissen, Faust — ich liebe meine Musik! Sie ist die denkbar schönste in dieser Scheißwelt! Und Sie verstehen einiges davon. Verdammt noch mal, Mensch — so was verpflichtet doch!«

»Bleiben Sie noch, Sergeant«, forderte ihn Faust auf. »In knapp drei Minuten kann ich Ihnen alles erklären, was Sie wissen wollen.«

»Das muß jetzt nicht mehr sein — wirklich nicht.«

»Betrachten Sie das als einen Freundschaftsdienst — unter uns

Musikliebhabern.« Faust verzog sein schweißüberströmtes Gesicht zu einem Lächeln. »Zunächst dies — und das müssen Sie mir glauben: Ich bin ein Einzelgänger — ich beteilige niemanden direkt an meinen speziellen Unternehmungen.«

»Nun gut, das glaube ich Ihnen — ich traue es Ihnen zu! Doch diese Tour mit den Särgen müssen Sie mir ein wenig näher erklären — wie sind Sie denn auf diese Idee gekommen?«

»Major Turner selber hat mich darauf gebracht — mit seinem vor Wochen als Drohung gedachten Hinweis: ›Am sichersten verläßt man ein von mir bewachtes Lager als Leiche!‹«

»Wenn der das hört, wird es ihn freuen«, meinte McKellar vergnügungsfroh.

»Sagen Sie ihm das ruhig — er kann es sogar schriftlich haben: Sein Tip war gut! Und die Gelegenheit war günstig: Durch den Sandsturm standen plötzlich gleich drei volle Särge in Jablonskis Leichenschuppen — und ich brauchte nur noch auf den tagtäglich eintreffenden Augenblick zu warten, in dem sich der Sargtischler und Totengräber in den Gärtner des Colonels verwandelte und sich zur britischen Kommandantur hin trollte. Und das geschah, kurz bevor unsere Band an seinem Schuppen vorbeimarschierte — ich brauchte dort nur die Tür mit einem Nachschlüssel zu öffnen.«

»Aber schließlich hat Turner die Leichen persönlich kontrolliert.«

»In der Tat.« Faust trank in kleinen, genießerischen Schlücken von seinem geeisten Wasser. »Der Major hat alle Särge öffnen lassen — die vollen und die leeren, die im Schuppen in Reserve herumstehen. Und er hat auch drei Leichen vorgefunden. Hätte er sie aber herausnehmen lassen, wäre ich zum Vorschein gekommen. Denn von einem der gefüllten Särge hatte ich die Bodenbretter abmontiert und mich unter den Toten gelegt — das war schon alles.«

Ken McKellar griff nach dem Becher des Faust und trank ihn leer. »Mann«, sagte er dann staunend. Sie haben es ja ganz faustdick hinter den großen Ohren!«

»Leider bin ich hier nicht der einzige! Denn einige Stunden nach Turner erschien noch einer — ich war gar nicht darauf gefaßt. Ich verschwand in einem der leeren Särge, den ich sozusagen als Übergangslagerstatt präpariert hatte — doch der Besucher verschwand alsbald wieder, vermutlich, nachdem er sich die Särge mit den Leichen angesehen hatte. Und zwar, so ist anzunehmen, von allen Seiten — also auch von unten. Und dabei wird er die gelösten Bodenbretter gesehen und die richtige Folgerung daraus gezogen haben.«

»Ja, mein Lieber — dieser Silvers!« Der Sergeant nickte gewichtig. »Der ist von ähnlichem Kaliber wie Sie — nur eben, daß er keine Spur von Musikalität besitzt.«

»Sind Sie mit ihm befreundet?«

»Sagen wir: Wer kann es sich schon leisten, mit dem befeindet zu sein? Was übrigens auch für Sie gilt, Faust. Doch sonst ist seine Devise: Leben und leben lassen!«

»Die fehlende dritte Leiche«, orientierte der Gefangene seinen Besucher, »liegt im vorletzten Reservesarg unter einem Tarnbrett — dort können Sie sie aufspüren.«

»Faust, mein Lieber«, sagte Ken McKellar in dankbarer Anerkennung, »als nächste Nummer gedenke ich mit unserer Band *Farewell to Gibraltar* einzuüben. Eine Glanzmelodie für einen geborenen Ersten *piper*! Ich hoffe, das freut Sie. Wir fangen gleich nachher damit an.«

»Wie wollen Sie das anstellen — unter diesen Umständen?«

»Das«, versicherte der Sergeant-Major, »lassen Sie getrost meine Sorge sein. Erfreuen Sie sich inzwischen an Ihrem Eiswasser.«

»Feldwebel Schulz zu mir!« rief McKellar, am deutschen Lagertor stehend. Er schien es in die Wüste zu rufen.

Aber Befehle des Sergeant-Majors wurden hier unverzüglich befolgt. Das gebot die Klugheit. Außerdem hatte der Oberst nachdrücklich angeordnet: Jede mögliche Komplikation mit den Briten ist unter allen Umständen zu vermeiden.

Also hastete der in Reichweite befindliche Kriegsgefangene unverzüglich los. Er gehörte zu den »Aufpassern« des Hauptmanns Müller-Wipper, also offiziell zur deutschen Lagerkommandantur, dort zu der Gruppe O — was »Ordnung« hieß. Knappe fünf Minuten später erschien der befohlene Feldwebel.

»Schulz«, ordnete der Sergeant-Major an, »unsere Band formiert sich hier in zehn Minuten.«

»Jawohl«, sagte der Feldwebel lediglich — mehr zu sagen, hielt er weder für angebracht noch für notwendig. Denn sobald McKellar entschlossen war, Generalmusikdirektor zu spielen, konnte man dagegen nichts machen.

So verschwand denn Schulz, die Spitzmaus, mit einiger Geschwindigkeit und trommelte den Spezialhaufen zusammen — die restlichen elf Mann. Das war nicht sonderlich schwer. Die Angehörigen der »Scottish-Bavarian-Band« waren gemeinsam in einem Raum in der vordersten Baracke einquartiert worden, auf Veranlassung des Sergeant-Majors — denn der wünschte seine Leute stets abrufbereit.

Feldwebel Schulz baute diese Leute vor dem Master-Sergeant auf — sechs *drummer* und fünf *piper*. Er richtete sie sorgfältig aus und meldete dann: »Ein *piper* fehlt.«

»Sehr richtig. Weiß ich.«

»Ich habe aber vorsorglich sein Instrument mitbringen lassen.«

»Leute«, verkündete Ken McKellar, nach prüfendem Blick, »wir kommen heute zu einem besonderen Höhepunkt — wir werden *Farewell to Gibraltar* einüben.«

Die von ihm streng nach musikalischen Gesichtspunkten ausgewählten Leute blickten zu ihrem Bandleader mit freundlichem Interesse auf. Sie hatten sich recht gut an ihn gewöhnt. Denn er forderte nicht nur, er gab schließlich auch.

So war nach jeder Übungsstunde eine Sonderration fällig; und für besonders gelungene Darbietungen gab es Gratifikationen: Zigaretten, Schokolade oder Kuchen. Und außer den etwa einhundert von Hauptmann Müller-Wipper ausgesuchten Angehörigen der deutschen Lagerkommandantur durften sich auch die Musiker des Sergeant-Majors einer täglichen Zusatzration Weißbrot erfreuen.

»Schultert die *pipes* — gürtet die *drums*!« kommandierte McKellar. »Folgt mir!«

Er schritt voran, ein wenig steifstolz — das Bild, das er dabei mit seiner Spezialeinheit bot, war dem Lager hinreichend bekannt: ein prächtig bunter, aufgeplusterter Hahn, dem elf zerrupfte magere Hühner folgten. Der deutsche Wachmann am Tor grüßte mechanisch und schrieb dann in seine Liste: *15.30 Uhr — elf Mann — MS;* was »Sergeant-Major« bedeutete.

Er durchschritt mit seinen Leuten das für ihn weitgeöffnete innere Lagertor, marschierte dann in das fußballfeldgroße Zwischengelände, die »Arena«, hinein. Hier schlug er zunächst einen größeren, dann einen kleineren Bogen um die zentral gelegenen Bunker — bewegte sich dann genau darauf zu. Ließ dort in knapp fünf Meter Entfernung halten.

»*Farewell to Gibraltar* also!« erklärte er, sich auf den Bunker setzend. »Die *drums* beginnen — tamtatamteramtamtam — aber leise, sozusagen mit Gefühl, wie aus weiter Ferne, als hätte ich euch in der Wüste ausgesetzt. Klar? Dann, nach acht Takten, Einsatz der *pipers*. Freudig aufjubelnd! Dann stürmisch! Sturmgeheul! Als träte ich allen zugleich in die Hintern. Und dann weiter so — was die Lungen hergeben.«

Ken McKellar sang, wie verklärt, die Melodie — rauhkehlig und stimmgewaltig. Den Rhythmus trommelte er dabei, mit beiden Fäusten, auf die eiserne Bunkertür. Dann schwieg er, leicht ergriffen von seiner eigenen Darbietung — eine Regung, die jedoch nicht allzu lange vorhielt.

»Also dann los!« rief er anfeuernd. »Zeigt mal, Men, was ihr auf dem Kasten habt!«

Sie strengten sich an — schließlich würde es sich, wie immer, lohnen. Einer von ihnen wollte eine große Büchse mit Plumpudding im Vorrat des Sergeant-Majors erblickt haben. So dröhnten und dudelsackten sie, bis ihnen der Schweiß in Strömen über die Gesichter lief.

»Stop!« rief Ken McKellar schließlich — nach dem fünften Versuch, die ersten zwölf Takte zu bewältigen. »Die *drums*«, sagte er, »sind gar nicht einmal so schlecht. Aber die *pipes* sind einfach unter aller Sau! Wie flüssige, lauwarme Scheiße!«

»Es fehlt eben der erste Mann«, sagte der Feldwebel Schulz betont sachverständig. »Faust würde die Melodieführung schaffen.«

»Der«, rief der Sergeant, auf den Deckel des Bunkers pochend, »hat sich aber der Mitwirkung bei unseren musikalischen Darbietungen entzogen!«

»Er ist aber in Reichweite«, meinte Schulz, die Spitzmaus, bieder. »Er könnte ja, von seinem Bunker aus, mitblasen — sein Instrument haben wir mitgebracht.«

Diese bemerkenswerte Darbietung im Zwischengelände, der »Zone Null«, in unmittelbarer Nähe der Einzelbunker, löste alsbald eine Lawine von Betriebsamkeit im Lager aus.

Es begann damit, daß einer der deutschen Aufpasser in Tornähe, das, was er sah und auch hörte, nicht zu glauben vermochte. Doch er verständigte umgehend die deutsche Lagerkommandantur. Dabei äußerte er die Mutmaßung: Was da geschähe, mache ganz den Eindruck, daß man diesem Faust ein Ständchen bringe!

Hauptmann Müller-Wipper, Oberst von Schwerin, Oberstleutnant Merker und Major Roßberg begaben sich an das Lagertor. Um hier zunächst einmal lebhaft zu staunen.

»Das«, rief Hauptmann Müller-Wipper, »darf doch ganz einfach nicht wahr sein!«

»Es kann sich aber dabei«, gab der Major Roßberg zu bedenken, »um einen sehr typischen britischen Vorgang handeln — um ein getarntes, raffiniert herausforderndes Täuschungsmanöver.«

»Aber mit uns«, erklärte Oberstleutnant Merker, »kann man doch wohl so was nicht machen!«

Oberst Henning von Schwerin-Sommershausen aber, sehr um gelassene Souveränität bemüht, erklärte: »Keinerlei voreilige Schlußfolgerungen, bitte! Dennoch sollte wohl die britische Lagerkommandantur von diesem recht ungewöhnlich erscheinenden Vorgang verständigt werden.«

Das geschah denn auch — und zwar über Telefon. Hauptmann Müller-Wipper verlangte — dringend — Captain Moone zu sprechen. Der jedoch ließ sich routinemäßig verleugnen. Lediglich ein Aktenverwaltungs-Corporal zeigte sich bereit, den Adjutanten des deutschen Lagerkommandanten anzuhören.

Doch das war Müller-Wipper nur recht — so konnte er rücksichtslos deutlich werden. »Achten Sie mal auf das, was da im Zwischengelände geschieht! Geradezu haarsträubende Zustände! Daraus könnten sich schwerwiegende Folgen ergeben!«

»Habe verstanden«, bestätigte der Corporal. »Werde das weitermelden.«

Dabei blickte er zu Captain Moone hin, der dieses Gespräch mitgehört hatte. Der nickte lediglich. »Ich werde den Colonel verständigen. Verständigen Sie Major Turner. Aber sagen Sie ihm, er solle nichts von sich aus unternehmen — soll sich zunächst beim Colonel melden, also bei mir.«

Colonel Nelson, unterrichtet, winkte fast gähnend ab. Dabei lächelte er Sid Silvers zu, der neben ihm stand — bemerkenswert dicht, wie der Captain registrierte. Und der Colonel sagte: »Sind denn Mücken wirklich nur dazu da, um aus ihnen Elefanten zu machen?«

»Sir«, berichtete Captain Moone freudig, »dieser McKellar scheint es sich tatsächlich zu leisten, einem notorischen Ausbrecher eine Art Ständchen zu bringen.«

Und Major Turner, der leicht schnaufend herbeigeeilt war, schnarrte empört: »Genau davon habe ich schon immer gewarnt, Sir! Dieser Sergeant ist seiner Aufgabe keinesfalls gewachsen. Seine fragwürdigen Umgangsformen mit den deutschen Kriegsgefangenen haben mir schon immer mißfallen.«

»Ach was!« meinte der Colonel. »Seitdem McKellar für die innere Ordnung dieses Lagers verantwortlich ist, hat es dort nicht die geringsten Beanstandungen gegeben.«

»Bisher nicht, Sir — zugegeben! Zumindest haben uns Meldungen über Mißstände nicht vorgelegen, beziehungsweise nicht erreicht. Aber dieser reichlich unverschämte Ausbruchsversuch, Sir, darf nicht vergessen werden — er ist praktisch direkt aus McKellars Bereich erfolgt.«

»Aber er ist nicht durch die verantwortlichen Sicherheitsorgane dieses Lagers aufgeklärt worden — wenn ich darauf aufmerksam machen darf.« Das sagte Sid Silvers äußerst höflich. »Dabei ist die Tour mit den Särgen durchaus durchschaubar gewesen — wie sich herausgestellt hat.«

»Sir«, sagte der Major Turner steif, »muß ich mir das gefallen lassen? Habe ich Ihr Vertrauen nicht mehr? Wenn nicht, würde ich unverzüglich um meine Ablösung bitten!«

»Sergeant McKellar zu mir!« befahl der Colonel.

Der Sergeant-Major, der sich bald danach meldete, schien ein gelassenes Lächeln anzudeuten. Major Turner und Captain Moone wurden von ihm großzügig übersehen. Silvers zwinkerte er kurz zu. Seine Ehrenbezeigung galt allein Colonel Nelson — doch sie fiel nicht gerade paradewürdig aus.

»McKellar«, wurde er dann befragt, »wissen Sie, daß Sie

beschuldigt werden, die gerade erst wieder mühsam hergestellte Ruhe und Ordnung in diesem Lager gefährdet zu haben?«

»Aber wie denn, Sir? Wodurch?«

»Es wird behauptet, daß Sie ausgerechnet diesem Faust etwas wie ein Ständchen gebracht haben.«

»Keinesfalls, Sir.«

»Was aber dann, Sergeant?«

»Ich habe lediglich Musik machen lassen, Sir. Das allerdings nicht ohne einen gewissen Hintergedanken.«

»Tatsächlich?« Major Turner versuchte sich in Ironie. »Wollten Sie etwa diesen Faust — Ihren Protektionsknaben — in einen musikalischen Rausch versetzen, damit er seine Ausbrechergeheimnisse ausplaudert?«

»Die kenne ich bereits«, erklärte der Sergeant überlegen, ohne T. S. Turner eines Blickes zu würdigen. »Worauf es mir jetzt noch ankam, war eine Art Test.«

»Ein — was?« fragte der Colonel.

»Ein Test, Sir. Es ging mir darum, zu ergründen, ob dieser Faust noch als gemeinschaftswilliges Wesen angesehen werden kann, wobei sich dann erfreulicherweise herausgestellt hat, daß er ein eminent musikalischer Mensch ist.«

»Ach was!« erklärte Major Turner. »Daß solche Burschen sich tarnen können, gehört mit zu ihrem Metier. Diese Ausbruchsspezialisten betätigen sich als Meßdiener, Latrinenreiniger oder eben als Duselsackquäler — was gerade von ihnen verlangt wird. Daß wir ausgerechnet so einen in unserem Bereich haben müssen, ist Pech. Aber dagegen gibt es nur eine wirklich sichere Methode: einsperren, bewachen und bei nächstbester Gelegenheit abschieben.«

»Kommt bei mir nicht in Frage!« entschied der Colonel wie gelangweilt.

»Solange der«, meinte McKellar, »in meiner Band spielt . . .«

»Er spielt dort aber nicht vierundzwanzig Stunden am Tag«, sagte Captain Moone freundlich. »Und Sie selber, Sergeant, sind schließlich für alle deutschen Kriegsgefangenen verantwortlich — wir benötigen aber jemanden, der einmal den Methoden dieses Faust gewachsen ist, dann aber auch als nicht überlastet angesehen werden darf.«

»Sollten Sie etwa mich meinen?« fragte Sid Silvers erheitert.

»Genau Sie!«

»Das schafft der nicht«, stellte Turner entschieden fest.

Und der Colonel gab zu bedenken: »Das ist ein sehr heikler Vorschlag — Silvers hat schließlich seine besonderen Aufgaben zu erfüllen.« Womit er, wie jeder wußte, die Betreuung seines Rolls-Royce meinte. »So was will gründlich überlegt sein.«

»Ich mache es«, sagte der Sergeant Silvers. »Allerdings nur

unter der Voraussetzung, daß ich meine eigenen Methoden anwenden kann und daß mich garantiert niemand dabei stört. Was praktisch heißt: Ich bekomme freie Hand!«

»Den gönne ich Ihnen, Silvers!« tönte Turner belustigt. »Wobei ich aber hinzufügen möchte: Ich habe gewarnt.«

»Also gut«, sagte der Colonel, »der Vorschlag von Captain Moone wird, wenn auch nicht ohne Vorbehalt, akzeptiert — Silvers übernimmt Faust.«

»Ab sofort«, sagte Sid, wie ergänzend.

»Noch«, rief Turner, »hat der zu sitzen!«

»Er wird aus der Einzelhaft unverzüglich entlassen«, entschied Colonel Nelson mit sanfter Stimme. Dann sah er Major Turner, der bereits seinen Mund weit öffnete, geradezu besorgt an. »Das war ein Befehl.«

»Du sollst zum Hauptmann!« Das verkündete ein Mann der deutschen Ordnungsgruppe des Lagers, über Faust gebeugt. »Hast du gehört? Müller-Wipper will dich sprechen.«

»Ich ihn aber nicht«, sagte Faust, der auf seinem Schlafsack lag. »Ich habe Wichtigeres zu tun — ich muß pennen! Sozusagen auf Vorrat.«

»Bist du denn vom Hahn bestrampelt?« entgegnete der Ordnungsmensch. »Wenn der Hauptmann nach dir verlangt, dann hast du gefälligst zu erscheinen!«

»Wenn der mich unbedingt sprechen will«, schlug Faust vor, »dann soll er sich hierher bemühen. Sage ihm das.«

»Du stehst sofort auf, Mann! Oder muß ich dir erst noch auf die Beine helfen?«

Faust musterte sachverständig den Ordnungshüter — der war vergleichsweise wohlgenährt. Seine Schultern waren ziemlich breit. Berufsmäßige Entschlossenheit hatte sein kantiges Gesicht geprägt — er war der geborene Vollstreckungsbeamte. Daher erhob sich Faust, wenn auch widerwillig, von seinem Lager.

»Christian«, sagte er zum Obergefreiten Schafgott, der im Bettgestell neben ihm lag, »du hast gehört, von wem ich eingeladen worden bin. Unterrichte Feldwebel Schulz davon. Wenn ich in einer Stunde nicht zurück bin, soll er Sergeant McKellar verständigen.«

»Mach' ich«, sagte der.

»Das«, versicherte der Ordnungsmann, »werde ich melden!«

»Das erhoffe ich auch von dir«, sagte Faust. »Denn genauso dämlich siehst du aus.«

Mit diesen Worten verließ er seine Unterkunft, die Baracke zwei; er überschritt dreißig bis fünfzig Meter Sandstraße und betrat dann die Baracke eins, wo die deutsche Lagerkommandan-

tur untergebracht war. Faust wußte, daß ihm der Aufpasser folgte
– er brauchte sich nicht umzusehen, er hörte ihn schnaufen.

Faust schritt über knarrende Bodenbretter hinweg, durchquerte
zwei Verwaltungsräume und gelangte schließlich in das Zimmer,
das unmittelbar vor dem Büro des Obersten lag. Hier erwarteten
ihn, sichtlich ungeduldig, Hauptmann Müller-Wipper und Major
Roßberg. Und dicht hinter ihnen standen, wie sprungbereit, die
Leutnante Kern und Langohr – die derzeit schärfsten Wachhunde
im deutschen Teil dieses Lagers.

»Heil Hitler, die Herren!« rief ihnen Faust zu.

»Lassen Sie gefälligst derartige Scherze!« sagte Hauptmann
Müller-Wipper.

»Empfinden Sie so was neuerdings als Scherz?« fragte Faust in
höflichem Ton. »Das wäre immerhin ein Fortschritt.«

»Sie sind nicht hier, Faust, um Ihre sattsam bekannten Albern-
heiten anzubringen, sondern um uns verschiedene Auskünfte zu
erteilen.«

»Jedenfalls bin ich nicht freiwillig hier – das möchte ich
zunächst einmal feststellen.« Faust betrachtete geradezu erwartungsvoll Hauptmann Müller-Wipper und Major Roßberg. Die
Leutnante Kern und Langohr übersah er – was für seinen sicheren
Instinkt sprach. »Ich bin gezwungen worden, hier zu erscheinen –
bei Androhung von Gewalt!«

»Versuchen Sie ja nicht«, meinte der Hauptmann, »sich hier als
feinfühliger Typ aufzuspielen! Nicht bei uns! Nicht nach Ihren
Friedhofsmethoden!«

»Auch der Soldat Faust hat ein Anrecht auf Eigenleben«,
erklärte Major Roßberg großzügig. »Doch leider scheint er zu
übersehen, daß er selbst hier noch in eine gewisse Ordnung ein-
gespannt ist.«

»Für mich«, erklärte Faust, »ist dieser Krieg zu Ende.«

»Versuchen Sie dies mal den Briten klarzumachen«, sagte Major
Roßberg. »Denn allein die sind für die hier herrschenden
Zustände verantwortlich – keinesfalls wir! Wir versuchen ledig-
lich, das Beste daraus zu machen.«

»Und warum machen Sie es nicht?«

»Lenken Sie nicht vom Thema ab!« Müller-Wipper würgte mit
etlicher Anstrengung seine Empörung hinunter. Fragte dann:
»Also Faust, – warum sind Sie vorzeitig aus Ihrer Einzelhaft entlassen worden?«

»Das«, erklärte Faust wahrheitsgemäß, »weiß ich nicht.«

»Wer hat das veranlaßt?«

»Das ist mir nicht bekannt.«

»Dieser McKellar etwa?«

»Fragen Sie ihn – nicht mich.«

»Dabei nämlich«, mischte sich nunmehr wieder Major Roßberg

ein, »könnte es sich um eine Bevorzugung ganz besonderer Art handeln. So etwas leisten sich die Briten gewöhnlich nur dann, wenn es sich für sie lohnt.«

»Und eben das, Faust«, behauptete Müller-Wipper, »kann praktisch eigentlich nur bedeuten, daß diese Leute eine Gegenleistung von Ihnen verlangt haben — oder erwarten. Etwa interne Auskünfte über unsere Lagerorganisation?«

»Befürchten Sie das?«

»So was«, meinte der Hauptmann, mühsam beherrscht, »könnte zu möglichen Mißverständnissen führen.«

»Allerdings nicht bei uns!« versicherte der Leutnant Kern entschlossen aus dem Hintergrund. Und Leutnant Langohr stimmte unverzüglich zu. Sie schienen bereit, sich auf Faust zu stürzen — aus purem Pflichtgefühl.

»Mißverständnisse?« fragte nun Faust, leise, aber deutlich. »Ich sehe hier nichts, was mißverständlich wäre.«

»Sie werden doch nicht etwa gewagt haben, uns womöglich bei den Briten anzusauen?« Müller-Wipper schien jetzt besorgt. »Aber schließlich werden Sie ja nicht gerade lebensmüde sein, Faust — Sie würden sonst nicht immer wieder auszubrechen versuchen. Doch das eine sage ich Ihnen: Wenn Sie gegen uns zu intrigieren versuchen, Menschenskind — dann sind Sie erledigt!«

»Dafür sorge ich dann«, versicherte Leutnant Kern, der derzeit erste Wachhund, »und zwar gründlich!«

»Und ich auch!« versprach Leutnant Langohr — Kerns berühmter Arbeitskamerad, zugleich dessen schärfster Konkurrent.

»Auch das meinte ich«, erklärte Faust, »wenn ich vorhin unmißverständlich sagte.«

»Versuchen Sie bitte unserer besonderen Situation ein wenig gerecht zu werden!« Major Roßberg wirkte jetzt geradezu väterlich. »Wir müssen uns hier — gemeinsam — unserer Haut wehren. Weiter tun wir nichts — und nichts sonst erwarten und verlangen wir von unseren zufälligen Schicksalsgefährten.«

»Überleben will ich auch«, erklärte Faust, weiterhin verhalten. »Und ich gönne es auch allen anderen, daß sie überleben — möglichst mit einigem Anstand. Aber Hitler, meine ich, ist tot. Sein Großdeutschland ist kläglich verendet. Die Nazis sind jetzt nichts als ein Haufen Dreck — deutlich erkennbar. Das sollte endlich auch hier eingesehen werden.«

»Was kommt denn da zum Vorschein!« rief Hauptmann Müller-Wippen anklägerisch aus. »Sollten wir es hier etwa mit einem heimtückischen Kommunisten zu tun haben? Das sind ja Töne, wie sie hier nicht einmal die Briten anschlagen!«

»Überlassen Sie den uns, Herr Hauptmann«, schlug Leutnant Kern vor. »Dem werden wir mal zeigen, was wirklich deutsch ist.«

»Und zwar so«, stimmte Leutnant Langohr eifrig zu, »daß der nach seiner Mama winselt.«

»Meine Mutter«, sagte Faust, »ist umgebracht worden — und mein Vater dazu.«

»Ich bitte Sie, verehrte Herren!« Der Major Roßberg hob beide Hände. »Wir sollten Geduld und Nachsicht mit einigen unserer jüngeren Leute haben — denn sie sind wohl noch nicht ausgereift genug, um den Schock eines vorläufig verlorengegangenen Krieges zu ertragen. Sie meinen offenbar, das wäre das Ende.«

»Was ist es dann?« fragte Faust.

»Ein Übergang, eine Zwischenstation. — Was denn wohl sonst?« Roßberg lächelte verständnisvoll. »Und wohl nicht zufällig haben wir es hier mit dem Colonel Nelson zu tun! Ausgerechnet mit dem!«

»Was soll denn an diesem Colonel«, wollte Faust aufhorchend wissen, »so Besonderes sein?«

»Sein Anblick täuscht, sein Benehmen auch, gleichfalls seine scheinbar so korrekten und manchmal sogar großzügig anmutenden Maßnahmen. Doch in Wirklichkeit scheinen wir es bei diesem Nelson mit einem der ganz großen Massenmörder der britischen Armee zu tun zu haben! Beteiligt an blutigen Unterdrückungen von Aufständen in Indien, berüchtigt wegen seiner Gemetzel unter Einwohnern von Zentralafrika und nicht zuletzt der Mann, der seine Truppen bei der Schlacht von El Alamein rücksichtslos aufreiben ließ! Auf solche Tatsachen, Faust, müssen wir uns einstellen! Dieser Mann wird, allem Anschein nach, auch hier nicht eine Sekunde lang zögern, ein Blutbad anzurichten, wenn sich ihm Gelegenheit dazu bietet.«

»Und mit einem solchen Kerl«, rief Hauptmann Müller-Wipper Faust zu, »wollen Sie zusammenarbeiten — gegen uns?«

»Er kommt nicht dazu«, meinte der Leutnant Kern. »Sie brauchen ihn nur mir zu überlassen!«

»Uns überlassen!« fügte Leutnant Langohr hinzu. »Wir besitzen wirksame, erprobte Methoden gegen Hochverrat und artverwandte Beschäftigungen.«

»Müssen diese beiden sein?« fragte Faust.

»Auch ich«, sagte Major Roßberg, »würde ein internes Gespräch vorziehen.«

»Abtreten!« befahl Hauptmann Müller-Wipper den beiden Leutnanten. »Und abwarten!« Die gehorchten prompt — erst Kern, dann Langohr.

Nachdem sie den Raum verlassen hatten, meinte Roßberg, nun abermals väterlich: »Man muß das alles möglichst vorurteilslos sehen, lieber Faust!«

»Danach aber muß man sich entscheiden! Und zwar für uns!« erklärte Müller-Wipper. »Denn ich kann mir einfach nicht vorstellen, Faust, daß Sie irgendwelchen Wert darauf legen, als Mitarbeiter eines Bluthundes in Erscheinung zu treten.«

»Einmal ganz abgesehen davon, daß alles reichlich nach großdeutscher Propaganda stinkt, was Colonel Nelson da nachgesagt und vermutlich doch wohl angedichtet worden ist — ich jedenfalls gedenke in diesem Lager mit niemandem zusammenzuarbeiten! Ich bin hier ein Gefangener — auf unbestimmte Zeit. Und eben diese Zeit will ich verkürzen. Das ist alles.«

»Herrgott noch mal!« Hauptmann Müller-Wipper schlug energisch mit der flachen Hand auf den Tisch. »Selbst Sie müssen doch wissen, wo Sie hingehören! Eine Entscheidung ist jetzt endgültig fällig. Entweder für uns oder gegen uns. Soviel Freiheit lassen wir jedem!«

»Und eine dritte Möglichkeit«, sagte Faust, »sehen Sie nicht?«

»Nein! Hier muß man seine Konsequenzen ziehen, Faust — und genau das erwarten wir jetzt von Ihnen. Haben Sie denn überhaupt eine andere Wahl?«

»Sondereinsatz!« verkündete der Sergeant-Major seiner Spezialgruppe, den wieder zwölf Mann seiner Band. Die sahen erwartungsvoll zu ihm auf. »Diesmal handelt es sich um die Pflege eines Rolls-Royce!«

Ken McKellar blickte, wie erwartet, in zwölf vorbehaltlos freudige Gesichter. Denn das, was er da soeben angekündigt hatte, wurde von seinen Lieblingsleuten schnell als ein ebenso leichter wie lohnender Einsatz erkannt. Zwei bis drei Stunden gemütliche Arbeit, dafür dann, pro Person, zwei bis drei Zigaretten. Zusätzlich Tee, vielleicht auch noch ein sogenanntes Sandwich. Danach eine vier bis fünf Minuten dauernde Dusche — wenn auch zumeist nur lauwarm, so doch unendlich erfrischend.

»Dann wollen wir mal, Kameraden!« rief unnötig ermunternd Feldwebel Schulz. Er machte eine Art angedeuteter Ehrenbezeigung vor dem Sergeant-Major, der sich zurückzog, und marschierte dann mit den Kameraden zum Innentor.

13 Uhr 30. Zwölf Mann, registrierte hier der britische Wachposten und trug es in seine Liste ein. »Auf wessen Befehl?«

Antwort: »Auf Befehl von Sergeant McKellar.« Der jedoch war hier nicht anwesend — er hielt sich irgendwo im deutschen Teil des Lagers auf.

»Mit welchem Auftrag?«

Antwort: »Reinigung eines Rolls-Royce.« Und verantwortlich dafür war, wie jeder im Lager wußte: Sergeant Silvers. Doch auch der war nicht anwesend.

»Wer übernimmt diesen Haufen?« wurde gefragt.

Der sich zufällig am Innentor aufhaltende Major T. S. Turner übernahm ihn — nicht zuletzt, um die Pflege des Rolls-Royce, des Colonels Lieblingsobjekt, nicht zu verzögern. Turner zeichnete, mit leichter Hand, den »Eingang« ab. Und auch, wenn es stimmte, daß er Nelson nicht sonderlich schätzte, so stand doch fest, daß er für dessen Rolls-Royce etwas wie nationalen Stolz empfand.

»Gebt euer Bestes, Men!« rief der Major den zwölfen zu — bevor er sich ruhebedürftig in seine Unterkunft zurückzog.

Der Rolls-Royce des Colonels — in feierlichem Schwarz, mit dezent angebrachten Silberbeschlägen — stand, wie immer, wenn er auf Hochglanz gebracht werden sollte, unter einem Sonnensegel, über einer mit Brettern ausgelegten Grube. Dicht neben dem britischen Kommandanturgebäude. Die von Feldwebel Schulz herangeführten Leute, unter ihnen Schafgott ebenso wie Faust, umringten dieses einzigartige technische Prachtobjekt mit spontaner Anerkennung.

Unmittelbar danach erschien Sergeant Sid Silvers. Er trug unter dem rechten Arm zehn frischgewaschene weißblaue, fellartig flauschige, doch garantiert nicht fasernde Baumwolltücher herbei. Aufmerksam musterte er Mann für Mann. Er schien zu lächeln, als er darunter auch Faust erblickte.

»Also«, ordnete Silvers an, »ein Mann für die Vorderräder, einer für die Hinterräder, einschließlich Achse. Zwei Mann für die vordere Karosserie, zwei weitere für die hintere — Grenze dabei der hintere Abschluß der vorderen Tür. Zwei Mann für den Motorblock, zwei für das Wageninnere, einschließlich Kofferraum.«

»Macht zehn«, stellte der Feldwebel Schulz fest. »Wir sind aber zwölf.«

»Sie«, ordnete Silvers an, »überwachen das alles!«

»Bleibt immer noch ein Mann übrig.«

»Das ist einer, der Faust heißt«, entschied Sergeant Silvers. »Mit dem will ich mich unterhalten.«

»Jawohl«, sagte der Feldwebel Schulz bereitwillig. Er übernahm die Baumwollappen und verteilte sie. »Dann wollen wir mal zeigen, was wir können, Kameraden!« rief er geschäftig.

Faust schritt indessen auf Silvers zu, blieb vor ihm stehen, blickte ihn schweigend an. Der Sergeant wies auf eine Kiste, die im Schatten stand. Auf diese setzten sie sich.

»Wollen Sie rauchen, Faust?« fragte der Sergeant. Er zog sein Etui, das goldene, hervor und klappte es auf. »Virginia links, Orient rechts — Sie können wählen.«

»Ich rauche sonst kaum«, sagte Faust, »aber Sie schädige ich gern.«

»Tun Sie das getrost«, ermunterte ihn Silvers. »Sie können, von mir aus, beide Sorten ausprobieren — Sie können sogar, wenn Sie wollen, alle Zigaretten vereinnahmen, einschließlich Etui.«

»Sie scheinen eine ganze Menge investieren zu wollen, Sergeant.«

»Ich heiße Sid Silvers — Sie können mich Sid nennen, wenn wir unter uns sind. Wünschen Sie vielleicht Whisky — guten, alten, abgelagerten, über Torf gebrannten Whisky, Malt Whisky genannt? Den könnte ich Ihnen besorgen. Flaschenweise — unter Umständen.«

»Warum?«

»Weil Sie mir in der Tat als eine recht gute Kapitalsanlage erscheinen wollen — nach allem, was ich inzwischen von Ihnen weiß.«

Faust entnahm dem ihm entgegengestreckten Etui jeweils drei Virginia- und drei Orientzigaretten. Er wickelte sie sorgfältig in Zeitungspapier ein und steckte sie dann in seine Brusttasche. Dabei sagte er: »Daß Sie es gewesen sind, der mich in diesem Sarg aufgespürt hat, weiß ich ja nun inzwischen. Doch was alles könnte sich daraus ergeben — Ihrer Ansicht nach?«

Silvers lächelte. »Ich bin hier, Kamerad Faust, eine Art Vertrauter des Colonels. Denn der vertraut mir seinen Rolls-Royce an — was nicht wenig ist. Würde er mir sein Leben anvertrauen, so wäre das beinahe weniger. Doch auf solche Kleinigkeiten achtet der nicht. Sollten wir auch nicht achten.«

»Und was, Kamerad Silvers, versprechen Sie sich in diesem Zusammenhang von mir?«

»Eine ganze Menge! Da staunen Sie, was? Lassen Sie das aber nicht zu einem Dauerzustand werden. Sie brauchen nur zu erkennen, wer hier am richtigen Hebel sitzt! Jedenfalls sind Sie mir, ganz offiziell, anvertraut worden. Und ich werde mich bestimmt darum bemühen, daß Sie nicht verlorengehen.«

»Möglicherweise überschätzen Sie einen von uns — und nicht nur in dieser Hinsicht.«

»Warten wir ab! Jeder Mensch hat seinen gewissen Wert — zumindest kann man ihn zu Seife verarbeiten. Sie aber sind für mich ein Glücksfall! Denn ich will hier — genauer: in Kairo — Geschäfte machen. Möglichst lohnende Geschäfte — lohnend möglicherweise auch für Sie, Faust! Falls Sie auch nur halbwegs so klug sind, wie ich vermute.«

»Was halten Sie denn für klug, Silvers — in einer solchen Zeit? In der immer noch Krieg ist — auch wenn, wie man so schön sagt, die Waffen schweigen.«

»Was ist denn so ein Krieg! Im Grunde vor allem ein Milliardengeschäft — Leichen gehören dabei zu den unvermeidlichen Unkosten. Wer jedoch, auch nur einigermaßen, die dabei gültigen, oft geradezu beschämend primitiven Spielregeln herausgefunden hat — der kann ein Vermögen machen! Auch zwei.«

»Und das hier mit meiner Hilfe?« Faust wischte sich mit der

flachen Hand den Schweiß von der Stirn — er betrachtete dabei Silvers mit steigendem Interesse. »Das müssen Sie mir näher erklären.«

»Die Situation ist denkbar einfach und übersichtlich. Für den Colonel und für die deutsche Lagerkommandantur sind Sie ein Zerstörer der hier erwünschten Ordnung. Aber für mich könnten Sie, wie gesagt, eine Kapitalsanlage sein!«

»Wie denn — möglichst genau?«

»Sie kennen Kairo nicht, nicht so, wie es jetzt ist — Sie würden mich sonst sofort verstehen. Dort ist der Markt für alle Möglichkeiten offen. Um mitmischen zu können, braucht man Betriebskapital — das habe ich. Dann werden Spezialisten aller Art benötigt; und die deutsche Lagerkommandantur könnte sie liefern — liefert sie aber nicht! Die haben mir schäbigen Ausschuß zugeteilt — mehrmals. Und eben deshalb benötige ich nicht nur dringend einen Mitarbeiter, der alle internen Verhältnisse genau kennt, sondern einen, der darüber hinaus auch noch den Mut und die Fähigkeit hat, seine Kenntnisse auszunützen. Und das sind Sie!«

»Was erwarten Sie noch von mir, Silvers?«

»Einen vollwertigen, vielfach verwendungsfähigen, einfallsreichen Partner — und zwar einen, der mich nicht übers Ohr hauen kann, ohne prompt wieder in einem Spezialbunker zu landen.«

Faust betrachtete seine schweißnassen Handflächen — wobei er der heiter-lässigen Stimme von Sid Silvers nachlauschte.

»Wenn ich Sie richtig verstehe«, sagte er bedächtig, »dann soll das heißen: Sie werden jeden weiteren Ausbruchsversuch zu verhindern trachten. Sie persönlich! Und das nur, um mich zu zwingen, Ihre Geschäfte zu fördern.«

»Stimmt genau!« gab Sid Silvers entwaffnend offen zu. »Woraus sich ergibt: Wir sollten in Zukunft gemeinsam operieren — zu unserem beiderseitigen Vorteil!«

»Also auch Sie!« stellte Faust fest, wobei er den fleißig bearbeiteten Rolls-Royce betrachtete. »Auch Sie fordern: entweder oder!«

»Unsinn! Ich biete Ihnen vielmehr eine Art Teilhaberschaft an. Und ich bin sicher, daß Sie diesen denkbar großzügigen Vorschlag akzeptieren werden. Oder etwa nicht?«

»Dann wollen wir mal wieder, Sid«, sagte der Colonel Nelson, den Anblick seines funkelnden Rolls-Royce sekundenlang freudig und ungetrübt genießend. »Kairo also — und dort zunächst wie üblich.«

»*Hotel Semiramis*«, bestätigte Silvers, während er die linke hintere Wagentür öffnete.

Colonel Nelson nickte. Der Anblick seines auf einzigartigen

Hochglanz gebrachten Prunkwagens vermochte immer wieder sein Herz höher schlagen zu lassen. Dieser Rolls-Royce war ein Geschenk seines Schwiegervaters, des Lords White-Whitecastle — anläßlich der Dekorierung des Colonels mit dem Victoria-Orden, was sogar in der *Times* gewürdigt worden war. Anläßlich der Schlacht von El Alamein. Nelson hatte sich damit sowohl um das Empire, als auch um seine Familie verdient gemacht.

»Gute Arbeit, Silvers!« sagte der Colonel anerkennend, während er fast zärtlich die Karosserie beklopfte — mit der behandschuhten Rechten, denn von schweißigen Fingern erzeugte Flecke auf dem Rolls-Royce wären für ihn nahezu gleichbedeutend mit Flecken auf seiner Ehre gewesen. »Wirklich, mein Lieber — eine ganz vorzügliche Leistung.«

»Diese Deutschen«, sagte Silvers, »sind äußerst anstellig — man muß nur ihren Tätigkeitsdrang in die richtigen Bahnen lenken.«

Colonel Nelson nickte abermals, wobei er Silvers anlächelte. »Sie verstehen es, mich zu erfreuen, Sid.«

Colonel Nelson stieg nunmehr ein, lehnte sich zurück, genoß die anschmiegsame Solidität des Leders, die Edelholzumrahmungen an Armaturenbrett und Türen, die panzerschrankartige Stabilität der Karosserie, die ihn vertrauenswürdig umgab. Er fühlte sich wahrhaft glücklich.

Silvers drückte, behutsam, auf den Gashebel. Denn eine erhöhte oder gar hohe Geschwindigkeit, auf die der Rolls-Royce mühelos zu bringen war, mußte zunächst — der dann unvermeidlichen Staubentwicklung wegen — vermieden werden. Auf den ersten Kilometern, vom Lager nach Kairo zu, schaukelte sich das vorbildlich gefederte Fahrzeug über eine zerfahrene sandige Wüstenstraße. Dann erst kam eine Asphaltbahn, die fast unmittelbar neben dem Nil angelegt war.

Hier gab Sid Silvers Gas; und der Rolls-Royce begann zu singen. Das freudig sanfte Jaulen des Motors erschien dem Colonel geradezu melodiös. Er streckte die Beine aus, lehnte sich entspannt zurück, lächelte dabei vor sich hin, aber auch Silvers zu.

Sagte dann vertraulich: »Sie glauben gar nicht, Sid, wie sehr ich es genieße, diesem Lager zu entkommen — wenn auch nur für Stunden.«

»Das verstehe ich sehr gut, Sir. Zumal Sie nun auch diesen Faust unbedenklich vergessen können — den habe ich bereits vereinnahmt.«

»Ich liebe keine Unruhe«, sagte Colonel Nelson versonnen, »die automatisch Gegenreaktionen hervorruft, welche wieder, unvermeidlich, Abwehrmaßnahmen herausfordert. Und ehe man sich versieht, ist die Katastrophe da. Wenn so was vermieden werden kann — und ganz gleich wie —, weiß ich es zu schätzen.«

Nelson blickte in die betörend eintönige Landschaft, durch die

sie hindurchfuhren: grellgelbe Flächigkeit, von zerstreuten Stein-
gebilden übersät, von unendlich mühsamer Vegetation durchwu-
chert. Eine dürftig ausgeschmückte Mondlandschaft im Sonnenlicht.

»Ich habe mich also, Sir, Ihrem Wunsch entsprechend, mit diesem Faust beschäftigt. Seine Reaktionen sind nicht ganz leicht zu
berechnen. Er ist ein erklärter Einzelgänger.«

»Das sind die Schlimmsten — innerhalb militärischer Bereiche,
meine ich.«

»Seine Schwäche hat jeder«, meinte Silvers, »und seinen Preis
auch. Dieser Faust ist keinesfalls billig — aber möglicherweise
werde ich den Preis für ihn zahlen können. Ich werde ihn an
unseren Unternehmungen in Kairo beteiligen.«

»Sid — wie können Sie das, ohne ihm Bewegungsfreiheit zu verschaffen? Und das sogar in einer Millionenstadt!«

»Ich lasse ihn nicht los, Sir, ich binde ihn an mich! Ich binde ihn
mit einer Leine, die Profit heißt.«

Sergeant Silvers behielt, während er wieder Gas gab, seinen
Colonel mit Hilfe des Rückspiegels im Auge. Und er sah hinter
sich sitzend: eine um Würde bemühte gertenschlanke Gestalt, mit
feinem, schmalem Pferdeschädel; einer heimlich wuchernden
Unruhe vorübergehend, da er sich unbeobachtet glaubte, Raum
gebend. Nelson starrte, nicht unbesorgt, vor sich hin.

»Ich werde mit diesem unternehmungslüsternen Galgenvogel
schon klarkommen«, versicherte Silvers. »Denn in dessen Gegenwart habe ich das komische Gefühl: Bei dem kann ich Gedanken
lesen! Allein wie der vorhin den Rolls-Royce gemustert hat, Sir!
Als beabsichtige er, sich unsere Staatskarosse unter den Nagel zu
reißen.«

»Gleich so weit«, meinte der Colonel, nun wieder mit leichtem
Lächeln, »wird es ja wohl nicht kommen.«

Silvers lachte. »Allein der Gedanke, Sir, ist nicht ohne Komik.
Aber Faust ist schlau genug, um herauszufinden, daß er an unseren Wagen nicht heran kann — nicht heran und auch nicht hinein.
Etwa in den Kofferraum. Denn in einem Kofferraum kann man
ersticken.«

»Nicht in diesem«, sagte der Colonel. »Haben Sie das noch nicht
herausgefunden? Dieser Kofferraum ist für Anthony und Agathe
eingerichtet.«

»Wer, zum Teufel, Sir — pardon: wer um Himmels willen sind
Anthony und Agathe?«

»Sozusagen die ständigen Begleiter meines verehrten
Schwiegervaters — zwei Windhunde. Prächtige Geschöpfe,
durchaus — und noch verwöhnter als seine Tochter, was viel heißen will. Jedenfalls hat der Lord in seinem Rolls-Royce für Anthony und Agathe einige spezielle Veränderungen anbringen las-

sen: Entlüftung, Frischluftzufuhr, Gegensperre. Was also praktisch heißt: Der Kofferraum kann gleichzeitig als Schlafstelle für immerhin mittelgroße Tiere benützt werden; er läßt sich beim Parken in eine höchst komfortable Hundehütte verwandeln.«

Silvers vermochte die steigende Heiterkeit des Colonels nicht zu teilen. Er fragte: »Aber das hier, Sir, ist doch nicht der Wagen des Lords?«

»Natürlich nicht! Ich habe ihn fabrikneu übernommen — aber eben als ein Geschenk Seiner Lordschaft. Und der hat im Werk genau das gleiche Exemplar wie für sich bestellt — und nun hat es die gleiche Farbe und die gleiche Ausstattung, mit allen Extras, wie bei seinem Rolls. Möglicherweise hat er sich nichts dabei gedacht, was ihm durchaus zuzutrauen wäre. Möglich jedoch auch, daß er mir einmal seine Hunde zu vererben gedenkt, falls die ihn überleben, was nicht wenige erhoffen.«

»Wenn das so ist, Sir«, sagte Sid Silvers, »dann bitte ich um die Erlaubnis, anhalten zu dürfen.«

»Mann!« rief der Colonel alarmiert, »Sie glauben doch nicht etwa . . .«

Der Sergeant nahm den Fuß vom Gashebel, trat auf das Bremspedal — und der Rolls-Royce glitt, wie ein Segelboot in sanftem Wind, lautlos auf die rechte Straßenseite zu. Kam hier, fast unmerklich, zum Stehen. Sekundenlang war lediglich das Ticken einer Uhr zu vernehmen — nichts weiter sonst.

Dann stieg Silvers aus. Er umkurvte den Wagen. Und er öffnete den tatsächlich unverschlossenen Kofferraum.

Darin sah er Faust liegen — und der grinste ihn freundlich an.

Das Fehlen eines Mannes — zunächst nur: irgendeines Mannes — wurde fast genau zum gleichen Zeitpunkt im Lager bemerkt und alsbald auch offiziell festgestellt.

Diese Verzögerung war indirekt das Werk von Silvers. Denn der hatte den Reinigungstrupp des Rolls-Royce nach getaner Arbeit zunächst einmal bewirten lassen — und zwar mit erwarteter Großzügigkeit. In seinem Lagerschuppen waren ihnen von Corporal Copland, dem »Sportfreund«, der zu Silvers Clique gehörte, Zigaretten, Kuchen und pro Person eine Büchse Bier überreicht worden.

In diesem Lagerschuppen hielt sich Schulz mit seinen Leuten etwas über eine halbe Stunde auf. Sie saßen auf Säcken und Kisten, rauchten, aßen, tranken, redeten nicht viel, ruhten sich aus. Sie wirkten glücklich und entspannt; einer schlief sogar ein, schnarchte vor sich hin, rollte sich auf die Seite.

»Das wär's also, Men!« rief ihnen Corporal Copland zu. »Eine Übernachtung ist hier nicht vorgesehen.«

»Also los, Kameraden — zurück nach Deutschland!« Feldwebel Schulz grinste, erhob sich, dankte dem Corporal höflich und befahl: »In Zweierreihe folgen!« Und schlenderte, von seinen Leuten gefolgt, vom Lagerschuppen über den Platz vor der britischen Kommandantur auf das innere Tor zu.

Hier angelangt, sagte er zum Wachtposten: »Reinigungskommando Rolls-Royce retour.«

»Wohl mal wieder vollgefressen — was?« scherzte der Wachtposten. »Hier geht es euch viel zu gut! Formiert euch gefälligst anständig. Geht genau auf Vordermann — haltet Seitenrichtung ein!«

Schulz nickte, völlig unbeeindruckt, seinen Leuten zu. Und die formierten sich gemächlich, gingen auf Tuchfühlung, richteten sich aus. Trotteten dabei weiter. Es war heiß, das Bier war ihnen zu Kopf gestiegen — wohlige Gleichgültigkeit beherrschte sie.

»Da fehlt doch einer!« stellte der britische Wachtposten anhand seiner Liste fest. »Mindestens einer!«

»Was Sie nicht sagen!« meinte der Feldwebel Schulz, gekonnt naiv blickend.

»Hier steht: zwölf Mann — ich sehe aber nur elf! Also fehlt ein Bastard. Oder glauben Sie, ich bin blöd?«

»Sicherlich nicht«, sagte Feldwebel Schulz höflich. »Kann ja sein, daß einer fehlt — der wird dann vermutlich noch im britischen Bereich gebraucht. Also kommt er eben später nach. Sie brauchen jetzt ja nur elf Mann auszutragen.«

»Kommt nicht in Frage!« erklärte der Wachtposten entschieden. »Nicht nach neuestem Befehl! Danach heißt es: Die gleiche Einheit rein wie raus!«

Schulz schwieg. Schafgott drängte sich an ihn heran; er wurde jedoch nahezu energisch abgewiesen. Die restlichen Leute der Gruppe bemühten sich, möglichst ahnungslos einfältige Gesichter zu machen; und den meisten von ihnen gelang das auch überzeugend. Sie hatten Übung darin.

Der Wachtposten telefonierte inzwischen mit der britischen Lagerkommandantur. Und nach knapp drei Minuten erschien Captain Moone, der Adjutant des Colonels. »Was ist denn das wieder für eine Schweinerei!« rief er nahezu hoffnungsvoll aus. »Wo ist Ihr zwölfter Mann?«

»Das weiß ich nicht, Sir«, behauptete Schulz völlig ungeniert. »Vielleicht wird er irgendwo beschäftigt — oder er ist mal austreten gegangen. So was soll vorkommen, Sir.«

»Keine Ausreden! Für diesen Haufen sind allein Sie verantwortlich!«

»Keinesfalls, Sir! Wir sind hier lediglich angefordert und dann ordnungsgemäß übergeben worden.«

»Das werde ich nachprüfen!« rief Captain Moone aus.

Das prüfte er dann auch nach — wobei er folgendes feststellte: Silvers hatte, über die britische Lagerkommandantur, ein deutsches Arbeitskommando zwecks Reinigung und Pflege des Rolls-Royce angefordert. Diese Anforderung war ordnungsgemäß an Sergeant McKellar weitergeleitet worden. Aber weder McKellar hatte den Ausgang dieser zwölf im deutschen Teil des Lagers schriftlich bestätigt noch Silvers deren Eingang im britischen! Andere hatten das für sie getan — und sie waren somit dafür verantwortlich.

»Niemand rührt sich hier vom Fleck!« rief Captain Moone vergnügt aus. »Bis zur Klärung dieses Falles ist jeder Verkehr zwischen beiden Teilen dieses Lagers zu unterbinden! Wo ist Major Turner?«

Major T. S. Turner erschien nur wenige Minuten später, mit rosig verschlafenem Babygesicht. Er war dennoch, wie üblich, entschlossen einsatzfreudig. »Handelt es sich etwa schon wieder mal«, polterte er, »um eine dieser angeblich humanen oder demokratischen Idiotien, die ich ausbügeln muß?«

»Scheint so«, meinte Captain Moone vorsichtig amüsiert. »Idiotie kann stimmen. Doch so was muß ausgerechnet in Abwesenheit des Colonels passieren! Ein deutscher Kriegsgefangener fehlt.«

»Was — schon wieder einer?«

»Nicht irgendeiner, Sir, fürchte ich — sondern schon wieder derselbe.«

»Doch nicht etwa dieser Faust?«

»Scheint so, Sir!«

»Das«, rief Turner mit starker, dennoch bebender Stimme aus, »wäre einfach himmelschreiend! Das werde ich nachprüfen!«

T. S. Turner rief seine beiden Leutnante zu sich — Miller ebenso wie Mills. Er musterte sie berechtigt hoffnungsvoll. Dann gab er, mit kehligen Befehlstönen, seine Anweisungen.

»Alles durchsuchen! Krempelt hier jeden Winkel um! Laßt nichts aus! Auch nicht die Räume des Colonels. Beschäftigt euch aber nicht weiter mit der Kiste unter meinem Bett, das wäre Unfug, da paßt sowieso kein Mensch rein. Ihr versteht mich schon! Sonst jedoch — jedes Scheißhaus absuchen, jeden Schrank öffnen, reißt von mir aus auch Fußböden auf — der Kerl muß gefunden werden! Alle irgendwie verfügbaren Leute beteiligen sich daran!«

Die direkten Untergebenen des Majors T. S. Turner, der eine und der andere Leutnant, Miller und Mills, eilten davon. »Inzwischen«, sagte der Major zu Captain Moone, »dürfen Sie mir einen Whisky einschenken — aus den Privatbeständen des Colonels. Denn schließlich bin ich hier in dessen Abwesenheit sein Stellvertreter!«

Captain Moone füllte großzügig ein Wasserglas halb voll. Er

konnte sogar Eiswürfel anbieten. Und Major Turner nahm das ihm gereichte Glas entgegen, beroch dessen Inhalt sachverständig; trank davon, nickte dann, erst vor sich hin, hierauf Moone zu. Schließlich sagte er, kurz auflachend: »Daß man mir immer mit diesem Faust kommt, ödet mich langsam an — was soll denn das alles! Nehmen wir getrost einmal an, daß ihm tatsächlich ein Ausbruch aus unserem Lager gelingen sollte — etwa auf Grund eklatanten Versagens gewisser Leute; wie zum Beispiel McKellar nebst anderen. Doch wo will er dann hin? Um ihn herum ist nichts als Wüste, in der Ferne das Mittelmeer — und überall Menschen, die nichts als arabisch sprechen. Und dann er in seiner Tropenkluft! Wie will er da durchkommen?«

»Ich weiß es nicht«, sagte Captain Moone. »Aber ich habe das fatale Gefühl: Dieser Faust weiß es.«

»Nur eben«, versicherte T. S. Turner, »daß der vermutlich nicht mit mir gerechnet hat!«

Doch diese in langen Jahren gewachsene Überzeugung schien bereits nach zwei weiteren Whiskys, in der nächsten halben Stunde, gründlich in Frage gestellt zu werden. Denn vor Turner und Moone erschienen zugleich der eine Leutnant und der andere Leutnant. Beide, Miller wie Mills, salutierten und meldeten: »Nichts, Sir!«

»Nichts?« fragte der Major ungläubig.

»Alles durchsucht, Sir! Keine gewünschte Spur.«

»Also muß da irgendeiner«, rief T. S. Turner anklagend aus, »kläglich versagt haben — mithin verantwortlich gemacht werden können! Aber den finde ich heraus!«

»Das kann leider sein«, bestätigte Captain Moone nicht ohne wohlabgezirkelte Liebenswürdigkeit. »Denn anhand der vorhandenen Unterlagen vermag derjenige, der für die Verwendung dieser Gruppe verantwortlich ist, völlig einwandfrei festgestellt werden.«

»Na also!« rief der Major T. S. Turner triumphierend aus. »Genau darauf will ich hinaus! Den will ich haben! Wer ist es?«

»Sie, Sir.«

»Mann — versuchen Sie ja nicht, mir irgend etwas anzuhängen!«

»Tut mir leid, Sir — aber die Gruppe dieser zwölf ist von Ihnen — schriftlich — übernommen worden. Somit sind auch Sie — auf Grund der neuen Lagerordnung — für diese Leute verantwortlich. Dagegen werden Sie kaum was machen können.«

»Verdammt heiß hier — finden Sie nicht auch?« fragte der Soldat Faust, während er aus dem Kofferraum kroch. »Und bei allem

Komfort in dieser einzigartigen Hundehütte — langsam wird man darin steif.«

Faust vertrat sich die Beine; er wedelte mit den Armen, tänzelte schließlich auf dem Asphalt der Wüstenstraße wie ein Boxer im Ring. Dabei betrachtete er, blinzelnd, den Rolls-Royce, den vor ihm breitbeinig dastehenden Sergeant Silvers, schließlich den Colonel, der sich steif gegen die Karosserie gelehnt hatte — ungläubig, wortlos, abwartend.

»Eine erstaunliche Sache, dieser Kofferraum«, meinte Faust ungetrübt freundlich. »Prächtig — nur eben für mich ein wenig zu eng. Wohl für Bulldoggen berechnet?«

»Für Windhunde«, klärte ihn Silvers auf.

»Paßt wohl auch besser zu mir — wollten Sie das damit sagen?«

Faust bekam keine Antwort. Denn der Sergeant blickte fragend seinen Colonel an — auch er, ohne eine Antwort zu bekommen. Nelson schüttelte lediglich mit sichtlichem Unwillen den Kopf. Dann stieg er wieder ein.

»Versteht er keinen Spaß?« fragte Faust vertraulich Sid Silvers.

Doch der grinste lediglich vor sich hin. »So komisch finde ich die Nummer, die Sie diesmal abziehen, auch wieder nicht.«

»Was wollen Sie denn mehr?« fragte Faust. »Schließlich haben Sie schon wieder einmal einen Ausbrecher aufgespürt — und so was wird sich doch wohl bezahlt machen. Oder? Mithin sollte Ihnen mein Anblick lieb und wert sein.«

»Etwas weniger, Faust, wäre vermutlich mehr.«

»Silvers!« rief der Colonel aus dem Wagen heraus. »Ich habe um vier eine Verabredung mit meiner Tochter, im *Hotel Semiramis*. Danach, um fünf, eine Besprechung in der Britischen Botschaft — die zweihundert Meter bis dorthin gehe ich zu Fuß. Rückfahrt um sechs Uhr! Sorgen Sie dafür, daß dieser Zeitplan eingehalten wird!«

»Jawohl, Sir!« rief Silvers. Und zu Faust sagte er: »Dann also wieder hinein in Ihren Hundestall. Doch diesmal wird der verriegelt.«

Faust nickte Silvers zu und verkroch sich wieder in den Kofferraum. Der Deckel fiel über ihm zu, die Schlösser schnappten ein, wurden überprüft; und das, wie es schien, sehr sorgfältig. Wohltuendes Halbdunkel hüllte Faust ein; die Temperatur war erträglich, die Belüftung sogar angenehm erfrischend.

Während der dann folgenden Fahrt registrierte Faust: Der Rolls-Royce hielt einmal — auf glatter Straße, inmitten von einigem Verkehr. Offenbar stieg der Colonel aus. Denn unmittelbar danach fuhr der Wagen ungleich flotter, nahm wesentlich kühner die Kurven, hielt schließlich — nach etlichen Minuten — zum zweitenmal. Ruckartig!

Sekunden danach wurde der Kofferraum wieder geöffnet. Faust

blinzelte in das ihn anfallende Licht und erblickte Silvers. Und er sagte: »Ich könnte Sie jetzt stundenlang in Ihrem Zwinger schmoren lassen — aber das wäre zuwenig.«

»Was wollen Sie dann?«

»Sie verführen«, sagte Silvers. »Mal sehen, was Sie so verkraften können. Steigen Sie aus.«

Und Faust erblickte, aussteigend, eine aus Steinfassaden gebildete Schlucht — so zumindest wollten ihm, der monatelang an monotone Wüstenflachheit gewöhnt war, diese Mietskasernen aus Beton vorkommen. Massenprodukte für eine hier mittlere bis obere Mittelklasse. Vermutlich in irgendeiner Nebenstraße in der Nähe des Zentrums von Kairo gelegen.

»Über eins, Faust, müssen Sie sich im klaren sein«, sagte Silvers warnend. »Ich bin Ihnen körperlich überlegen! Nehmen Sie getrost an: weil ich besser genährt bin. Vor allem aber befinde ich mich im Besitz einer Pistole — ich gehöre nämlich zu den Siegern! Machen Sie sich also keinerlei falsche Hoffnungen.«

»Wird akzeptiert«, erklärte Faust. »Was gedenken Sie mir anzubieten?«

»Gehen Sie voran, auf die Eingangstür zu. Von dort gehen Sie weiter durch die Halle nach links, zum Fahrstuhl hin. Aber keine falsche Bewegung, jetzt nicht und später auch nicht. Kapiert?«

»Kapiert.«

Sie stiegen in den Fahrstuhl. Silvers drückte auf die Taste mit der Nummer sechs. Sie glitten aufwärts. Begaben sich dann — Faust vor Silvers — in einen lichtblau angepinselten Korridor hinein, dort auf eine Tür zu, auf welcher die Nummer 606 zu erblicken war. Hier benutzte Silvers einen bereitgehaltenen Schlüssel.

»Fertigmachen zur Besichtigung!« rief er dann durch die geöffnete Tür.

Ein weibliches Wesen — dunkelhaarig, prall, mit tänzelnden Bewegungen — erschien und warf sich Silvers entgegen. Umarmte ihn, tastete ihn ab, schmiegte sich an ihn. Faust überwand sein Erstaunen schnell; er betrachtete dieses dunkle Glanzstück fraulicher Fülle mit wachsender Begeisterung.

»Das«, erklärte Silvers, »ist Sitah — meine Freundin! Oder auch, wenn man so will: meine derzeitige Lebensgefährtin. Und das«, sagte er dann, nunmehr auf Faust weisend, »ist ein Geschäftspartner von mir — er weiß es nur noch nicht.«

Sitah schien nur Silvers zu sehen: »Willst du zuerst, Sid, essen oder trinken — oder was?«

»Schätzchen«, sagte Silvers, sich mühsam von ihr befreiend, »wir haben heute einen Gast, mit dem du dich beschäftigen sollst — für etwa eine knappe Stunde. Dann bin ich wieder zurück.«

»Du willst mich schon wieder verlassen?« klagte sie taubenhaft girrend. »Ich habe so wenig von dir!«

»Nicht doch diese Töne, Liebling!« empfahl Sid gemütlich. »Du sollst dich nicht genauso aufführen wie alle anderen Weibsbilder auch! So was wirkt geradezu abschreckend auf mich.«

Sitah erwies sich als äußerst anpassungsfähig. »Wie du meinst«, sagte sie lediglich und löste sich von ihm. Und während sie sich die Haare ordnete, ihr Kleid glattstrich, musterte sie Faust. »Wie kommst du zu dem?«

»Ich«, erklärte Faust höflich, »bin eine Art Windhund.«

»Sieh ihn dir ein wenig näher an, Sitah — während ich noch ein paar Besorgungen machen muß; zwecks Hebung unseres Lebensstandards. Dieser Faust ist nur in einer einzigen Hinsicht wirklich gefährlich: Er versucht immer wieder auszubrechen, abzuhauen, zu verschwinden! Verstehst du?«

Sitah nickte; und erst jetzt schien sie sich Faust genauer anzusehen. Das tat sie in leicht träger Haltung, mit kuhartigen Samtaugen. Schließlich stellte sie fest: »Der sieht gar nicht so aus.«

»Natürlich, Mädchen, sieht der nicht so aus! Er versteht sich darauf, den Eindruck zu erwecken, nichts als ein braves Herdenschaf zu sein; wenn er sich zur Zeit auch mehr als Windhund vorkommt — was seine speziellen Gründe hat.«

»Und mit dem willst du mich allein lassen?«

»Ich will es nicht, Schätzchen, ich muß es! Denn ich kann ihn nicht gut mitschleppen, noch nicht — er versaut mir sonst womöglich meine Geschäfte, weil er noch nicht weiß, wie gut die sind, sogar für ihn!«

»Moment mal, Silvers«, mischte sich nun Faust fast energisch ein. »So was können Sie mir nicht zumuten!«

»Höre dir das an, Sitah — er behauptet, so was wie dich als Zumutung zu empfinden!«

»Das habe ich nicht gesagt, Silvers! Vielmehr wollte ich zum Ausdruck bringen: Es ist unzumutbar, wenn Fräulein Sitah von Ihnen auch noch mit meinen Problemen belastet wird. Und sogar mit meiner Person!«

»Das, mein Lieber, wollen wir erst mal abwarten! Aber zumindest eins glaube ich bereits mit einiger Sicherheit von Ihnen zu wissen: Sie sind kein brutaler, bedenkenlos über Leichen gehender Zeitgenosse. Also würden Sie auch niemals — einer Frau gegenüber — rohe Gewalt anwenden. Habe ich recht?«

Faust schwieg. Silvers lachte auf. Und Sitah begann, wie erleichtert, zu lächeln. Sie lächelte zuerst Silvers an, dann erst Faust.

»Das wäre also geklärt«, stellte Sid Silvers fest. »Ich werde euch beide hier einschließen, meinen Schlüssel nehme ich mit; auch den von Sitah. In der stabilen Tür befindet sich ein Patentschloß — es ist also kaum zu knacken, Faust. Außerdem: die Fassade dieses Hauses ist glatt, eine Feuertreppe gibt es hier nicht, und schließlich befinden Sie sich im sechsten Stock. Sollten Sie aber dennoch versuchen, hier auszubrechen, Faust — dann wird Sitah rechtzeitig einen gewaltigen Krach schlagen; und damit nicht nur dieses Haus, sondern das ganze Stadtviertel alarmieren. Wirst du das tun, Schätzchen?«

»Aber ja — wenn du das von mir erwartest.«

»Ich erwarte es, Sitah. Und du wirst mich auch gewiß nicht enttäuschen, wie ich dich kenne, weil du dir nämlich folgendes vorstellen mußt: Dieser Faust ist mir anvertraut worden — wie etwa ein Geldsack! Falls der mir also abhanden kommen sollte, dann kann das verdammt teuer für mich werden — und für dich auch! Durchaus möglich, daß du mich dann nie wiedersiehst.«

»Nun verschwinden Sie aber endlich, Silvers — bevor es Ihnen gelingt, Fräulein Sitah noch mehr zu beunruhigen — was völlig überflüssig ist. Ich bleibe hier, bis Sie wiederkommen.«

»Ihr Ehrenwort darauf?«

»Mehr als nur das — ich verspreche es Ihnen. Mit Handschlag, wenn Sie wollen, wie bei einem Geschäftsabschluß. Das aber nicht etwa, Silvers, um Ihnen einen Gefallen zu tun, sondern Fräulein Sitahs wegen. Ich möchte nicht, daß sie sich Sorgen macht.«

»Dann viel Vergnügen!« rief Sid Silvers gut gelaunt aus, bevor er verschwand.

Sie saßen da und sahen sich an. Etliche Minuten lang. Ohne ein Wort miteinander zu reden. Nahezu eine Viertelstunde verging so.

»Was«, fragte Sitah schließlich, »soll ich denn mit Ihnen anfangen?«

»Was immer Sie wollen«, sagte Faust höflich.

Er saß auf einem mit Leder gepolsterten Stuhl, mehr auf der vorderen Kante, steif und abwartend. Sitah hatte sich tief in ein Sofa gelehnt, die Beine übereinandergeschlagen, und betrachtete ihn mit vorsichtigem Interesse.

»Sie sehen tatsächlich nicht so aus«, sagte sie dann, auflachend, »nicht wie ein Ausbrecher. Eigentlich wirken Sie nur reinigungsbedürftig. Wollen Sie sich waschen?«

»Sie erraten meine geheimsten Gedanken«, versicherte Faust dankbar. »Läßt sich das ermöglichen?«

»Ich habe ein komplettes Badezimmer«, erklärte Sitah nicht ganz ohne Stolz. Sie stand auf und öffnete eine Tür. »Sie dürfen es benützen — aber nicht hinter sich abschließen.«

»Herrlich!« rief Faust beim Anblick eines breiten Wasch-
beckens. »Für mich sind Sie — schon allein deshalb — ein Engel.«

»Hoffentlich nur deshalb — ich enttäusche niemanden gern!«

»Weil es niemanden gibt, den Sie enttäuschen können!« Er
drehte die Wasserhähne auf, suchte und fand prompt die für Silvers bereitgestellten Toilettenartikel. Fast hastig entblößte er seinen Oberkörper.

»Kaffee?« fragte Sitah, sich zurückziehend — wobei sie die Tür
offenließ. Sie sah ihn heftig nicken — dann, wie gebannt, in den
großen Spiegel starrend: Er staunte sich an!

Eine Viertelstunde später erschien er rosig, munter und dankbar. Sitah musterte ihn durchaus anerkennend. »So sehen Sie
schon wesentlich menschlicher aus.«

»Freut mich, Fräulein Sitah. Das erinnert mich fast an Zeiten, in
denen ich — wie ich glaube — einigermaßen menschlich ausgesehen
habe.« Er griff nach dem bereitgestellten Kaffee, beroch ihn
genießerisch, trank dann davon. »Herrlich!« rief er aus. »Ich werde
sagen können, daß ich Ihnen eines der schönsten Erlebnisse in den
letzten Jahren zu verdanken habe!«

»Sagen Sie so was lieber nicht«, meinte Sitah, sich nicht ungeschmeichelt dehnend. »Ich könnte mir so was niemals leisten —
nicht bei Sid Silvers.«

»Sie kennen ihn schon lange?« wollte Faust wissen.

»Solange ich lebe — bewußt lebe —, möchte ich sagen.« Sie
schloß die Augen. »Meine Eltern sind sehr arm — als ich alt genug
war, um verdienen zu können, versuchte ich zu tanzen. Aber nur
einen Abend lang — glücklicherweise. Denn Sid Silvers war zufäl-
ligerweise anwesend — und er nahm mich mit. Und seitdem lebe
ich sorgenlos.«

»Auch glücklich?«

»Ist das nicht das gleiche?«

»Kann sein«, gab Faust zu.

»Sie sind der erste Mann, den Silvers hierher mitgebracht hat.
Und das beunruhigt mich. Sehr! Warum sind Sie hier?«

»Ich weiß es nicht«, bekannte Faust, »offensichtlich gedenkt er
mit mir Geschäfte zu machen — auf Verdienstmöglichkeiten jeder
Art scheint er ja Wert zu legen.«

»Aber was will er denn noch — er hat doch alles!«

»Ja — er hat Sie!«

Sitah strahlte ihn mit großen dunklen Augen an. »Sie scheinen
ja wirklich gefährlich zu sein«, sagte sie, ein wenig atemlos. »Sie
sind schon so, wie Sid Sie geschildert hat: Jede Gelegenheit nützen
Sie aus!«

»Aber nicht ohne Rücksicht auf Silvers — das zumindest kann
ich mir jetzt, in meiner derzeitigen Situation, keinesfalls leisten. Es
sei denn, Sie legen Wert darauf.«

»Und warum?«

Faust schlürfte den Kaffee. »Sie wollen ihn sich erhalten — doch wenn er, mit meiner Hilfe etwa, seine Geschäfte ausweiten sollte, könnte das schwierig werden. Diese Geschäfte könnten ihn ablenken — von Ihnen. Was mir zwar ziemlich unfaßbar vorkommt, womit man bei ihm wohl aber rechnen muß.«

»Sie jedenfalls, an seiner Stelle . . .«

»Gar kein Zweifel, wie ich mich entscheiden würde — allein für Sie! Aber ich bin eben nicht an seiner Stelle. — In wenigen Stunden werde ich, wieder einmal, in irgendeiner irdischen Hölle landen.«

Als sich der Rolls-Royce des Colonels Nelson — gegen sieben Uhr abends — dem von ihm befehligten Lager näherte, erkannte Sid Silvers als erstes: Der Außenposten an der Straße war doppelt besetzt und mit schweren Waffen ausgerüstet. Darauf machte er seinen Chef aufmerksam.

»Warum diese Verstärkung und Ausrüstung?« wollte der Colonel von einem der Posten wissen. »Das entspricht Alarmstufe zwei. Wer hat sie ausgelöst?«

»Major Turner, Sir! Direkter Befehl.«

Nelson nickte, ohne irgendeine Überraschung zu zeigen. Vielmehr begann er sogar zu lächeln — und zwar Silvers zu. Der gab dezent Gas; und der Rolls-Royce rollte gemächlich dem Lager entgegen.

Dort hatten sich, herbeitelefoniert, am äußersten Lagertor nebeneinander und in scheinbarer Harmonie eingefunden: Major Turner, Captain Moone, Sergeant McKellar.

Würdig entstieg der Colonel seinem Rolls-Royce. Sekundenlanges, verlegen wirkendes Schweigen zunächst. Die Offiziere und der Sergeant-Major salutierten mit Ausdauer. Nelson musterte sie.

Dann fragte er: »Gentlemen — was ist denn hier schon wieder los?«

Captain Moone fühlte sich am sichersten und ergriff daher als erster das Wort. »Ein peinlicher Vorfall, Sir — obgleich noch nicht völlig geklärt.«

»Peinlich?« fragte der Colonel genießerisch. »Für wen? Und warum gleich Alarmstufe zwei? Das ist schließlich eine Anordnung, die allein dem Kommandanten dieses Lagers zusteht.«

»Beziehungsweise, Sir, dem gerade amtierenden Stellvertreter«, erläuterte Captain Moone mit eiligem Eifer, »in diesem Fall Major Turner.«

»Sie waren das also?« fragte der Colonel. »Sind Sie etwa für diese wenig erfreulichen Zustände verantwortlich?«

74

»Keinesfalls direkt, Sir, nicht unmittelbar!« beeilte sich Major Turner zu versichern. »Nur eben, daß ich für die äußere Sicherheit dieses Lagers zu sorgen habe.«

»Und mit welchem Erfolg, Major?«

»Mit keinem irgendwie greifbaren — bisher jedenfalls nicht«, mußte T. S. Turner gestehen.

»Sir«, sagte nun Captain Moone, nicht ungeschickt die Initiative ergreifend, »die Möglichkeit eines Ausbruchs ist mir gegen drei Uhr dreißig gemeldet worden. Von einer Arbeitsgruppe, die durch Unterschrift übernommen worden war, fehlte ein Mann.«

»Von wem durch Unterschrift übernommen?« fragte der Colonel.

»Von mir, Sir!« mußte Major Turner bekennen. »Das geschah aber rein routinegemäß!«

»Routine, Turner, schließt Verantwortung nicht aus!«

»Ich habe lediglich unterschrieben, Sir! Doch übernommen wurde diese Gruppe von Sergeant Silvers.«

Sid Silvers erklärte ruhig: »Ich habe diese Leute beschäftigt. Ich war allein für ihre Arbeitsleistung verantwortlich, nicht jedoch für sie selber.«

»Die Verantwortlichkeit für diesen unerhörten Vorgang«, sagte nun Colonel Nelson, »darf wohl als geklärt angesehen werden. Was mich dabei jedoch interessiert, ist folgendes: Warum bin ich nicht schnellstens über diese Ereignisse orientiert worden? Denn wo ich in Kairo jederzeit zu erreichen war, habe ich Sie wissen lassen, Captain Moone.«

»Gewiß, Sir«, entgegnete der mit sichtlicher Erlebnisfreude. »Doch es bestand immer noch die Hoffnung — wie auch von Major Turner wiederholt zuversichtlich versichert —, daß sich diese Angelegenheit bereinigen lassen würde. Obgleich es sich dabei um keinen anderen als diesen Faust handelte!«

»Na — und?«

»Verzeihung, Sir — es ist der gleiche Faust, der bereits mehrmals . . .«

»Sie hätten sich dieses ganze Theater ersparen können und mich nur in Kairo anzurufen brauchen — und ich hätte Sie dann erschöpfend aufgeklärt.«

Major Turner wie Captain Moone und Sergeant McKellar durften einen ungemein souveränen Colonel bewundern. Nelson genoß diesen Zustand sichtlich. Und er dehnte ihn aus.

»Silvers«, sagte er dann, »wollen wir mal diesen Gentlemen zeigen, was wir für einen Fang gemacht haben.«

»Jawohl, Sir«, sagte der grinsend. Er umschritt, abgezirkelt, betont langsam, um diesen Vorgang möglichst spannend zu machen, den Rolls-Royce. Dann öffnete er den Kofferraum.

Zum Vorschein kam Faust.

»Ich wittere Unrat«, verkündete Hauptmann Müller-Wipper mit stark gedämpfter Stimme. »Hier braut sich einiges zusammen — das spüre ich im Urin.«

Vor ihm — im Verwaltungsraum der deutschen Lagerkommandantur — standen der Leutnant Kern, verantwortlich für Ordnung und Sicherheit, und daneben der Leutnant Langohr, sein Stellvertreter und damit auch bei Ausfall, sein Nachfolger. Hinter Miller hatte sich Major Roßberg niedergelassen. Auch er wirkte besorgt.

Besorgt hatten hier neuerdings nicht wenige zu sein — davon war Müller-Wipper überzeugt. Bei einer Begegnung an diesem Morgen mit Oberleutnant Hartmannsweiler von den hinteren Baracken hatte der, auch hier noch einflußreiche und respektierte Offizier, zu ihm in seiner stets unmißverständlich deutlichen Art gesagt: »Hier beginnt es kräftig zu stinken! Wenn ihr von der Lagerkommandantur diesen Gestank nicht beseitigen könnt, dann seid ihr einfach unfähig.«

Was eine glatte Unverschämtheit, aber eben doch keine ganz leere Drohung war. Hartmannsweiler führte hier immer noch Krieg — seine Feinde waren, nach wie vor, die Briten. Mit denen paktierte er nicht! Hatte niemand hier in diesem Lager zu paktieren! Er konnte da nur warnen.

Das also war die Situation: Eine Reihe Offiziere machte sich mit Nachdruck bemerkbar. Und die Briten übten auf ihre Weise Druck aus. Da mußte Entscheidendes geschehen.

Und Roßberg sagte, gleichfalls stark gedämpft: »Die Kontrollen nehmen zu, die Zählappelle dehnen sich aus, die Anforderungen der Bewacher erfolgen immer ungenierter — die Bedrohung wächst! Auslösendes Element dabei: dieser Faust!«

»Mit dem«, schlug Kern vor, »sollten wir kurzen Prozeß machen!«

»Kurz und wirksam!« sagte Langohr.

»Nicht so laut!« warnte der Hauptmann und wies auf die Tür zum Nebenraum. »Der Oberst schläft, und wir wollen ihn dabei möglichst nicht stören.«

Das wollte niemand. Roßberg meinte: »Wir wollen ihn auch nicht mit internen Problemen belasten — die praktisch längst bereinigt sein sollten.« Und mit prüfendem Blick auf Kern und Langohr: »Durch die doch wohl dafür zuständigen Vertrauensleute.«

»Ich habe mir den vorgenommen und dabei diesen Scheißkerl sozusagen mit Samthandschuhen angefaßt«, berichtete Kern. »Gut zugeredet habe ich diesem Sauhund! Doch was bot der mir an?«

»Ihn am Arsch zu lecken«, vermutete Müller.

»So ungefähr«, bestätigte Kern mit heftiger Empörung. »Ich hätte ihm am liebsten die Fresse poliert. Doch das läßt sich hier kaum machen — man ist hier nie ganz allein unter sich; immer ist irgend jemand in der Nähe. Aber Zeugen kann man dabei nicht brauchen.«

»Auch ich«, berichtete Langohr, »habe versucht, ihm Vernunft beizubringen — doch dieser Kerl hört einfach nicht zu. Er sagte lediglich: ›Du bist bei mir auf dem falschen Dampfer!‹«

»Ein wirklich gefährlicher Mensch«, versicherte Major Roßberg. »Er tut, als ginge ihn das alles nichts an. Dabei läßt sich nachweisen, daß er seine gewiß schmutzigen Hände im Spiel haben muß. Denn McKellar operiert neuerdings — für diesen Silvers — mit Zetteln, auf denen Namen stehen. Namen von Spezialisten. Und die kann er nur von diesem Faust haben.«

»Das darf so nicht weitergehen!« rief Müller-Wipper, wobei er ermunternd Kern anblickte — dann Langohr. »Wie und wo kann man den am sichersten — und am wirksamsten — bearbeiten?«

»Hier — auf der Kommandantur!« schlug Leutnant Kern sachverständig vor.

Und Langohr meinte: »Hier sind wir noch am ungestörtesten.«

»Das«, entschied Müller, »können wir dem Oberst nicht zumuten — der hat keinen Sinn für derartige Details.«

»Wir müßten eine Art Absonderungsraum haben, Herr Hauptmann«, schlug der Leutnant Kern vor.

»Was auch ich bereits früher vorgeschlagen habe«, versicherte Leutnant Langohr. »Was etwa einem Jablonski, dem Totengräber, billig ist, das sollte uns, den Sicherheitsverantwortlichen, doch recht sein. Auch uns steht so ein abgelegener Schuppen zu.«

»In Frage hierfür kommt Schuppen drei«, sagte Kern. »In ihm lagert derzeit Handwerkszeug — es wäre als eine Art Wachlokal, wo wir zugleich Vernehmungen durchführen könnten, hervorragend geeignet.«

»Keine schlechte Idee«, sagte der Hauptmann nachdenklich und blickte Major Roßberg an.

»Dabei«, referierte der, »dürfte es aber zu keinerlei Mißverständnissen kommen — bei den Briten, meine ich. Die behaupten zwar, uns eine Art Selbstverwaltung zuzugestehen, doch auch nur den geringsten Anschein einer möglichen Selbstjustiz haben sie grundsätzlich verboten und unter schwere Strafandrohung gestellt.«

»Wir unterhalten uns dort nur«, versicherte Kern.

»Besonders gern mit Faust!« Langohr blinzelte. »Wobei ich aber meinem Kameraden Kern nicht vorgreifen will.«

»Der Oberst«, gab Major Roßberg zu bedenken, »wird seine Genehmigung erteilen, aber die Zustimmung der Briten einholen müssen.«

»Das wird sich machen lassen«, meinte Müller-Wipper zuversichtlich. »Dem ist hier sowieso alles zu laut — er ist hier bereits mehrmals um seinen Nachmittagsschlaf gebracht worden.« Der

Hauptmann nickte Kern und Langohr zugleich zu. »Sie sollen Ihren Sonderschuppen bekommen — aber dann will ich endlich überzeugende Resultate sehen!«

»Du bist wohl nicht ganz normal, Sid«, sagte Ken McKellar noch nahezu gemütlich. »Du forderst hier neuerdings sogar Leute an, die zu meiner Spezialgruppe gehören — und die sogar namentlich!«

»Mach dich nicht so wichtig, Ken«, meinte Silver lapidar. »Ich fordere an, und du lieferst — schließlich haben wir ein Abkommen getroffen. Oder benötigst du eine Extraaufforderung durch den Colonel persönlich? Die könnte ich dir verschaffen — falls du unbedingt Wert darauf legst.«

»Sid — du kannst hier, wenn du durchaus willst, so an die eintausendachtundsechzig Leute einkassieren — aber nicht die einhundertundzwanzig, die zur deutschen Lagerkommandantur gehören; und schon gar nicht die zwölf meiner Spezialgruppe.«

»Ken, falls du etwa auf Faust, deinen Ersten *piper*, anspielen solltest — den will ich gar nicht kassieren, ich will ihn mir nur ausleihen.«

»Und Schafgott gleich noch dazu?«

»Damit sich unser Faust nicht ganz so einsam fühlt — so großzügig bin ich nämlich. Doch ganz abgesehen davon, soll dieser Schafgott ein recht brauchbarer Elektrotechniker sein.«

»Aber auch ein ziemlich guter Musiker! Praktisch kann ich auf keinen von beiden verzichten — wenn ich nicht mein Werk gefährden will.« Womit er seine Band meinte.

»So was, Ken, mutet dir auch niemand zu«, versicherte Silvers fast schon herzlich. »Dieser Faust soll in deinem Bereich verbleiben — dort ist er wenigstens sicher. Aber sicher ist er bei mir auch! Mithin ist er bei uns beiden am besten aufgehoben. Also teilen wir ihn untereinander auf. Wobei ich dir garantiere, daß er zu jeder angesetzten Übungsstunde deiner Band zur Verfügung stehen wird.«

Ken McKellar, der mit Silvers am Innentor stand, überlegte angestrengt — wofür er sich Zeit ließ. Dann meinte er bedächtig: »Dieser Faust scheint dir einiges wert zu sein. Was?«

»Nun — was hältst du von zwölf Flaschen Whisky; abgelagerten Whisky, versteht sich. Dazu drei Kasten Konfekt — für deine und auch unsere verehrte Freundin, die Chief-Sister.«

»Nicht übel«, gab der Sergeant-Major zu, dennoch abwartend.

»Oder würdest du mehr Wert auf diverse Instrumente legen? Prima Neuanfertigungen! Einwandfrei made in Scotland. Die könnte ich liefern — *pipes* ebenso wie *drums*. Sagen wir: drei — von jeder Sorte drei.«

»Das hört sich verdammt großzügig an, Sid«, meinte McKellar beeindruckt. »Dein Angebot käme meinen speziellen Wünschen entgegen. Denn ich beabsichtige nämlich, meine Band noch weiter auszubauen.«

»Tu das, Ken!« sagte Silvers schwungvoll. »Erweitere deinen Verein — zum Segen eines speziellen Teils der musikalischen Menschheit.«

»Es ist alles verdammt kompliziert geworden«, gestand Ken McKellar nicht unbesorgt. »Und das über Nacht! Bisher war alles klar, übersichtlich, wohl geordnet — doch plötzlich mischt sich hier jeder ein! Jeder meldet seine Extrawünsche an. An Hahnenkämpfe erinnert mich das! Kurz und gut, Sid — ein denkbar unmusischer Haufen kommt da zum Vorschein. Und du, mein Freund, mitten drin!«

»Gewöhne dich daran«, empfahl Silvers. »Das, was hier am Theater veranstaltet wird, kann lediglich ein bescheidener Anfang sein. Doch verlaß dich da ganz auf mich, Ken — du kannst dabei nur gewinnen.«

»Na gut, Sid — du sollst die von dir angeforderten Leute haben, auch wenn ich die ganze deutsche Lagerkommandantur auseinandernehmen und mit Turner öffentliche Ringkämpfe veranstalten muß. Ich vertraue dir sogar meinen Faust an — das beste Stück meiner Band. Doch wenn er dir entwischen sollte, Sid — dann gnade dir Gott!«

»Der bleibt uns erhalten. Auf den werde ich aufpassen wie auf meine eigene Brieftasche! Na, und wenn er mich enttäuscht — dann soll er, von mir aus, pausenlos bis an sein Lebensende bei dir Dudelsack blasen.«

»Was erwartest du denn von ihm? Eine Zirkusnummer?«

»Ich will endlich genau wissen, ob er der Mann ist, für den ich ihn halte — halten muß, nach allem, was er sich bisher geleistet hat.«

»Herzlich willkommen!« rief Colonel Nelson aus und schritt dem Oberst von Schwerin entgegen. »Ich freue mich, daß Sie meiner Einladung gefolgt sind.«

»Ich empfand sie als verpflichtende Aufforderung«, sagte der ein wenig steif.

»Aber ich bitte Sie, Verehrtester — nicht diese Förmlichkeiten!« Der Colonel öffnete die Tür zu seinem Dienstzimmer einladend weit. »Ich betrachte diese unsere Begegnung als ein privates, menschliches Gespräch — sozusagen unter vier Augen, wenn Sie so wollen; unter Offizieren, wenn es Ihnen recht ist.«

Der Oberst von Schwerin war in seine wohl peinlich saubere, doch bereits recht zerknitterte und abgeschabte Tropenuniform gehüllt. Er hatte einige Mühe, sich dieser geballten Liebenswürdigkeit zu entziehen. Er versteifte sich, legte sein Kriegergesicht in würdige Falten und ließ sich mit eckigen Bewegungen in einem für ihn bereitgestellten Sessel nieder.

»Was darf ich Ihnen anbieten, Herr Oberst?« erklang die höfliche Stimme von Colonel Nelson. »Einen federleichten Mosel, aus Traben-Trarbach, vom Weingut eines gewissen Doktor Melsheimer; falls Ihnen dieser Name ein Begriff ist.«

Der Oberst Henning von Schwerin-Sommershausen vermochte lediglich zustimmend zu nicken. Dabei versuchte er, an die speziellen Punkte, Anregungen und Grundsatzfragen zu denken, die er mit dem britischen Kommandanten besprechen wollte — worauf er sich gemeinsam mit Major Roßberg und Hauptmann Müller-Wipper vorbereitet hatte. Doch der Colonel lenkte ihn wirkungsvoll ab.

»Leider«, sagte Nelson bedauernd, »ist es mir nicht gelungen, deutsche Zigarren von friedensmäßiger Qualität aufzutreiben. Doch in etwa einer halben Stunde werden belegte Brote serviert. Ist Ihnen das recht?«

Der Oberst von Schwerin war überwältigt, bemühte sich aber, diese Regung mannhaft zu überwinden. Er erstrebte Sachlichkeit und sagte: »Ich begrüße die Gelegenheit, mit Ihnen über gewisse fragwürdig erscheinende Zustände in diesem Lager sprechen zu dürfen.«

»Aber ich bitte Sie, Herr Oberst!« wehrte der Colonel mit unentrinnbarer Herzlichkeit ab. »Zeitbedingte Gegebenheiten, meine ich, sind eine Sache — eine gewisse zeitlose Verständnisbereitschaft zwischen bewährten Offizieren ist eine andere Sache! Meinen Sie nicht auch?«

»Eine sehr akzeptable Definition! Sehr nobel — wirklich. Es wird darauf ankommen, das Beste daraus zu machen.«

»Sind wir nicht bereits dabei?« fragte Nelson mit dezentem Lächeln. »Darf ich fragen, ob auch Sie bei El Alamein gekämpft haben?«

»Sie etwa auch?« fragte der Oberst hoffnungsvoll.

Er auch! Und somit war es, als hätten sie sich gesucht und gefunden. Waffenbrüder! Wenn auch auf verschiedenen Seiten eingesetzt, so doch kriegskameradschaftlich verbunden — durch gewiß eng zusammenhängende Erlebnisse.

»Erinnern Sie sich noch«, wollte der Colonel fast drängend wissen, »an diverse Einzelheiten?«

»An jedes einzelne Detail!«

»Auch an den Einsatz der schweren Panzer?«

»Leider — ja!« sagte der Oberst. »Denn ich muß den Einsatz schwerer Panzer in einer Wüste als absurd bezeichnen! Und so habe ich diesen Vorgang auch schon immer bezeichnet! Sie werden im Sand versacken, habe ich gewarnt. Darauf habe ich Rommel persönlich aufmerksam gemacht!«

»Und ich Montgomery!«

Sie blickten sich an — und es war, als ob sie erst jetzt einander richtig erkannten. Sie nickten sich zu und hoben die Gläser.

»Das«, versicherte Colonel Nelson mit unerwarteter Lebhaftigkeit, »ist unser Thema! Strategie und Taktik bei El Alamein! Damit sollten wir uns ein wenig intensiver beschäftigen. — Meinen Sie nicht auch?«

Das meinte der Oberst von Schwerin auch. Er rückte seinen Sessel näher an den Tisch und damit auf die Moselflasche und den Zigarettenkästen zu; das jedoch nur, um beides auf den Fußboden zu stellen und die Gläser dazu. Denn auf dem Tisch des Colonels wurde nunmehr eine Generalstabskarte ausgebreitet — in deren Mittelpunkt: El Alamein.

»Wir«, sagte Nelson, mit großer Bewegung von Osten nach Westen über die Karte fahrend, »griffen in dieser Richtung an — und wo standen Sie?«

»Faust?« fragte Sid Silvers und grinste, »freuen Sie sich?«

»Worauf denn, Sergeant?«

»Auf ein schönes Plauderstündchen mitten in Kairo! Und das nicht allein mit mir — auch Sitah wird daran teilnehmen. Entzückt Sie das nicht?«

»An sich schon, Silvers. Doch ich muß mich fragen: Was versprechen Sie sich davon?«

»Mindestens ebensoviel wie Sie, Faust — wenn auch wohl etwas wesentlich anderes. Aber Sie werden, vermute ich, schnell darauf kommen.«

Sid Silvers konnte sich Faust widmen, während das von ihm angeforderte Sonderkommando registriert und auf einen Lastwagen verladen wurde. Dafür sorgte einer der zwei bis vier engeren Mitarbeiter des Sergeants, diesmal der Corporal Copland.

Copland, der »Sportfreund«, gehörte zu jenen verläßlichen Antreibern, die es überall in dieser Schlachtviehwelt gab — scharf zupackend, dabei nicht unbedingt ungemütlich. Innerhalb von drei Minuten hatte er seinen Haufen verstaut. Seine Tagesration bei Spezialeinsätzen dieser Art betrug drei Flaschen Whisky beziehungsweise dreißig Büchsen Porter.

»Faust kommt zu mir nach vorn«, ordnete Silvers an. »Du Copland, bleibst hinten und paßt auf, daß keiner an die Sonderrationen geht und die Begleitsoldaten nicht einpennen. Und damit ab nach Kairo!«

Die Fahrt verlief gemächlich, wenn auch nicht gerade sonderlich bequem — ein Armeelastwagen war kein Rolls-Royce. Wurden die

Zeltplanen heruntergelassen, schien die Luft zu kochen; wurden sie aufgerollt, staubte es. Wer hinten im Lastwagen atmete, hatte das Gefühl, zu ersticken. So schwiegen sie denn dumpf vor sich hin.

Vorne im durchlüfteten Führerhaus hingegen, wo Faust und Silvers saßen, dazu als Kraftfahrer ein gewisser Peter O'Casey — ein zumeist dumpf schweigender Mensch mit einem gutmütigen Roßgesicht —, fanden ebenso muntere wie nichtssagende Gespräche statt; sie alberten sich, ablenkend, an.

Als sie Kairo erreichten, schwieg Faust und beobachtete aufmerksam, wie Silvers die ersten seiner alltäglichen Geschäfte abwickelte. Und das geschah planvoll, schnell und geschickt.

Der Lastwagen fuhr zunächst in einen Hinterhof, der zum Bereich einer britischen Einheit gehörte. Hier wurde er bereits von einem Verwaltungsbeamten erwartet. »Zehn Spezialisten und ein Wachtposten, Sir!« rief ihm Silvers zu. »Für sieben Stunden! Vermietungsgebühr wie vereinbart; im voraus zahlbar, bitte.«

Ihm wurden zwei Kartons mit je zwölf Flaschen Whisky und Gin in das Führerhaus gereicht — Silvers überprüfte sie kurz, aber sachverständig. Sagte dann: »Okay, Sir!« Und befahl: »Nächste Station.«

»Nicht schlecht«, sagte Faust anerkennend. »Das scheint sich zu lohnen.«

»Kleine Fische!« erklärte Sid Silvers. »Kaum mehr als eine Art Nebenverdienst — Köder für Haie!«

Sie lieferten, unmittelbar danach, auch den zweiten Teil ihrer Ladung ab; zehn weitere Spezialisten, dazu den zweiten Wachsoldaten und Corporal Copland. Diesmal nahm dieses Arbeitskommando ein Leutnant in Empfang, der irgendein Kasino auf Hochglanz bringen wollte. So was machte Silvers mühelos möglich — und das begann sich in Kairo herumzusprechen. Gegenleistung diesmal: ein Karton mit Büchsenkaffee.

»Das also wäre dies!« sagte der Sergeant zum Kraftfahrer des Lastwagens. »Nächstes und vorerst letztes Ziel — meine Privatadresse!«

O'Casey, der Kraftfahrer, nickte sachverständig. Er steuerte sein Fahrzeug um das ägyptische Nationalmuseum herum, in eine der Nebenstraßen des Zentrums — in eine Gegend, die Faust bereits kannte: jene Mietshäuserschlucht mit dem Gebäude, in dessen sechstem Stockwerk Sitah lebte.

»Für dich, O'Casey«, ordnete nun Silvers an, »ist jetzt eine Stunde Pause. Du kannst sie nach Belieben ausnutzen. Spesen: ein britisches Pfund. Danach meldest du dich wieder hier. Faust begleitet mich.«

Faust begleitete ihn in das Apartment hinein, in dem Siath

stand. Erwartungsvoll. Sich Silvers widmend. Ungeniert. Wobei sie Faust zulächelte.

»Machen wir es uns bequem«, sagte Sid danach. »Genieren Sie sich nicht, Faust — legen Sie Ihre scheußliche Affenjacke ab.«

Faust genierte sich nicht. Er zerrte sich aus seiner verschwitzten Tropenbekleidung. Breitete dann erleichtert die Arme aus. Meinte hierauf: Jetzt ein Bad und danach frische Unterwäsche — und ein weiterer Höhepunkt dieses Daseins wäre erreicht!«

»Das können Sie haben.« Silvers zwinkerte Sitah zu. »Eine Garnitur meiner Unterwäsche steht Ihnen zur Verfügung, auch ein Schlafanzug. Sitah wird dafür sorgen.«

»Und was kommt danach, Silvers — die erste Rechnung?« fragte Faust.

Silvers setzte sich auf die Couch, die im großen Raum stand; dabei zog er Sitah an sich, was sie willig geschehen ließ. Und während er sie nahezu mechanisch betastete, sagte er: »Ich muß Sie hier mit Sitah allein lassen; es kann eine Stunde dauern, aber auch länger. Ich nehme an, daß Sie mir deshalb nicht sonderlich böse sind. Oder sollten Sie mir dankbar sein wollen?«

»Aber unter welchen Bedingungen geschieht das alles, Silvers?«

»Schauen Sie her«, sagte Silvers und entnahm seiner Brusttasche einige Blatt Papier, die er Faust übergab. »Was halten Sie davon?«

Der schien zu zögern, diese Papiere näher zu betrachten. Dann, nach kurzem Blick darauf, sagte er vorsichtig: »Vermutlich Dokumente — in arabischer Sprache.«

»Es sind Verträge«, erläuterte Silvers, sehr bemüht geduldig. »Und zwar Kaufverträge. Zwei insgesamt. Einer für ein Haus in der Innenstadt, der andere für ein Hausboot am Nil. Und die sollen Sie für mich überprüfen.«

»Warum ausgerechnet ich?«

»Einer muß das schließlich tun — und zwar einer, auf den ich mich verlassen kann. Und das sind, nach Lage der Dinge, Sie!«

»Erlauben Sie mal!« rief nun Faust beunruhigt aus. »Wie kommen Sie denn überhaupt auf die Idee, daß ich die arabische Sprache beherrsche?«

»Weil ich mich bekanntlich mit Ihnen beschäftigt habe, Faust. Und dabei habe ich — unter anderem — herausgefunden: Sie müssen sprachlich hochbegabt sein!«

»Sie überschätzen das, Silvers!« behauptete Faust mit einigem Eifer. »Nun ja — ich spreche ziemlich fließend englisch, auch einigermaßen französisch. Doch warum nehmen Sie an, daß ich auch arabisch kann?«

»Sie müssen diese Sprache im Verlauf des Afrikafeldzuges gelernt haben«, erklärte Silvers. »Möglicherweise in irgendeinem

Nachschublager, bei einem Scheich oder vielleicht im Bett einer Bauchtänzerin. Was weiß ich? — Jedenfalls können Sie's.«

»Sie fühlen sich, Silvers, in diesem Punkt also ganz sicher — warum eigentlich?«

»Weil ich ein Hirn habe und es gelegentlich auch gebrauchen kann. Zum Beispiel weiß ich — von Ihrem Freund Schafgott ebenso wie von McKellar —, daß Sie arabische Bücher mit sich herumschleppen und sogar darin lesen. Aber den entscheidenden Hinweis verdanke ich Major Turner!«

»Ausgerechnet dem?«

»Lieber Freund Faust — dieser Turner mag ja ein borniert Idiot sein, ein selbstgefälliger Spießer. Doch in puncto Sicherheitsmaßnahmen ist er ein Fachmann — er weiß sogar, oder er ahnt es zumindest, wie sie wirksam hintergangen werden können.«

»Durch mich?«

»Dieser Turner fragte sich: Wieso will der ausbrechen? Denn so ein Ausbruchsversuch, selbst ein zunächst gelungener, ist doch in dieser Wüstengegend völlig sinnlos. Der springende Punkt dabei ist die Frage: Wie will man danach weiterkommen?«

»Indem man auf sein Glück vertraut!«

»Unsinn, Faust! Sie sind gar kein Glücksritter — Sie verlassen sich vielmehr auf Ihren Verstand! Und deshalb hat dieser Turner ganz richtig begriffen, womit Sie wirklich rechnen! Sie haben nämlich nur dann eine Chance, nach einem Ausbruch weiterzukommen, wenn Sie die arabische Sprache beherrschen. Deshalb bin ich sicher! Und somit sind Sie für mich der richtige Mann.«

»Und wenn das nicht zutreffen sollte, Silvers?«

»Dann können Sie weiter im Lager schmoren, Ihren Dudelsack blasen und sich der deutschen Lagerkommandantur ausliefern, die Sie nicht gerade liebt. Aber Sie können auch —̇ wenn Sie Ihre arabischen Sprachkenntnisse zur Verfügung stellen — mit mir speisen und trinken und sich außerdem noch auf das angenehmste beschäftigen. Nicht wahr, Sitah, mein Liebling?«

»Was immer du für richtig hältst!« sagte Sitah. Wobei sie vorsichtig zu Faust hinüberblinzelte. Das jedoch nur kurz — ihr Hauptinteresse galt immer Silvers. Zumindest, solange er anwesend war.

»Also — wie ist das nun, Freund Faust? Wollen Sie sich nicht endlich entscheiden?«

»Ich werde zunächst einmal Ihre Unterlagen durcharbeiten«, sagte Faust. »Dafür werde ich etwa eine Stunde benötigen.«

»Ich gebe Ihnen sogar zwei Stunden dafür«, sagte Silvers erfreut, wobei er sich erhob. »Die restliche Zeit wird Ihnen Sitah sicher gern vertreiben.«

»Ganz wie du willst«, sagte Sitah.

Und Sid Silvers erklärte, bevor er das Apartment 606 verließ: »Dabei aber keine voreilige falsche Romantik, Herrschaften, wenn ich bitten darf! Denn hier geht es um Geschäfte! Denkt gefälligst daran!«

»Dein Typ wird wieder einmal verlangt«, sagte einer der Lagerpolizisten, fordernd über Faust gebeugt. »Die Kommandantur läßt bitten! Dienstlicher Befehl.«

»Dagegen kann man wohl nichts machen — was?«

Faust musterte den Ordnungsmenschen prüfend, während er sich von seinem Reisstrohsack erhob. Dies war ein Tag wie jeder andere Tag im Lager auch: Der Himmel war hoch, die Hitze umkroch sie, und die Wüste schien endlos. Die Menschen lagen wie leblos herum.

Auch Schafgott rührte sich kaum, als er Faust, der seine Schuhe anzog, fragte: »Die übliche Abmachung?«

Faust nickte. »Eine knappe Stunde — mehr gebe ich denen nicht.«

Sie marschierten hintereinander, jedoch nicht auf die Baracke der deutschen Lagerkommandantur zu, sondern bogen seitwärts ab, zum Schuppen drei hin. »Unsere Zweigstelle — für besondere Kunden wie dich!«

Der Mann öffnete die Tür und schob Faust hinein. Der sah sich Leutnant Kern gegenüber — dessen rosiges Gesicht glänzte wie eingeölt. Es schimmerte hinter einer Art Schreibtisch, schwebte dann aufwärts-seitwärts, auf Faust zu: Kern kam ihm entgegen.

»Herzlich willkommen in unserem neuen Heim«, sagte er. Dann nickte er einem Ordnungshelfer zu — der verschwand. »So — jetzt sind wir ganz unter uns.«

Der derzeit erste Ordnungshüter des deutschen Lagers näherte sich Faust noch mehr, schien nicht abgeneigt, ihm auf die Schulter zu schlagen — oder sonstwo hin. Doch der wich aus. Das schien Kern zu schmeicheln.

»Du hast doch nicht etwa jetzt schon volle Hosen? Brauchst du nicht — noch nicht! Vielleicht werden wir sogar noch gute Freunde.«

»Glaube ich kaum — denn so was wie Sie kann ich nicht riechen. Was viel heißen will, bei dem großen Gestank, der hier herrscht.«

Der Mensch mit dem Babygesicht zeigte keinerlei Wirkung — lediglich seine Fleischerhände falteten sich, als suche er Stärkung im Gebet. Er legte den Kopf ein wenig schief und meinte: »Da habe ich doch erst neulich zu dir gesagt: Faust, du ziehst hier dein eigenes Theater auf — das geht aber nicht, für so was sind allein wir zuständig. Ist dir das inzwischen endlich klargeworden?«

»Das war mir schon immer klar, Herr Kern — aber auch immer völlig gleichgültig.«

Kern griff, wie spielerisch, nach einem Stock, der auf seinem Schreibtisch lag, eine Art klobiges Lineal von wohl ein Meter Länge. Dann verzog er seine Lippen, offenbar bemühte er sich, ein Lächeln zu produzieren.

Dann sagte er: »Du mimst hier wohl den Provokateur — was? Machst in Rebellion, um schneller an den Freßtrog heranzukommen — wie?«

Dabei wedelte er ein wenig mit seinem Lineal, sagte dann aber, fast sanft: »Also gut, Faust — dann mal anders herum: Was soll's denn sein? Wir sind nicht kleinlich — und ich bin ermächtigt, dir ein Angebot zu machen. Sollen wir dich in den Bereich unserer Kommandantur aufnehmen, was automatisch einen höheren Verpflegungssatz bedeutet? Dabei kannst du wählen — Essensausgabe kontrollieren, Putzer beim Stab werden, vielleicht sogar beim Oberst, oder bei mir im Ordnungsdienst arbeiten, an bevorzugter Stelle. Meinen derzeitigen Vertreter muß ich sowieso bald abschieben, der quatscht zu viel und ist mir zu schlapp.«

»Und ich bin mir zu schade für diesen Dreck.«

Leutnant Kern reagierte schnell, wie mit einer unvermeidbaren Reflexbewegung — er schlug zu. Das klobige Lineal knallte auf den rechten Handrücken von Faust — einmal, zweimal. Dann war lauernde, lastende Stille im Raum.

Faust hob langsam die leicht blutende Hand und betrachtete sie, wie neugierig. Und dafür ließ er sich Zeit. Schließlich fragte er, gedehnt: »War das der Anfang?«

»Lediglich eine Art Kostprobe«, stieß Kern erregt hervor.

»Und was kommt danach?«

»Dann poliere ich dir zunächst einmal deine vorlaute Fresse!«

»Etwa so, Herr Kern?« fragte Faust fast höflich.

Und dann schlug er zu — einmal, zweimal. Seine flache Hand knallte kurz und trocken gegen das Ballongesicht, das erst nach rechts, dann nach links gestoßen wurde. Und schnell tomatenrot anzuschwellen schien.

»Du!« gurgelte Kern fassungslos, keuchend, mit sich überschlagender Stimme. »Du Sauhund, du Mistvieh, du Schweinekerl!«

»Und was weiter in Ihrer Machart, Herr Kern? Etwa ein Fausthieb in den Magen? Bitte sehr!«

Faust stieß blitzschnell seine geballte Faust in schwammiges Fleisch hinein, vernahm ein japsendes Stöhnen, sah Kern zusammensinken, ließ das jedoch nicht zu. Er packte den Mann vor sich, zog ihn hoch und stieß ihn gegen die Wand — mehrmals.

Sagte dann zu ihm: »Ein bescheidener Anfang, Herr Kern — lediglich eine Art Kostprobe.«

Und ließ ihn dann fallen.

Etwa eine halbe Stunde danach wurde der Leutnant Kern, verantwortlicher »Beauftragter für Ordnung« innerhalb der deutschen Lagerkommandantur, tot aufgefunden. Und zwar von Leutnant Langohr, seinem Stellvertreter, »Ganz zufällig«, wie der eifrig erklärte.

Der Leutnant Kern lag auf dem Fußboden des von ihm erst vor wenigen Stunden bezogenen Wachlokals. Der amtierende deutsche Arzt stellte mehrfachen Schädelbasisbruch fest, hervorgerufen durch einen schweren, scharfkantigen Gegenstand, vermutlich aus Metall. Der hinzukommende britische Arzt bestätigte diesen Befund.

Weitere Dreißig Minuten danach wurde bereits nach dem Kriegsgefangenen Faust gefahndet. Der jedoch befand sich nicht mehr im Lager. Er war, mit dem Kommando Silvers, kurz vorher nach Kairo gefahren.

Sid Silvers, sichtlich gut gelaunt, sich beschwingt, fast tänzerisch bewegend, eilte durch den Korridor, auf die Tür des Apartments 606 zu. Hier versuchte er, seinen Schlüssel hineinzustecken, mehrmals; doch das gelang ihm nicht. Leicht verwundert ließ er sich auf die Knie nieder und versuchte, durch das Schlüsselloch hindurchzublicken — es war von innen blockiert.

»Was sind denn das für neuartige Methoden?« rief er, gegen die Türfüllung pochend, immer noch munter. »Mach auf, Mädchen — hier kommt dein Weihnachtsmann!«

Er mußte etliche Sekunden warten, bis ihm geöffnet wurde, was er für eine Art Scherz hielt. Sitah blickte ihm sichtlich ungehalten entgegen. »Du bist viel zu laut!« sagte sie tadelnd. »Dieses Haus gehört dir nicht.«

»Noch nicht«, sagte Silvers heiter, umfaßte ihre Hüften, wirbelte sich mit ihr herum und schlug dabei die Tür zu. »Aber wir haben hier ja noch allerhand vor uns!« Er tänzelte mit Sitah auf das Schlafzimmer zu.

»Ich habe dich nicht erwartet«, sagte Sitah.

»Das mußt du auch nicht«, erklärte Sid ungetrübt, wobei er sich den Rock auszog. Er warf ihn in irgendeinen Sessel. »Wenn ich komme, bin ich da. — Und du bist da, wenn ich komme!«

»Du«, sagte Sitah, »behandelst mich wie eine Ware.«

»Das sind Edelsteine auch! Kleider, Lebensmittel und Getränke gleichfalls. Auch Scheckbücher mit einem gutgepolsterten Konto im Hintergrund. Und das alles hast du! Somit weißt du auch, daß du mir eine ganze Menge wert bist.«

Silvers, bereits auf ihrem Bett sitzend, war schon dabei, sich Schuhe und Strümpfe auszuziehen. Dabei blickte er hoch, auf die vor ihm stehende Sitah. »Zierst du dich etwa?« fragte er, anhaltend belustigt. »Du bist doch sonst nicht so!«

»Auch ich«, versicherte Sitah, und das geradezu ernsthaft, »brauche Liebe!«

Sid Silvers amüsierte sich köstlich, während er aus den Hosen stieg und unmittelbar danach Sitah an sich zog, sich über sie beugte, bis sie, unter ihm, auf das Bett fiel. »Mach keine Umstände«, meinte er mit immer noch ungetrübter Heiterkeit. »So was paßt gar nicht zu dir! Außerdem habe ich verdammt wenig Zeit — die ganz großen Geschäfte wollen nicht warten.«

»Wie du mich behandelst!« rief Sitah aus, sich unter ihm hervorwindend, ein wenig atemlos. Sie blickte ihn von der Seite her geradezu anklagend an. »Du behandelst mich wirklich wie — wie . . .«

»Na wie denn, Schätzchen?«

»Jedenfalls nicht wie eine Dame!«

Sid lachte schallend auf. Er legte sich auf den Rücken und schien nach Luft zu schnappen. »Welch neue Töne!« rief er aus. »Du wirst ja immer amüsanter, Mädchen! Du entwickelst fast schon traditionelle Gefühle — und so was haut mich einfach um!«

»Du nimmst mich nicht ernst!«

»Warum sollte ich das auch?« Silvers amüsierte sich ungehemmt weiter. »Für mich bist du für die Freuden des Daseins zuständig — nicht aber für den sogenannten Ernst des Lebens, das erledigen andere weit wirkungsvoller. Bleibe also bei deiner Spezialität.«

»Andere«, versicherte Sitah, zur Zimmerdecke starrend, »behandeln mich anders.«

»Tatsächlich?« fragte Sid Silvers, erneut auflachend. »Wer denn, zum Beispiel? Doch nicht etwa dieser Faust?«

»Und wenn das so wäre?«

»Dann falle ich noch vor lauter Gelächter aus dem Bett!« Sid rutschte zur Seite und richtete sich ein wenig auf. »Ausgerechnet dieser Faust!«

»Was hast du gegen ihn?« fragte sie, sich ebenfalls aufrichtend, fast streng. »Zumindest ist der ein Kavalier!«

»Was soll der sein?« rief Silvers. »Ein Kavalier? Ein ganz ausgekochter Bursche ist das!«

»Er hat ein Herz«, erklärte Sitah fast schlicht.

Sid Silvers brüllte ein mächtiges Gelächter — und fiel dabei, tatsächlich, aus dem Bett. Er plumpste auf den Teppich — auf einen echten, dichten und ungewöhnlich dicken Schiras, mit wuchernden Blumenornamenten, in verschwenderischen Blautönen geknüpft, von Sid höchst preisgünstig erworben, Sitah leihweise zur Verfügung gestellt. Auf diesem Teppich wälzte sich der nackte Silvers vor Vergnügen.

Wobei er zufällig unter Sitahs Bett sah. Und dort erblickte er eine zusammengerollte, in fahlbraunes Tuch gehüllte Gestalt. Die Augen, die zu ihr gehörten, blinzelten Silvers an.

»Wen haben wir denn da!« rief Sid Silvers. Sein hemmungsloses Gelächter war, völlig übergangslos, verstummt. »Doch nicht etwa Faust?«

»Warum nicht«, sagte der und kroch hervor.

Faust war, wie Silvers nun sah, in ein arabisches Gewand gehüllt. Seine Gestalt darunter schien konturenlos zu sein. Und auf seinem Kopf saß irritierend ein turbanartiges Gebilde. Sein Lächeln wirkte unverkennbar verlegen — ein Vorgang, der bei diesem Mann Seltenheitswert besaß.

»Es ist nicht meine Schuld!« rief Sitah besorgt aus.

»Halte deinen schönen, verlogenen Mund und laß uns allein!« entschied Silvers, sich aufrichtend. Er griff nach dem Bettlaken und umhüllte damit seine Blößen. »Sorge für einen starken Kaffee. Alles andere werden wir unter uns Viehhändlern ausmachen.«

Sitah entfernte sich eilig. Sie vermied es dabei, einen von beiden oder gar alle beide anzusehen. Auch ihr sah niemand nach — und das war ihr diesmal nur recht.

Faust versuchte, das arabische Gewand um sich möglichst dekorativ zu ordnen, was ihm nur sehr unvollkommen gelang. Er setzte sich neben Silvers auf Sitahs Bett und fragte: »Was nun?«

»Sie wollten schon wieder mal abhauen?«

»Ich habe nichts anderes gewollt, seitdem ich sogenannter Kriegsgefangener bin, Silvers — aus guten Gründen, wie ich meine.«

»Was gehen mich Ihre Gründe an, Faust! Auch ich habe welche — und die halte ich für besser. Ganz abgesehen davon, daß ich in der schönen Lage bin, meine Ideen zu realisieren — Sie sind das aber nicht!«

»Sie wollen mich also wieder ins Lager zurückbringen?« Faust sah Silvers nicken. »Nun gut — aber als was denn?«

»Als was immer ich will! Als einen Mann meines Arbeitskommandos, als einen gefaßten Ausbrecher — oder eben, wie gesagt: wenn ich will, als meinen unvermeidlichen Geschäftspartner. Wir werden sehen.«

Verwundert fragte Faust: »Und die Tatsache, daß Sie mich unter Sitahs Bett vorgefunden haben — die irritiert sie nicht?«

»Haben Sie was mit ihr gehabt?« fragte Silvers.

»Und wenn dem so wäre?«

»Dann würde ich so was, unter Umständen, als Geschäftsunkosten verbuchen — ich ziehe es Ihnen von Ihrem künftigen Honorar ab. Verstehen Sie? Ich will damit sagen: Falls Sie Wert auf Sitah legen oder eben bereits gelegt haben, so würde ich die Dame eben investieren.«

»Ach — so ist das!« mutmaßte Faust in rascher Reaktion. »Sie wollen sie loswerden!«

»Werden Sie nur nicht gleich wieder munter, Faust! Sie haben nicht die geringste Veranlassung dazu, wie Sie schnell erkennen werden. Aber was Sitah anbelangt: Sie können sie haben, wenn Sie einen angemessenen Preis dafür bezahlen wollen — für Sitah, einschließlich Appartement und den dazugehörigen Unterhaltskosten.« Und völlig übergangslos, mit gleicher gelassener Sachlichkeit fragte Sid dann: »Wie sind Sie denn überhaupt hierhergekommen?«

»Das war gar nicht einmal so schwer«, erklärte Faust. »Ich habe Ihrem Vertrauten, Corporal Copland, der auf mich aufpassen sollte, lediglich gesagt: Er habe mich gegen fünf Uhr bei Sitah abzuliefern — dort würden Sie mich übernehmen. Und das schien der für völlig in Ordnung zu halten.«

»Weil ich mich, ebenfalls gegen fünf, bei Sitah einfinden wollte — und Copland wußte das. Sie haben also sozusagen ins Blaue geschossen und dabei einen Volltreffer erzielt. Aber auch wieder nicht. Denn damit gerieten Sie auf meinen privaten Spielplatz; und ich fiel aus dem Bett, unter dem Sie lagen. Lauter schöne Zufälle — was?«

Faust nickte nahezu ergeben. Langsam streifte er sein arabisches Gewand ab, kroch dann unter das Bett und zog seine strapazierte Tropenuniform wieder hervor. Dabei sagte er: »Tut mir leid, Silvers, daß gerade Sie es sind, dem ich hier in die Quere komme — ich mag Sie nämlich.«

»Ich Sie auch, Sie Maulwurf! Aber deshalb müssen wir ja nicht gleich gefühlvoll werden. So was immer erst nach dem Geschäft.« Silvers betrachtete Faust, der wieder in seine Kriegsgefangenenkluft stieg, mit prüfenden Blicken. »Hat dieser heutige Ausbruchsversuch irgend etwas mit den Dingen zu tun, die im Lager geschehen sind? Man hat mich von dort angerufen und dringlich nach Ihnen gefragt.«

»Was soll denn dort geschehen sein?«

»Irgendeine Schweinerei vermutlich — und zwar eine, die man Ihnen zutraut. Und daran möchte ich mich noch erfreuen, bevor ich Ihnen ein letztes, ein allerletztes Angebot mache.«

Knapp fünf Minuten nach Ankunft des Arbeitskommandos Silvers im Lager saß Faust bereits wieder in Einzelhaft. »Bunker für diesen Kerl!« hatte Major Turner befohlen. Und der Sergeant-Major McKellar hatte diesen Befehl ausführen müssen.

»Was ist denn hier schon wieder entgleist?« fragte Sid Silvers reichlich lautstark.

»Das hat Sie nichts anzugehen!« sagte Major T. S. Turner streng.

Silvers fühlte sich versucht, hierauf in ähnlicher Tonart zu antworten. Doch er zog es vor, zunächst abwartend zu schweigen. Zudem sagte er sich: Ein paar Stunden Einzelhaft in diesem Brutofen von Bunker, der sich in den Nächten automatisch in einen Kühlschrank zu verwandeln pflegte, konnten diesem Faust ganz gut tun — jedenfalls der Ausreifung gewisser Entschlüsse nur förderlich sein.

Silvers begab sich in den Schuppen neben dem britischen Kommandanturgebäude — der gehörte ihm ganz allein; und dem Rolls-Royce des Colonels. Hier befand sich Silvers' Schlafstelle, sein kleines Vorratslager, sogar eine private Duscheinrichtung, unter einem täglich zu füllenden Fünfziglitertank. Die von ihm bevorzugte Seife war Lavendel von Yardley — aus den Beständen von Nelson.

Silvers brauste sich ab, hüllte sich in einen nahezu schneeweißen Bademantel und zog weiße Tennisschuhe an. Er rauchte eine Zigarette, trank einen Gin und begab sich dann in das Kommandanturgebäude. Im Dienstzimmer von Captain Moone traf er auch den Hauptmann Müller-Wipper.

Und den hörte er sagen: »Dieser Fall, Captain, gehört sicherlich in unseren Zuständigkeitsbereich! Wir werden ihn untersuchen und Ihnen dann ausführlich Bericht erstatten.«

»Darf ich Sie darauf aufmerksam machen«, erklärte Moone mit der ihm eigenen Höflichkeit, »daß es sich hier um eine kriegsjuristische Angelegenheit handelt, wofür allein wir zuständig sind.«

»Wobei ich jedoch zu bedenken gebe«, versicherte Müller-Wipper geschmeidig, »daß eine interne Bereinigung dieses wohl mehr als heiklen Falles für beide Seiten vorteilhaft sein könnte.«

»Was sind denn das wieder für Einfälle!« rief nun Captain Moone mit einiger Schärfe — womit er jedoch nicht Müller-Wipper, sondern Silvers meinte. »Was ist das für ein Aufzug! Womöglich erscheinen Sie beim nächstenmal hier im Badeanzug?«

»Ich hatte keinesfalls die Absicht, Sir, Sie irgendwie aufzuregen — ich wollte mich nur mal kurz mit dem Colonel unterhalten.«

»Der ist jetzt nicht zu sprechen!« sagte der Captain. »Für niemanden — also auch nicht für Sie! Der hat eine interne Besprechung mit Oberst von Schwerin — vermutlich über Details der Schlacht von El Alamein.«

»Dagegen«, meinte Sid Silvers geradezu verständnisvoll, »kann man wohl nichts machen!« Worauf er salutierte und sich zurückzog.

Er betrat die Terrasse vor dem britischen Kommandanturgebäude und hielt nach McKellar Ausschau. Und den erblickte er an dem Tor, das zu jenem fußballplatzgroßen Zwischengelände führte, der Zone Null, wo sich die Bunker befanden.

Sid begab sich zu dem nachdenklich, wenn nicht sorgenvoll wirkenden Sergeant-Major. »Kummer, Ken?«

Der blickte auf und nickte Silvers zu. »Sie scheinen ihn geschnappt zu haben — meinen besten *piper!*«

»Was wollen Sie ihm denn anhängen?«

»Der Leutnant Kern ist tot in seinem Extraschuppen aufgefunden worden — und sein letzter Besucher soll Faust gewesen sein.«

»Nachweisbar?«

»Auf Grund mindestens einer ziemlich glaubhaften Zeugenaussage! Und wenn die stimmt, dann kann ich mit meiner Band baden gehen.«

»Das«, versicherte Silvers, »kann dir natürlich niemand zumuten. Dafür habe ich volles Verständnis.«

»Ach, Mensch! — Was fange ich denn schon mit deinem Verständnis an? Diesmal scheint unser Faust ziemlich festzusitzen. Major Turner triumphiert.«

»Das muß kein Dauerzustand sein, Ken.«

»Auch du kannst das nicht ändern, Sid. Diese Sache sieht verdammt böse aus. Ich habe schwer darüber nachgedacht.«

»Laß mich mit Faust sprechen«, schlug Sid Silvers vor.

»Das darf ich nicht zulassen!«

»Weiß ich, Ken — aber du brauchst ja nicht hinzusehen und schon gar nicht hinzuhören. Es genügt völlig, wenn du das Tor offenläßt und dann in die Luft starrst. Den Rest erledige ich dann schon.«

»Und du meinst, dabei könnte was Brauchbares herauskommen?«

»Dabei, Ken, muß was Brauchbares herauskommen — in unserem beiderseitigen Interesse. Doch das, Freund, könnte der entscheidende Punkt sein: Entweder müssen wir ihn endgültig abstoßen — oder wir haben ihn endlich ganz!«

»Wie geht es Ihnen denn, Maulwurf?« fragte Sid Silvers, sich auf den Bunker setzend. »Oder sollten Sie endlich einmal sprachlos geworden sein?«

»Noch lebe ich«, sagte Faust aus seiner Grube heraus, »gerade noch so!«

Silvers öffnete das Schloß der Falltür, schlug sie zurück und sah blinzelnd in das Loch hinein — erblickte Faust, der gegen die Steinwand gelehnt dahockte. »Sie sollen diesen Kern gekillt haben — stimmt das?«

»Leider nein«, sagte Faust hochblickend. »Ich bin nun mal kein Wohltäter der Menschheit. Ich habe diesem Kern lediglich zwei

Ohrfeigen und einen Magenhaken verpaßt, nachdem er mir mit einem Stock die Hand blutiggeschlagen hatte. Ich habe dabei nur mit ihm gemacht, was er mit mir machen wollte — so gut ich das konnte.«

Sid Silvers jonglierte sich durch die Luke abwärts, in die Bunkergrube hinein. Kam dicht vor Faust zum Stehen. Setzte sich dann neben ihn — mit großer Selbstverständlichkeit.

»Wie ist das eigentlich, Faust? Sie haben, danach befragt, warum Sie hier immer wieder auszubrechen versuchen, geantwortet: Um einen umzulegen! Warum also nicht auch einen Kern? Wo Sie sich doch schon zu solchen Methoden entschlossen haben?«

»Das«, sagte Faust entschieden, »ist ein völlig anderer Fall«

»Versuchen Sie, mir das etwas näher zu erklären.«

»Nun«, sagte er, »bei diesem Kern handelt es sich lediglich um einen ganz gewöhnlichen Schweinehund — und davon gibt es eine Menge in dieser Welt. Nicht, daß man sich mit diesen Typen abfinden müßte — das nicht; aber man muß sie ja nicht gleich umlegen. Es gibt da noch ganz andere.«

»Und hinter einem von denen sind Sie her — wenn ich Sie jetzt richtig verstehe.«

Faust nickte. Dann zögerte er, weiterzusprechen — bis Silvers ihm ermunternd in die Seite stieß. Leise sagte er dann: »Ich will nach Deutschland, weil ich dort einen Kerl krepieren sehen muß. Der hat meine Mutter und meinen Vater vor ein Kriegsgericht gebracht und dort gegen sie ausgesagt — sie wurden hingerichtet.«

»Was geht mich das an!« rief Silvers heftig aus, dabei Schulter an Schulter mit Faust. »Das kann stimmen — oder auch nicht. Was jedoch nicht heißen soll, daß ich Ihnen nicht glaube, Faust. Doch verlangen Sie nicht von mir, daß ich derartige deutsche Misthaufen hingebungsvoll berieche. Für mich hat allein das maßgeblich zu sein, was hier und jetzt ist!«

»Nun gut, Silvers — und was ist das? Jetzt und hier sitzt neben Ihnen eins jener armen Schweine, die jede Zeit vielfach erzeugt; und in Kriegszeiten gibt es ganze Herden davon. Diejenigen, denen meine Nase nicht paßt, oder eben mein Hirn, werden mich nun abzuschlachten versuchen, auf Grund irgendwelcher falschen Zeugenaussagen. Tut mir leid, Silvers — auch für Sie. Sie werden sich nun wohl einen anderen Geschäftspartner suchen müssen.«

»Nur langsam, Faust! Nur nichts überstürzen!« Sid Silvers lehnte sich ein wenig enger an ihn — was nicht unbedingt eine Geste der Zuneigung sein mußte; die beschränkten Raumverhältnisse führten dazu. »Zu einer Partnerschaft gehören immer zwei — und ich bin nun mal, im Grunde meines Wesens, ein unverbesserlicher Spekulant. Denn was sonst kann man in dieser Scheißwelt sein, die Menschen wie Schlachtvieh behandelt? Und eben deshalb fühle ich mich selbst jetzt noch versucht, mit Ihnen zu spekulieren.«

»Wie wollen Sie das anstellen? Ich sitze hier in der Falle! Gewisse Kameraden dürften mich endlich dorthin manipuliert haben, wo sie mich schon immer hinwünschten: vor ein Kriegsgericht.«

»Lassen Sie uns das mal durchdenken, Faust. Also — Sie werden verdächtigt, aber Sie sind es nicht gewesen. Direkte Tatzeugen existieren nicht. Nur Vermutungen. Möglicherweise gibt es Indizien — doch die scheinen nicht ganz auszureichen. Dann aber, Faust, muß man sich fragen: Wenn Sie es nicht gewesen sind — wer kann es dann gewesen sein?«

»Woher soll ich das wissen!«

»Sie müssen gar nichts wissen, Faust — Sie sollen nur nachdenken! Also — wer käme in Frage?«

»Eine ganze Menge! Denn dieser Kern ist alles andere als ein Liebling des Volkes gewesen — er wurde vielmehr gefürchtet, auch gehaßt. Selbst von seiner nächsten Umgebung. Und sein Stellvertreter, Leutnant Langohr, wäre ihm am liebsten an die Gurgel gesprungen — nur um sein Nachfolger zu werden.«

»Das«, meinte Silvers, sichtlich ermuntert, »sollte eigentlich genügen!« Er schlug Faust unternehmungsfreudig auf den Schenkel. »Doch nun zur Sache — zu unserer Sache: Ich hatte Ihnen eine Art Vertrag angeboten. Sind Sie jetzt daran interessiert?«

»Ist das nicht reichlich sinnlos, Silvers — unter diesen Umständen?«

»Umstände wie diese, Faust, können sich schnell ändern — und eben dafür gedenke ich zu sorgen. Immer vorausgesetzt, daß wir jetzt endlich handelseinig werden.«

»Und wie sehen Ihre Bedingungen aus?«

»Wir schließen ein Abkommen«, sagte Silvers. »Einen Pakt!«

»Auf unbegrenzte Zeit?«

»Das will ich Ihnen gar nicht zumuten, Faust! Sie sollen, von mir aus, Ihren Schweinehund im fernen Deutschland getrost umlegen können — nur eben nicht jetzt gleich. Sagen wir: nach Ablauf von sechs Monaten. Einverstanden?«

»Habe ich denn überhaupt eine andere Wahl?«

»Natürlich nicht, Faust! Aber Sie werden auch noch diese sechs Monate überstehen. So lange stehen Sie mir also vorbehaltlos zur Verfügung — mir in erster Linie. Denn davor, auch weiterhin bei McKellar Dudelsack zu blasen, werde ich Sie leider nicht bewahren können.«

»Das ist wahrlich nicht das Schlimmste«, versicherte Faust hoffnungsvoll. »Aber was erwarten Sie im Detail sonst noch von mir?«

»Sie investieren vorbehaltlos in meine Unternehmungen Ihre arabischen Sprachkenntnisse, Ihre Organisationsfähigkeit, Ihre internen Einsichten in die deutschen Lagerverhältnisse, Ihr Improvisationstalent. Dafür werden Sie mit genau einem drittel Anteil an allen Gewinnen honoriert; und zwar für das ganze nächste Jahr, mithin also sechs Monate über die Zeitdauer unseres Paktes hinaus. Akzeptiert, Faust?«

»Und es stört Sie nicht, Silvers, daß wir enorme Schwierigkeiten bekommen werden — besonders durch Leute der deutschen Lagerkommandantur.«

»Damit werden wir fertig werden«, sagte Sid Silvers zuversichtlich. »Also — geben Sie mir Ihr Wort?«

»Heute«, sagte der, »ist der vierundzwanzigste Juni neunzehnhundertfünfundvierzig. Es ist jetzt drei Minuten vor sechs Uhr nachmittags. Mithin läuft am vierundzwanzigsten Dezember, exakt auf die Minute, dieser Pakt ab. Dann ist Heiligabend für mich. Einverstanden!«

Die interne, zähe, um günstige Positionen ringende Besprechung bei Captain Moone dehnte sich aus. Der war wie eine Gummiwand; Hauptmann Müller-Wipper versuchte unentwegt, dagegen anzurennen. Was zunächst völlig vergeblich war.

»Ich verstehe Sie sehr gut«, versicherte Captain Moone in durchaus entgegenkommendem Ton. »Sie beabsichtigen, diesen Faust nach Ihren Rechtsbegriffen zu behandeln. Dabei haben Sie aber übersehen, daß Sie sich in diesem Lager praktisch auf britischem Boden befinden und damit auch den in Großbritannien geltenden Gesetzen unterstehen.«

»Das muß doch aber nicht unbedingt und in jeder Hinsicht für den deutschen Teil des Lagers gelten. Es wäre sehr ratsam, wenn Sie uns gerade in diesem Fall einige Zugeständnisse machen würden — Sie könnten dabei sich und uns eine Menge Ärger ersparen, meine ich.«

Diese Verhandlung dehnte sich nicht nur aus — alsbald wurde auch noch Verstärkung aufgeboten. Von britischer Seite fand sich Major Turner ein; die deutsche Seite konnte Major Roßberg einsetzen. Nach wie vor fehlten, offenbar mit voller Absicht, der Colonel und der Oberst. Die vertrieben sich, planspielend, mit der Schlacht von El Alamein die Zeit, bis ihre unmittelbaren Untergebenen abgekämpft waren — so stand zu vermuten.

Major Turner erklärte souverän: »Wenn ein deutscher Kriegsgefangener stirbt, muß das ein britischer Arzt beurkunden — wenn einer straffällig wird, verfällt er der britischen Justiz.«

»Die Funktion eines Kriegsgerichts«, schaltete sich Major Roßberg ebenso höflich wie dringlich ein, »weist bei zivilisierten, abendländischen Nationen — kaum Unterschiede auf, zumindest keine erheblichen, bestimmt keine wesentlichen. Mithin scheint sich hier fast zwangsläufig die Aufstellung eines bemüht paritätisch gegliederten Jusitzverbandes zu empfehlen.«

»Entschieden abgelehnt!« rief T. S. Turner streitbar.

»Das«, schnaufte Müller-Wipper, »könnte als bewußte Benachteiligung ausgelegt werden!«

»Sie haben hier gar nichts auszulegen!« fauchte ihn Major Turner an. »Sie haben lediglich unsere Anordnungen entgegenzunehmen und auszuführen. Ich sehe nicht ein, warum wir überhaupt mit Ihnen verhandeln!«

»Immerhin vertrete ich hier eintausendzweihundert Mann, welche —«

»—nichts wie Kriegsgefangene sind!«

Hier nun vermittelnd einzugreifen blieb Captain Moone erspart. Denn: Sergeant Silvers erschien. Er war, wie auch schon vorher, herausfordernd weiß bekleidet — weißer Bademantel, weiße Tennisschuhe, dazu noch ein weißes Tuch, aus Seide, um den Hals geschlungen; aufreizend dekorativ.

»Nanu!« rief Major Turner verblüfft. »Sie haben sich wohl in der Landschaft geirrt, Silvers! Hier ist kein Tennisplatz, hier findet eine Besprechung statt.«

»Völlig überflüssigerweise«, meinte Silvers gelassen.

»Verschwinden Sie hier, Silvers!« rief T. S. Turner grob. »Im Augenblick brauchen wir Sie in keiner Weise. Und Ihr Colonel ist zur Zeit anderweitig beschäftigt; der spielt Krieg, auf dem Papier.«

»Immer noch sinnvoller«, meinte der Sergeant ·in Weiß, »als leeres Stroh zu dreschen.«

»Geht das etwa gegen mich?« fragte der Major aufbrausend.

»Moment mal«, sagte Captain Moone, sich vorsorglich einschaltend. »Ich nehme an, Sergeant, daß spezielle Gründe vorliegen, wenn Sie sich hier einmischen?«

»Die liegen vor.«

»In Sachen Faust?«

»Genau, Sir! Denn falls etwa versucht werden sollte, diesem Faust irgendeine lächerliche Schweinerei anzuhängen, etwa das Krepieren von diesem Kern — dann muß festgestellt werden: so was ist kaum mehr als ein schlechter Witz!«

»Erlauben Sie mal«, mischte sich nun Major Roßberg ein, »Sie bezeichnen den Tod eines Menschen als lächerliche Schweinerei? Als schlechter Witz?«

»Herr Major! Ein schlechter Witz wäre es, wenn hier etwa behauptet würde, daß ausgerechnet Faust dieses Mistvieh umgelegt hat.«

»Silvers«, sagte Captain Moone warnend, »diese Behauptung

ist untermauert durch einige sehr zwingend anmutende Beweise.«

»Die liegen sogar schriftlich vor«, bestätigte Haupmann Müller-Wipper.

»Aber kein Augenzeuge«, rief Silvers, »kann behaupten, er habe gesehen, daß Faust diesem Kern den Schädel eingeschlagen hat! Oder?«

»Das nicht, Sergeant! Fest steht aber dies: Faust ist offensichtlich der letzte — zumindest der zuletzt nachweisbare Besucher von Kern gewesen.«

Sergeant Silvers schüttelte den Kopf. »Einmal ganz abgesehen davon«, erklärte er nahezu geduldig, »daß dieser Kern eine ganze Anzahl von Feinden gehabt hat, etwa Leute, die seinen Schikanen ausgeliefert waren, auch solche, für die er nichts als lästige Konkurrenz war — abgesehen davon kann ich beweisen, daß ihn Faust nicht umgebracht hat.«

T. S. Turner schnappte nach Luft. Major Roßberg betrachtete seine gefalteten Hände. Und Hauptmann Müller-Wipper blickte, wie ein in die Irre geführter Jagdhund, von einem zum andern.

Captain Moone fragte fast begierig: »Sind Sie auch sicher, sich nicht zu irren, Sergeant?«

»Absolut«, versicherte der. »Denn ich selber habe Faust für mein Arbeitskommando in unmittelbarer Nähe des Kern-Schuppens in Empfang genommen.«

»In welchem eine Leiche lag!«

»Das erst später«, behauptete Sid Silvers ungeniert. »Denn als ich Faust in Empfang nahm, begleitete ihn die angeblich von ihm produzierte Leiche bis zur Tür — und grinste mir zu. Danach begab ich mich mit Faust zum Lastwagen und fuhr mit ihm nach Kairo. Faust kann es also gar nicht gewesen sein!«

»Und das zu bezeugen wären Sie bereit?«

»Das«, versicherte der Sergeant, das Verstummen um sich genießend, »kann ich sogar auf meinen Eid nehmen — wenn es sein muß.«

»Schauen Sie her, Herr Oberst!« rief Colonel Nelson entzückt, anstelle einer formellen Begrüßung. »Was sagen Sie dazu?«

Der Oberst von Schwerin-Sommershausen blickte auf eine Generalstabskarte, die über den sonst leeren Tisch des Colonels ausgebreitet war. Schlachtfeldpositionen waren darauf eingezeichnet — in blutigem Rot diejenigen der Deutschen, in vertrauenswürdigem Blau jene der Briten. Ein entgegenkommend neutral wirkendes Schwarz war für italienische Truppen vorgesehen worden.

»Lassen wir zunächst einmal«, empfahl der Colonel, »Tobruk unberücksichtigt — ob nun neunzehnhundertzweiundvierzig oder neunzehnhundertdreiundvierzig. Konzentrieren wir uns ausschließlich auf El Alamein.«

»Immerhin, Sir, sind bei unserer ersten Eroberung von Tobruk, im Juni neunzehnhundertzweiundvierzig, an die fünfundzwanzigtausend Briten von uns gefangengenommen worden. Erlauben Sie mir, darauf hinzuweisen.«

»Das, Herr Oberst, will mir lediglich als eine Position unter zahlreichen anderen erscheinen — beachtenswert, doch eben nicht entscheidend«, erklärte Nelson. »Doch die Vorgänge damals in El Alamein dürfen wohl als exemplarisch bezeichnet werden.«

»Exemplarisch zu nennende Vorgänge«, meinte der Oberst vorsorglich, »ergeben sich fast immer ganz zwangsläufig — sogar hier, in diesem Lager!«

»Was befürchten Sie denn, Herr Oberst?« Nelson blickte unentwegt auf die Karte, die vor ihnen lag. »Befürchten Sie, daß der Tod dieses Leutnants Kern sich nicht aufklären läßt? Ich bitte Sie! Irgend jemand wird sich doch wohl finden, der dafür verantwortlich ist. Verantwortlich ist immer einer — wie eben auch damals bei El Alamein.«

Der Oberst von Schwerin zögerte kaum eine Sekunde lang, auf die ihm hier aufgedrängten Spielregeln einzugehen. So tippte er denn auf die ausgelegte Karte und erklärte: »Damals verfügten wir, also das deutsche Afrikakorps, lediglich noch über kaum mehr als siebzig Panzer und Panzerspähwagen.«

»Aber Sie haben sich geschlagen wie die Löwen!« stimmte der Colonel unverzüglich zu. »Ihr Rommel gab dennoch nicht auf!«

»Auf meinen Rat hin!« bemerkte der Oberst mit schlichtem stolz. »Damals hörte der noch auf mich.«

»Dennoch gelang uns, Ende Oktober, der entscheidende Durchbruch«, stellte der Colonel, bemüht sachlich, fest. »Und ich darf wohl sagen: nicht ganz ohne meine Mithilfe! Denn ich gehörte damals zum Stabe von Monty — von Generalleutnant Montgomery.«

»Respekt!« bekundete der Oberst aufrichtig. »Aber auch unsere stolzesten Erinnerungen befreien uns nicht ganz von den Sorgen der Gegenwart. Etwa diesen Faust betreffend. Der will mir wie eine unberechenbare Herausforderung erscheinen, seine Existenz könnte zu möglichen Kurzschlußhandlungen führen — oder eben verführen!«

»Dann isolieren Sie ihn doch einfach«, meinte Colonel Nelson in einem Ton, als sei das ganz nebensächlich. »Lassen Sie ihn zum Beispiel einsperren oder erklären Sie ihn für krank — auf etwas wie Amtshilfe meinerseits können Sie jederzeit dabei rechnen.«

»Danke verbindlichst, Sir! Das könnte ein brauchbarer Ausweg sein — falls dieser Faust darauf eingeht.«

»Selbst ein Mensch wie der wird sich schließlich mit den Realitäten unseres Daseins abfinden müssen«, sagte der Colonel. »Doch das muß unsere Sorge nicht sein, und es soll uns nicht ablenken. Denn uns, Herr Oberst, nicht wahr, geht es immer um die wesentlichere, um die höhere Wahrheit! Monty, also Montgomery, sagte damals zu uns, den Offizieren seines Stabes — das ist dokumentarisch belegt, mithin historisch: Nur ein methodisches Vorgehen kann Wirkung erzeugen! Man muß den Feind, Teil für Teil, vernichten. Langsam, aber sicher! Sagte Monty! Was ist daran noch unklar?«

»So gut wie nichts«, antwortete der Oberst von Schwerin-Sommershausen aufs höflichste. »Allenfalls dies: Selbst ein El Alamein kann kein Dauerzustand sein! Auch das, wie alles, ein Übergang! Jedoch — wohin?«

»Nun mal ganz unter uns in aller Offenheit, Faust«, forderte der Hauptmann Müller-Wipper inquisitorisch. »Warum gestehen Sie nicht endlich?«

»Was denn?« fragte Faust.

»Daß Sie den Leutnant umgelegt haben! Was denn sonst?«

»Das habe ich aber nicht — leider nicht, falls Sie das irgendwie beruhigt, Herr Müller.«

Der Hauptmann schien Faust anspringen zu wollen, doch Major Roßberg hielt ihn davon ab — mit sanft wirkendem, doch kraftvollem Zugriff. »Nicht doch«, meinte er nahezu friedfertig. Ermunternd blinzelte er Faust zu. »Sie sind schließlich ein Mann mit Verstand. Und als solcher werden Sie doch wohl erkannt haben, daß es uns hier gar nicht darauf ankommen kann, nach dieser einen Leiche auch noch eine zweite auf dem Hals zu haben. Das würde auch viel zuviel Staub aufwirbeln.«

»Im Augenblick wenigstens«, knurrte Müller auf.

Sie saßen im Dienstzimmer der deutschen Lagerkommandantur. Auch Faust saß dort — ohne dazu aufgefordert worden zu ein. Er hatte ein wenig seitwärts, auf einer Kiste, Platz genommen — wenige Schritte von jener Tür, die zu dem Raum gehörte, den der Oberst von Schwerin allein bewohnte.

»Worauf es uns jetzt allein ankommt«, führte Roßberg weiter aus, »ist dies: Wir müssen den Tod des Leutnants Kern einigermaßen glaubhaft erklären! Den Briten gegenüber — die bestehen darauf. Und das, Faust, könnte uns am überzeugendsten mit Ihrer Hilfe gelingen!«

»Nein«, sagte der entschieden. »Ich bin kein Selbstmörder.«

»Sie mißverstehen uns!« versicherte Roßberg fast herzlich. »Niemand verlangt oder erwartet hier Unmögliches! Es kann doch auch, nicht wahr, ein Unfall gewesen sein? Wenn Sie den bezeugen, ist das die beste Lösung — für uns alle. Also auch für Sie.«

»Und was kommt danach?« wollte Faust wissen.

»Wir schirmen Sie ab, wir nehmen Sie in Schutz, wir sorgen für Ihre Sicherheit! Das schon aus Dankbarkeit — und zwar dafür, Faust, daß Sie uns aus einer schwierigen Situation herausgeholfen haben.«

»Kapieren Sie doch endlich, Menschenskind!« Hauptmann Müller-Wipper vermochte seinen Tatendrang nicht mehr zu zügeln — er mußte jetzt endlich eine Entscheidung herbeizwingen. »Wir reichen Ihnen hier sozusagen die Hand. — Schlagen Sie die etwa aus?«

»Was habe ich darunter zu verstehen, wenn Sie sagen: Ich werde in Schutz genommen?«

»Sie erhalten einen Posten, einen schönen Posten — und den sogar fast frei nach Wahl — hier bei uns, im Rahmen der deutschen Lagerkommandantur. Dafür brauchen Sie nur alle Verbindungen zu diesen Briten abzubrechen! Sie arbeiten fortan nur noch für uns, für unsere Gemeinschaft; und Sie dürfen sich wieder ganz als deutscher Mensch fühlen, Faust!«

Der erhob sich, nur noch mühsam lächelnd, und setzte sich dann, ganz plötzlich, in Bewegung — er eilte mit schnellen Schritten auf die Tür zu, die in den Raum des Oberst führte. Stieß sie auf! Er erblickte den Oberst von Schwerin vor der Kartenwand seines Zimmers stehend — konzentriert auf den Schlachtplan von El Alamein.

»Ich habe eine Meldung zu machen!« rief ihm Faust zu.

Müller-Wipper stürzte vor, drängte Faust zur Seite und sagte: »Verzeihung, Herr Oberst! Aber dieser Kerl muß verrückt geworden sein!«

»Wohl eine Art Schockhandlung«, erklärte Major Roßberg im Hintergrund.

»Entschuldigen Sie sich für diese Störung!« forderte Müller-Wipper von Faust. »Und dann entfernen Sie sich gefälligst.«

»Hier handelt es sich nicht um eine Entschuldigung, sondern um eine Meldung!«

»Um eine Belästigung!« brüllte Müller-Wipper auf. »Hier einfach einzudringen! Das ist ja fast schon wie ein tätlicher Angriff auf einen Vorgesetzten! Treten Sie sofort ab, Mann — oder ich entferne Sie eigenhändig!«

»Versuchen Sie das mal«, sagte Faust.

»Stop!« rief nun der Oberst von Schwerin aus. Er blickte unwillig und streng, ohne sich dabei von seinem Schlachtplan zu entfernen. »Kommen Sie mal her, Soldat!« sagte er zu Faust.

Der näherte sich dem Oberst, blieb zwei Schritte vor ihm stehen. Sah ihn sich an — sah einen berühmten Vorgesetzten, ein stets fotografierbares Heldengesicht, darin effektvolle gütige Vateraugen. Mit dem konnte man rechnen!

»Wie heißen Sie?« fragte der Oberst rein routinegemäß.

»Immer noch Faust«, sagte der. »Und ich habe eine Meldung zu machen.«

Oberst von Schwerin blickte prüfend — und das längere Zeit. Schließlich sagte er: »Sieht sehr ungesund aus, dieser Mann!«

»Was ja auch kein Wunder ist«, stimmte Müller-Wipper zu. »Bei dessen Lebenswandel!«

»Wir werden ihm gern Gelegenheit zu einer gründlichen Erholung geben, Herr Oberst«, versicherte der Major Roßberg.

»Er gefällt mir nicht«, sagte der Oberst weiter.

»Mir auch nicht!« sagte Müller-Wipper.

»Dieser Mann macht einen kranken Eindruck«, sagte der Oberst mit Nachdruck. »Er sieht sehr blaß aus, seine Stimme klingt belegt, seine Bewegungen sind fahrig.«

»Wir werden den schon wieder munter machen!« erklärte der Hauptmann.

»Dieser Mann scheint mir dringend einen Arzt zu benötigen«, sagte nun der Oberst von Schwerin mit kaum noch gedämpfter Befehlsstimme. »Veranlassen Sie das, Müller. Sofort!«

»Aber das Krankenrevier, Herr Oberst, liegt im britischen Bereich! Dann müßten wir diesen Faust sozusagen ausliefern!«

»Wieso denn ausliefern, Müller!« Der Oberst von Schwerin gab sich verwundert, auch warnend, Empörung andeutend. »Wir überweisen!«

»Krankheitsfälle«, sagte der Hauptmann, »müssen jeweils beim Morgenappell gemeldet werden.«

»Es gibt Ausnahmen«, sagte der Oberst. »Und um eine solche scheint es sich hier zu handeln.«

»Die aber müßte vom Sergeant-Major des Lagers bestätigt und somit genehmigt werden. Sollten wir uns wirklich so weit herablassen, Herr Oberst?«

»Ich fühle mich tatsächlich krank!« behauptete nun Faust eindringlich. »Ich bitte daher um meine Überweisung in das Krankenrevier.«

»Ist sofort zu veranlassen!« erklärte der Oberst von Schwerin abschließend. Wonach er sich wieder seinem Schlachtplan zuwandte, El Alamein betreffend. Diesbezüglich gedachte er dem Colonel einige unliebsame Überraschungen zu bereiten.

»Was ist denn das für einer!« rief Mary Timemaker, die Chief-Sister des Krankenreviers beim Anblick des angelieferten Kriegsgefangenen Faust mit der ihr eigenen robusten Herzlichkeit. »Der macht ja noch einen reichlich munteren Eindruck.«

»Das täuscht«, sagte der Sergeant-Major McKellar.

»Ach was, Ken!« rief die Timemaker. »Der sieht gar nicht aus wie jemand, der bald den Arsch zukneift! Also dürfte er zu einer von den beiden anderen Sorten gehören: zu denen, die Ärsche aufreißen, oder zu denen, die in sie hineinkriechen.«

»Geschenkt, Mary!« sagte McKellar friedfertig. »Deine Theorien kenne ich.«

»Das sind keine Theorien«, versicherte die Timemaker, »das sind Erfahrungstatsachen! Wir leben in einer Welt, in der sich die Männer als Breitärsche etabliert haben.«

Mary Timemaker war groß, knochig, aber von schnell reagierender Beweglichkeit — ihre Stimme konnte manchmal klingen wie die eines Kasernenhofsergeants; doch ihr Gesicht wirkte überraschend sanft, ausgeglichen, mitunter fast mütterlich. Sie betrachtete Faust, als habe sie einen Säugling vor sich — und ähnlich betrachtete sie auch McKellar.

»Der soll untersucht werden.« McKellar wies auf Faust, der auf einer Tragbahre lag und erwartungsvoll vor sich hingrinste. »Aber natürlich nicht von dir.«

»Von wem denn sonst?« fragte die Timemaker, sich über Faust beugend. »Denn ganz abgesehen davon, daß unser Doktor sowieso nichts von hier üblichen Krankheiten versteht — der ist ein Forscher, wie du weißt — abgesehen davon treibt er sich auch zur Zeit irgendwo in Kairo herum. Belästigt dort irgendwelche Institutionen.«

»Sagt man in feineren Kreisen Institution für Puff?«

»Versuche nur nicht noch witzig zu werden, Ken! Du kannst hier verschwinden — nachdem du veranlaßt hast, daß der da in den Operationsraum getragen wird.«

»Und warum nicht gleich in irgendein freies Bett?«

»Weil ich den zunächst untersuchen muß«, entschied die Chief-Sister. »Wäre doch gut möglich, daß dieser Mann simuliert. Wie übrigens die meisten Kerle, die ich kennenlernen mußte; dich eingeschlossen, Ken.«

»Du solltest diesen Patienten — er heißt Faust — in deinem Krankenrevier aufnehmen, ohne künstlich Komplikationen herbeizuführen. Laß möglichst deine Finger von ihm!«

»Warum denn das, Ken?« Mary hatte klare, blanke Augen, die scharf zu beobachten vermochten. »Du scheinst um sein Wohlergehen erstaunlich besorgt zu sein? Willst du ihm ein freßfreudiges Freiquartier besorgen?«

»Ich mache hier meinen Dienst«, sagte der Sergeant-Major ungehalten. »Faust wurde mir übergeben, und ich liefere ihn ein — der Rest ist Sache des Krankenreviers.«

»Ken«, sagte die Timemaker robust fest, »du bist der geborene Lasteesel — aber für Esel habe ich eine Schwäche. Das weißt du ja.

Und nun mal ganz aufrichtig: Erwartest du irgend etwas Bestimmtes von mir? Ich meine — im Hinblick auf diesen Jungen?«

»Bei mir«, sagte der Sergeant-Major gewichtig, »geht alles streng nach Vorschrift.« Worauf er, um Würde bemüht, davonschritt.

Mary Timemaker sah ihm nicht nach. Sie ließ Faust in den Operationsraum bringen und dort auf ein tischartiges Gestell legen — die Hilfskräfte durften sich entfernen.

Die Chief-Sister deckte ihren potentiellen Patienten ab und ordnete an: »Ziehen Sie sich aus — falls Sie nicht, durch Ihre Krankheit, zu geschwächt dafür sein sollten.«

Faust streifte schweigend seine Kleider ab. Dann legte er sich nackt lang und blinzelte, mit halbgeschlossenen Augen, vor sich hin. Wobei er vorsichtig meinte: »Sie werden an uns gewöhnt sein, nehme ich an.«

»Das dürfen Sie getrost annehmen!« versicherte Mary Timemaker. »Sie sind einer von ein paar tausend, die ich so oder ähnlich gesehen habe. Sozusagen: nichts Männliches ist mir fremd. Hoffentlich beunruhigt Sie das nicht.«

Faust schüttelte den Kopf und begann sich zu entspannen — er schloß sogar die Augen. Er fühlte die kühlen Hände der Chief-Sister, die seine Herzgegend abtastete und den Brustkorb beklopfte. Sie umspannte sein Handgelenk, um seinen Puls zu fühlen. Dann wurde ein Thermometer in eine seiner Achselhöhlen gesteckt.

Zeit verging. Die Hitze stand fahlgrau, wie zitternd, vor den geschlossenen Fenstern — denn der Operationsraum war angenehm gekühlt. Instrumente klirrten auf Glasplatten.

Dann fragte die Chief-Sister resolut: »Warum sind Sie hier?«

»Das«, sagte Faust, die Augen aufschlagend, »weiß ich noch nicht — nicht genau.«

»So was«, sagte Mary Timemaker wie zu sich selber, »ist mir noch niemals passiert — in meiner ganzen Praxis noch nicht!«

»Auch mir«, meinte Faust, »passieren hier die merkwürdigsten Dinge. Das liegt wohl so an den Umständen. Für die angeblich niemand was kann.«

»Dieser Ken«, stellte nun Mary fest, »muß tatsächlich ein Idiot sein — eben ein Esel! Denn warum sonst hat ausgerechnet er Sie hier eingeliefert?«

»Vielleicht«, regte Faust mit Vorsicht an, »weiß darauf Sergeant Silvers eine Antwort.«

»Was hat denn der damit zu tun?« schnappte Mary Timemaker prompt zu. »Ausgerechnet dieser Silvers! Wie kommt der zu Ihnen — und wie kommen Sie zu ihm?«

»Fragen Sie ihn doch mal«, riet Faust freundlich.

Das zu tun war die Chief-Sister unverzüglich entschlossen. Mary Timemaker öffnete die Tür zum Korridor, kommandierte einen Krankenpfleger herbei und befahl ihm, Silvers aufzuspüren und herzubringen. Sid erschien schon zwei Minuten später — er hatte bereits vor dem Krankenrevier auf diese Einladung gewartet.

»Da ist ja unser Galgenvogel!« rief er Faust zu. Und zur Timemaker sagte er fröhlich: »Nun, Mary, haben Sie sich schon mit diesem einzigartigen Prachtexemplar bekannt gemacht?«

»Ich habe mir euren Mann ziemlich genau angesehen. Doch ich habe dabei nichts Besonderes herausgefunden. Was soll denn hier eigentlich gespielt werden, Sid?«

»Das Spiel ist bereits gelaufen!« sagte Sid. »Denn Faust ist hier — also ist er in Sicherheit! Und das ist die Hauptsache.«

»Aber der bleibt nicht hier!« rief die Timemaker. »Denn dem fehlt doch nichts! Nicht einmal erkennbar unterernährt ist der!«

»Pflege kann hier aber dennoch nichts schaden«, meinte Silvers. »Je mehr der zu Kräften kommt, um so besser! Denn er muß noch einiges leisten.«

»Aber nicht hier!« rief die Chief-Sister aus. »Der wird sofort wieder entlassen — ins deutsche Lager.«

»Mary, meine Liebe, meine Verehrte«, sagte nun Sid Silvers mit herzlicher Vertraulichkeit, »ich könnte nun sagen: Sie würden dabei gegen meine Interessen und auch gegen die unseres Colonels handeln! Aber das würde Sie, vermutlich, nicht weiter beeindrucken — womit Sie ganz recht haben. Ich könnte aber auch sagen: Sie verschließen sich den besonderen Wünschen und Hoffnungen von Ken McKellar — die der zwar niemals aussprechen wird, die Sie aber dennoch erkennen sollten!«

»Was geht mich denn dieser idiotische Esel an!«

»Ich weiß doch genau, Mary, wie sehr Sie beide miteinander harmonieren — und das gönne ich Ihnen auch von Herzen. Denn Sie, Mary, sind im Grunde Ihres Wesens ja doch nichts als eine Frau — und speziell in diesem Fall sollten Sie das auch unbedenklich sein.«

»Dieses Mannes wegen?«

»Er heißt Faust«, erklärte der Sergeant Silvers. »Sie werden sicher schon von ihm gehört haben, Mary — er versucht immer wieder auszubrechen!«

»Der? Sieht gar nicht so aus!«

»Er ist es aber tatsächlich, Mary. Wobei entscheidend ist, aus welchen Beweggründen er immer wieder ausbrechen will! Nicht etwa nur so, aus purem Übermut. Oder aus Sport. Auch nicht, weil er gegen uns, die Briten, ist. Der hat vielmehr sogar Verständnis für Ken McKellars Musik — was ja nun wirklich viel heißen will. Jedenfalls fest steht allein: Dieser Faust ist gegen die Nazis!«

»Sind Sie das wirklich?« fragte Mary Timemaker, sich über Faust beugend.

»Absolut«, erklärte Faust, »ich bin grundsätzlich gegen Nazis — jeder Spielart, jeder Hautfarbe, jeder Nationalität. Ich bin so eine Art globaler Antifaschist.«

»Warum haben Sie das nicht gleich gesagt!« rief Mary Timemaker. »Das ändert natürlich alles — falls es tatsächlich stimmt.«

»Es stimmt tatsächlich, Mary!« Sid Silvers klopfte den Rücken seines Geschäftspartners. »Die Nazis im Lager haben ihn bedroht! Es ist mit Sicherheit anzunehmen, daß sie ihn erledigen wollen. Um das zu vermeiden ist er hier.«

»Dann bleibt er auch hier!« entschied nun Mary Timemaker kraftvoll. »Und ich persönlich werde mich um ihn kümmern. Er bekommt das Einzelzimmer — es ist stets für Sonderfälle reserviert.«

»Sie wirken reichlich munter«, sagte Sid Silvers beim Anblick seines Geschäftspartners Faust. »Wie geht es Ihnen denn hier — in diesem Luxusstall?«

»Es ist geradezu rührend, wie man sich hier um mich kümmert!« Faust richtete sich in seinem Ruhebett gemächlich auf. »Ich habe hier alles, was ich mir unter diesen Umständen nur wünschen kann! Miß Mary Timemaker etwa ersetzt jede erdenkliche Mutter. Und Ken McKellar versorgt mich geradezu verschwenderisch mit Musik; mit Schallplatten aus Schottland.«

»Gedenken Sie etwa, hier eine Art Dauerquartier aufzuschlagen?«

»Keine Sorge, Silvers! Schließlich existiert ja noch in Kairo eine gewisse Sitah. Der würde ich mich, sobald als möglich, gern wieder widmen. Wie das ja auch in unserem Vertrag vorgesehen ist.«

»Na fein«, meinte Silvers mit milder Skepsis, sich auf das Bett setzend. »Offenbar machen Sie Fortschritte. Denn zumindest steht wohl fest, daß Sie von hier aus noch keinen weiteren Ausbruchsversuch unternommen haben.«

»Was an sich ja gar nicht so schwer wäre«, erklärte Faust freundlich. »Denn dieses Krankenrevier besteht aus zwei Teilen — einem britischen und einem deutschen. Die deutsche Hälfte besitzt zwar stark vergitterte Fenster, wird auch laufend bewacht und kontrolliert — doch dazwischen liegt der sogenannte neutrale Operationsraum. Dort hindurchzukommen, sich dann eine britische Uniform anzuziehen und in ihr das äußere Lagertor zu durchschreiten — geradezu ein Kinderspiel.«

Silvers betrachtete seinen Geschäftspartner besorgt. »Können Sie wirklich nichts anderes, als immer wieder neue Dummheiten auszubrüten, Faust?«

Der wehrte großmütig ab. »Warum sollte ich mich unnötig anstrengen, Silvers — und womöglich einer so prachtvollen Person wie Mary Timemaker Unannehmlichkeiten bereiten? Ich genieße meinen derzeitigen Zustand ungemein! Sogar der britische Lagerkommandant ist besorgt um mich, der deutsche aber auch. Außerdem sehe ich, nicht ohne freudige Erwartung, unseren gemeinsamen Geschäftspraktiken entgegen.«

»Wobei es eine ganze Menge Schwierigkeiten gibt!«

»Das werden wir schon schaffen — und wenn wir irgendeine britische Kriegskasse vereinnahmen müssen!«

»Lassen Sie Ihre kriminellen Witze«, empfahl Silvers grinsend. »Was wir hier veranstalten, ist nichts wie eine gängige Alltagsmanipulation. Wir leisten uns lediglich, was sich ein paar hundert andere auch geleistet haben. Wir tun gute Taten. Wir bewahren kriegsgefährdete Werte! Klar? Für uns!«

»Nur weiter so, Silvers, und ich komme mir noch wie ein Wohltäter des besseren Teiles der Menschheit vor.«

»Sparen Sie sich derartige Gefühle auf, bis Sie wieder bei Sitah sind«, meinte Sid. »Konzentrieren Sie sich lieber auf die neuesten Verträge, die ich Ihnen übergeben habe — die für ein Hotel am Nilufer und für zwei Villen im Außenbezirk, in Nähe der Pyramiden. Was sagen Sie dazu?«

»Beachtliche Objekte«, meinte Faust anerkennend. »Wobei mir zunächst dies auffällt: der Käufer ist zwar mit Ihrem Namen angegeben, aber mit einem anderen Vornamen. Und mit einer anderen Adresse als der von Sitah. Eine Art Scheinfirma also?«

»Na klar! Schließlich kann ich hier als Angehöriger der britischen Armee keine offiziellen Geschäfte tätigen oder amtlich beglaubigte Verträge abschließen. Dafür benötige ich einen Strohmann — und den habe ich auch. Er ist ein Verwandter von mir, der hier in Kairo angestellt ist, in einer Buchhandlung. Eine Art wissenschaftlicher Typus, müssen Sie wissen — mit einer solchen Sorte kann man viel anfangen. Der unterschreibt für mich, was ich will.«

»Fein«, sagte Faust. »Sie sind tatsächlich ein ziemlich gerissener Bursche, Silvers. Doch nicht minder gerissen scheint mir Ihr — beziehungsweise: unser! — hier ansässiger Geschäftspartner zu sein, dieser Muhammed. Wer ist das?«

»Ein mit allen Wassern gewaschener alter Fuchs — doch würdevoll wie der Papst persönlich. Der hat hier in Kairo seine gepflegten Finger überall drin — in Puffbetrieben ebenso wie in Koran-Literatur. Sie werden ihn kennenlernen — sobald Sie hier herauskommen. Und das, meine ich, sollte wohl nicht mehr allzu lange hinausgezögert werden.«

»Nicht, wenn auch Sie herausgefunden haben, daß dieser Muhammed unseren Krieg gewinnen könnte, wenn wir nicht aufpassen. Denn der versteht allerhand von geschäftlichen Dschungel-kämpfen.« Faust breitete einige in arabischer Sprache verfaßte Dokumente aus. »Die dabei mitgelieferte englische Übersetzung, Silvers, ist — gelinde gesagt — nicht gerade exakt.«

»Klar — der will uns bescheißen, das rieche ich förmlich! Nicht zuletzt deshalb habe ich Sie mir ja auch ausgesucht. Also nun legen Sie mal frei, was hier faul ist.«

»Zunächst scheinbar nichts — Muhammed verkauft, legt Summen fest, nennt Daten. Aber dann gibt es in seinen Verträgen eine Klausel, eventuelle Rückkäufe betreffend. Was haben Sie in diesem Punkt mit ihm vereinbart?«

»Nur das Übliche: Wenn ich wieder verkaufen will — beziehungsweise: wir —, dann erhält er eine erste Option darauf; was praktisch heißt: Wir bieten ihm also dieses Projekt zuerst an. Was dagegen einzuwenden?«

»An sich nicht. Doch ich habe inzwischen ein wenig in einigen arabischen Wörterbüchern herumgeblättert und dabei herausgefunden: Diese sehr geschickt verpackte und verschnürte Klausel über das Rückkaufsrecht kann für uns genausogut zu einer Verpflichtung werden, ihm nicht nur alle Objekte zuerst wieder anbieten zu müssen — sondern, noch dazu: zum gleichen Preis! Und das überdies zu einem Zeitpunkt, der nicht genau festgelegt ist; mithin: offenbar zu jedem Zeitpunkt, der ihm beliebt.«

»Dieser parfümierte Kameltreiber!« rief Sid Silvers empört. »Aber das sieht diesem Muhammed ähnlich. Dem werden wir mal gemeinsam auf die Bude rücken. — Was?«

»Gern, Silvers. Und wenn das schon alles ist, was Sie als Schwierigkeiten bezeichnen, dann sollten Sie jetzt mein Bett freimachen; Miß Mary könnte das womöglich mißverstehen.«

»Die nimmt sowieso nur das Schlimmste von mir an!«

»Aber noch nicht von mir, Silvers!«

»Machen Sie sich da nicht zuviel Hoffnungen, Faust — Mary merkt alles! Nur läßt sie sich manchmal ein wenig Zeit dafür. Doch wir sollten uns selbst durch sie nicht aufhalten lassen — die deutsche Lagerkommandantur macht nichts wie Schwierigkeiten. Ich kann dort anfordern, was ich will — sie liefern mir nichts als Ausschuß, und den mit Wonne.«

»McKellar sollte eigentlich darartige Methoden durchschauen.«

»Das hat Ken auch, bestimmt sogar! Der könnte, wenn er wollte, diesen ganzen deutschen Kriegerverein in die Pfanne hauen und den britischen Fußballklub dazu. Aber der will nicht! Denn solange Ken ungestört seine Musik produzieren kann, ist er freundlich und friedlich.«

»Vorarbeiten für eine Personalauswahl in unserem Sinne«, berichtete Faust, »habe ich bereits veranlaßt. Dafür sorgt, mit schweigendem Einverständnis von Feldwebel Schulz, mein lieber

Mitgefangener Schafgott. Der ist schon dabei, Listen von Handwerkern, Maschinisten, Elektrofachleuten und so weiter aufzustellen. Die meisten davon hat allerdings Müller bereits für die deutsche Kommandantur vereinnahmt — doch man kann sie ihm einfach abfordern. Man muß nur wissen, wie sie heißen und wo sie stecken.«

»Dieser Schafsnase — oder wie der Mann heißt —, ist der verläßlich?«

»Schafgott gehört zu den wenigen, mit denen ich mich gern unterhalte. Außerdem habe ich ihn für diese Arbeit großzügig honoriert — ich habe ihm in unserer Baracke mein Bett überlassen; es ist das erste gleich links, unmittelbar neben der Tür und unter dem vorderen Fenster, mithin ausgezeichnet durchlüftet! Es stand mir als Erstem *piper* zu. Doch es ist, natürlich, mit Sitahs Apartment keinesfalls zu vergleichen.«

»Wenn wir Ken McKellar dazu bringen könnten«, meinte Sid Silvers, »mit denen Schlitten zu fahren, dann hätten wir gewonnenes Spiel.« Hierauf begann er breit zu grinsen. »Ich weiß auch schon wie! Man muß nur erkennen, wo sein wirklich schwacher Punkt ist.«

»Silvers«, sagte Faust, »bringen Sie McKellar nicht in Schwierigkeiten — der verdient das nicht! Schon allein nicht wegen Miß Timemaker.«

»Ach was — ich will doch nur das Beste, für uns — und damit auch für Ken. Und deshalb, mein Lieber, schlage ich folgendes vor: Sie sorgen dafür, daß alle vorhandenen Instrumente der Band in einer der nächsten Nächte zertrümmert werden! Und zwar gründlich: Kalbfelle zerschlagen, Trommelstäbe zerbrechen, Dudelsäcke aufschlitzen und die Reste meinetwegen mit Jauche übersprühen!«

»Silvers — das ist doch absurd!«

»Bedenken Sie nur die dann unvermeidlichen Folgen, Partner! Ken wird aus allen Wolken fallen; dann wird er vielleicht sogar, hoffentlich, weinen; schließlich ist er Musiker. Dabei wird er jedoch niemals auf den Gedanken kommen, daß es einer von euch, von seiner Spezialgruppe, gewesen sein könnte, der ihm das angetan hat. Denn so dämlich, euch selber das Wasser abzugraben, könnt ihr ja gar nicht sein!«

»Sind wir auch nicht, Silvers! Denn schließlich verdanken wir dem Sergeant-Major eine Menge Vorteile.«

»Na klar, Faust! Und das weiß der auch genau! Und eben deshalb wird er auch niemanden von euch verdächtigen. Wen dann aber sonst? Na?«

»Müller und Volksgenossen! Wollen Sie darauf hinaus, Sid?«

»Genau darauf, Henry! Denn ich weiß genau, daß unser Ken auch, wenn es denn sein muß, ein harter, wachhundscharfer Bursche sein kann! Er wird also durchgreifen — daß die Fetzen nur so fliegen! Und fortan wird dies sein Lager sein. Und wir werden dann von ihm garantiert alles bekommen, was er irgendwie liefern kann.«

»Mag sein, Silvers. Ihr Plan ist teuflisch gerissen — doch praktisch nicht durchzuführen. Denn — ich bin dagegen! So was darf man McKellar nicht antun.«

»Ach du lieber Gott, Faust! Sentimental veranlagt sind Sie auch noch? Aber beruhigen Sie sich — ich habe mit einer derartigen Anwandlung gerechnet; von vornherein. Und entsprechend vorgesorgt. Ich befinde mich im Besitz von zwei Kisten mit Musikinstrumenten. Die waren für ein schottisches Bataillon im Fernen Osten bestimmt, Zielstation Singapur; doch in Kairo sind sie abhanden gekommen.«

»Eine ausreichende Menge von Instrumenten, Silvers?«

»Die doppelte Anzahl wie bisher, plus Ersatzteile — also nicht nur jeweils sechs Dudelsäcke und Trommeln, sondern deren zwölf. Damit kann Ken, wenn er will, hier so etwas wie eine schottische Musikhochschule errichten.«

»Nun gut — das gönne ich ihm!«

»Dann wollen wir mal wieder«, sagte der Major T. S. Turner, behaglich gestimmt, wobei er sich im Sessel des britischen Kommandanten niederließ. »Irgendwas Besonderes?«

Captain Moone, stehend, verneinte höflich.

»Ich frage auch nur rein routinemäßig«, versicherte T. S. Turner gönnerhaft und blinzelte zum Wandschrank hin. »Wie wäre es mit einem Whisky — auf viel Eis?«

Colonel Nelson war, wieder einmal, nach Kairo gefahren — mit seinem Rolls-Royce und damit auch mit seinem Sid Silver. Das angeblich dienstlich; also vermutlich um seine Tochter Nancy — »diese strohblond getarnte Pantherkatze« — zu besuchen. Vielleicht um dabei Versäumnisse in deren Erziehung nachzuholen, was wohl dringend notwendig war.

»Was soll denn das sein?« fragte Turner, auf eine über die Seitenwand gespannte Karte deutend.

»Eine Rekonstruktion der Schlacht von El Alamein, Sir.«

»Die haben wir doch gewonnen. — Oder? Na also, was gibt es denn da noch groß zu rekonstruieren?«

T. S. Turner lehnte sich lächelnd im Sessel des Colonels zurück. Um sich dann, wie aus schönen Träumen gerissen, hastig aufzurichten, ungläubig zu horchen, dann heftig den Quadratschädel zu schütteln. »Was ist denn das?« stieß er hervor.

Er hatte aufjaulende Tonfolgen vernommen, die sich über dumpf-dröhnende Trommelgeräusche himmelwärts zu winden versuchten. Geräusche, die — seiner hier zur Zeit maßgeblichen Ansicht nach — wie von tausend Katzen produziert waren.

»Vermutlich Ken McKellar«, meinte Captain Moone dezent amüsiert, »mit seiner sogenannten Band.«

»Schon wieder der!« rief der Major mit schnell steigender Empörung. »Immer diese Sondertouren! Und das sogar jetzt schon direkt vor meinen Ohren! So nah jedenfalls hat sich dieser Kerl mit seinem Haufen bisher noch niemals herangewagt! Wohl weil der Colonel nicht da ist — was? Will mich dieser Bursche etwa provozieren?«

Unverzüglich wurde ein Angehöriger der britischen Lagerkommandantur ausgeschickt — es war, zufällig, Corporal Copland. Der kam nach knapp fünf Minuten wieder zurück und berichtete, mit kaum unterdrücktem Vergnügen: Sergeant-Major McKellars Band übe, unter seiner Leitung — und zwar unmittelbar vor dem Krankenrevier.

»Was sagen Sie dazu, Captain?«

»Nun ja, Sir — auch ich empfinde diese Art von Musik nicht gerade als angenehm. Aber der Colonel pflegt sie zu tolerieren.«

»Doch warum so was ausgerechnet vor dem Krankenrevier?« rief Turner. »Gibt es dafür eine auch nur halbwegs ausreichende Erklärung?«

»Durchaus, Sir — vom Standpunkt des Sergeant-Majors aus betrachtet«, konnte Corporal Copland freudig berichten. »Denn sein Erster *piper*, ein gewisser Faust, befindet sich zur Zeit im Krankenrevier — und von dort aus bläst er mit.«

»Herrgott — was sind das für Zustände!« Der Major machte Anstalten, sich zu erheben, trank jedoch zunächst sein Glas aus. »Ich werde diesen ganzen Verein zum Teufel jagen — einschließlich Faust!«

»Was den anbelangt, Sir«, gab Captain Moone zu bedenken, »so würde ich vorschlagen, nicht voreilig über ihn zu entscheiden, sondern zunächst den zuständigen Arzt anzuhören.«

Der erschien denn auch bald — ein Dr. Ford: klein, schmächtig, mit einem scheuen Vogelgesicht, auf dem eine dicke Hornbrille mühsam Halt zu suchen schien. Ein Gelehrter, wie es hieß, von Rang; doch offenbar alles andere als ein erfahrener, tatkräftiger Arzt. Wohl auch er ein Kriegsopfer. »Doktor«, fragte der Major, »hören Sie dieses aufreizende Dröhnen und Winseln? Glauben Sie nicht, daß es für Ihre Patienten schädlich sein könnte?«

»Nicht unbedingt, Sir«, versicherte Dr. Ford sanft, »gewiß nicht in jedem Fall. Musik kann da sogar von durchaus wohltätiger Wirkung sein.«

»Aber doch nicht diese Musik!« rief der Major. »Und was ist mit diesem Faust? Erlauben Sie dem, sich hier als Clown zu betätigen?«

»Der scheint krank zu sein, Sir. Wobei es sich allerdings, wie mit einiger Sicherheit zu vermuten ist, um eine primär psychische, also eine mehr seelische Erkrankung handeln dürfte.«

»Aha! Mithin also um keine Krankheit, die lebensgefährlich wäre. — Geben Sie das zu? Na?«

Major T. S. Turner sah den Doktor nicken — und das genügte ihm. Er erhob sich und umkurvte schwungvoll den Schreibtisch des Colonels. »Jetzt wollen wir doch mal zeigen, woher hier wirklich der Wind weht!«

T. S. Turner gedachte ein exemplarisches Beispiel zu geben; die Gelegenheit dafür hielt er für denkbar günstig. Er verließ, vom Captain Moone gefolgt, das Kommandanturgebäude und schritt, mit tatbereiter Entschlossenheit, auf die nur wenige Meter entfernt liegende Krankenbaracke zu. Die umkreiste er und blieb dann vor dem hingebungsvoll dirigierenden McKellar stehen.

Und dann fragte er: »Was machen Sie hier?«

»Musik, Sir«, antwortete der freundlich.

»Aber doch nicht in diesem Bereich!« rief der Major energisch. »Sie ziehen sich sofort ins deutsche Lager zurück. Und Ihren Faust nehmen Sie mit!«

»Den nicht!« rief eine helle streitbare Stimme vom Mittelfenster der Baracke her — dort lehnte sich Mary Timemaker, die Chief-Sister, heraus. »Der bleibt hier — denn er ist krank!«

»Aber so krank ja nun wieder auch nicht — was? Immerhin kann er doch einen Dudelsack bearbeiten!«

»Das ist eine Art Therapie, Major Turner!« ereiferte sich Mary. »Davon verstehen Sie nichts!«

»Hier geht es um die Sicherheit, für die ich verantwortlich bin - und davon verstehen Sie nichts!« schrie T. S. Turner zurück. »Jedenfalls befehle ich folgendes: Sie, McKellar, entfernen sich hier — mitsamt Ihrer sogenannten Band! Und dieser Faust marschiert mit Ihnen mit.«

»Sir«, sagte McKellar, »darf ich Sie darauf aufmerksam machen, daß ich, als der für die Kriegsgefangenen verantwortliche Sergeant-Major, ausschließlich dem Colonel unterstehe?«

»Nicht dem Colonel«, korrigierte der Major in triumphierendem Ton, »sondern dem Kommandanten — und der bin zur Zeit ich; in Vertretung von Colonel Nelson. Kapiert?«

Ken McKellar schwieg. Dann blickte er Captain Moone fragend an. Der wich aus. Sagte dann jedoch, einflüsternd, zu Turner: »Wenn ich mir einen Ratschlag erlauben darf, Sir, so würde ich ausgewogenere Maßnahmen . . .«

»Damit, Captain Moone, kommt man hier doch nicht weiter!« erklärte der Major. »In diesem Lager ist schon viel zuviel versäumt worden — kein Wunder, wenn sich da Zersetzungserscheinungen breitmachen! Das muß aufhören! Und deshalb ordne ich an, daß diese notorischen Jauler hier sofort zu verschwinden haben. Einschließlich Faust! Damit es in meinem Bereich endlich einmal Ruhe gibt!«

In der darauffolgenden Nacht fanden — kurz nacheinander — zwei Aktionen statt. Sie sollten zu seltsamen Folgen führen.

Aktion eins: die Vernichtung der Musikinstrumente.

Dabei handelte es sich nahezu um ein Einmannunternehmen — Faust führte es aus. Immerhin hatte der Feldwebel Schulz, in seiner Eigenschaft als Erster *drummer* und ranghöchster Angehöriger der Band, den ihm anvertrauten Schlüssel zum Musikalienschuppen an Faust ausgeliefert — den anderen, den sogenannten ersten Schlüssel besaß Ken McKellar. Und der Obergefreite Schafgott hatte Absicherungsposten bezogen. Beide waren von Faust, halbwegs, eingeweiht worden.

Und Faust öffnete zunächst die Tür dieses Schuppens; erst danach demolierte er das Schloß. Hierauf bewegte er sich zielsicher weiter und zerschnitt — im Schein einer Taschenlampe, die Silvers geliefert hatte — zunächst, fast liebevoll, alle Trommelfelle, danach die Blasen der Dudelsäcke; auch zerbrach er Pfeifen, zertrat Mundstücke, versuchte restliche Tonkörper zu zerbeulen. Was ihm gleichfalls gelang.

Sodann schob Faust die durch diese Tätigkeit erzeugten Trümmer, mit den Füßen, auf einen Haufen. Worauf er nunmehr — wie gleichfalls von Silvers angeregt und ermöglicht — den Inhalt einer Flasche über diese kläglichen Reste leerte. Es handelte sich dabei um eine Whiskyflasche, doch um keine schottische, sondern um eine amerikanische, worauf Silvers, der Spaßvogel, Wert zu legen schien. Die hatte er mit Benzin gefüllt.

Ein schönes Feuer entstand so.

Es führte sehr schnell zu einem recht effektvollen Zwischenspiel.

Die Posten auf den Wachtürmen schalteten alle Scheinwerfer ein. Alarmsirenen ertönten. Die kriegsgefangenen Soldaten in den Baracken schoben sich ins Freie — dabei zunächst nur die angenehme Kühle und Klarheit der Nacht genießend. Doch Feldwebel Schulz schrie: »Feuer, Feuer! In unserem Schuppen!« Unmittelbar danach erschien beim Tatort, in Unterwäsche, Hauptmann Müller-Wipper. »Eine Schweinerei!« rief er ahnungsvoll aus.

In wenigen Minuten wurde der brennende Schuppen zu einem Treffpunkt der Lagerprominenz beider Seiten. Wobei Hauptmann Müller-Wipper, schnell reagierend, einige seiner Ordnungsleute eingesetzt hatte — um den möglichen »Tatort« abzusichern. Keiner von ihnen machte Anstalten, diesen Brand zu löschen.

»Wie konnte das geschehen?« fragte der Oberst von Schwerir

äußerst besorgt; er war in eine Art Trainingsanzug gehüllt. »So was ist doch denkbar sinnlos!«

»Es wird aber Konsequenzen haben«, verkündete der herbeigeeilte Major Turner — er übrigens in voller Uniform. »Und zwar Konsequenzen, bei denen einigen die Augen übergehen werden!«

Nur wenig später erschien auch der Sergeant-Major, Ken McKellar, von Sid Silvers gefolgt. Geradezu fassungslos starrte Ken in die Flammen. »Wer«, fragte er dann schwer, »hat so was gewagt?« Er war sichtlich erschüttert, suchte nach weiteren Worten. Fand sie aber nicht. Silvers führte ihn ab — wie kameradschaftlich besorgt.

Der Schuppen drei — mitsamt den Instrumenten — war in einer halben Stunde zu Asche niedergebrannt.

Worauf alsbald eine weitere nächtliche Aktion stattfand.

Sie wurde ausgelöst durch eine Bemerkung von Feldwebel Schulz, und zwar Hauptmann Müller-Wipper gegenüber. Diese Bemerkung lautete: »Für mich steht fest, wer sich das geleistet hat — und der wird auch dafür bezahlen müssen! Und bestimmt nicht zu knapp!«

Die Aktion zwei sodann: die Zertrümmerung der Musikantenbaracke.

Sie fand etwas über eine Stunde später statt. Die Leitung hatte, äußerst bereitwillig, Leutnant Langohr übernommen, der Nachfolger von Leutnant Kern. Er war dazu von Hauptmann Müller-Wipper inspiriert worden — das jedoch mit einiger Vorsicht, was aber großdeutsche Gründlichkeit keineswegs ausschloß.

Die von Langohr aus dem Hintergrund dirigierten Ordnungshüter — nahezu drei Dutzend Leute, stürzten sich, zumeist mit Latten bewaffnet, aber auch mit Steinen und metallischen Gegenständen, in die Baracke. Sie überfielen die ahnungslosen Schläfer, schlugen auf sie ein, setzten sie außer Funktion.

Das geschah rasch und planvoll. An die sechs von ihnen stürzten sich zielstrebig auf das Bett, das gleich links vom Eingang stand, zwischen Tür und Fenster, somit gut belüftet, und trommelten darauf los.

Der stattliche Rest holzhackte sich kreuz und quer durch die Baracke. Erzeugte Stöhnen, Schreie, Gurgeln, Wutgebrüll, Gekeuch und Röcheln. Doch nach wenigen Minuten war das alles vorüber.

Auf der Strecke blieben: zwei schwer angeschlagene Ordnungsleute — mindestens einen von ihnen hatte der Feldwebel Schulz auf seinem unerschütterlichen Gewissen. Ferner: ein Angehöriger der Band! Er war vermutlich durch einen Schädelbruch, zumindest durch eine kompakte Gehirnerschütterung ausgeschaltet worden. Das Krankenrevier der Mary Timemaker verzeichnete Hochbetrieb.

Auf der Strecke — und zwar total — blieb dann auch der Insasse des besten Bettes in der Baracke; jenes Bettes gleich links neben dem Eingang, das noch kurz zuvor Faust eingenommen hatte. Doch nun lag dort Schafgott.

In blutverklebten Kleidern. Wie ein Sack, der nur noch Fleisch und Knochen enthielt.

Schafgott war tot. Totgeschlagen worden.

»Ich frage mich, wie so was passieren konnte!« Colonel Nelson blickte streng auf Captain Moone. »Und ich hoffe sehr, daß Sie mir eine überzeugende Erklärung dafür liefern können.«

»Sir«, sagte der, »wenn jemand dafür verantwortlich gemacht werden könnte — dann Major Turner. Dessen permanente Rivalität Ken McKellar gegenüber scheint das auslösende Moment für alle diese Vorgänge gewesen zu sein. Und deren Streitobjekt heißt Faust.«

»Über diesen Mann«, sagte der Colonel, »habe ich inzwischen gründlich nachgedacht. Nicht zuletzt von Silvers dazu angeregt. Und wissen Sie, zu welchem Resultat ich dabei gekommen bin?«

»Nein, Sir«, sagte Captain Moone wahrheitsgemäß.

»Dieser Faust«, verkündete nun Nelson überzeugt, »ist vermutlich völlig falsch behandelt worden — wie ein Rennpferd, das durch unsachgemäße Betreuung scheu gemacht werden kann, wenn nicht gar völlig unbrauchbar.«

»Jawohl«, sagte der Captain, das jedoch leicht gedehnt, »leuchtet mir ein — irgendwie, Sir.«

»Und wie ich Sie kenne, Moone, haben Sie den Major vor provozierenden Miß- und Übergriffen gewarnt.« Der Colonel musterte seinen Adjutanten mit suggestivem Wohlwollen. »Aber der hat nicht auf Sie gehört.«

»Zumal Deutsche in der Nähe waren, Sir! Doch abgesehen davon«, fügte der Captain vorsichtig hinzu, »wollte ich keinesfalls irgendwie vorgreifen — zumal der Major laufend mit Kairo telefoniert hat. Mit dortigen Dienststellen.«

»Was — unseres Lagers wegen?«

»Mehr wegen der Sicherheit — schätze ich.«

»Nun gut — Turner also zu mir! In einer halben Stunde.«

»Er wartet bereits im Vorraum, Sir.«

»Mit massiven Vorschlägen, wie ich vermute — versucht sein Versagen in Forderungen umzumünzen, was?« Der Colonel sah den Captain nicken. »Aber so einfach werden wir es ihm nicht machen! Zunächst einmal soll er warten. Inzwischen werde ich Sid Silvers empfangen — außerdem ist mir die Meldung der deutschen Lagerkommandantur über die Schweinereien der letzten Nacht vorzulegen.«

Erst nahezu eine Stunde danach erblickte Major Turner, mit kaum noch zu bändigender Erregung, seinen Colonel. Und der bot ihm nicht einmal einen Stuhl an; er ließ ihn einfach stehen und blätterte in seinen Papieren.

»Einfach scheußlich!« rief dann Nelson aus. »Wie konnte so was nur passieren!«

»Sir«, sagte der Major, durchaus streitbar, »meine Schuld ist das nicht.«

»Wessen dann, Turner? Auf wen wollen Sie denn die Verantwortung abwälzen?«

»Auf niemanden, Sir! Ich versichere lediglich, daß so was nicht vorauszusehen war — auch von mir nicht. Solche Vorgänge passen ganz einfach nicht zu meinen soldatischen Vorstellungen!«

»Was zu ihnen paßt, Turner, oder eben nicht paßt, das ist in diesem Zusammenhang absolut zweitrangig! Hier zählen nur Tatsachen! Und zu diesen Tatsachen gehören: zertrümmerte Instrumente, Eigentum der britischen Armee; und dazu noch ein totgeschlagener Deutscher!«

»Diese Deutschen, Sir, sind völlig unberechenbar. Wie etwa dieser Faust! Und ich meine, Sir — es kann uns doch ziemlich gleichgültig sein, wenn die sich untereinander totschlagen.«

»Das hat es uns keineswegs zu sein, Turner — nicht unter diesen Umständen. Denn dies sind unsere Deutschen! Und ganz offensichtlich sind es Ihre Maßnahmen gewesen, die direkt oder indirekt zu dieser Katastrophe geführt haben.«

»Wer behauptet das — etwa dieser McKellar?«

»Was haben Sie gegen den, Turner — mal abgesehen von seiner Musik, die Geschmackssache ist. Doch sonst? Der denkbar beste Mann für dieses Lager!«

»Er ist gegen das Käfigsystem, Sir — und das muß jetzt auch hier endlich eingeführt werden. Sonst kommen wir niemals zur Ruhe.«

»Und das, Major, ist Ihre ganze Weisheit?«

»Es ist, Sir, eine Frucht meiner langjährigen Erfahrungen. Man muß aufteilen, um beherrschen zu können!«

»Von der Psychologie halten Sie nichts?«

»Hier, Sir, in diesem Zusammenhang? Wie habe ich das zu verstehen?«

»Ich will versuchen, es Ihnen zu erklären, Turner. Passen Sie mal auf! Da machen Sie also McKellar, vor aller Öffentlichkeit, zur Sau — und das sogar in Gegenwart von Deutschen! Sie ruinieren damit McKellars Autorität! Und so was spricht sich schnell herum.«

»Aber der hat doch sein Ansehen schon selbst weitgehend ruiniert — durch seine verbohrte Marotte mit seiner Affenmusik!«

»Turner«, sagte nun Colonel Nelson, bereits ein wenig mühsam, »wir alle haben schließlich unsere Schwächen! Bei mir ist es vermutlich der Rolls-Royce, bei Ihnen möglicherweise mein Whisky, bei Silvers sind es die Weiber; Captain Moone sammelt Kriminalromane — die große Aktenkiste in seinem Zimmer ist voll davon. Und McKellar macht Musik! Dafür muß man Verständnis haben! Was jedoch machen Sie? Sie liefern den Deutschen zahlreiche schöne und scheußliche Gründe, hier geradezu kannibalische Zustände herbeizuführen.«

»Ich, Sir? Aber ich doch nicht! Wenn hier ein Schuldiger gesucht wird, werde ich ihn liefern. Ich tue hier nur meine Pflicht!«

»Psychologie, Turner — wie gesagt — muß hinzukommen! Doch Sie degradieren den Sergeant-Major dieses Lagers — unbedenklich — zu einem lächerlichen Popanz. Und die unvermeidliche Folge davon? Aufgestaute Feindgefühle brechen sich Bahn, tiefsitzende Vorurteile werden freigelegt, eine vermutlich langersehnte günstige Gelegenheit wird bedenkenlos ergriffen. Und so zertrümmern sie denn Musikinstrumente hier und verpassen Musikanten dort eine Abreibung. Und dabei geht dann einer drauf! Und das nur, Turner, weil möglicherweise gewisse Leute behaupten können, dabei ganz in Ihrem Sinne gehandelt zu haben — sozusagen mit Ihrem Segen.«

»Sir — ist das eine Behauptung? Oder lediglich eine Vermutung?«

»Es ist meine Ansicht, Turner — und die ist hier allein verbindlich!«

»Wollen Sie auf meine Ablösung hinaus, Sir?«

»Es kommt gar nicht darauf an, was ich in einer derartigen Situation will oder nicht will — hier geht es um unseren Ruf, das vorbildlichste Lager im ganzen Nahen Osten zu sein.«

»Sir«, sagte nun Turner, gereckt, steifbeinig dastehend, »auch ich habe hier einen gewissen Ruf, wenn nicht gar mein ganzes Ansehen zu verteidigen.«

»Die Praxis, Major, spricht da nicht gerade für Sie!«

»Weil ich immer wieder übergangen worden bin, Sir — weil man nie auf mich gehört hat! Das möchte ich endlich einmal grundsätzlich feststellen. Und diese meine Einstellung kann ich belegen — durch etliche Eingaben.«

»Drohen Sie mir etwa, Major?«

»Keinesfalls, Sir. Ich melde hier lediglich — und vielleicht zum letztenmal — meine Besorgnisse als Sicherheitsexperte an. Wobei ich auf diverse maßgebliche Beurteilungen unserer Situation durch allererste Fachleute zurückgreifen kann — falls unbedingt notwendig. Wenn diese Katastrophe nicht vollkommen sein soll, können hier nur noch exemplarische Maßnahmen helfen — die endliche Einführung des Käfigsystems.«

»Das, Turner, wäre Mittelalter!«

»Aber hier, Sir, allein noch wirksam — das garantiere ich! Und wenn nicht, Sir, sehe ich schwarz.«

»Ich bin ja hier«, bekannte Ken McKellar bedrückt, »auf so manches gefaßt gewesen. Aber das hätte nicht geschehen dürfen — das nicht!«

Sid Silvers schlug dem Sergeant-Major anteilnehmend-freundschaftlich auf die riesigen Schultern. McKellar wirkte besorgniserregend matt; wohl nicht zuletzt, weil er in der vergangenen Nacht von der Chief-Sister, seiner Mary, eine Beruhigungsspritze verpaßt bekommen hatte; vielleicht war die ein wenig zu reichlich ausgefallen.

Silvers zeigte sich hilfsbereit. »Wenn du darüber nachdenkst, Ken, wirst du erkennen, daß gewisse Leute gestern nacht gar nicht so sehr deinen Verein fertigmachen wollten — sondern vor allem dich!«

»Meine Musikinstrumente — die in erster Linie!«

Silvers schaltete sofort und richtig. »Und das ist wohl ein ziemlich scheußlicher Anblick gewesen, was?«

»Einfach entsetzlich, Sid! Die Felle der Trommeln durchgeschnitten und die Bälge der Dudelsäcke auch, den Pfeifen die Hälse abgedreht, die Mundstücke zerstampft — und dann die Trümmer auf einen Haufen geschichtet und mit Benzin übergossen! Und das dann noch mit Benzin aus einer Bourbon-Flasche!«

»Was du nicht sagst, Ken!« rief Silvers mit fast bebender Stimme aus — er mußte erhebliche Anstrengungen machen, um sich zu beherrschen. »Benzin aus einer amerikanischen Whiskyflasche auf schottische Instrumente! Das ist ja so wie Denkmalsschändung!« Er sah McKellar schicksalsträchtig vor sich hin nicken.

Sie saßen in Silvers Privatschuppen — auf den herausmontierten Lederpolstern des Rolls Royce. Und Sid hatte zu diesem Anlaß sogar Bier aus Schottland, aus Glasgow, organisieren können. Ken vermochte das lediglich zu registrieren — ohne genießerische Fröhlichkeit. Er litt vor sich hin.

»Welch eine bodenlose Frechheit von diesen Burschen, Ken! Verwandeln deine Instrumente in einen Trümmerhaufen und schlagen dann noch deine Leute zusammen!«

»Und das alles, Sid, habe ich im Grunde doch diesem Turner zu verdanken! Der hat was gegen mich!« McKellar schien schwer nachzudenken. »Aber was?«

»Nun«, half Silvers bereitwillig aus, »vielleicht stört ihn deine Musik?«

»Ausgeschlossen!« rief Ken überzeugt. »Dagegen kann doch niemand *ernsthaft* etwas haben! Na schön — sie machen da so ihre

Späße darüber. Doch so was nimmt doch niemand ernst. Bei Turner aber geht es um ganz was anderes, da bin ich sicher. Der will mich im deutschen Lager ausschalten! Der hat was gegen meine Umgangsformen. Dem bin ich zu menschlich.«

»Und er ist dem Colonel allzu militärisch, Ken — so was könnte sich ausgleichen. Man muß es nur erkennen — und nützen. Wenn du jetzt richtig schaltest, hast du den Colonel hinter dir — und damit den Rücken frei! Du kannst jetzt loslegen und mal zeigen, wer hier was zu sagen hat — ohne jede Rücksicht auf Müller und seine Deutschen. Einschließlich unentwegter Endsiegtypen wie diesem Oberleutnant Hartmannsweiler.«

»Was aber gar nicht so einfach ist, Sid.«

»Menschenskind, was muß denn noch alles passieren, damit du wirklich munter wirst! Merkst du denn nicht, daß du jetzt nur zuzugreifen brauchst?«

Ken McKellar schüttelte seinen Stierschädel und griff nach der nächsten Flasche Glasgow-Bier. »Es gibt da allerhand Komplikationen, Sid! So etwa behauptet dieser Hauptmann Müller-Wipper: Er halte es durchaus für möglich, daß meine Leute selber die Instrumente zertrümmert hätten! Um mich aufzuhetzen!«

»So — behauptet der das?« fragte Silvers, nicht ganz ohne Respekt. Dieser Müller war ja noch gefährlicher, als er bisher schon angenommen hatte — der witterte sogar die Wahrheit. »Aber du glaubst ihm natürlich nicht, Ken.«

»Wie käme ich wohl dazu!« rief Ken McKellar aus. »Doch immerhin, Sid — seine Taktik ist ziemlich ausgekocht. Er stellt einfach Behauptungen auf und überläßt es dann anderen, sie zu entkräften. Ich kann ihm das Gegenteil nicht beweisen!«

»Aber zumindest eins, Ken, ist dir doch wohl klar: Man hat versucht, deinen Ersten *piper* umzubringen, also Faust.«

»Aber der lebt!« sagte der Sergeant-Major. »Hat sich vermutlich rechtzeitig in Sicherheit gebracht, so gerissen ist der!«

»Erschlagen aber an seiner Stelle wurde Schafgott — und so was läßt du dir bieten, Ken? Kapitulierst du vor diesen Leuten?«

»Vor einer amusisch gewordenen Welt!«

»Brauchst du aber nicht, Ken«, erklärte Sid Silvers, eine neue Flasche öffnend. »Denn Instrumente kann ich dir liefern — innerhalb von vierundzwanzig Stunden. Sogar die doppelte Anzahl! Dazu in allerbester Qualität. Was sagst du nun?«

»Wenn das so ist, Sid, dann ist noch nichts verloren. Dann kann das ein neuer Anfang sein!«

»Mehr als nur das, Ken — falls du richtig rechnen kannst. Und ich helfe dir gern dabei.«

»Aber rechnen, Sid, muß ich auch mit Turner — der wittert hier die günstige Gelegenheit, sein Käfigsystem einzuführen.«

»Soll er doch! An deiner Position ändert sich dadurch nichts —

und er selbst hat im Grunde nicht den geringsten Vorteil davon; außer vielleicht, daß er in Zukunft mehr in Ruhe pennen kann, was wir ihm ja gönnen. Und dann, Ken — ein in Einzelteile zerlegtes Lager muß zwangsläufig die Zugriffe der deutschen Lagerkommandantur beschränken.«

»Dagegen werden die sich wehren! Mit allen Mitteln! Sie werden uns und dem Colonel Schwierigkeiten machen, wo immer sie können.«

»Unterschätze Nelson nicht. Der ist gegen Turners System — aber er wird ihm wohl Zugeständnisse machen. Das aber nicht, ohne anderweitig auszugleichen — Mann, der kann mit mehreren Bällen gleichzeitig jonglieren. Das habe ich ihm beigebracht.«

»Schauen Sie her, Herr von Schwerin!« rief Colonel Nelson einladend. »Ich habe inzwischen eine Spezialkarte der Schlacht von El Alamein angefertigt. Eigenhändig!«

»Genau das habe ich auch getan, Mr. Nelson«, sagte der deutsche Oberst mit kriegskameradschaftlicher Herzlichkeit. Dabei wedelte er mit einer Rolle aus Zeichenpapier, als grüße er mit einem Marschallstab. »Und das auf Grund meiner speziellen Kenntnisse als Generalstabsoffizier bei Feldmarschall Rommel.«

»Da bin ich aber mächtig gespannt!« versicherte der Colonel. »Doch zunächst, mein Lieber, sollten wir uns ein wenig stärken.« Er wies auf einen Tisch seitwärts, auf dem Gläser, Flaschen, Tassen und Teller standen, belegte Weißbrote auf Platten, dazu eine Silberschüssel mit kaviarartigen, doch hier goldgelben Körnern. »Rogen kanadischer Riesenforellen — eine sehr britische Spezialität; ich hoffe, sie wird Ihnen schmecken.«

»Aber sicherlich«, behauptete Oberst von Schwerin glaubhaft — denn seine Normalkost im Lager bestand aus Erbsen, Hirse und Bohnen. »Ich weiß Ihre großzügige Bewirtung sehr wohl zu schätzen — und das selbstverständlich auch dann, wenn Sie mit mir über die Vorgänge während der gestrigen Nacht zu sprechen wünschen. Wobei es sich wohl lediglich um eine Kette von Zufälligkeiten gehandelt hat.«

»Um nichts anderes!« bestätigte der Colonel sogleich. »Zufälligkeiten allerdings«, meinte er dann, »die möglicherweise die eine oder andere Änderung unserer bisherigen Organisationsformen zur Folge haben könnten!«

»Auch die deutsche Lagerkommandantur betreffend?«

»Nicht unbedingt, Herr Oberst — keinesfallls in negativer Weise! Ihr persönlicher Wirkungsbereich wird völlig unangetastet bleiben — dafür werde ich sorgen!« Und kameradschaftlich scherzend fügte Nelson hinzu: »Denn ich werde doch nicht unsere so harmonischen Kontakte leichtfertig blockieren. Wo denken Sie hin! Kommen Sie, Verehrtester, ich bin schon ganz begierig darauf, Ihre Karte der Schlacht von El Alamein kennenzulernen – die meine sehen Sie an der Seitenwand.«

Oberst von Schwerin stärkte sich noch eilends, bevor er seine Karte entrollte und sie unter den Schlachtenplan des Colonels heftete. Beide Werke zusammen bedeckten eindrucksvoll fast die ganze Wand. Ihre Urheber verglichen sie kritisch.

»Sehr merkwürdig«, sagte Nelson dann tief nachdenklich. »Wirklich sehr merkwürdig! Wir scheinen, bei dem gleichen Vorgang, zu verschiedenen Resultaten gekommen zu sein.«

»Was ja wohl nicht weiter verwunderlich ist«, meinte der Oberst. »Denn hier handelt es sich um noch nicht völlig geklärte Details.«

»Nun – die zu ergründen, sind wir hier. Fangen Sie an!«

»Eine Kleinigkeit, Mr. Nelson, zunächst: Sie haben auf Ihrer Karte, zwischen unserer einundzwanzigsten und fünfzehnten Panzerdivision von Nordwest nach Südwest einen viel zu großen Abstand eingezeichnet! Beide Einheiten operierten vielmehr gemeinsam und nahezu auf Tuchfühlung.«

»Aha! Bemerkenswert. Eine ähnliche Kleinigkeit, Herr von Schwerin, muß ich auf Ihrer Karte bemängeln: Sie haben die britische zehnte Panzerdivision, im Angriff nach Westen, unmittelbar nördlich über der britischen einundfünfzigsten Infanteriedivision eingezeichnet. Das aber scheint mir nicht den Tatsachen zu entsprechen! Denn unmittelbar zwischen diesen beiden Kampfverbände schob sich schlachtfeldbeherrschend eine unserer Eliteeinheiten – die erste Panzerdivision!«

»Ist ja hochinteressant, Mr. Nelson!« versicherte der Oberst. Er beugte sich vor, ging in die Knie, richtete sich dann dicht an der Kartenwand wieder hoch. Sagte hierauf wie nebenbei: »Diese von Ihnen angekündigten neuen Maßnahmen im Lager – werden die das bisherige Gleichgewicht verändern?«

»Wenn ja«, meinte der Colonel, nicht minder beiläufig, »dann jedoch wohl nur zu Ihren Gunsten! Also zum Vorteil der deutschen Kriegsgefangenen, was ja wohl das gleiche ist.«

»Gewiß – ja!« bestätigte der Oberst ohne Enthusiasmus. »Eine derartige Entwicklung sollte mich freuen.«

»Sie wird nicht ganz einfach sein«, erläuterte der Colonel. »Nach den letzten Vorkommnissen werde ich – leider – nicht umhin können, den Sicherheitsexperten dieses Lagers gewisse Zugeständnisse zu machen.«

»Welche – bitte?«

»Das wird sich erst noch – was Details betrifft – herausstellen. Dabei aber dürfen Sie absolut sicher sein, Herr Oberst, daß ich um ein ausgewogenes Gleichgewicht bemüht sein werde. Eventuelle

Verschärfungen auf der einen Seite werden Erleichterungen auf der anderen Seite mit sich bringen.«

»Zur gleichen Zeit?«

»Ich werde eine interne Kommission bilden und von ihr neuartige Vorschläge ausarbeiten lassen. Etwa mit dem Ziel: Auflockerung, Erleichterungen, vermehrte Freizeitgestaltung.«

»Abbau der Spannungen also?«

»Genau darauf, Herr Oberst, lege ich entscheidenden Wert! Und das nicht zuletzt deshalb, um mit Ihnen gemeinsam, möglichst ungestört, unseren historischen Forschungen nachgehen zu können. So darf ich Sie wohl jetzt bitten, auf den Einsatz Ihrer italienischen Divisionen zu achten?«

»Diese, Mr. Nelson, lagen noch weit südlicher in Bereitschaft, als Sie angenommen haben! Etwa genau Ihrer griechischen Brigade und Ihrer fünfzigsten britischen Division gegenüber. Doch wo hat sich, frage ich mich, zum gleichen Zeitpunkt, Ihre französische Freiwilligen-Brigade aufgehalten?«

»Gleichfalls wesentlich weiter südlich — über El Taka hinaus! Aber das alles ist auf so einer Flachkarte nicht mit voller Eindringlichkeit wiederzugeben. Was hier fehlt, ist die Suggestion des Geländes!«

»Wir sollten einen Sandkasten bauen!« schlug der Oberst mitgerissen vor. »Bauen lassen.«

»Einverstanden!« sagte der Colonel sofort. »Die dafür benötigten Fachkräfte muß uns der Sergeant-Major liefern! Wenn der schon dabei ist, dieses Lager umzuorganisieren, dann sollte sich das auch für uns lohnen! Vielleicht können wir dann sogar, Herr Oberst, richtiggehende konstruktive Kriegsspiele auf weitem Raum — in freier Landschaft — betreiben!«

»Das«, rief Oberst von Schwerin begeistert, »sind Aussichten, denen wir uns nicht verschließen sollten.«

»Was meinst du wohl, Ken«, fragte Silvers dringlich, »was du mich kostest — glatt ein Vermögen! Ich habe in Kairo alle Hände voll zu tun! Ich kann es mir einfach nicht leisten, hier endlos herumzuquatschen!«

»Du bist nicht schuldlos daran«, erklärte der Sergeant-Major. »Der Colonel hat ausdrücklich gesagt: gemeinsam mit Silvers! Dagegen kannst du nichts machen. So was ist Dienst!«

»So was ist Zeitverschwendung! Was aber vielleicht auf dasselbe hinauskommt.«

Sie saßen im Behandlungsraum des Krankenreviers, um den Operationstisch herum, die sogenannte »interne« von McKellar auf Grund einer Weisung des Colonels einberufene Kommission, wozu gehörten: Corporal Copland, neuerdings zum Stellvertreter des Sergeant-Majors ernannt; Sergeant Silvers, als angeblich neutraler Berater; Feldwebel Schulz, als Organisationsleiter der Musikgruppe und Vertrauensmann von McKellar. Sodann aber auch Faust — von Silvers vorgeschlagen, sozusagen als anerkannt vielseitiger Sachverständiger.

»Also — was erwartest du denn, genau, von uns Ken?«

»Daß Ihr mitzuhelfen versucht, hier endlich Ruhe und Ordnung zu schaffen, Sid!«

»Nichts wäre einfacher als das! Du brauchtest nur diese Deutschen einzusperren, sie auf halbe Ration zu setzen, ihnen das Wasser abzudrehen, sie antreten und dann stehen zu lassen. Bis sie umfallen! Doch was würdest du damit erreichen? Kaum mehr, als daß ein paar durchdrehen und andere absacken. Und damit machst du Mary Timemaker nichts als zusätzliche Arbeit. Doch die deutsche Lagerkommandantur — mit Müller und Roßberg — wirst du auf diese Weise kaum außer Gefecht setzen.«

»Aber genau das, Sid, soll diesmal versucht werden! Hat der Colonel gesagt — zumindest angedeutet. Wir sollen sie eindämmen, doch ihnen dabei gleichzeitig gewisse Erleichterungen anbieten — sozusagen als eine Art Ausgleich dafür.«

»Du hast dich mit Turners Käfigsystem abgefunden?«

»Höchst ungern, Sid! Doch wenn dabei gewisse Vorteile herausspringen — etwa in kultureller Hinsicht . . .«

»Womit du deine Band meinst, was?«

»Dafür«, versicherte Feldwebel Schulz gekonnt bieder, »kann man durchaus einige Nachteile in Kauf nehmen.«

»Ist doch alles lauwarme Scheiße« rief Corporal Copland, der Sportfreund, tönend. »Was hier fehlt, sind gut durchtrainierte Wettkampfspiele. Nur so was lenkt auf die Dauer wirksam ab — da kenne ich mich aus!«

»Darf ich mal fragen«, wollte nun Faust aufmerksam wissen, »was das eigentlich ist — ein Käfigsystem?«

»Die gebräuchlichste Methode in fast allen Lagern, besonders in britischen«, klärte ihn Silvers bereitwillig auf. »Der für die Kriegsgefangenen zur Verfügung stehende Raum wird unterteilt — in sogenannte Käfige, auch Compounds genannt, aus Stacheldraht. Auf diese Weise entstehen isolierte Einheiten, für jeweils kaum mehr als drei- bis vierhundert Mann. Damit sind die dann bequemer zu kontrollieren, leichter zu beherrschen.«

»Verstehe«, sagte Faust. »Und warum ist dieses System hier bisher noch nicht angewendet worden?«

»Weil für den hier versammelten Schießbudenverein gewisse Sonderrechte zugestanden worden sind. Natürlich nicht offiziell, aber ganz unverkennbar. Dafür hat der Colonel gesorgt. Denn er hält Schwerin und Kameraden, und damit auch Müller, Roßberg, Hartmannsweiler und Konsorten für eine Art Elite!«

»Vieleicht auch mich — was?« fragte Faust grinsend.

»Na klar, Mann! Und das sagt doch wohl schon alles. Hinzu kommt dann noch: Nelson hat dafür gesorgt, daß man dieses Lager auf wirkungsvolle Weise vorführen kann! Also keine Ansammlung von Zelten über Löchern im Wüstensand; keine Kolonie von verfilzten, vergammelten, in stinkenden Uniformen herumstreunenden PWs; keine anfälligen, hygienisch versauten Krankheitskeimträger! Sondern vielmehr: vergleichsweise ganz ordentlich ernährte und halbwegs zufriedene Barackenmenschen, wenn auch in Wellblech hausend. Und diese ganze Show dann noch nicht mehr als eine knappe Autostunde von Kairo entfernt!«

»Und ausgerechnet hier sollen jetzt Käfige gebaut werden?«

»Vergessen Sie diesen Begriff«, forderte McKellar, der bei den Erklärungen des Sid Silvers leicht unruhig geworden war. »Wir zerlegen lediglich den deutschen Teil dieses Lagers in sogenannte Zonen. Sagen wir: in drei! Und das nur zwecks Erleichterung der organisatorischen Möglichkeiten!«

»Nicht schlecht«, bemerkte nunmehr Schulz, die Spitzmaus. »Auf diese Weise könnten die Angehörigen der Lagerkommandantur nicht mehr völlig unbehindert von einer Baracke zur anderen herumwieseln, um ihre Nase überall ungestört hineinzustecken.«

»Sie haben es erfaßt, Feldwebel Schulz!« rief der Sergeant-Major. »Stellen Sie sich folgendes vor: Da ist die breite, vom mittleren Tor aus fast durchgehende Lagerstraße. Links von ihr befinden sich Baracken, die nun sorgfältig eingezäunt werden. So entsteht die Zone A; und darin die deutsche Lagerkommandantur. Dann wird, diesmal rechts von der Hauptstraße des Lagers, die Zone B gebildet; und darin meine, unsere Band! Schließlich ergibt sich, im Hintergrund, querliegend, die Restregion, die Zone C. Und überall Arbeitsreserven noch und noch!«

»Du scheinst dir ja tatsächlich Gedanken gemacht zu haben«, meinte Sid Silvers, der nachdenklich zu Faust hinüberblickte. »Doch ich hoffe, du denkst dabei nicht ausschließlich an deine Band.«

»Wobei ich mir erlaube, auf eine Kleinigkeit aufmerksam zu machen.« Damit meldete sich, mit der ihm eigenen Bescheidenheit, der Feldwebel Schulz. »Wertvolle Musikinstrumente wie die unseren wollen pfleglich behandelt sein. Eine Spezialwerkstätte, mit entsprechenden Fachleuten, wäre empfehlenswert.«

»Und diese Spezialisten wiederum«, fügte Silvers weitschauend hinzu, »müßten laufend ergänzt und sinnvoll beschäftigt werden — wofür ich gern sorgen würde.«

»Nun ja — warum nicht«, meinte McKellar.

»Ist doch alles Scheiße«, meinte Copland massiv. »Allein sportliche Veranstaltungen lenken hundertprozentig von jeder Misere ab!«

»Der beste Koch im Lager«, erlaubte sich Feldwebel Schulz sanftstimmig anzuregen, »ist Angehöriger unserer Band — Gefreiter Kühn, unser Dritter *piper*. Es wäre daher wohl ganz praktisch, die zentrale Küche aus dem Bereich der deutschen Lagerkommandantur zu entfernen — und sie in die Zone B zu verlagern.«

»Langsam, Men, langsam!« rief der Sergeant-Major. »Ich habe Order vom Colonel, äußerst behutsam vorzugehen. Denn der hat mir ausdrücklich gesagt: Versuchen Sie dabei zu vermeiden, daß sich gewisse Leute, wie Roßberg, Müller und Konsorten, vor den Kopf gestoßen fühlen!«

»In dieser Hinsicht solltest du dir nichts vormachen, Ken! Denn diese Burschen werden sehr schnell merken, in welche Richtung hier der Hase laufen soll!«

»Nicht unbedingt, Sid! Denn für großzügige Abwechslung ist in den nächsten Tagen gesorgt. So wird es nicht nur zweimal in der Woche Fleisch geben, sondern sogar dreimal — Kamel, Rind und Hammel. Auch sollen sogar deutschsprachige Zeitungen verteilt werden, dazu fünf Zigaretten pro Mann. Doch der absolute Höhepunkt: jeder deutsche Kriegsgefangene erhält je ein Exemplar des internationalen Rotkreuztelegramms! Und darauf darf er dann, außer Adresse und Unterschrift, noch fünf beliebige Wörter schreiben!«

»Das ist ja geradezu überwältigend«, bemerkte Sid Silvers.

»Eine Fülle von Möglichkeiten«, meinte der Feldwebel Schulz versonnen. »Da ist einmal unsere nun ungestörte Musikdarbietung; dazu kommt dann noch die Lagerküche in unserem Bereich. Und schließlich könnten entstehen: Werkstätten, Bastelgruppen, demokratische Interessenvereine, Bildungszentren, dazu ein Diskussionsforum! Und darüber hinaus möglichst auch noch als Hauptsache: die geschickt gelenkte sportliche Betätigung!«

»Die Gründung eines Fußballvereins — oder mehrerer!« rief Corporal Copland erfreut. »Genau das ist es, was hier fehlt! Und dafür mache ich mich gern stark! Denn davon verstehe ich einiges! Wenn wir das durchbringen, dann könnte ich für einen durchschlagenden Erfolg garantieren!«

»Hemmungen«, fragte Ken McKellar staunend, »habt ihr keine?«

»Warum denn, Menschenskind? Wo es hier doch um große Dinge geht! Und mit denen läßt sich immer eine Menge anfangen.«

Sid Silvers ließ seinen Lastwagen mitten auf der großen Nilbrücke halten — in unmittelbarer Nähe des *Hotels Semiramis*. Ein zweiter Lastwagen erschien nur wenige Minuten später. Dort stieg ein Leutnant aus. All das geschah sozusagen vor breitester Öffentlichkeit — nur eben, daß so gut wie niemand darauf achtete.

»Zwölf Mann?« fragte dieser Leutnant.

»Vierzehn«, sagte Silvers. »Zwei davon liefere ich sozusagen gratis. Um allen Eventualitäten vorzubeugen. Denn in Zukunft sollte eine möglichst klare Bestellung aufgegeben werden! Also nicht einfach nur Elektriker sagen, sondern genau dataillieren, was für eine Sorte von Elektrikern gewünscht wird. Ob für Hochspannungsleitungen, für die Verlegung von Kabeln oder für die Reparatur von Radioapparaten. Nun, diesmal habe ich eine Art Auswahlsendung mitgebracht.«

»Ohne Aufpreis?«

»Versteht sich! Für genau sieben Stunden.«

Der Leutnant zog aus seinem Uniformrock einen dicken Briefumschlag hervor und überreichte ihn Silvers. Der warf lediglich einen kurzen Blick hinein — Vertrauen gegen Vertrauen! Dann steckte er dieses Honorar in seine Brusttasche. Er brauchte nicht nachzuzählen — einen Silvers betrog man nicht; und wenn, dann nur mit Bedauern; und nie mehr als einmal.

»Umsteigen!« rief Silvers seinen Leuten zu.

Vierzehn Mann und zwei Bewacher verließen ihren Lastwagen und bestiegen den des Leutnants. Der tat so, als erwidere er automatisch einen militärischen Gruß, stieg ein und fuhr ab. Silvers blickte ihm nicht nach.

»Sie können jetzt zu mir nach vorn kommen«, rief er Faust zu.

Der kroch bereitwillig aus dem hinteren Teil des Lastwagens hervor und kletterte ins Freie. Hier schüttelte er sich ein wenig, klopfte den Staub von seiner Tropenbekleidung und blickte um sich. Erstaunt stellte er fest, daß er sich mitten in Kairo befand — und dort vielleicht sogar an jenem Punkt, wo diese Stadt ihren herrlichsten Anblick bot.

Der Nil unter ihnen floß träge dahin, fahl funkelnd, im müden Rhythmus aufblinkend wie uraltes Silber im Sonnenlicht. An seinem linken Ufer reihte sich die Kette der Wohnboote, unter Fächern von Palmen, die an einer breiten Straße standen. Unmittelbar dahinter: die mächtigen Hotelpaläste; beherrschend das prunkvoll-orientalische *Semiramis* und das elegant-internationale *Sheppard*; dazu etliche andere Renommierkästen in ähnlicher Preislage. Schließlich, in einem großzügig angelegten Garten: die Residenz des königlich britischen Botschafters auf ägyptischem Boden.

»Falls Sie etwa beabsichtigt haben sollten, mich zum Staunen bringen zu wollen, Silvers — nun gut, Sie haben es geschafft!«

»Dabei sollten Sie nicht vergessen, Faust, auch mal nach rechts zu sehen! Damit Sie auch aus dem Staunen nicht so schnell herauskommen.«

Das rechte Ufer des Nils schien aus einem von Licht durchströmten Palmenwald zu bestehen. Weißleuchtende Villen standen darin. Und der Horizont, wie unmittelbar dahinter, spielte in blendendem Grellgrau und Gelb. Dort wurden die Pyramiden sichtbar, bei denen die Sphinx lag: Gebilde aus übereinandergetürmten Steinquadern, die den Himmel zu berühren schienen. Hier, in etwa sieben Kilometer Entfernung, wirkten sie fugenlos und glattflächig.

»Dieser Anblick täuscht«, versicherte Silvers. »Denn aus der Nähe betrachtet, sehen die Pyramiden mehr wie gigantische Trümmerhaufen aus — wie wohl die ganze aus den Fugen geratene Weltgeschichte auch.«

»Ich möchte die Pyramiden — und die Sphinx dazu — gern einmal sehen«, sagte Faust.

»Vielleicht später«, meinte Silvers, »etwa als Danksagung für hoffentlich geleistete Dienste. Doch zunächst einmal sollten Sie sich auf näher liegende Objekte konzentrieren. Etwa auf das *Hotel Semiramis*. Denn dort werden Sie alsbald mein Gast sein.«

»Silvers«, sagte Faust, »manchmal, wie etwa auch jetzt, kommen Sie mir reichlich verrückt vor.«

»Warum denn das?« fragte Silvers neugierig. »Warum genau?«

»Nun — Sie halten hier einfach, mitten in Kairo, auf einer Brücke . . .«

». . . aber nicht etwa, Faust, um Ihnen irgendeinen Gefallen zu tun! Vielmehr handelt es sich um eine bewährte alte Regel: Unter Bewachung stehende Leute, ob nun Kriminelle oder Kriegsgefangene, sind möglichst abgesichert zu übergeben, also etwa: in geschlossenen Räumen, in einem umzäunten Gelände, auf freiem Feld — oder eben auch, wie hier, auf einer leicht übersehbaren, mühelos zu beherrschenden Brücke.«

»Was erwarten Sie denn heute von mir? Lassen Sie mich zu Sitah fahren?«

»Dafür, Faust, haben Sie heute keine Zeit mehr. Denn Sie werden von Muhammed erwartet — in der Halle des *Hotels Semiramis*. Zu einem Drink!«

»So wie ich bin?«

»So wie Sie sind, kämen Sie in Kairo nicht drei Schritt weiter. Warum fragen Sie so albern?«

Silvers ging, von Faust gefolgt, zum Lastwagen; hier öffnete er die vordere linke Wagentür und nickte dem dort hockenden Fahrer zu. »Es ist jetzt soweit, Peter! Du fährst also unseren Kameraden Faust zu meiner bisherigen Adresse — dort begleitest du ihn bis zur Tür sechs-null-sechs, läßt ihn hineingehen und wartest davor.«

»Wie lange, Sid?«

»Höchstens dreißig Minuten — keine Sekunde länger!«

»Wird gemacht!«

»Dann bringst du ihn zum *Hotel Semiramis* — direkt vor den Haupteingang. Wenn ich nicht bereits dort warte, Peter, kannst du hupen — dreimal kurz. Ich nehme dann Mr. Faust persönlich in Empfang. Und noch eins: Wie der auch aussehen mag — wundere dich über nichts!«

»Ich wundere mich schon lange über nichts mehr«, versicherte Peter O'Casey grinsend.

»Wie werde ich denn aussehen?« wollte Faust mißtrauisch wissen.

»Nun, wie ein Araber aussieht — Ihrer Ansicht nach!« Silvers schien sich einigermaßen zu amüsieren. »Denn Sie dürfen jetzt Ihr schönstes Gewand ausprobieren, das bei Sitah lagert. Wie wohl sonst, Mann, soll ich Sie im *Hotel Semiramis* empfangen?«

»Darauf sind Sie wohl ziemlich gespannt — was?«

»Na und ob! Dabei nur noch eine kleine Randbemerkung: Versuchen Sie keinerlei Dummheiten, solange Sie mein Freund Peter O'Casey überwacht. Denn auf den kann ich mich verlassen — ich habe ihn nämlich, vor einiger Zeit, durch meine beeidete Aussage, vor einer äußerst gefährlichen Anklage wegen eines Sprengstoffattentates befreit. Peter ist erklärter Ire, Nordire zwar — doch auch die haben es in sich.«

»In was bin ich da hineingeraten!« rief Faust aus.

»In eine Gesellschaft, die Ihrer wert ist«, erklärte Silvers.

Im Lager der deutschen Kriegsgefangenen erschien Major T. S. Turner, begleitet von Sergeant-Major McKellar. Dann kam großes Gefolge: die beiden Leutnante Miller und Mills flankierten das bereits freudig schnaufende Wüstenwalroß; weiter sechs Sergeants und zwölf schwerbewaffnete Soldaten. Dahinter trabte ein Corporal, der eine Meßlatte schwang, und hinter ihm schleppten weitere vier Mann meterhohe rote Pflöcke und Holzhämmer.

Der Major blieb, mit leicht gespreizten Beinen, mitten auf der Lagerstraße stehen. »Also los!« verkündete er trompetend.

Die bewaffneten Soldaten schwärmten in zwei Reihen seitwärts aus, die Leutnants flankierten, und die Sergeants umkreisten sie wie gut eingeübte, verläßliche Schäferhunde. Major Turner, gründlich wie er in solchen Dingen war, hatte diesen Vorgang mehrfach geübt in der freien Wüste.

Der Corporal begann, mit fachmännischen Griffen und der Sicherheit eines Experten, die Lagerstraße zu vermessen. Bald wurden die ersten roten Pflöcke, exakt nach seinen Angaben, niedergelegt. Auch er hatte diese Vermessung geprobt.

Während Turner Standbild spielte, beobachtete McKellar seine deutschen Kriegsgefangenen, die sich aus den Wellblechhütten in die Tageshitze schoben, auf die Lagerstraße zu. Doch sie blieben ruhig, sie hielten sich zurück, starrten aber stirnrunzelnd, zumeist in kleineren Gruppen, auf das, was vor ihren Augen geschah — sie begriffen es nicht. Auf ihren vielfach rötlichen, schweißigen Gesichtern zeichneten sich Neugier, Ratlosigkeit und Besorgnis ab.

»Achten Sie auf Ihre Lieblinge, McKellar«, regte der Major an. »Sie sollten diesen Bastarden befehlen, in ihren Baracken unterzutauchen. Wenn die hier herumstehen, kommen sie womöglich nur auf schlechte Gedanken. Schlecht für sie!«

Der Sergeant-Major widersprach sofort. »In den Baracken würden sie nur herumbrüten — hier draußen aber können sie was sehen, das lenkt ab. Weiß ich aus Erfahrung, Sir! Ich kenne schließlich meine Deutschen! Die steigen nicht gleich auf die Barrikaden. Achten Sie lieber auf das, was jetzt kommt.«

Was jetzt kam, war Hauptmann Müller, der Adjutant des deutschen Lagerkommandanten — unvermeidlich gefolgt von Major Roßberg. Beide segelten geradezu herbei — erst dicht vor Turner blieben sie stehen. Doch so erregt sie auch wirkten — ihr Gruß war exakt. Der Major erwiderte ihn — nicht minder exakt.

»Dürfen wir fragen, Sir, was das zu bedeuten hat?«

»Nein«, sagte Turner knapp.

»Diese Frage, Sir, stelle ich im Auftrag des deutschen Lagerkommandanten, Herrn Oberst von Schwerin.«

»Auch seine Fragen bedürfen keiner Antwort«, sagte Turner unzugänglich.

Hauptmann Müllers Erregung wuchs — äußerst besorgt blickte er Major Roßberg an. Der schob sich ein wenig vor und wollte dann, zwar keinesfalls herausfordernd, aber doch drängend wissen: »Der Herr Oberst von Schwerin legt großen Wert auf Unterrichtung, was diese hier eingeleiteten, doch für uns weder in ihrem Ziel noch in ihrem Ausmaß erkennbaren Maßnahmen zu bedeuten haben.«

»Eine Angelegenheit der Sicherheit«, sagte der Major ablehnend. »Geht niemanden was an! Fällt allein in mein Ressort.«

»Es handelt sich dabei«, glaubte nun McKellar besänftigend erklären zu müssen, »um eine rein organisatorische Maßnahme. Diese soll die Übersichtlichkeit des Lagers erhöhen und eine noch bessere Betreuung ermöglichen.«

»Jawohl«, erklärte T. S. Turner lautstark, »so ist es! Anordnung des Colonels! Jedes weitere Geschwätz hierzu verboten! Kommen Sie nunmehr endlich zum praktischen Teil dieses Volksfestes, McKellar.«

Der nickte. »Das Lager, Herr Hauptmann, wird in drei Zonen zerlegt — nicht getrennt! Der Colonel legt Wert auf diesen Unterschied. Die Funktion der deutschen Lagerkommandantur bleibt voll bestehen — von ein paar kleinen organisatorischen Änderungen abgesehen.«

»Welche sind das?« schnappte Müller-Wipper zu.

»Sie erhalten zusätzliche Organisations- und Verwaltungsorgane«, verkündete Ken McKellar. »Denn für die drei neuzubildenden Zonen A, B und C sind drei Zonenälteste zu bestimmen.«

»Erlauben Sie, bitte!« mischte sich Major Roßberg ein. »So was will reiflich überlegt sein.«

»Kein Palaver!« bellte Major Turner scharf. »Die Sache muß heute noch stehen!«

Der Vermessungs-Corporal hatte inzwischen seine Arbeit nahezu beendet — die ersten roten Pflöcke wurden bereits eingeschlagen. Der Verlauf des Stacheldrahtzaunes links und rechts und am jetzigen Ende der Lagerstraße war bereits gekennzeichnet — drei neue Innentore gleichfalls. Links Mitte Tor A, rechts Mitte Tor B, hinten Mitte Tor C.

»Das«, rief Hauptmann Müller jetzt aus, nicht ganz frei von drohenden Untertönen, »sind diskriminierende Maßnahmen!«

Turner: »Das geht Sie einen Dreck an!«

»Ich trage diese Warnung im Namen von Herrn Oberst von Schwerin vor!«

Turner nicht minder robust: »Auch den geht das einen Dreck an!«

Sie schwiegen sich längere Zeit an. Turner spielte immer noch Denkmal. Die britischen Soldaten standen lässig herum. Die deutschen Kriegsgefangenen lauerten — ohne genau zu wissen, worauf.

Schließlich meinte der Sergeant-Major gemütlich: »Was wollen Sie denn? Sie haben sich im Verlaufe Ihres Endsieges an so manches gewöhnen müssen — warum nicht auch noch an das?«

»Kein Geschwätz mehr, McKellar!« rief der Major. »Kommen Sie zum praktischen Teil. Lassen Sie Arbeitskommandos zusammenstellen!«

»Darf ich also«, forderte der Sergeant-Major betont höflich Hauptmann Müller auf, »um freundliche Mitwirkung bitten! Drei größere Gruppen, zu jeweils zwanzig bis fünfundzwanzig Mann, werden genügen.«

»Wofür denn?«

»Für die Aufstellung der Stacheldrahtzäune.«

»Durch uns?«

»Durch wen denn sonst, Herr Hauptmann?«

»Was denn? Was denn? Heißt das etwa: wir sollen uns selber . . .?«

»Stacheldraht in ausreichender Menge liegt bereit — S- und K-Rollen, Sie kennen sich ja aus. Auch Holzpfähle sind vorhanden. Sie brauchen nur anzufangen.«

Hauptmann Müller, finster blickend, schob hastig Major Roßberg vor. Und der legte sein Gesicht in nachdenkliche Falten und erklärte dann: »Laut Genfer Konvention können Kriegsgefangene nicht dazu gezwungen werden, an der Errichtung der für sie bestimmten Lager mitzuwirken!«

»Sie müssen sich ja nicht, wenn Sie nicht wollen, mit Gewalt an die Genfer Konvention klammern«, meinte McKellar. »Sie brauchen nur eine entsprechende Verzichtserklärung zu unterschreiben. Formulare dafür liegen bereit.«

»Aber Sie wollen nicht — was?« fragte T. S. Turner fast triumphierend.

»Nein«, erklärte Hauptmann Müller-Wipper.

»Jedenfalls nicht«, schaltete sich Roßberg ein, »ohne das gründlich überlegt und durchsprochen zu haben.«

»Ich stelle also fest: Sie wollen nicht!« Major Turner lächelte selbstzufrieden. »Sie weigern sich, mit uns zusammenzuarbeiten.«

»Das nicht — keinesfalls grundsätzlich! Doch in diesem besonderen Fall . . .«

»Zeigt sich Ihre ganze Impertinenz!« T. S. Turner machte eine wegwerfende Handbewegung. »Doch wenn Sie etwa glauben sollten, daß wir hier auf Sie angewiesen sind, dann befinden Sie sich auf einem Holzweg! Was Folgen haben wird!«

»Versuchen Sie, vernünftig zu sein«, sagte Ken McKellar zu den beiden deutschen Offizieren. »Sie können sonst den Anschluß verpassen.«

Die schwiegen. Roßberg wirkte vorübergehend ratlos. Müller-Wipper hielt nach dem Oberst Ausschau — doch der zeigte sich nicht. Vermutlich bastelte er an seinen Schlachtplänen. Die Kriegsgefangenen starrten stumm. Major Roßberg spuckte in den Sand.

»Entscheiden Sie sich!« sagte der Sergeant-Major zuredend. »Das sollte Ihnen nicht schwerfallen — Sie haben doch gar keine andere Wahl, als hier mitzuspielen.«

»Wir haben unsere Ehre!« bemerkte Müller-Wipper.

McKellar schüttelte seinen mächtigen Schädel: »Was auch immer Sie darunter verstehen — Sie sind hier damit, in diesem besonderen Fall bestimmt, auf dem falschen Dampfer!«

Und Major Turner beeilte sich zu verkünden: »Sie glauben wohl, meine Herren, mir — ausgerechnet mir — Schwierigkeiten machen zu können? Da irren Sie sich aber gewaltig! Denn ich habe von vornherein mit Ihrer Sabotagebereitschaft gerechnet — und deshalb nicht nur das Material für die neuen Stacheldrahtzäune bereitstellen lassen, sondern auch noch eine britische Pioniereinheit dazu. Was sagen Sie nun?«

Sie sagten nichts. Sie starrten Turner an. Und dann blickten sie, Hilfe suchend, auf den Sergeant-Major. Doch der meinte lapidar: »Dann wollen wir also mal wieder das Beste daraus machen!«

»Keine falsche Bewegung, Kamerad«, empfahl Peter O'Casey dem ihm übergebenen Faust. Und das klang geradezu freundschaftlich. »Ich bin nämlich sehr empfindlich, mußt du wissen — wenn es sich um Sid handelt. Aber du wirst vernünftig sein, hoffe ich.«

»Was bleibt mir denn anderes übrig?« meinte Faust, wobei er zu dem mindestens zwei Zentner wiegenden Fleischbrocken neben sich hochsah. »Denn ich lege nicht den geringsten Wert darauf, es auf einen Nahkampf mit dir ankommen zu lassen. Darüber hinaus steht leider fest, daß auch ich mit deinem Sid so gut wie befreundet bin. Was gar nicht einfach ist, wie du wohl weißt.«

»Gib dir trotzdem Mühe«, sagte Peter O'Casey. »Bei dem lohnt es sich.«

Sie standen dicht nebeneinander im Fahrstuhl. Als der im sechsten Stock hielt, öffnete Peter einladend, doch wortlos die Tür — es war, als habe er inzwischen alles gesagt, was er zu sagen hatte. Elefantenhaft bedächtig schob er sich hinter Faust durch den Korridor.

Der klingelte — obgleich er neuerdings einen Schlüssel besaß. Er klingelte zweimal kurz, zweimal lang. Sitah öffnete. Sie strahlte ihn glutäugig dunkel an — Peter aber, vorsorglich, auch.

»Somit ordnungsgemäß abgeliefert«, erklärte O'Casey. Dann lehnte er sich im Korridor gegen die Wand. Wie ein Gegenstand, der schon immer dorthin gehört hatte.

»Da bist du ja endlich wieder!« rief Sitah. Sie stürzte sich auf Faust und umarmte ihn gekonnt stürmisch.

»Dreißig Minuten also — von jetzt ab«, stellte der unbewegliche Peter O'Casey fest.

»Du hast es gehört«, sagte Faust, wowei er sich behutsam von Sitah zu lösen versuchte. »Ich kann nicht sehr lange bleiben.«

»Du solltest mehr Zeit für mich haben. — Oder legst du darauf keinen Wert?« fragte sie in besorgtem Ton, während sie ihn in das Apartment hineinzog. »Du bedeutest mir sehr viel — und das weißt du!«

»Was ganz auf Gegenseitigkeit beruht!« versicherte Faust. »Doch ich kann leider nicht ganz so, wie ich will und nicht alles, was ich möchte — was du verstehen wirst. Diverse Geschäfte gehen im Augenblick vor.«

»Er ist gegen uns!« rief Sitah wie klagend aus — womit sie unbezweifelbar Sid Silvers meinte. »Er gönnt uns nichts! Nichts, was wirklich zählt.«

»Immer eins nach dem andern, Sitah!« Faust empfand sie —

nicht zuletzt deshalb um Abstand bemüht — als ungemein ver-
lockend. Der Bademantel, den sie übergezogen hatte, vermochte
keine ihrer einzigartigen Konturen zu verbergen. »Ich halte es
vielmehr durchaus für möglich, daß uns Sid alles Erdenkliche
gönnt — aus welchen Gründen auch immer. Nur scheint er sich das
im Augenblick nicht gut leisten zu können. Denn er steckt mitten
in schwierigen Transaktionen!«

»Du kennst ihn nicht!« rief Sitah warnend aus. »Er ist schwer
zu durchschauen. Und ich fürchte: er ist einfach zu allem fähig!«

»Das hoffe ich.«

»Ich verstehe nicht, was du damit meinst. Ich jedenfalls weiß
nur soviel: Er hat mich ausgenützt — wann und wie immer er
wollte. Und genau das wird er auch mit dir versuchen! Wir sollten
uns einfach nicht um ihn kümmern.«

»Doch es gibt ihn nun mal.«

»Aber nicht jetzt, nicht hier, nicht in diesem Augenblick!« Sitah
griff nach seinen Händen. »Komm — versuchen wir, ihn zu vergessen.«

»Das möchte ich ganz gern, Sitah, doch das geht praktisch nicht.
Er hat eine Art Zeitplan für mich aufgestellt, und der erlaubt kein
ausgedehnteres Vergnügen.«

»Da siehst du, wie berechnend er ist!« Sie blickte ihn mit ihren
großen Augen betrübt an. »Willst du dir wirklich alles von ihm
gefallen lassen?«

»Du bist sehr schön«, sagte Faust. »Herrlich, mit dir zu schlafen.
Für mich bist du wie ein Märchen! Aber wenn wir hier möglichst
ungestört leben wollen, müssen wir uns die Voraussetzungen
dafür schaffen. Das aber geht nur mit Silvers.«

»Nicht wahr«, meinte Sitah hoffnungsvoll, »du weißt genausogut
wie er, was du wirklich willst — und du wirst es bekommen!
Wenn einer, dann du!«

»Wir werden sehen«, sagte Faust. Dann begann er, seinen Rock
aufzuknöpfen und legte ihn ab. »Ich ziehe mich nicht aus«, sagte
er dabei, »sondern um. Wo ist meine arabische Verkleidung?«

Sitah hatte sein Gewand nicht nur sorgfältig aufgehoben, sondern es sogar erneut gereinigt und gebügelt. Fast feierlich trug sie
es auf den Armen herbei. Es wirkte schlicht und stattlich zugleich.

»Komm!« sagte sie mit dunklem Lächeln. »Ich helfe dir, es
anzulegen. Ja?«

Er wußte, was für unvermeidliche Folgen das haben würde —
und ließ, was nun kam, dennoch geschehen. Das nicht zuletzt, weil
er sicher war, sich auf Peter O'Casey verlassen zu können: der
würde, nach Ablauf der vereinbarten Zeit — auf die Sekunde
genau — gegen die Tür donnern. Und das geschah auch.

Faust löste sich von Sitah, verabschiedete sich und eilte auf den
Korridor hinaus. Hier prallte er fast auf O'Casey, der ihn bei den

Schultern packte, auf Armlänge vor sich hinstellte. Und ihn anstaunte.

»O Junge!« rief dann Peter O'Casey aus. »Ich traue meinen Augen nicht! Was für ein Anblick! Seit meinem letzten Theaterbesuch in Belfast — das ist schon Jahre her — habe ich so was Komisches nicht mehr gesehen!«

»Was hier geschieht«, sagte Hauptmann Müller-Wipper, »droht das bisher so mühsam hergestellte Vertrauen zwischen der britischen und der deutschen Lagerkommandantur zu zerstören.«

»Dagegen werden wir Beschwerde einlegen«, ergänzte der Major Roßberg stark, doch diplomatisch. »Und zwar schriftlich!«

»Tun Sie das«, sagte der Sergeant-Major. »Aber beeilen Sie sich damit.«

Die Errichtung der Trennzäune machte erhebliche Fortschritte. Die bereitgestellte britische Pioniereinheit besaß schließlich langjährige Erfahrungen auf diesem Gebiet. Nun war sie bereits dabei, die drei Innentore einzusetzen — was um so schneller ging, als Major Turner mit seinem Gefolge seit geraumer Zeit bereits abgezogen war und sie auch sonst niemand störte. Nur noch der Sergeant-Major beherrschte das Feld.

»Ich habe hier keinerlei Verhandlungen zu führen«, erklärte er den beiden deutschen Offizieren. »Ich führe lediglich Anordnungen aus. Erklärungen irgendwelcher Art sind von mir nicht zu erwarten. Für spezielle Auskünfte sind Major Turner und Captain Moone zuständig — an die sollten Sie sich wenden.«

Das hatten sie bereits versucht — mit dem üblichen Resultat bei heiklen Situationen in britischen Bereichen: Der Major erklärte, er habe ihnen nichts zu sagen; der Captain ließ ausrichten, er wäre bedauerlicherweise dienstlich verhindert.

Und was wohl das Schlimmste war: Der Oberst schien sie glatt im Stich zu lassen! Denn der erklärte: Er sähe keine Möglichkeit und auch keinen Sinn darin, die Maßnahmen der Briten in Frage zu stellen, solange sich diese im Rahmen der Genfner Konvention bewegten.

»Wie ist das mit den sogenannten Zonenältesten?« wollte der Hauptmann Müller-Wipper wissen.

»Das regele ich schon«, sagte McKellar großzügig.

»Aber Sie hatten uns ausdrücklich um Mitarbeit in dieser Sache ersucht.«

»Aber Sie wollten ja nicht.«

»Wir hatten lediglich um Bedenkzeit gebeten«, erklärte Major Roßberg. »Doch nunmehr können wir Ihnen unsere diesbezüglichen Vorschläge unterbreiten. Sie benötigen drei Zonenälteste, nicht wahr?«

»Nur noch zwei«, erklärte McKellar. »Denn einen davon habe ich schon.«

»Was denn!« rief der Hauptmann erregt aus. »Ohne uns zu befragen? Ohne unser Wissen? Ganz einfach so? Das werden wir nicht hinnehmen!«

Major Roßberg meinte besänftigend: »Kann ja doch durchaus sein, daß wir uns weitgehend einigen —. Wer ist denn der von Ihnen bereits akzeptierte Zonenälteste?«

»Feldwebel Schulz.«

»Ach so!« sagte Roßberg sichtlich erleichtert. Denn dieser Schulz war in seinen Augen kein Risiko — lediglich so was wie ein musischer Mensch; und so ein Geschöpf war erfahrungsgemäß unschwer zurechtzubiegen. »Warum denn nicht?«

»Aber wo soll der denn eingesetzt werden?« wollte Müller wissen. »Doch nicht etwa in Block A — wo auch unsere Kommandantur untergebracht ist?«

»Zone B«, sagte McKellar lässig.

»Aber Schulz liegt in Zone A!«

»Dann wird er eben umgesiedelt — ganz einfach! Denn hier muß doch nichts endgültig sein. — Oder?«

»Diese Manipulation«, erklärte Müller-Wipper, »scheint mir höchst bedenklich . . .«

»Und wie ist das nun mit den beiden anderen Zonenältesten?« unterbrach ihn Major Roßberg.

»Machen Sie mal Vorschläge«, meinte McKellar durchaus friedlich.

Roßberg tat das unverzüglich. »Zone A — Leutnant Langohr. Zone C — Oberleutnant Hartmannsweiler. Akzeptiert?«

Der Sergeant-Major McKellar wußte genau, wer dieser Leutnant Langohr war — Nachfolger des getöteten Kern, der erste Interessent an dessen Tod, vermutlich dessen Mörder. Er erinnerte sich auch daran, den Namen des Oberleutnants Hartmannsweiler bereits gesehen zu haben — und zwar dick unterstrichen in der großen, als »geheim« bezeichneten Lagerliste.

Die hatte er diesmal vorsorglich mitgebracht. Nun blätterte er sie durch. Denn die Leute vom britischen Geheimdienst hatten, schon nach zwei bis drei Routinebefragungen, die meisten Insassen dieses Lagers eingestuft: in A-, B- und C-Leute.

A-Leute waren die, von denen mehr oder weniger einwandfrei feststand, daß sie Antifaschisten waren. Eine relativ kärgliche Zahl. Mit einem »B« wurden die ziemlich vielen registriert, die als sogenannte Mitläufer und damit als höchstwahrscheinlich harmlos galten. »C« bedeutete schlichtweg: aktive und aller Voraussicht nach ganz und gar unverbesserliche Nazis! Und so ein C stand auch hinter dem Namen des Oberleutnants Hartmannsweiler, während Leutnant Langohr lediglich auf der B-Liste stand — was, mit einiger Sicherheit, kaum stimmen konnte.

»Akzeptiert!« entschied der Sergeant-Major dennoch.

»Alle beide?« fragte Major Roßberg mit kaum verhülltem Erstaunen. »Hartmannsweiler für C — Langohr für A?«

»Warum denn nicht — wenn Sie unbedingt darauf bestehen?« McKellar blickte ungetrübt heiter. »Schließlich, nicht wahr, arbeiten wir ja auf sozusagen demokratischer Basis. Damit läßt sich schon einiges anfangen.«

»Wir sind da!« stellte Peter O'Casey fest. »Was nun?« Vor ihnen lag die Freitreppe, die zum *Hotel Semiramis* hinaufführte. Über ihr, wie schwebend, ein vieltüriger palastartiger Eingang. Dahinter die Halle — die sich Faust, von seiner lebhaften Fantasie gequält, so groß wie ein Fußballfeld vorstellte. Und ungefähr so groß war sie auch.

»Du mußt jetzt hupen«, sagte Faust zu Peter O'Casey. »Und zwar, wie vereinbart, dreimal kurz.«

Der hupte — und das klang gellend laut. Einige Passanten, die sich über die Uferstraße am Nil bewegten, drehten sich erschrocken herum. Doch sie erblickten nichts als einen britischen Armeelastwagen. Und das war zur Zeit in Kairo ein vertrauter Anblick — sich so etwas näher anzusehen, empfand niemand Verlangen.

»Hupe noch einmal!« forderte Faust.

Während Peter O'Casey das bereitwillig tat, erschien auf der obersten Stufe der Treppe Sid Silvers. Er winkte lässig Faust zu.

Faust stieg hastig aus. Er trat dabei auf den unteren Saum seines Gewandes und drohte zu stolpern. Nur mühsam raffte er sich wieder auf, versuchte die Tuchbahnen, die ihn dekorativ umgaben, hochzuziehen. Er entblößte dabei die Füße und Knöchel — ließ britische Militärschuhe und seidenweiße arabische Socken sehen. Hastig eilte er treppaufwärts.

»Wissen Sie«, fragte Silvers belustigt, »wie Sie aussehen? Wie von einem Scheich mit einer britischen Krankenschwester gezeugt.«

»Sonst noch Scherze in dieser billigen Preislage?« fragte Faust. Die riesige Hotelhalle war mit Sesseln, Sofas, Hockern, Topfpalmen und Tischen vollgestellt. Doch nur wenige Menschen saßen darin. »Soll ich dort hinein?«

»Etwa Platzangst?«

»Wo muß ich denn hin?«

»Lediglich zum ersten Tisch links. Dort sitzt unser Freund Muhammed.«

Der Mann, der Muhammed genannt wurde, saß, weit zurückgelehnt, in einem von gestickten Stoffblumen verschwenderisch überdeckten Sessel. Sein arabisches Gewand schlug höchst malerische Falten — wie von Anselm Feuerbach drapiert. Sein Gesicht wurde zum großen Teil von einem außerordentlich gepflegt wirkenden, blauschwarz schimmernden Vollbart verdeckt. Doch die Augen darin funkelten klug, skeptisch und auch, auf sehr verhaltene Weise, amüsiert.

»Recht beachtlich«, sagte dieser Muhammed, nachdem er Faust gemustert hatte. »Allerdings scheinen mir da noch ein paar Kleinigkeiten zu fehlen. So etwa sind die Augen zu hell — Sie sollten eine Sonnenbrille tragen. Dann die Farbe der Haut — es gibt eine Creme, die in kurzer Zeit eine dunkle Tönung herbeiführt. Das eine wie das andere, Mr. Faust, stelle ich Ihnen gern zur Verfügung.«

»Passen Sie jetzt genau auf!« sagte Silvers zu Faust. »Er beginnt bereits mit Ihnen Geschäfte zu machen.«

»Ich mache gern Geschäfte mit Menschen, die einiges davon verstehen«, versicherte Muhammed. Das klang wie ein Kompliment — und es war vermutlich auch eins. »Ihre arabischen Sprachkenntnisse, Mr. Faust, scheinen recht umfangreich zu sein — besser jedenfalls als die englischen meines Dolmetschers. Ich bedaure die Fehler, die sich in unsere Vertragsformulare eingeschlichen haben.«

»Sind die nun beseitigt?« fragte Silvers.

»Aber selbstverständlich!« versicherte Muhammed sanft, wobei er die Augen schloß. »Ich bin Punkt für Punkt den Vorschlägen Ihres Mr. Faust gefolgt — unsere Verträge brauchen jetzt nur noch unterschrieben zu werden.« Und gedehnt, offenbar neugierig, fast lauernd, fügte er, Faust betrachtend, hinzu: »Oder sollte Ihnen noch irgend etwas Besonderes dabei aufgefallen sein?«

»Der Kaufpreis, Mr. Muhammed«, gab Faust zu bedenken. »Denn ich habe Vergleiche mit ähnlichen Angeboten angestellt — beziehungsweise anstellen lassen. Und dabei bin ich, vorsichtig gesagt, zu der Überzeugung gekommen, daß Sie, nun sagen wir: verdächtig großzügig sind.«

»Bin ich tatsächlich«, versicherte der Araber mit freundlichem Lächeln. »Ich investiere Vertrauen!«

»Zumal weitere, noch größere Geschäfte folgen sollen«, erklärte Silvers überzeugt. »Mithin kann hier so etwas wie ein Einführungs-, ein Vorzugspreis angenommen werden.«

»So ist es!« stimmte Muhammed zu.

»Was ich nicht ganz glauben kann, Silvers.«

»Wir haben uns doch genau erkundigt!« sagte Sid fast unwillig. »Rein rechtlich gehen diese Verträge völlig in Ordnung. Der Verkauf von privatem arabischem Eigentum an britische Staatsbürger stößt zur Zeit in Ägypten nicht auf den geringsten Widerstand.«

»Haben Sie sich das uns angebotene Hausboot und dazu die beiden Villen angesehen, Silvers? Gründlich?«

»Aber klar! Ich kaufe doch keine Katzen im Sack. Alle vorgesehenen Objekte befinden sich in solidem Zustand. Lediglich diverse Renovierungsarbeiten, durchzuführen von Spezialisten, die wir ja im Hintergrund haben, sind unvermeidlich. Aber das ist alles. Und darauf sind wir vorbereitet. — Oder?«

Faust schien intensiv nachzudenken — dabei griff er nach dem Glas, das vor Silvers stand; erwartungsgemäß enthielt es schottischen Whisky. Muhammed lächelte nahezu erwartungsvoll, während er ein wenig von seinem Kaffee schlürfte. Sid Silvers trommelte, drängend, mit den Fingern seiner rechten Hand auf die Tischplatte.

»Waren Leute drin?« fragte dann Faust. »Ich meine: in den Objekten, die wir kaufen wollen?«

Silvers nickte. »Einige wimmelten dort herum.«

»Die aber«, versicherte Muhammed sogleich, »haben nicht das geringste mit den derzeitigen oder eben mit den hier vertragsgemäß festgesetzten Besitzverhältnissen zu tun!«

»Aber sie befinden sich dort!« stellte Faust fest. »Es ist anzunehmen, daß irgendwelche ägyptische Behörden diese Leute — vermutlich aus kriegsbedingten Gründen — dort eingewiesen haben. Wahrscheinlich: bis auf weiteres. Was praktisch heißt: auf unbegrenzte Zeit!«

»Verdammt noch mal, Mr. Muhammed!« rief nun Sid Silvers empört aus. »Wenn das tatsächlich so ist, dann sind diese Objekte für uns so gut wie unverwendbar!«

»Aber ich bitte Sie!« Der Araber hob beschwörend seine gepflegten Hände — doch kaum mehr als drei bis vier Zentimeter. »So was ist doch kein endgültiger Zustand! Das läßt sich arrangieren.«

»Aber auf unsere Kosten, wie?« erkannte Sid Silvers.

»Nun«, meinte der Araber besänftigend, »sagen wir: ich sorge bereitwillig dafür. Zum Selbstkostenpreis! Und der wird die Kaufsumme nicht wesentlich erhöhen. Jedenfalls um kaum mehr als zehn Prozent.«

»Das muß aber nicht sein«, schaltete sich nun Faust ein. »Damit brauchen wir Mr. Muhammed nicht zu belasten — das erledigen wir selbst.«

»Wie denn wohl?« fragte der Araber interessiert. »Sollten Sie womöglich in Erwägung ziehen, dabei so etwas wie eine britische Einheit anzusetzen — etwa einen Lastwagen mit bewaffneten Soldaten? Ich rate dringend davon ab — das könnte zu erheblichen Komplikationen führen.«

»So was läßt sich weit einfacher und wesentlich neutraler bewerkstelligen«, versicherte Faust. »Man braucht nur eine Art

Umquartierungsmannschaft zu organisieren, etwa im Bazarviertel oder in den Nebengassen der Altstadt — für eine Nacht, denn das reicht. Ein durchaus arabisch anmutender Vorgang, nicht wahr?«

»Das ist eine gute Idee, Faust!« bestätigte Silvers.

»Und wohin dann mit diesen Leuten?« wollte Muhammed nahezu erheitert wiessen.

»In die nächstbesten Hausboote und Luxusvillen! Etwa in jene, die sonst noch in Ihren Verkaufslisten verzeichnet stehen. Was dann, unter anderen Vorteilen, auch zu einer Preissenkung dieser Objekte führen muß.«

»Das machen wir!« rief Silvers spontan.

»Mein Kompliment!« Sir Muhammed strich mit beiden Händen seinen Vollbart — als wäre es möglich, dem noch mehr Glanz und Glätte zu verleihen. Dann lachte er auf. »Das sind recht beachtliche Methoden!« meinte er. »Hier durchaus zu gebrauchen.«

Er zog die Verträge an sich, legte sie sich zurecht und streckte dann die Hand aus. Silvers überreichte ihm seinen Füllfederhalter fast feierlich — wie einen Degen. Und Muhammed unterschrieb.

Während das geschah, erschien in der Halle des *Semiramis* eine von Hals bis Fuß blütenweiß gekleidete Person. Ein vergleichsweise sehr junges, sich sanft rhythmisch bewegendes weibliches Wesen — eine verwirrend attraktive Mischung aus Ballettänzerin, Rennpferd und Cockerspaniel. Lange seidige, tief herabfallende Haare umrahmten ein sehr neugierig wirkendes Gesicht.

Faust bemerkte dieses Prachtgeschöpf zuerst und staunte es übergangslos an. Es war weniger der kleine, doch nachgerade vorbildlich proportionierte Körper, dem seine Aufmerksamkeit galt — es waren die Augen! Augen von verschwenderischer Farbkomposition: dschungelgrün, silbergrau, dämmerungsviolett — und dazu noch, wie widerspiegelnd, das betörende Azur des ägyptischen Himmels. So zumindest kam es ihm vor.

»Hallo, Sid!« sagte dieses für Fausts Begriffe leuchtende weibliche Wesen mit spröden, hellen Glastönen. »Keine Zeit für mich?«

Und zu Muhammed sagte sie übergangslos: »Sie halten ihn immer wieder davon ab, sich mit mir zu beschäftigen! Das finde ich gar nicht nett von Ihnen.«

Noch im gleichen Atemzug sagte sie, auf Faust deutend: »Wer ist denn das?«

»Nichts für dich, Baby«, erklärte Sid Silvers schnell und entschieden.

»Nun meutern sie!« rief Corporal Copland atemlos. Er rief es Captain Moone zu. Der blickte ungläubig. »So was gibt es doch bei uns gar nicht! Oder wo denn, glauben Sie, könnte sich so was möglicherweise andeuten?«

»Im Cage C, Sir!«

»Vermeiden Sie diesen Ausdruck, Copland.« Cage, Käfig, war ein Begriff, der in einem erklärten Muster- und Elitelager nichts zu suchen hatte. »Sie meinen also Compound C — was ist mit dem?«

»Dort meutern sie, Sir — wie gesagt! Sie stehen in Massen vor ihrem neuen Tor — vorerst noch stumm, doch bedrohlich. Wie eine Herde Büffel, die kurz davor ist, Zäune umzurennen. Sie haben sogar so was wie Transparente aufgespannt — mit höchst fragwürdigen Parolen.«

»Das«, meinte Captain Moone, »muß ein Irrtum sein!«

»Ist aber keiner, Sir!«

»Die Beurteilung dieser Sache, Copland, überlassen Sie bitte uns. Schwirren Sie ab — aber beobachten Sie weiter. Falls irgend etwas Besonderes passiert — sofort Meldung an mich.«

Der Captain unterließ es zunächst, Colonel Nelson über diese Vorgänge zu unterrichten, wobei er sich taktvoll vorkam. Doch er veranstaltete, für alle Fälle, eine kleine interne Stabsbesprechung. Teilnehmer dabei, außer ihm: Major Turner und Sergeant-Major McKellar. »Gentlemen!« rief er ihnen geschäftig zu. »Was geht denn da vor?«

»Eine ausgemachte Sauerei!« rief Turner. »Dagegen sollte man einschreiten — und zwar ganz energisch!«

»So was ist unnötig«, meinte der stämmige Sergeant-Major. »Die regen sich auf — und die regen sich auch wieder ab. Außerdem kann ich mir kaum vorstellen, daß hier der Colonel auf ein kleines Blutbad irgendwelchen Wert legt.«

»Derartige Ausschreitungen«, trumpfte Turner auf, »muß man so früh und so schnell wie möglich bekämpfen — ehe sie sich ausweiten können. So hat die blitzartige Erledigung einer Meuterei, im November vierundvierzig, im Lager Dreihundertneunundsiebzig, lediglich drei Tote gekostet — während es, fast zur gleichen Zeit, durch unentschlossene Verzögerungen bedingt, bei einem ähnlichen Vorgang im Lager Dreihunderteinundneunzig dreizehn Tote gegeben hat.«

»Wollen Sie diesen Rekord etwa brechen?« fragte McKellar.

»Bitte, Gentlemen!« rief Captain Moone. »Ich meine: In einer derartigen Situation sollten wir versuchen, die fairste und vernünftigste Lösung zu finden — im Sinne des Colonels.«

»Diese Leute einfach nicht beachten!« schlug der Sergeant-Major vor. »Aber ihnen inzwischen das Wasser abdrehen, keine Verpflegung aushändigen — in den anderen Zonen Zusatzrationen verteilen. Außerdem könnte ich mit meiner Band . . .«

»Das nicht!« rief Turner entsetzt.

Abermals stürzte Corporal Copland herbei. »Sie haben«, rief er fast freudig aus, »über Zone C eine Naziflagge aufgezogen!«

»Eine — was?«

»Unverkennbar die Naziflagge — roter Grund, weißes Mittelfeld, darin ein schwarzes Hakenkreuz!«

»Idiotisch!« knurrte McKellar kopfschüttelnd.

Doch Major T. S. Turner forderte entschlossen: »Es werden unverzüglich alle Mann alarmiert! Zusätzlich Munition und Handgranaten ausgeben! Die Wachtürme müssen mit Maschinengewehren verstärkt werden! Auch scheint es ratsam, weitere Verstärkung anzufordern. Artillerie! Panzer!«

»Aber so was«, rief der Captain, »doch nicht ohne ausdrückliche Zustimmung des Colonels!«

Moone eilte in Nelsons Büro. Turner und McKellar, die er zurückließ, würdigten sich keines Wortes. Fünf endlos erscheinende Minuten vergingen so.

Danach erschien Captain Moone wieder und verkündete, ohne jemanden dabei anzusehen: »Was in Zone C geschieht, ist als eine innere Angelegenheit des deutschen Lagers zu betrachten. Sie ist somit von der dortigen Kommandantur zu bereinigen.«

»Na also!« stimmte der Sergeant-Major zu. »Kleine Nachhilfen unsererseits werden vermutlich genügen. Ich werde das veranlassen.«

»Damit«, sagte der Captain, nicht ohne Bedauern, »bin ich beauftragt worden.«

»Ich jedenfalls«, erklärte der Major, »lege Wert auf eine schriftliche Erklärung meinerseits, wonach ich ganz entschieden . . .«

»Schon gut, Sir«, sagte Captain Moone hastig. »Der Colonel nimmt Ihre Vorschläge zur Kenntnis, findet sie ausgezeichnet, vermag sie aber im Augenblick nicht zu akzeptieren. Weitere Maßnahmen möglicherweise später.«

Nunmehr schnallte sich der Captain, mit großer Geste, doch unverkennbarem Widerwillen, seine Pistole um. Dann setzte er die Mütze auf und ordnete den Sitz seiner Feldbluse, wofür er sich Zeit ließ. Sodann begab er sich, vom Sergeant-Major gefolgt, zum deutschen Teil des Lagers. Unmittelbar beim Tor blieb er stehen.

Von hier aus sah er, direkt über die Lagerstraße hinweg: das Tor zur Zone C. Und dort, wie dicht an dieses und den Zaun gedrängt: einige hundert Kriegsgefangene; stumm standen sie da. Und scheinbar über ihnen, in Wirklichkeit jedoch an die zwanzig Meter dahinter, und unübersehbar eine Hakenkreuzflagge.

»Das sind die reinsten Spaßvögel«, meinte McKellar belustigt. »Man braucht nur zu lesen, was sie auf ihre Transparente gepinselt haben — wer darüber nicht lachen kann, dem ist nicht zu helfen.«

Captain Moone widmete sich nunmehr den von den Kriegsgefangenen hochgehaltenen Spruchbändern — es waren zwei. Beide vermutlich aus Offiziersbettwäsche produziert und mit Holzkohlenfarbe beschriftet. Auf dem einen stand:

Gerechtigkeit sogar bei Briten,
denn selbst für diese kämpfte Ziethen!«

Und auf dem anderen stand:

Ein Sir ist keine Sire,
und wir sind keine Tiere!

»Nun«, fragte Ken McKellar, »ist das nicht umwerfend komisch?«

»Darüber«, meinte der Captain, »lache ich vielleicht später.« Er befahl Hauptmann Müller-Wipper zu sich. Und dem erklärte er, unmißverständlich dienstlich: »Der Colonel hält diese Vorgänge für eine interne deutsche Angelegenheit. Bitte, bereinigen Sie das.«

Hauptmann Müller-Wipper sagte ernst und gemessen: »Von uns unverschuldet, sogar entgegen unserer ausdrücklichen Warnung . . .«

»Bereinigen Sie das trotzdem!« rief Captain Moone, nicht ohne Schärfe. »Es sei denn, daß Sie hier keinen weiteren Wert mehr auf das Bestehen der derzeitigen deutschen Lagerkommandantur legen sollten.«

Hauptmann Müller-Wipper salutierte, tomatenrot im Gesicht, und entfernte sich. Doch er begab sich nicht zur Zone C hin, sondern in die Zone A. Hier tauchte er in der Kommandanturbaracke unter, um knapp drei Minuten danach wieder aufzutauchen — nunmehr gemeinsam mit Oberst Henning von Schwerin-Sommershausen. Neben diesem schritt Müller-Wipper auf das Tor von C zu. Ihnen folgte, spürbar neugierig, Sergeant McKellar.

Etwa fünf Meter von Tor C baute sich der Oberst von Schwerin auf. Er schien sich zu straffen, holte tief Luft und blickte dann fordernd auf seine Leute — ohne irgendwelche Wirkung zu erzielen. Worauf er sagte: »So, meine Herren, geht es nicht!«

»Nur so!« tönte eine entschlossen klingende Stimme zurück.

Der Oberst von Schwerin blickte den, der getönt hatte, mit scharfen, dennoch traurigen Augen des längeren an. Er wußte genau, wen er da vor sich hatte: Oberleutnant Hartmannsweiler. Immer noch überzeugter, ungemein großdeutscher Soldat, frühzeitiger Ritterkreuzträger und gefürchteter Panzerfahrer — eine Anführerpersönlichkeit.

»Hören Sie mal, Hartmannsweiler«, sagte der Oberst nahezu väterlich. »Wir befinden uns hier in einer Ausnahmesituation. Da kann jeder Fehler, jeder eigenmächtige Egoismus, ganz erhebliche, nie wiedergutzumachende Schäden anrichten. Wir sind hier eine allein auf uns angewiesene Gemeinschaft.«

»Deren Geist schmählich verraten worden ist!« rief der Oberleutnant Hartmannsweiler aufflammend aus, sich in den Vordergrund drängend. »Verraten durch notorische Schwächlinge und unbedenkliche Profitjäger!«

»Erlauben Sie mal, Hartmannsweiler!« sagte der Oberst von Schwerin mit Nachdruck. »Derartige Formulierungen gehen entschieden zu weit — mir gegenüber!«

»Wir«, rief der Oberleutnant, »versuchen unser kämpferisches Selbstbewußtsein zu bewahren. Während andere nur noch darauf aus sind, möglichst ungestört ihre Sonderrationen zu kassieren. Diese Leute allein sind der Krebsschaden unserer Gemeinschaft. Wir gedenken nicht, sie länger zu dulden. Sie müssen also endlich weg!«

»Hartmannsweiler«, fragte der Oberst ungläubig und entsetzt zugleich, »geht das etwa gegen mich?«

»Gegen alle jene«, rief der Oberleutnant mit harter Entschlossenheit, »die den Briten bereitwillig in den Hintern kriechen und die es verlernt haben, deutsch zu denken!«

»Amen!« sagte Ken McKellar und reckte sich zu seiner vollen Größe hoch. »Dagegen muß man ja wohl was tun, meine ich — wenn man hier nicht vollends verblöden will, und noch dazu auf großdeutsche Weise.«

»Das«, sagte Faust, sich genießerisch dehnend, »war ein Tag!«

»Es können noch viele ähnliche folgen«, versicherte Silvers.

»Also ein vielversprechender Anfang!«

»Und saukomisch dazu!« Peter O'Casey, der Kraftfahrer, grinste vor sich hin. »Denn wie du da so auf arabisch durch die Gegend geflattert bist, Kamerad Faust — wie einer aus einem Dracula-Film!«

Sie saßen einträchtig und heiter nebeneinander — im Fahrerhaus des britischen Armeelastwagens: Peter rechts am Steuer, Sid links außen, in ihrer Mitte Faust. Hinter ihnen, durch eine Holzwand getrennt, die sechsundzwanzig Spezialisten und ihre vier Bewacher — alle rechtschaffen ermüdet, nach gutem Werk und vorzüglichem Essen. Silvers' Firma florierte.

»Wer war dieses Mädchen im Hotel?« wollte Faust wissen.

»Eine Bekannte von mir«, sagte Sid Silvers und sah auf die Straße.

Diese Straße war glatt und flach und wirkte wie asphaltiert. Gelbgrauer Sand und graugelbe Steine säumten ihren Weg. Der Lastwagen konnte durchaus zügig gefahren werden — solange ihm kein anderes Fahrzeug entgegenkam.

»Was Sie da unserem Muhammed geboten haben«, versicherte Silvers, »war eine durchaus überzeugende Vorstellung.«

»Auch das war nur ein Anfang«, meinte Faust, während er das linke Seitenfach aufschnappen ließ. Dort befand sich, wie er bereits herausgefunden hatte, eine Whiskyflasche, und zwar eine nordirischer Herkunft. Sie gehörte also Peter O'Casey. Und der empfand es als einen Vertrauensbeweis, wenn sich jemand daraus zu stärken begehrte.

Also lächelte er Faust zu, als er zu trinken begann. Und als er dann glaubhaft großen Genuß bekundete, nahm O'Caseys Lächeln geradezu herzliche Ausmaße an. »Du scheinst in Ordnung zu sein, Mann!«

»Und ob der in Ordnung ist!« sagte Silvers. »Freut mich für dich, Peter, daß du diesen Burschen magst. Denn du wirst in der nächsten Zeit viel mit ihm zu tun bekommen.«

»Als mein Bewacher?« fragte Faust.

»Sagen Sie besser: Betreuer!« meinte Silvers.

»Immer noch mißtrauisch?«

»Warum denn nicht, Faust? Zumal dieser Muhammed bereits jetzt Anstalten macht, Sie abzuwerben. Das könnten Sie ausnutzen — um abzuhauen!«

»Ja, ich habe diesen Jungen ganz gern«, erklärte Peter O'Casey schwergewichtig. »Ich werde schon auf ihn aufpassen!«

»Aber doch nicht immer, hoffe ich, nicht überall!«

»Das Appartement sechs-null-sechs«, sagte Silvers, »bleibt Ihr erklärter persönlicher Bereich. Dazu übrigens unser Büro. Das Büro einer britisch-ägyptischen Immobilienfirma. — Kapiert?«

Die Straße unter ihnen schien an Breite immer mehr einzubüßen. Sand und Steine hatten sich näher und näher geschoben. Der Himmel darüber war von ermüdenden, bedrückenden, fahlblauen Farbtönen erfüllt.

»Dieses Mädchen in der Hotelhalle, Silvers — wer war das also?«

»Diese Person hat Ihnen gefallen, was?«

»Sie ist ziemlich ungewöhnlich. Gehört die etwa auch zu Ihren direkten oder indirekten Geschäftspartnern?«

»Es handelt sich dabei um eine gewisse Nancy Nelson«, sagte Sid bedächtig.

»Nelson? Wie unser General?«

»Nancy ist seine Tochter.«

»Verstehe«, sagte Faust beeindruckt.

»Einen Dreck verstehen Sie!« meinte Sid Silvers. »Nur rein zufällig wohnt Miß Nelson im *Semiramis* — weil im *Hotel Sheppard* kein Bett für sie frei war. Und ebenso rein zufällig, Faust, wohne auch ich dort. Ich mußte mir nämlich in Kairo ein neues

Quartier suchen — nachdem Sie mein Appartement, einschließlich Inventar, übernommen haben.«

»Und ob ich verstehe«, versicherte Faust abermals, sich zurücklehnend. »Eine Ablösung für Sitah — in diesem Fall durch mich — kam Ihnen als höchst willkommen. Denn nun können Sie sich, nahezu ungestört, Nancy Nelson widmen!«

»Sie gefällt Ihnen also, Faust? Nun, das freut mich. Aber geraten Sie nur nicht in Versuchung, sich irgend etwas davon zu versprechen. Meine Großzügigkeit ist nicht grenzenlos.«

»Leute!« rief nun Peter O'Casey maßlos überrascht aus. »Versucht mal, einen Augenblick eure scheißdummen Privatinteressen zu vergessen! Denn offenbar befinden wir uns in einer Welt, die es angeblich gar nicht mehr gibt. Denn was, meint ihr wohl, sehe ich?«

»Na was denn, Menschenskind!«

»Eine Hakenkreuzflagge! Über unserem Lager!«

»Das«, rief Sid Silvers nach kurzem Orientierungsblick, »dürfen wir uns nicht entgehen lassen! Gib Gas, Mensch! Vollgas!«

»Stop!« rief der Major Turner streng, der am äußeren britischen Tor felsenhaft dastand. »Hier herrscht Ausnahmezustand!«

»Nicht für mich!« sagte Sergeant Silvers. »Ich habe Vollmachten vom Colonel. Was ist denn hier los?«

»Nichts, was Sie angeht, Silvers«, entschied Turner.

Sergeant Silvers stieg aus und forderte Faust auf, ihm zu folgen. Den Lastwagen, mit Insassen, ließ er von Peter O'Casey zu seinem Schuppen fahren. »Was ist das für ein Theater?«

Er sah, wie sich der Oberst von Schwerin vom Tor C entfernte — bleich, leicht angeschlagen, nahezu taumelnd. Dabei von Hauptmann Müller-Wipper bewegt, doch in starrer Haltung begleitet. Und einhundert Münder, am Zaune von Zone C, brüllten: »Buh!« Und wieder: »Buh!« Und abermals: »Buh!«

»Jetzt freie Bahn für mich!« rief der Sergeant-Major McKellar.

»Copland«, befahl er dann weiter, »räume alle Hinternisse aus dem Weg!«

Captain Moone verzog sich sogleich in den Hintergrund. Hauptmann Müller-Wipper auch. Der Oberst von Schwerin beschleunigte seine Schritte und verschwand im deutschen Kommandanturgebäude. Nahezu in Sekundenschnelle stand Ken McKellar so gut wie allein auf freiem Feld — dicht beim Tor C. Vor sich: eine zusammengeballte Masse Menschen — rotgesichtig, stumpf und anhaltend bedrohlich blickend.

»Konzentriere dich auf den Leithammel, Ken!« flüsterte ihm Sid Silvers zu.

»Es ist der blaßgesichtige, blondsträhnige Bursche dort, der in

Offiziersuniform«, bemerkte Faust. »Oberleutnant Hartmannsweiler. Ein ziemlich scharfer Hund, aber eben ein Hund — er steht
fast genau in der Mitte des Tores.«

»Weiß ich!« sagte Ken McKellar. Abermals rief er Corporal
Copland zu sich. Er richtete sich zu seiner vollen Größe auf, holte
tief Luft und nahm seine Mütze ab — die reichte er Copland.
Hierauf befreite er sich von seinem Koppel, einschließlich Schuß-
waffe — auch die übergab er Copland. Dann zog er seinen Rock
aus, hierauf sein Tropenhemd — auch das warf er Copland zu.
Schließlich stand er mit entblößtem Oberkörper da.

»Das Tor auf!« befahl er lautstark.

Das Tor wurde geöffnet, und zwar von Silvers und Copland.
Die Kriegsgefangenen blickten stumm; einige Gesichter wirkten
ungläubig und erstaunt. Denn der Sergeant-Major — jetzt nichts als
ein Kraftsportler — bewegte sich auf sie zu, genau zu ihrem Mittelpunkt hin, zielstrebig Oberleutnant Hartmannsweiler entgegen.

»Du«, sagte McKellar, und sein Zeigefinger näherte sich der
Brust des Oberleutnants Hartmannsweiler bis auf einen knappen
Zentimeter, »soll ich dich mal kurz auseinandernehmen?«

»Das«, schrillte der Oberleutnant, »werden Sie kaum wagen!
Das ist gegen die Genfer Konvention.«

»Ich bin als Privatmann hier, Hartmannsweiler«, behauptete
Ken. »Und mir gefällt ganz privat die lächerliche Veranstaltung
unter dieser Fahne nicht — und deine blöde Herrenmenschenvisage
erst recht nicht!«

»Was Sie sich hier zu leisten versuchen«, rief der Oberleutnant,
wobei er sich vergeblich bemühte, zurückzuweichen, denn die von
ihm mobilisierte Masse stand, zunächst noch, eisern hinter ihm,
»ist eine unverantwortliche Handlung gegen das Völkerrecht!«

»Entweder Sie machen sich jetzt nützlich«, erklärte Ken McKellar und sah allein den Oberleutnant an, »oder ich haue Sie ohne
weiteres zusammen — als Privatmann.«

»Das«, rief der, äußerst erregt, mit belegter, flackernder
Stimme, »ist ein tätlicher Angriff auf einen Offizier!«

McKellar beugte sich leicht vor, nahm dabei die rechte Hand
zurück, ballte sie zur Faust — es war, als begebe er sich in Aus-
gangsstellung. Dabei die Augen verengend, als visiere er ein Ziel
an.

»Du wirst sofort diesen widerlichen Fetzen, den du für eine
Fahne zu halten scheinst, entfernen — du allein, Hartmannsweiler!
Oder ich treibe dich eigenhändig zum Mast und daran hoch. Also!
Ich gebe dir drei Sekunden Zeit.«

»Ich weiche der Gewalt!« rief Hartmannsweiler. Dabei stieß er
sich nach rückwärts, um außer Reichweite dieses McKellar zu
gelangen.

»Quatsch nicht, Mann — hole den Fetzen 'runter!«

»Das wird Folgen haben! Schließlich sind wir Deutsche — mit uns kann man nicht umspringen wie mit Negern und Fellachen!«

»Fetzen 'runter — und hier abliefern!« knurrte Ken.

Er rückte Hartmannsweiler auf den Leib. Der wich aus. McKellar drängte nach. Hartmannsweiler hastete rückwärts, auf den Fahnenmast zu. Prallte dagegen. Blickte hoch.

Ken schlug mit der rechten Faust in seine offene linke Handfläche. Das knallte wie ein Schuß. Hartmannsweiler zuckte zusammen.

Dann betätigte er — mit wilder Bewegung — die Schnurvorrichtung am Fahnenmast. Die Hakenkreuzflagge wurde heruntergezerrt. Und plötzlich war es, als hätte es sie nie gegeben.

Ein Vorgang, der kaum mehr als eine Minute in Anspruch nahm.

»Einen schönen guten Tag, Gentlemen!« sagte Colonel Nelson mit der ihm eigenen Verbindlichkeit. »Ich hoffe nicht, Sie Ihrer Nachmittagsruhe beraubt zu haben.«

Das sagte er, ungeniert höflich, zu Oberst von Schwerin und dessen Adjutanten, Hauptmann Müller-Wipper. Diese beiden hatte er zu sich bestellt — »hergebeten« nannte er das nach wie vor.

»Nach den Vorkommnissen am gestrigen Abend«, erklärte der Oberst von Schwerin steif, »halte ich eine erklärende Stellungnahme meinerseits für unvermeidlich.«

»Zunächst jedoch«, sagte Captain Moone weisungsgemäß, »würde ich gern mit dem Adjutanten des deutschen Lagerkommandanten die Bestandsliste des Lagers durchgehen.«

»Tun Sie das, Captain!« stimmte Colonel Nelson bei. »Ich werde mich inzwischen mit Oberst von Schwerin in mein Dienstzimmer begeben. Und wir wären erfreut, uns dort möglichst ohne jede Störung aufhalten zu können.«

Oberst von Schwerin schien an einer schweren Last zu tragen. Er zögerte, Platz zu nehmen. Bedrückt wich er den liebenswürdig entgegenkommenden Blicken Nelsons aus.

Der sagte — auf seine Spezialkarte der Schlacht von El Alamein weisend: »Sehen Sie sich das an! Hier, im Süden, Herr Oberst, fast genau El Taka gegenüber, lag eine weitere britische Einheit — noch dazu eine mit erheblicher Rückstoßwirkung.«

»Das kann sein«, gab Oberst von Schwerin zu. Durch seine Stimme klang männlich gedämpfte Trauer. »Doch leider muß ich befürchten, Mr. Nelson, daß wir uns, nach Lage der Dinge, mit wesentlich unerfreulicheren Aspekten beschäftigen müssen! Mit den Zuständen in diesem Lager.«

»Aber ich bitte Sie, Herr von Schwerin! So was erledigen wir doch, unter uns, innerhalb von fünf Minuten! Wir haben aber weit mehr als zwei Stunden Zeit! Denn zumindest so lange wird, soweit ich das übersehen kann, die Überprüfung der Lagerlisten durch unsere Adjutanten dauern. Inzwischen sollten wir uns getrost unserer Lieblingsbeschäftigung widmen! Zumal ich auch noch recht interessante Einzelheiten über die griechische Brigade am Rande der Ruweisal-Bergkette habe sammeln können.«

»Wie schön — wie vielversprechend!« Der Oberst von Schwerin versicherte das geradezu versonnen. »Was jedoch gestern abend in diesem Lager geschehen ist . . .«

»Wird von mir aufrichtig bedauert!« versicherte der Colonel. »Das Verhalten von Sergeant-Major McKellar, von dem mir berichtet worden ist, mißbillige ich schärfstens!«

»Es war dennoch durchaus imponierend in seiner Art — nach allem, was ich davon gehört habe.« Der Oberst bemühte sich um größte Objektivität. »Was sich Ihr Sergeant-Major geleistet hat, das hätte eigentlich ich tun müssen.«

»Überschätzen Sie ihn nicht«, meinte Colonel Nelson. »Dieser McKellar ist im Grunde ein sehr schottischer Raufbold — noch dazu einer mit angeblich musischen Ambitionen! Eine bedenkliche Mischung! Jedenfalls entschuldige ich mich, Herr Oberst, für sein alles andere als korrektes Vorgehen.«

»Das ist sehr großzügig, Mr. Nelson«, sagte Oberst von Schwerin nicht ohne Mühe. »Dennoch muß ich mich, durch den Verlauf dieser Aktionen, nachgerade diskriminiert vorkommen.«

»Nicht in meinen Augen!«

»Aber in denen von einigen hundert kriegsgefangenen Kameraden!« Der Oberst litt offensichtlich — und das unter einer Erkenntnis, die er nun auch offen aussprach: »Meine Autorität ist in Frage gestellt worden.«

»Keinesfalls bei mir, Herr Oberst!«

»Aber sozusagen vor aller Lageröffentlichkeit! Was dieser Hartmannsweiler zu sagen gewagt hat — mir gegenüber! — hörten an die einhundert Leute. Ohne zu protestieren!«

»Der Mann, der meinen Rolls fährt«, sagte nun der Colonel mit ermunterndem Lächeln, »würde jetzt sagen: Rindvieh protestiert niemals! Womit Ihre unbelehrbaren Nazis gemeint sind — mit denen Sie natürlich nicht das geringste zu tun haben.«

»Immerhin sind es Soldaten, meine Soldaten — ich bin ihr ranghöchster und auch dienstältester Vorgesetzter. Mir am allerwenigsten hätte man so etwas bieten dürfen!« Und nun gab der Oberst Henning von Schwerin-Sommershausen eine abschließende Erklärung ab. »Auf Grund dieser Vorkommnisse sehe ich mich veranlaßt, mein Amt als deutscher Lagerkommandant zur Verfügung zu stellen! Als meinen Nachfolger schlage ich Oberstleutnant Merker vor.«

»Das, Herr Oberst, darf nicht Ihr Ernst sein!«

»Ich bedaure das selber sehr — aber es ist doch wohl die jetzt allein in Frage kommende Konsequenz!«

»Ich bitte Sie, Herr Oberst, nichts zu überstürzen! Wir haben ausreichend Zeit; mindestens noch zwei Stunden. Und das ist eine Zeitspanne, in der erstaunlich viel geschehen kann.«

In dieser Zeitspanne geschah denn auch nicht wenig. Der Colonel wußte davon und billigte es: Dazu hatte ihn Sid Silvers inspiriert. Und so erhielt der Sergeant-Major Ken McKellar die ersehnte Gelegenheit, »gewisse wohl unvermeidlich gewordene Korrekturen im Lagerbetrieb« vorzunehmen.

Das bedeutete: McKellar krempelte das Lager gründlich um — innerhalb von nicht mehr als zwei Stunden. Und das im geradezu trauten Freundeskreis: Silvers, Copland, Schulz und Faust gehörten dazu.

»Aber jetzt keine halben Sachen mehr, Ken!« hatte Silvers gefordert.

»Schon gut. Daß ich im übrigen erst meinen Oberkörper entblößen mußte, um einem Nazi zu imponieren — das ärgert mich mächtig!«

»Also tu was dagegen! Die notwendige Rückendeckung werde ich dir verschaffen — eine Verdoppelung meines Arbeitskommandos vorausgesetzt.«

»Das verdreifache ich dir sogar«, erklärte Ken bereitwillig. »Wenn nur alles klappt!«

Die Vorarbeiten für diesen Umwälzungsprozeß waren gründlich gewesen. So hatte der Feldwebel Schulz, von Faust angeregt, eine umfangreiche Liste von mehr oder weniger musikalischen Menschen aufgestellt. Faust selber hatte, gemeinsam mit Silvers, nach tüchtigen Spezialisten aller Art Ausschau gehalten. Und Copland hatte bereits die Kriegsgefangenen reihenweise überprüft — auch nach Körperbau, Muskulatur, Kondition, Ausdauer und Leistungsvermögen. Auch er besaß bereits seine Listen.

Die Aktion begann schlagartig, kurz nachdem der Oberst von Schwerin und Hauptmann Müller-Wipper die britische Lagerkommandantur betreten hatten. Major Turner war nach Kairo befohlen worden — somit waren sonderliche Störungen nicht zu befürchten.

McKellar versammelte um sich, außer seinen engeren Mitarbeitern: drei Sergeants — für jede Zone einen; dazu sechs Corporale und zwölf Soldaten mit Gewehren. Das reichte für diese eintausendzweihundert Kriegsgefangenen erfahrungsgemäß aus.

»Zählappell!« rief McKellar.

Die Insassen der einzelnen Zonen versammelten sich auf den

für sie vorgesehenen Appellplätzen — jeweils in der Nähe ihres Tores. Dort formierten sie sich in Hunderterblocks, wie allgemein üblich; zehn Mann nebeneinander, zehn Mann hintereinander — und das jeweils in drei bis vier Einheiten. Nahezu geduldig standen sie da.

McKellar, Copland und Schulz verteilten sich nun auf die drei Zonen — zwecks Überprüfung der Insassen. Das geschah schnell und dennoch gründlich. Auch großzügig. Den sonderlich viel Zeit hatten sie ja nicht. Mögliche Fehlentscheidungen, bis zu etwa dreiunddreißigeindrittel Prozent, hatten sie von vornherein einkalkuliert.

Ken McKellar rief ermunternd in die vor ihm stehende Menge: »Wer hält sich für einen musikalischen Menschen?«

Schnell wurde hierbei erkannt, daß so was möglicherweise besondere Vorteile mit sich bringen konnte. Alsbald sangen sie ihm Tonleitern vor, bliesen in bereitgestellte Instrumente, fingen an zu trommeln. Ken wählte, in einiger Eile, weit über hundert Leute aus.

»Ich suche Spezialisten«, verkündete der Feldwebel Schulz werbend. »Spezialisten in allen erdenklichen Sparten. Besonders Handwerker. Aber auch Fachleute für Elektrik, Malerei, Dekoration. Auch Fleischer und Bäcker — und ähnliches.« Er kassierte, in kürzester Zeit, von A, B und C insgesamt an die zweihundert Leute ein.

Corporal Copland ging weitaus rigoroser vor. Er befahl nacheinander in allen drei Zonen: »Sämtliche Bekleidung ablegen — bis auf die Unterhosen.« Die so Entblößten musterte er dann sachverständig. »Knie beugt — Oberkörper gereckt — Hände in Augenhöhe haltend — exakt geradeaus!«

Copland befühlte die Muskulatur von Armen und Beinen, klatschte kennerisch auf Rückenpartien, befahl einen kurzen Sprint, achtete dabei auf Haltung, Kräfteeinsatz, Bewegungsrhythmus. Er wählte nach dieser Prozedur und kurzer Befragung schnell und entschlossen nicht ganz einhundert Leute aus.

Nun erst, nachdem diese Aktion bereits mehr als eine Stunde gelaufen war, erschienen endlich — obwohl bereits wesentlich früher erwartet: der Stellvertreter des deutschen Lagerkommandanten, Oberstleutnant Merker, von Major Roßberg begleitet.

Die beiden waren bemüht, sich Gehör zu verschaffen. Dabei gerieten sie jedoch nicht gleich an die richtige Adresse. Corporal Copland übersah sie einfach. Feldwebel Schulz bedauerte, nicht befugt zu sein. Schließlich landeten sie dann bei Sergeant-Major McKellar.

Und von dem wollte der von Major Roßberg vorgeschobene Merker höflich wissen: »Darf man fragen, Sergeant, was hier vor sich geht?«

»Aber gern, Herr Oberstleutnant«, antwortete McKellar bereitwillig. »Wir nehmen hier — befehlsgemäß — eine kleine Umsiedlung innerhalb des Lagers vor. Sie werden mich doch nicht etwa daran hindern wollen?«

Das wollten sie nicht, weder Merker noch Roßberg. Weil sie schnell erkannten: Das hätte nicht den geringsten Zweck gehabt. Doch sie flüsterten kurz miteinander und sprachen dann den Wunsch aus, sich mit Oberst von Schwerin beraten zu dürfen.

»Aber selbstverständlich! Natürlich erst dann, wenn unser Colonel seine Beratung mit Ihrem Oberst beendet hat. Und das kann noch einige Zeit dauern.«

»Können wir denn wenigstens Hauptmann Müller-Wipper sprechen?«

»Auch den, leider, erst später. Denn der ist zur Zeit gerade dabei, gemeinsam mit Captain Moone die Lagerlisten durchzuarbeiten. Ich darf Sie nun wohl bitten, Gentlemen, unsere Aktionen nicht weiter zu stören?«

Sie entfernten sich. Und Ken ordnete an: »Alle von mir, Copland und Schulz ausgesuchten Leute übersiedeln unverzüglich in die Zone B. Über ihre weitere Verwendung wird von dort aus entschieden. Die in B nicht mehr benötigten Leute werden auf die Zonen A und C verteilt. Das wäre zunächst wohl alles!«

»Die neuesten Lagerlisten!« meldete der Sergeant-Major McKellar knapp drei Stunden nach Beginn der Aktion. »Exakt auf den letzten Stand gebracht.«

»Na, fein!« Captain Moone blinzelte dem neben ihm sitzenden Hauptmann Müller-Wipper zu. »Darauf warten wir bereits.«

Der Captain breitete die ihm übergebenen Listen aus und ersuchte den Hauptmann, sich mit ihm gemeinsam mit diesen Unterlagen zu beschäftigen. Das geschah und führte, wie kaum anders zu erwarten, bereits nach wenigen Sekunden beim deutschen Lageradjutanten zu erheblicher, sich schnell steigernder Unruhe.

»Irgendwelche Schwierigkeiten dabei gehabt, McKellar?« wollte Captain Moone wissen.

»Nicht die geringsten, Sir. Lediglich der Stellvertreter des deutschen Lagerkommandanten, Oberstleutnant Merker, sowie Major Roßberg haben Erkundigungen eingezogen. Sie wollten wissen, was da eigentlich vor sich geht. Nun — und das habe ich ihnen gesagt.«

»Und das«, fragte Captain Moone erfreut, »war alles? Ja? Sehr gut — dann können Sie gehen.«

»Gern, Sir«, sagte McKellar und entfernte sich.

»Das ist ganz einfach unerhört!« rief nun der Hauptmann kriegerisch aus. »Man hat uns glatt überfahren! Denn das hier« — er pochte auf die Listen — »bedeutet eine völlige Umkrempelung unseres Lagers!«

»Selbst wenn dem so wäre, Herr Hauptmann — ich nehme nicht an, daß Sie uns die Berechtigung zu derartigen Maßnahmen absprechen wollen. Maßnahmen übrigens, Herr Hauptmann, deren mögliche Vorteile Sie zweifellos noch gar nicht erkennen.«

»Nun ja, Captain, nun ja!« rief Müller-Wipper mit grollendem Unterton. »Schließlich sind Sie hier der Sieger — was aber kein endgültiger Zustand sein muß. Ich stelle das nur fest, Sir! Denn bisher hatte ich das schöne und auch gute Gefühl: wir versuchen uns hier zu arrangieren — zum beiderseitigen Vorteil.«

»Das, Herr Hauptmann, entspricht ganz den Absichten des Colonels. Und ich bin sicher, daß auch Ihr Oberst in dieser Hinsicht durchaus real denkt. Wollen Sie mit ihm sprechen?«

»Jawohl — unbedingt! Möglichst sofort!«

Der Captain nickte. Er begab sich in den Nebenraum, in das Zimmer des Colonels. Hier hielt er sich nur wenige Minuten auf. Dann öffnete er einladend die Tür für Hauptmann Müller-Wipper.

Der stürmte in den Raum hinein — und sah hier Colonel Nelson einträchtig neben Oberst von Schwerin vor einer Wandkarte stehen. Sie schienen sich nur schwer davon lösen zu können. Doch dann blickten beide Hauptmann Müller-Wipper höflich und erwartungsvoll an.

»Herr Oberst«, verkündete der, »während wir hier beschäftigt wurden, ist unser Lager umgekrempelt worden — wie ein alter Handschuh!«

»Ich bin darüber von Colonel Nelson unterrichtet worden«, sagte der von Schwerin gemessen. »Und ohne Ihre Ausdrucksweise rügen zu wollen, Müller; ohne meinerseits den ergriffenen Maßnahmen vorbehaltlos zuzustimmen — Sie wissen offenbar noch nicht, was ich weiß!«

»Und was wäre das, Herr Oberst?«

»Eine erfreuliche Freizügigkeit, Hauptmann Müller, ist ab sofort garantiert worden!« Der Oberst von Schwerin verkündete das, als habe er ein unerwartetes großes Geschenk darzubringen. »Von nun an ist im Lager jede erdenkliche sportliche Betätigung nicht nur erlaubt, sondern sogar erwünscht!«

»Wie schön«, sagte der Hauptmann mühsam.

»Außerdem sind, wenn alles gut läuft, eine ganze Anzahl interner Kontakte geplant. Wobei auch einer Ihrer Lieblingswünsche in Erfüllung gehen könnte — die Besichtigung britischer Panzer.«

»Eine Art Tag der offenen Tür«, meinte Captain Moone. »Vielleicht arrangieren wir den bald einmal — wenn alles klappt.«

»Würde mich interessieren«, gab der Hauptmann zu. Panzer waren seine Leidenschaft — seine einzige wirkliche, vermutlich. Doch er ließ sich nicht ablenken. »Aber . . .«

»Darüber hinaus, Müller, dürfen nunmehr Schulungskurse jeder Art und Form stattfinden — etwa Sprache, Mathematik, Geologie, Philosophie und Geschichte. Wofür sich gewiß nicht wenige interessieren werden. So überwinden wir den geistigen Trott!«

Der Hauptmann horchte auf. »Schulungskurse? Ohne jede Einschränkung? Von uns durchgeplant, von unseren Leuten abgehalten?«

»Wir«, versicherte der Colonel, »bemühen uns ehrlich, tolerant und großzügig zu sein. Und wir lassen uns das gern etwas kosten.«

»Sogar Fußballmannschaften, Müller, werden wir aufstellen können!« vermochte der Oberst von Schwerin enthusiasmiert zu verkünden. »Ab heute, da bin ich sicher, beginnt hier eine neue Zeit!«

Hauptmann Müller-Wipper kehrte, finster blickend, zur deutschen Lagerkommandantur zurück — somit in die Zone A. Hier fand er Major Roßberg vor, dazu Oberstleutnant Merker. Beide starrte er — längere Zeit — anklagend an, bevor er dann den Kopf schüttelte.

»Gegen brutale Gewalt«, versicherte Roßberg, ein wenig hastig, »sind wir hier schließlich machtlos.«

»Zumal uns im übrigen«, stimmte Oberstleutnant Merker zu, »diese Methoden der Briten reichlich wesensfremd sind. Ihnen mangelt es an der von uns bevorzugten Offenheit.«

»Sie haben eine einzigartige Gelegenheit verpaßt!« behauptete Müller-Wipper erbittert. »Sie hätten diesen Leuten zeigen müssen, daß sie nicht mit uns machen können, was ihnen gerade in den Kram paßt. Sie hätten ganz einfach unseren Kameraden befehlen müssen: Keiner rührt sich hier vom Fleck — bis die britische Lagerkommandantur unseren Oberst herausgibt!«

»Hielten die ihn denn fest?« fragte der Oberstleutnant, leicht erschaudernd. Die Vorstellung schien ihn zu entsetzen. »Sollte es tatsächlich so weit gekommen sein?«

Müller gönnte Merker nicht einmal mehr einen verachtungsvollen Blick: dieser Mann besaß nicht die geringste taktische Geschicklichkeit! Und ausgerechnet den wollte er hier zum deutschen Lagerkommandanten machen? Aber klar! Nur den! Denn der würde hier seine Kreise am allerwenigsten stören.

»Und Sie, Herr Major?«

»Verehrter Herr Kamerad«, sagte der, nicht ohne Verlegenheit,

»sicher hätte man es mit passivem Widerstand zumindest versuchen müssen. Wir beide, lieber Müller, hätten dabei gewiß auch einige Resultate erzielt. Doch dem Herrn Oberstleutnant wollte ich, in Würdigung seiner Persönlichkeit, derartiges gar nicht erst zumuten.«

»Wofür ich Ihnen nur dankbar sein kann, Kamerad Roßberg!« Merker verbeugte sich knapp.

»Die Voraussetzung für eine Erfolgschance«, versicherte Major Roßberg, nun wieder energisch, »wäre im Grunde eine klare geistige Konzeption gewesen. Aber eben die besitzen wir hier nicht — nicht im ausreichenden Maße. Denn nicht wenige unserer Leute haben es verlernt, richtig, also deutsch zu denken! Wie etwa dieser Schulz — im Fahrwasser von Faust!«

»Immerhin«, meinte der Oberstleutnant bieder, »dürfen wir doch wohl annehmen, daß Sie sich, Hauptmann Müller, die himmelschreienden Schikanen der Briten nicht so einfach haben gefallen lassen!«

»Das dürfen Sie annehmen!«

»Aber natürlich ohne Erfolg — vermute ich.«

»Nicht ganz, meine Herren, nicht ganz!« Hauptmann Müller reckte sich ein wenig; auch lächelte er nun, leicht verächtlich. »Denn ich habe darauf bestanden, daß der Oberst von Schwerin in Aktion trat, um für uns gewisse Freizügigkeiten auszuhandeln. Und das ist denn auch, mit einigem Nachdruck, gelungen.«

»Freizügigkeiten — welcher Art, bitte?«

»Mehrere, verschiedene — und keinesfalls unwichtige! Dazu gehört die Organisation von sportlichen Veranstaltungen, nicht als zusätzliche Freizeitbeschäftigung, sondern als Teil des Tagesplans. Dabei regelrechte Wettbewerbe, an denen sich alle Kameraden beteiligen können. Darunter Fußball.«

»Ausgezeichnet!« rief Oberstleutnant Merker. »Aber nur Fußball? Nicht auch Handball? Darin war ich einmal groß, müssen Sie wissen — es ist eine sehr elegante, äußerst bewegliche Sportart.«

»Was immer Sie wollen! Sogar Tennis, falls dafür genügend Interesse besteht.«

»Und was noch?« erkundigte sich Major Roßberg begierig. »Körper und Geist gehören schließlich zusammen!«

»Sie kommen dabei ganz auf Ihre Rechnung, Herr Major — dafür habe ich gesorgt.« Müller-Wipper blickte jetzt wieder zuversichtlicher. »Denn auch ein großangelegtes Bildungsprogramm ist ausgehandelt worden. Unterrichtsstunden in allen erdenklichen Sparten.«

»Mein Plan für die Stunde X!« rief Major Roßberg nahezu entzückt aus.

Hauptmann Müller-Wipper nickte. »Sie werden sofort damit beginnen können!«

»Darf ich fragen«, bat Merker, wie sehr oft leicht irritiert, »um welch einen Plan es sich dabei handelt?«

Und Roßberg erklärte bereitwillig: »Mobilisierung des Geistes; des deutschen Geistes, versteht sich! Bereits vor längerer Zeit sind weitreichende Pläne den Briten, mit aller Vorsicht, vorgetragen worden. Doch von dort wurden zunächst nur englische Sprachkurse angeregt — was bei uns, in dieser Form, auf Ablehnung stieß.«

»Und so was«, meinte Merker, der Biedermann, »leistet sich eine sogenannte Kulturnation!«

»Doch wenn wir jetzt endlich freie Hand haben, dann werden wir ein wirklich wirksames Bildungswerk inszenieren.« Major Roßberg erhob sich und schritt dozierend im Raum hin und her. »Ich nenne es: deutsches Denken — deutsches Wesen — deutsches Werk!«

»Na prächtig!« stimmte Merker zu.

»Den Briten gegenüber werden wir dieses Vorhaben ganz schlicht bezeichnen als: Denken — Wesen — Werk! Damit diese Leute nicht vorzeitig auf dumme Gedanken kommen! Offiziell werden wir sagen: zunächst einmal Philosophie und Religion, oder auch Religion und Philosophie, wir sind da nicht kleinlich. Ferner: Sprachen und Mathematik. Schließlich: Geschichte. Und ein Kurs über das Wesen der Demokratie!«

»Demokratie?« fragte der Oberstleutnant, soldatisch scherzend. »Was ist denn das?«

»Selbstverständlich das, was wir darunter verstehen!« Major Roßberg lachte unbekümmert; Merker stimmte ein; Müller begann zu grinsen. Eine gewisse harmonische Stimmung kam wieder auf. »Das dazugehörende Lehrpersonal suchen wir aus; es wird von mir geschult und dann planvoll eingesetzt! Wird sich das ermöglichen lassen, Hauptmann Müller?«

»Wenn wir einigermaßen geschickt vorgehen — durchaus.«

»Wir müssen hier — endlich! — wieder den wahren Geist zum Blühen bringen!« rief Major Roßberg. »Damit gefährliche Außenseiter erst gar keine Chance bekommen, hier direkt oder indirekt Einfluß zu nehmen.«

»Jawohl«, erklärte Müller bedeutsam. »Dem verdanken wir alle Unannehmlichkeiten und Gewaltmaßnahmen der letzten Zeit.«

»Darf ich mal fragen«, wollte der Oberstleutnant höflich wissen, »von wem Sie sprechen?«

»Von diesem Faust — von wem denn sonst?« sagte Hauptmann Müller-Wipper. »Denn der ist nicht nur ein weltanschaulicher Gegner — dagegen ließe sich immerhin einiges machen. Aber dieser Mensch ist ganz einfach nicht normal!«

»So was«, meinte der Oberstleutnant Merker betrübt, »ist ja wirklich nicht sehr erfreulich.«

»Er muß weg! Er stört hier!«

Roßberg nickte. »Ich werde mich nunmehr persönlich um ihn kümmern. Werde meine besten Leute ansetzen. Schließlich lasse ich mir mein großes nationales Bildungswerk nicht durch irgendeine unberechenbare Wanze versauen!«

Faust saß in der Halle des *Hotels Semiramis* — am ersten Tisch links. Mithin in unmittelbarer Nähe des Ausgangs. Und einige Meter hinter ihm — klobig, schweigend, angeregt im *Express* lesend — hielt sich Peter O'Casey auf. Nichts deutete darauf hin, daß sie zusammengehörten.

»Wenn ich austreten muß, Peter«, fragte Faust, während er weiter in den vor sich ausgebreiteten Papieren blätterte, »kommst du dann etwa mit?«

»Aber klar, Henry«, versicherte O'Casey, ohne von seiner Zeitung aufzublicken. »Du weißt ja — dich lasse ich nicht aus den Augen! Weil du mir so gut gefällst. Was aber nichts mit der Herrentoilette zu tun hat. — Kapiert?«

»Kapiert«, sagte Faust. Er trug einen schlichten, doch keineswegs uneleganten Zivilanzug — Silvers hatte prompt geliefert. Dieser Anzug hing, wenn ihn Faust nicht trug, im Appartement sechshundertundsechs; Sitah pflegte ihn. Auch in dieser Hinsicht war auf sie Verlaß.

»Inzwischen neue Einfälle ausgebrütet?« fragte eine tiefe, angenehm klingende Stimme, in leicht belustigtem Ton. Sie gehörte Muhammed. Doch er war nicht allein gekommen — ein Jüngling, dunkel, seidig und sanft wirkend, begleitete ihn.

»Ali, mein Sohn«, stellte Muhammed betont höflich vor. »Und das, Ali, ist Mr. Faust.«

»Sie sind mir sehr sympathisch«, sagte dieser Sohn, sich verbeugend.

»Und warum?« fragte Faust, leicht verwundert.

»Weil Sie«, sagte Ali, »der Freund von Mr. Silvers sind.«

»Bin ich das?« fragte Faust lächelnd.

»Er hält Sie dafür«, erklärte Muhammed, sich setzend. »Und Sie sollten meinen lieben Sohn nicht enttäuschen — er hat nun mal eine erklärte Schwäche für Silvers, beziehungsweise für den Rolls-Royce.«

»Mr. Silvers«, sagte Ali artig, »hat versprochen, mit mir eine Spazierfahrt zu unternehmen.«

»Wenn er das versprochen hat«, versicherte Faust, »dann wird er das auch tun.«

Sid Silvers erschien unmittelbar danach — in voller Uniform, was auf intensive Tätigkeit schließen ließ: Er hatte nicht einmal die Zeit gefunden, sich umzuziehen, obgleich er ein Appartement im *Hotel Semiramis* — »auf unbestimmte Zeit« — gemietet hatte. In der gleichen Etage, in der auch Nancy Nelson wohnte.

»Ich bin nur gekommen«, versicherte Silvers sogleich, »um Ali verabredungsgemäß abzuholen.«

Sid reichte Muhammed die Hand, legte einen Arm um die Schultern des ihn entzückt anstarrenden Ali, lächelte Faust ermunternd zu. Dann warf er einen schnellen prüfenden Blick auf Peter O'Casey am Nebentisch.

»Somit ist wohl alles in bester Ordnung!« meinte Silvers und verbeugte sich abschiednehmend. Dann verließ er mit Ali die Halle.

Muhammed sah ihnen gedankenvoll nach. Dabei seufzte er ein wenig auf und sagte dann: »Man hat es nicht leicht, als Vater — nicht als Vater so eines Sohnes. Oder muß ich in diesem Fall nicht besorgt sein?«

»Nicht, was Silvers anbelangt — falls ich Ihre Andeutung richtig verstehe. Der ist völlig normal. Ich hoffe, das beruhigt Sie?«

»Ich lasse mich gern, Mr. Faust, in dieser Hinsicht beruhigen«, versicherte Muhammed, sich entspannt zurücklehnend. »Doch diese Welt ist voller Merkwürdigkeiten. Nicht wahr? Und Silvers ist durchaus der Typ, aus jeder sich ihm anbietenden menschlichen Besonderheit bedenkenlos Kapital zu schlagen. — Meinen Sie nicht auch?«

»Auch in dieser Hinsicht dürfen Sie völlig beruhigt sein: Silvers wird es sich niemals leisten, Sie leichtfertig zu verstimmen. Denn Sie sind, zur Zeit, sein wichtigster Geschäftspartner hier in Kairo.«

»Das bin ich — allerdings!« Der Araber lächelte zufrieden. »Aber er ist nicht zu unterschätzen. Zumal Sie, Mr. Faust, für ihn die lohnendsten Geschäfte erledigen — mit mir.«

»Das versuche ich zumindest — aber das machen Sie mir nicht gerade leicht.«

»Sind denn meine Angebote, Mr. Faust, nicht die denkbar besten?« Muhammed breitete wie einladend die Arme aus — zugleich bestellte er für sich türkischen Kaffee. »Kein anderer kann Sie so gut bedienen wie ich!«

»Wir bezahlen ja auch dafür«, meinte Faust. »Und nicht zu knapp.«

»Nun ja, Mr. Faust«, sagte Muhammed, wobei er auf Peter O'Casey blickte, »alles hat nun mal seinen Preis.«

»Aber der muß möglichst stimmen! Überpreise jedenfalls werden nicht gezahlt.« Faust breitete zwei Verträge aus und schob sie seinem Gesprächspartner zu. Dabei sagte er sachlich: »Ganz ausgezeichnete Objekte, diese beiden Villen am rechten Nilufer — doch leider, wieder einmal, nicht ganz einwandfrei. Dort sind Leute drin!«

Muhammed stutzte, griff automatisch an seinen gepflegten

Vollbart, musterte dann Faust. »Dann sind Sie es gewesen, der diese Leute dort hineingesetzt hat – um den Preis zu drücken.«

»Entscheidend ist doch wohl nur: Sie sind nun mal drin! Denn dadurch vermindert sich automatisch der Kaufpreis. Um zehn bis zwölf Prozent, nicht wahr? Denn etwa soviel kostet ja nun mal, diese Leute aus unseren Kaufobjekten zu entfernen.«

»Sie haben also in die von mir angebotenen Objekte, um sie systematisch zu entwerten, irgendwelche Ägypter eingeschleust.« Das klang wie ein mühsames Kompliment. »Sie machen Fortschritte.«

»Ich passe mich lediglich an.«

»Nun gut, nun gut, Mr. Faust! Ich werde also diese Leute entfernen lassen, auf meine Kosten und mit den üblichen Mitteln. So spare ich die zehn Prozent, die Sie mir abzuziehen versuchen. — Oder waren es zwölf?«

»Es ist diesmal nicht ganz so einfach, wie Sie sich das vorstellen«, erklärte Faust freundlich. »Denn es handelt sich dabei gar nicht um einige Ihrer leicht verlegbaren Landsleute – sondern um britische Staatsbürger. Wie wollen Sie die ausbooten?«

»Allerhand«, sagte Muhammed und legte die Hände über seinen Bauch. »Sie arbeiten, und zwar gegen mich, mit meinen ureigenen Methoden – verbessern die auch noch! Fürchten Sie denn nicht, daß Ihnen so was irgendwann einmal recht teuer zu stehen kommen könnte – falls ich es darauf absehen sollte?«

»Aber ich bitte Sie! Sie haben es doch hier, offiziell, gar nicht mit mir zu tun – sondern allein mit Silvers. Und gegen den können Sie nicht an. Der ist britischer Staatsangehöriger; er verfügt hier in Kairo über eine einwandfreie eingetragene Firma; außerdem besitzt er das vollste Vertrauen seines Colonels — und der ist seinerseits eng mit diversen nicht unwichtigen Leuten der britischen Regierung und mit dem hiesigen Botschafter Seiner Majestät verschwägert. Hinzu kommt schließlich, daß Sie hier mit Silvers nahezu Millionengeschäfte gemacht haben; bessere können Sie hier weit und breit mit kaum jemandem sonst machen.«

»Nun ja, Mr. Faust, zugegeben — Silvers verfügt tatsächlich über einige ungewöhnliche Vorteile. Wozu im übrigen auch Sie gehören.«

Und nun fügte Muhammed, nach einem kurzen Seitenblick auf Peter O'Casey, einen Satz in arabischer Sprache hinzu. Er lautete: »Ich kann mir aber kaum vorstellen, daß Sie sich fest und endgültig an ihn gebunden fühlen.«

Faust antwortete, gleichfalls auf arabisch: »Wir haben miteinander einen Vertrag geschlossen.«

Muhammed erkannte, daß Peter O'Casey seine Lektüre unterbrach und stirnrunzelnd zu ihnen herüberzublicken begann. Doch bevor der noch dazukam, sich einzumischen, sang Muhammed in schneller Wortfolge, sein klangvolles Arabisch vor sich hin. Er sagte: »Verträge sind kein endgültiger Zustand! Man kann sie überbieten und damit zur Auflösung bringen. Man kann das mit besonderer Großzügigkeit tun. Ich fühle mich versucht dazu. Was meinen Sie?«

»Ich höre da wohl nicht richtig!« knurrte Peter O'Casey am Nebentisch. »Ich bitte mir aus, daß hier englisch gesprochen wird! Silvers besteht darauf — das hat er mir ausdrücklich gesagt.«

»Ganz in Ordnung, Peter!« meinte Faust. »Du hast übrigens nichts Besonderes versäumt — Mr. Muhammed hat mir lediglich ein Angebot gemacht.«

»Ein recht interessantes, hoffe ich.«

»Mal sehen«, sagte Faust und blinzelte vor sich hin.

»Ich habe einen gefunden!« Das verkündete Leutnant Langohr, der wahrhaft würdige Nachfolger des sicher von ihm erschlagenen Oberleutnants Kern. »Es war nicht leicht — doch es ist geschafft!«

Das wurde zu Hauptmann Müller-Wipper gesagt, hinter dem Major Roßberg saß. Beide blickten erwartungsvoll. »Ist der von Ihnen gefundene Mann wirklich verwendungsfähig?«

»Er weiß noch nicht genau, worum es geht«, berichtete Leutnant Langohr. »Doch er ist wirklich guten Willens!«

»Das«, meinte Müller, Roßberg ansehend, »müßte eigentlich schon genügen — was?«

Der nickte entschlossen. »Den Rest schaffen wir schon! Also — herein mit ihm!«

Herein kam ein Kriegsgefangener — zur Zone C gehörend. Sein Name war Krauser, Hermann Krauser. Ein mittelgroßer, mittelkräftiger Mann mit einem stets etwas angestrengt wirkenden Untergebenengesicht. »Zur Stelle!« rief er überflüssigerweise aus.

Der Major Roßberg nickte abermals — doch nun recht wohlwollend und zugleich hoffnungsvoll. »Lieber Kamerad Krauser«, begann er werbend, »ich bin sicher, daß wir uns ganz auf Sie verlassen können.«

»Jawohl, Herr Major!« bestätigte Krauser bereitwilligst.

»Es geht dabei, Kamerad Krauser, um große, wichtige, entscheidende Dinge! Und ich kann nur hoffen, Sie sind sich dessen bewußt!«

Krauser, Hermann, blickte ergeben und respektvoll. Noch niemals vorher hatte ihn ein Major »Kamerad« genannt. So was empfand er als verpflichtend. Zumal er mitten unter Offizieren Platz nehmen durfte. Er setzte sich voll Dankbarkeit.

Major Roßberg kam zur Sache. »Sie haben, Krauser, Kamerad Krauser, in der gleichen Einheit gedient wie dieser Faust?«

»Faust! Jawohl, Herr Major! Aber nur kurze Zeit.«

»Sie werden sich aber noch genau an ihn erinnern können — hoffe ich.«

»Nun ja, Herr Major.«

»Sie konnten aber keinen rechten Kontakt zu diesem Faust bekommen, wie? Denn der war anders als die anderen?«

»Aber ja — das bestimmt!«

»Also gut. Es gibt ja überall Außenseiter. Bedauerlicherweise! Haben Sie schon mal was von den angeblichen KZ-Greueltaten gehört, Krauser? Ja? Gut — nein: natürlich nicht gut! So was ist zutiefst zu verabscheuen — wenn es stimmt. Doch nehmen wir einmal an, das stimmt tatsächlich! Auch dann jedoch, Kamerad Krauser, darf man das nicht so einfach hinnehmen; dann muß man nachdenken und nachrechnen! Etwa so: An dieser angeblichen KZ-Schweinerei werden etliche Tausend beteiligt gewesen sein, sagen wir: zwölf- bis fünfzehntausend. Mithin weit weniger Menschen, als aktiv Widerstand geleistet haben. Sehen Sie — so gleicht sich das aus! Ist das soweit klar?«

»Jawohl, Herr Major«, sagte Krauser verwirrt.

»Dazwischen aber, Krauser, Kamerad, existieren die braven, ehrlichen, selbstlosen, pflichtbewußten und gutgläubigen Deutschen! Mithin Menschen wie wir, wie Sie und ich! Haben Sie das erkannt?«

»Durchaus, Herr Major — in gewisser Weise.«

»Aber leicht fällt Ihnen das nicht — geben Sie es ruhig offen zu, Kamerad Krauser. Sie sind ein anständiger Junge — kein Wunder, wenn das Leute wie dieser Faust ausnützen. Denn der ist doch im Grunde seines Wesens ein mehr oder minder heimlicher Faschist, ein Nazi, wie? Das muß Ihnen doch aufgefallen sein. So was muß man doch merken! Und Sie haben es, da bin ich sicher.«

»Jawohl — gewiß.«

»Na also! Was ist Ihnen denn in dieser speziellen Hinsicht an diesem Faust aufgefallen? Nun?«

»Nun ja, Herr Major, an eines erinnere ich mich noch ziemlich genau — er, dieser Faust, hat immer wieder Hitlers *Mein Kampf* gelesen! Was doch sonst kein normaler Mensch getan hat. — Oder?«

»Na sehen Sie mal an!« rief der Major Roßberg nicht unzufrieden aus. »Damit läßt sich möglicherweise einiges anfangen. Er hat also dieses Buch stets mit sich herumgeschleppt! Gut. Bestens. Hat er etwas auch daraus vorgelesen?«

»Und wie, Herr Major!«

»Ausgezeichnet, Krauser!« rief Roßberg. »Nur weiter so, Kamerad.«

»Am Geburtstag des Führers — daran erinnere ich mich noch ganz genau — hat er uns alle frühzeitig aufgeweckt und zu uns gesagt: Unser Adolf hat heute seinen Ehrentag — und nun freut euch mal mächtig!«

»Sehr bemerkenswert!« rief Major Roßberg. »Dieser Kerl schrie gern ›Heil Hitler!‹ — was? Sobald er nur konnte!«

»Aber ja — gerade an den unmöglichsten Orten! Manchmal war das schon richtig peinlich.«

»Wann denn, zum Beispiel?«

»Nun, etwa auf dem Scheißhaus — auf der Toilette, Herr Major! Kaum zu glauben! Wenn dieser Faust mal einen fahren ließ, rief er prompt: Heil Hitler! Und meinte einmal: Unser Führer ist allgegenwärtig — das muß man sogar riechen, wenn man wissen will, wie weit sein Deutschland reicht.«

»Das genügt!« erklärte Hauptmann Müller-Wipper fast schroff. Und zu Krauser sagte er: »Sie können gehen.« Der entfernte sich, nachdem er eine vorbildliche Ehrenbezeigung produziert hatte.

»Ein sehr williger Mensch«, sagte Major Roßberg nicht ohne Bedauern.

»Ein ziemlich dummes Schwein«, stellte der Hauptmann fest. »Wenn ich den Briten mit seinen Scheißhauserinnerungen komme, lachen die sich halb tot!«

»Aber ich bitte Sie, Herr Kamerad! Das war doch nur ein bescheidener Anfang. Ich versuchte seine Willigkeit zu testen.«

»Nicht sehr überzeugend!« Hauptmann Müller zeigte sich höchst unzufrieden. »Wenn wir Volltreffer erzielen wollen, müssen wir mit ganz anderen Kalibern operieren. Dieser Hitler-Seich des Kameraden Krauser ist nicht verwendungsfähig — damit ist ein Faust nicht außer Gefecht zu setzen!«

»Natürlich nicht — das weiß ich!« Major Roßberg wirkte leicht gereizt. »Aber lassen Sie mich nur machen! Auf meine Weise. Mit diesem Kameraden Krauser läßt sich eine ganze Menge anfangen — man muß ihm nur klarmachen, was. Und das wird mir gelingen.«

»He, Sie — wie immer Sie auch heißen mögen —, ich benötige dringend männlichen Schutz!«

»Meinen Sie etwa mich?« wollte Faust fast neugierig wissen.

»Fühlen Sie sich denn nicht als Mann?« fragte die helle weibliche Stimme munter. Katzenhafte, farbschimmernde Augen strahlen ihn neugierig an. »Sie sind doch ein Mann — oder?«

»Kommt darauf an, was man genau darunter versteht«, meinte Faust. »Verbindliche Maßstäbe gibt es dafür kaum.«

Die möwenhelle weibliche Stimme gehörte Nancy Nelson. Sie stand in der Halle des *Hotels Semiramis*, sichtlich das Bewußtsein genießend, schöne, vielversprechende neunzehn Jahre alt zu sein. Amüsiert betrachtete sie Faust und schien den am Nebentisch sitzenden Peter O'Casey gar nicht bemerkt zu haben. »Ich möchte gern einen Spaziergang unternehmen. — Begleiten Sie mich?«

»Warum ich, bitte?« fragte Faust mit Vorsicht.

»Weil das irgendeiner tun muß«, meinte Nancy munter. »Und weil Sie gerade greifbar sind. Auch weil Sie eine Art Freund von Sid Silvers zu sein scheinen — falls der überhaupt jemals so etwas wie einen Freund gehabt hat.«

»Das vermag ich nicht zu beurteilen«, sagte Faust höflich. »Ich darf vielleicht betonen, daß mich das Privatleben von Silvers nichts angeht, Miß.«

»Sie dürfen mich Nancy nennen! Und wie heißen Sie?«

»Nennen Sie ihn Henry«, reagierte O'Casey überraschend schnell.

»Was stellen denn Sie hier vor, Peter?« fragte Nancy Nelson und tat, als bemerke sie den erst jetzt. »Sollten Sie hier schon wieder einmal Wachhund zu spielen haben — oder so etwas Ähnliches?«

»Ich, Miß Nancy«, versicherte Peter O'Casey freundlich, »sitze hier nur so herum.«

»Na schön — dann können Sie das auch ungestört weiter tun! Während ich mit Henry spazierengehe — zum Zoologischen Garten am rechten Nilufer, falls Sie das interessiert, Peter. Denn ich nehme an, daß Sie Silvers darüber aufklären wollen.«

»Gar nicht nötig, Miß Nancy. Denn Ihr schöner Spaziergang muß leider ohne unseren guten Henry stattfinden.«

»Bestimmen Sie das etwa, Peter?«

Der wehrte mit weiter Geste ab. »Wo denken Sie hin, Nancy! Sie benehmen sich manchmal fast so wie Ihr Vater, der Colonel — was natürlich ein Kompliment sein soll, worauf ich ausdrücklich aufmerksam machen möchte!«

»Befreien Sie mich von diesem prächtigen Gorilla, Henry!« rief Nancy Nelson heiter. »Kommen Sie doch endlich! Oder genieren Sie sich, mit mir gesehen zu werden?«

»Keinesfalls!« erklärte Faust spontan.

»Na also! Gehen wir! Oder ist sonst noch was?«

»Vielleicht nur eins«, meinte Peter O'Casey bedächtig. »Die Tatsache, daß Sie zufällig die Tochter des Colonels sind — das könnte Henry stören.«

»Peter — wollen Sie mich mit Gewalt erheitern?« Nancy musterte ihn amüsiert. Dann betrachtete sie Faust — und, wie es schien, nunmehr recht eingehend. »Sagen Sie mal, Henry — was sollte Sie eigentlich daran stören, daß mein Vater Colonel ist? Sie sind doch Zivilist, nicht wahr? Oder haben Sie irgend etwas mit ihm zu tun?«

»Bestimmt nicht soviel wie Sie, Nancy«, versicherte Peter O'Casey grinsend.

»Ich würde sehr gern mitkommen, Miß Nelson«, versicherte Faust höflich. »Aber das kann ich leider nicht. Peter und ich haben eine Verabredung.«

»Sie wollen nicht!« Nancy blickte jetzt streitbar. »Warum eigentlich nicht? Das müssen Sie mir erklären. Aber möglichst genau, bitte.«

»Höre dir das an, Henry!« meinte Peter O'Casey belustigt. »Sie benimmt sich tatsächlich wie die Tochter eines Colonels!«

»Miß Nelson«, erklärte Faust, wobei er sie bewundernd anblickte, »wir erwarten Silvers. Und dem möchte ich nicht gern unnötige Überraschungen bereiten — falls Sie verstehen, was ich meine.«

»Ach was, der hat mich schließlich nicht gepachtet.«

»Aber mich — sozusagen.«

»Sie?« sagte Nancy neugierig. »Das ist aber hochinteressant! Darüber müssen Sie mir Näheres erzählen.« Sie setzte sich ungeniert zu Faust. Und zu Peter sagte sie: »Rück ruhig näher, Gorilla — damit du deine Ohren nicht zu strapazieren brauchst! Also, Henry — nun legen Sie mal los.«

»Fragen Sie lieber Silvers danach«, sagte Faust ausweichend. »Der ist für Auskünfte über mich zuständig.«

»Das wird ja immer interessanter! Was wollen Sie mir eigentlich verbergen, Henry? Mir! Wo ich doch, wie Peter so treffend meint, die typische Tochter eines Colonels bin! Sie machen mich wirklich neugierig!«

»Schlechte Nachrichten!« Das verkündete der Sergeant-Major Ken McKellar seinem Freund Silvers, nachdem dessen Kommando, von Kairo zurück, das äußere Lagertor erreicht hatte. »Verdammt schlechte Nachrichten! Ich warte hier schon eine Stunde auf dich.«

»Das allein schon ist schlimm«, meinte Silvers heiter. »Welcher scharfe Hund ist denn diesmal von der Kette gelassen worden?«

»Es handelt sich um unseren Faust, Sid!«

»Ausgebrochen jedenfalls ist der nicht — soviel zumindest steht fest.«

»Aber gegen den«, verkündete nun McKellar bedeutungsschwer, »ist ein Untersuchungsverfahren, sozusagen offiziell, beantragt worden.«

»Von wem, Ken?«

»Von der deutschen Lagerkommandantur.«

»Und weshalb?«

»Faust wird faschistischer Umtriebe bezichtigt!«

»Was wird er?« Silvers ließ sich das von Ken noch einmal sagen. »Aber das ist doch völlig absurd!«

»Das«, erklärte Ken betrübt, »sagte ich mir zuerst auch — total verrückt! Aber ganz so leicht ist die Sache leider nicht zu nehmen, Sid. Denn die deutsche Lagerkommandantur bietet Beweise für ihre Behauptung an — es sollen Zeugen vorhanden sein! Und diese Leute zögern nicht einmal, laut zu erklären: Sie lehnen es ab, mit solchen Faschisten die gleiche Luft zu atmen — sie könnten sonst für nichts garantieren.«

»Völliger Wahnsinn, Ken — und zwar ohne jede Methode.«

»Das, Sid, meinte ich auch. Aber da ist noch irgendwas im Rohr — irgendeine Beschuldigung gegen Faust, die Hand und Fuß zu haben scheint. Die Leute von der deutschen Lagerkommandantur fühlen sich verdammt sicher — für sie scheint Faust bereits abgeurteilt und abgeschoben zu sein!«

»Mann«, rief Sid Silvers, »dagegen müssen wir aber schleunigst was tun! Doch — was?«

»Was gehen mich diese Mutmaßungen und Verdächtigungen an, die im Lager kursieren!« rief der Corporal Copland souverän aus. Er leitete eine von ihm angesetzte Besprechung der Zonenältesten. »Ich organisiere hier Sportveranstaltungen — und zwar in erster Linie Fußballspiele! Sonstige Lappalien interessieren mich nicht.«

»Es sollen aber sehr schwerwiegende Anschuldigungen gegen gewisse Leute vorliegen — sie könnten möglicherweise zu einer Umorganisation des Lagers führen«, gab Leutnant Langohr zu bedenken, der Vertreter von Zone A. »Vielleicht wird sogar eine völlige Auflösung der Zone B notwendig!«

»Was diesem Sauhaufen nur zu wünschen wäre!« rief Oberleutnant Hartmannsweiler, Zone C, überzeugt aus. »Dem dort angesammelten Gesindel sollte schleunigst beigebracht werden, wie man zu parieren hat.«

»Versuchen Sie so was doch mal«, meinte der Feldwebel Schulz, Zone B, ohne jeden Respekt, »bei Sergeant McKellar anzubringen!«

»Stop, Men!« rief Corporal Copland energisch. »Hier geht es allein um den sportlichen Geist, also um eindeutig höhere Werte. Oder solltet ihr keinen rechten Sinn mehr dafür entwickeln können? Das will ich doch nicht hoffen!«

Copland gedachte mit den Zonenältesten lediglich eine Besprechung über Organisationsfragen durchzuführen — auf dem großen eingezäunten Freiplatz zwischen dem britischen und dem deutschen Lager, der einstigen »Zone Null«, der »Arena«, in deren Mitte die drei einsamen Einzelbunker lagen.

»Dieses Gelände, Leute«, erklärte Copland werbend, »verwandeln wir — in Gemeinschaftsarbeit, versteht sich — in eine Sportstätte, in einen Fußballplatz! Die Bunker werden eingeebnet!«

»Und wo, bitte, neu errichtet?« fragte Hartmannsweiler scharf.

»Nirgendwo — falls nicht neuer, dringlicher Bedarf entstehen sollte. Wollen Sie etwa dafür sorgen?«

Ein angenehm anhaltendes Schweigen entstand. Doch Corporal Copland registrierte es lediglich, er nützte es nicht aus. Er sagte: »Jede Zone stellt eine Fußballmannschaft auf — einschließlich Ersatzleuten und Betreuern sowie eine Art Vorstand. Etwa fünfundzwanzig bis dreißig Mann insgesamt.«

»Und diese Leute«, sagte Hartmannsweiler, »sollen wohl trainieren bis zum Umfallen — was? Ja, wofür denn!«

»Fußballtraining ist Sonderdienst«, erklärte Copland. »Und für Sonderdienst gibt es grundsätzlich Zusatzverpflegung.«

Das wurde offensichtlich mit einiger Freude zur Kenntnis genommen. Die Teilnehmer dieser Besprechung blinzelten sich nicht unzufrieden zu. Und Leutnant Langohr versicherte: »Wenn wir schon so was mitmachen, dann aber auch gründlich! Dann trainieren wir jeden Tag! Womit laufend Zusatzverpflegung fällig wird. Was dagegen einzuwenden?«

»Nicht das geringste«, versicherte der Corporal geradezu schwungvoll. »Um so früher kann es dann losgehen.«

»Kann was losgehen, bitte?«

»Nun — die Wettspiele!«

»Was denn für Wettspiele?«

»Aber Männer — wozu denn wohl, meint ihr, wird so eine Fußballmannschaft eigentlich aufgestellt? Um gegen eine andere zu spielen! Und da wir hier nun drei von dieser Sorte haben, wird jede gegen jede antreten. Und die beste ist dann Sieger!«

»Nur so? Weiter nichts?«

»Uns genügt es, zu siegen«, erklärte Hartmannsweiler stolz und zuversichtlich. »Und das werden wir auch tun!«

»Sehr gut!« rief der Corporal. »Ideale immer zuerst! Was natürlich nicht ausschließt — und auch dafür habe ich gesorgt —, daß gewisse Preise und Prämien vergeben werden können. Auch in Naturalien, versteht sich. Das Endspiel jedenfalls muß eine Art Volksfest werden!«

»Wobei aber die einzelnen Mannschaften«, schaltete sich Langohr ein, »ein möglichst vollwertiges Training absolvieren müssen, bevor sie gegeneinander antreten. Dazu aber wäre, in jeder Zone, nicht nur die Aufstellung einer, sondern auch noch einer zweiten Mannschaft ratsam.«

»Genehmigt«, akzeptierte Copland großzügig, »auch wenn sich dadurch die Zahl der Teilnehmer erhöhen sollte — von mir aus bis zu fünfunddreißig Mann pro Verein. Aber keinen Schwanz mehr, Men!«

»Wird Sportzeug geliefert?«

»In ausreichender Menge! Hemden, Hosen, Socken, Fußballschuhe — dazu Ball und Ersatzball, auch Trillerpfeife und was sonst noch notwendig ist.«

»Hemden in welcher Farbe, bitte?«

»Weiß.«

»Sind Kennzeichen — zwecks besserer Unterscheidung — darauf erlaubt?«

»In jeder gewünschten Form — außer Nazisymbolen, versteht sich. Ansonsten jedoch können Sie sich Blumen aufnähen, oder Tiere, oder Buchstaben. Sie können sich jeden gewünschten Namen geben — sogar den von Rommel, wenn Sie das nicht lassen können. Wir sind da noch niemals kleinlich gewesen.«

Corporal Copland genoß die Wirkung seiner Eröffnungen — sie war, offenkundig, beträchtlich. Vielversprechend.

»Eins jedoch«, verkündete nunmehr Oberleutnant Hartmannsweiler fordernd, »möchte ich von vornherein als absolut verbindlich für mich und meine Kameraden von Zone C feststellen: Wir würden uns grundsätzlich weigern, gegen eine Mannschaft anzutreten, der etwa fragwürdige Elemente angehören — wie zum Beispiel ein Faust!«

»Wir auch«, erklärte umgehend Leutnant Langohr für Zone A.

»Und warum das, bitte?« fragte Copland, durchaus noch beherrscht.

»Wir«, erklärte Hartmannsweiler wie in feierlicher Überzeugung, »lehnen es entschieden ab, mit einem unverbesserlichen Faschisten, einem Obernazi dieser Art in irgendeinen Kontakt zu kommen.«

»Wir auch!« bestätigte Langohr für A.

»Das haben Sie gerade nötig!« rief Feldwebel Schulz empört. »Ausgerechnet Sie mit Ihrer Hakenkreuzflagge! Die hat wohl ganz von selbst geweht — was?«

»Ich jedenfalls«, versicherte Hartmannsweiler, und es klang beinahe ehrlich, »bin niemals ein Nazi gewesen! Immer nur ein überzeugt nationaldenkender und überdies sozialistisch reagierender Mensch! Nichts als ein Deutscher!«

»Und diese Fahne, die Sie aufgezogen haben?«

»Die Flagge des Reiches — nichts anderes sonst! Die gleiche Flagge, Schulz, unter der wir gekämpft haben! Für Deutschland!«

Corporal Copland, durch diese Erklärung leicht verwirrt, blickte, wie Hilfe suchend, auf Feldwebel Schulz — und das nicht vergeblich.

Denn Schulz erklärte: »Ich brauche auf dieses Geschwätz nicht näher einzugehen. Denn eine Teilnahme des Kriegsgefangenen Faust an unserer Fußballmannschaft ist nicht beabsichtigt.«

»Na also!« rief Copland. »Nachdem das geklärt ist, können wir ja ungestört beginnen!«

»Ich bin ein zu großes Risiko für Sie, Silvers«, sagte Faust, dennoch lächelnd. »Sie haben nichts als Schwierigkeiten mit mir.«

»Sie wollen doch nicht etwa mit Gewalt hochgelobt werden — was?« meinte Silvers. »Denn Schwierigkeiten, Freund Faust, habe ich bei Ihnen einkalkuliert — von vornherein. Doch die Vorteile, die Sie mir verschaffen können und auch schon verschafft haben, wiegen sie auf.«

Sie fuhren auf Kairo zu — wie an vielen vorangegangenen Tagen auch: Peter O'Casey am Steuer seines Lastwagens, links außen Silvers, zwischen ihnen Faust. Im Laderaum hinter ihnen hockten nun bereits drei Dutzend ausgesuchte Spezialisten — kenntnisreiche, tatkräftige, einsatzfreudige Leute. Sie wußten, daß es sich lohnte, für dieses Unternehmen zu arbeiten; und sie waren entschlossen, ganze Arbeit zu leisten.

»Aber was dann, Silvers, wenn sich herausstellen sollte, daß ich tatsächlich so was wie ein Faschist bin — oder gewesen bin?«

»Höre ihn dir an, Peter«, sagte Silvers zu O'Casey. »Er will uns belustigen!«

»Ja — in dem steckt ein Komiker! Er zeigt das nur zu selten!«

»Oder er mag uns nicht, Peter. Wir sind ihm nicht fein genug — zumindest was unsere Methoden anbelangt. Vielleicht will er abspringen.«

»Kann er aber nicht! Denn den behalten wir«, erklärte O'Casey grinsend.

»Amüsiert euch nur!« sagte Faust. »Auf meine Kosten. Denn es ist ja auch so verdammt lustig, wenn einer hinterhältig angesaut wird!«

»Faust, mein Bester, Sie werden doch nicht etwa neuerdings mimosenhaft empfindlich geworden sein? Sie konnten doch bisher eine ganze Menge vertragen, ohne die geringste Wirkung zu zeigen.«

»Aber eben nicht das, Silvers! Wenn mich ausgerechnet diese Faschisten als Faschist bezeichnen — dann hört bei mir der Spaß auf.«

»Aber sollte denn nicht gerade dort, Faust, der Spaß erst richtig anfangen?«

»Sie glauben also nicht, Sid, daß ich ein Faschist gewesen bin?«

»Das, mein Freund, ist eine völlig überflüssige Frage!«

»Vielleicht«, meinte Peter, »sind auch wir beide Faschisten, Sid, wir wissen es nur nicht — wo wir doch mit unserem Faust so harmonisieren!«

»Kein Wort weiter, Gentlemen!« rief Faust erfreut. »Denn sonst fange ich womöglich noch an zu heulen — und diesen Anblick möchte ich euch ersparen.«

»Wäre auch ganz unnötig«, versicherte Sid. »Mann — diese Leute wie Müller, Roßberg und Konsorten können doch so viel

Belastungszeugen trainieren, wie immer sie wollen! Auf den Colonel kommt es an!«

»Also auf Sie, Silvers!«

»Und bei mir liegen Sie richtig — solange Sie nicht versuchen, sich in mein Privatleben einzumischen.«

»Sollten Sie etwa mit dieser Andeutung Nancy Nelson meinen?« fragte Faust besorgt.

»Merkst du, Peter, wie schnell der reagiert? Er versucht sich sofort abzusichern. Was mich nicht sonderlich überrascht — schließlich kenne ich Nancy!«

»Doch ihn kennst du auch!« sagte O'Casey freundschaftlich. »Und in diesem speziellen Fall bin ich sein Zeuge. Als solcher kann ich versichern: Er hat sich Nancy keinesfalls aufgedrängt! Ganz im Gegenteil — er hat geradezu angestrengt versucht, sie abzuwimmeln.«

»Aber gefallen hat sie ihm!«

»Und wie, Silvers!« gab Faust sofort zu. »Ein überaus reizvolles Geschöpf. Ich gönne Ihnen Nancy — aufrichtig. Ich beglückwünsche Sie dazu!«

»Brechen Sie sich nur keine Verzierungen ab«, sagte Sid Silvers. »Es gibt jetzt wesentlich andere Dinge als Nancy, um die Sie sich kümmern müssen. Unsere Firma, ›Holiday Service‹, muß so schnell wie nur irgend möglich organisiert werden. Zeit ist Geld — wieder einmal«

»Bereits in der nächsten Woche, Silvers«, versicherte Faust, »kann das Luxusrestaurant beim Altägyptischen Museum sowie die Hausbootbar am linken Nilufer eröffnet werden. Außerdem sind inzwischen drei Villen fast völlig renoviert und bezugsbereit. Das allerdings unter der Voraussetzung, daß Muhammed, wie vereinbart, das noch notwendige Personal herbeischafft.«

»Sie treffen sich mit ihm in unserem Zwischenbüro — in Ihrem Apartment sechs-null-sechs.«

»Warum ausgerechnet dort?«

»Warum dort nicht?« entgegnete Silvers lakonisch.

»Entwickelt sich nicht alles prächtig, Herr Oberst?« fragte Colonel Nelson mit der ihm eigenen Verbindlichkeit, als er seinen Besucher begrüßte.

Der Oberst von Schwerin war bemüht, sich dennoch reserviert zu geben. Was ihn jedoch nicht davon abhielt, nach den belegten Broten zu greifen. »Sie verwöhnen mich«, sagte er kräftig kauend.

»Sie verdienen es!« versicherte der Colonel herzlich. Worauf er wissen wollte: »Ist Ihnen eigentlich Hitlers Funkspruch an Rommel bekannt — der vom dritten November neunzehnhundertzweiundvierzig?«

»In diesem Menschen — ich meine Hitler — habe ich niemals meinen legitimen Oberbefehlshaber sehen können.«

»Was Sie ehrt, Herr Oberst!«

»Dieser Mensch hat nicht nur unser Volk verblendet, er hat darüber hinaus unsere Soldaten auf schändliche Weise verführt und mißbraucht!«

»Wem sagen Sie das?« stimmte Colonel Nelson zu. »Und Hitlers Telegramm an Rommel liegt ganz auf dieser Linie. Darin ist abschließend folgendes wörtlich gefordert worden: ›Ihrer Truppe aber können Sie keinen anderen Weg zeigen als den zum Siege oder zum Tode!‹ Ein, wie gesagt, wortwörtliches Zitat.«

»Zutiefst bedauerlich so was«, versicherte der Oberst. »Eine nahezu entsetzliche Anmaßung von höchster Tragweite — bis in unsere Tage hinein. Aber ich und meine Soldaten sind entschlossen, einen möglichst endgültigen Trennungsstrich unter diese Vergangenheit zu ziehen, zu der wir verführt oder in die wir hineingepreßt worden sind. Wir distanzieren uns — energisch!«

»Sollten Sie damit etwa, Herr Oberst, auf die Affäre Faust anspielen?«

»Hier müssen sich endlich, meine ich, die Geister scheiden!«

»Sind Sie sicher, daß dies ein guter Anlaß dafür ist?«

»Warum sollte ich das nicht sein? Ich habe mir im Falle Faust Zeugen vorführen lassen und sie eingehend befragt. Ich habe Sachverständige zu Wort kommen lassen und deren Ansichten überprüft. Ich habe mich mit meinen Offizieren beraten. Und daraus haben sich Tatsachen ergeben, an die ich mich wohl halten muß.«

»Aber letzten Endes bin ich allein für diese Affäre zuständig. Auf eine überstürzte Erledigung derselben werde ich mich nicht einlassen.«

»Verstehe — wir warten also ab! Was praktisch heißt: inzwischen versuchen wir — nicht wahr, wie damals bei El Alamein — uns einen klaren, kühlen Kopf zu bewahren!«

»Aus unseren so überaus sorgfältig erarbeiteten Kartenskizzen«, erklärte Nelson, »wird bald das Sandkastenmodell entstehen. Und das wird dann also auf das noch zu errichtende Freigelände übertragen. Wir werden auf diese Weise ein vorbildliches, plastisches Demonstrationsobjekt erreichen, etwa im Maßstab eins zu tausend. Erfreut Sie das?«

»Sehr, Sir.«

»Wußten Sie übrigens, daß Ihr Generalfeldmarschall Herr Rommel, seinem Oberbefehlshaber, diesem Hitler, ganz unmißverständliche Warnungen zukommen ließ?«

»Das wußte ich nicht, wenn ich auch persönlich mehrmals dazu geraten habe«, sagte der Oberst von Schwerin-Sommershausen.

»Die Situation war so: Nachdem wir Briten mehr als dreißigtausend Deutsche und Italiener gefangengenommen hatten, leistete sich Ihr Rommel folgenden Funkspruch: ›Am vierten elften gelang es dem Feind dank seiner großen Überlegenheit an schweren Panzern, schweren Panzerabwehrgeschützen, schwerer Artillerie und Munition sowie zahlreichen schweren Bomberverbänden, die Stellung an fünf Stellen in breiter Front zu durchbrechen.‹ Soweit das Zitat.«

»Wörtlich?«

»Ja! Eine Kopie des Originals liegt vor. Und wie ist das, bitte — Ihrer Ansicht nach — zu erklären?«

»Mit der üblichen Materialüberlegenheit! Auf Ihrer Seite befanden sich mehr Menschen, mehr Munition, mehr Maschinen! Uns blieb nichts weiter übrig, als eben zu tun, was immer wir konnten! Das war doch wohl, den Umständen entsprechend, nicht wenig?«

»Akzeptiert, Herr Oberst! Vorbehaltlos! Denn Sie — also das Afrikakorps — waren für uns der denkbar würdigste Gegner. Ihre Existenz kann uns nur ehren.«

»Um so bedauerlicher die derzeit aufgetretenen Peinlichkeiten — eines einzigen Mannes wegen.«

»Herr Oberst, wir haben — gegeneinander — die wirkungsvollsten Schlachten geschlagen! Warum sollten wir nicht — miteinander — kleinere Geplänkel bestehen.«

»Bin ich hierherbestellt worden«, wollte Muhammed, mit freundlicher Genußbereitschaft wissen, »um dieses Ihnen zur Verfügung gestellte Apartment zu bestaunen und mich an Sitah und ihrem Kaffee zu erfreuen?«

»Kann durchaus sein.«

»Der Anblick von Sitah erfreut mich tatsächlich«, versicherte der Ägypter. »Und der Kaffee ist ganz ausgezeichnet — keiner meiner fünf Diener könnte einen besseren brauen. Dennoch sollten Sie, möglichst bald, mein Gast sein.«

Muhammed saß, lässig zurückgelehnt, im Apartment 606 — in einem Sessel, der bequem wie ein Sofa war. Er blinzelte Sitah an, lächelte Faust zu und legte die Hände, fast zärtlich, über seinen Bauch.

»Ich gönne Ihnen das alles, mein lieber Freund«, sagte er dabei gewinnend. »Das — und sogar noch mehr!«

»Ist das schon wieder ein Angebot?«

Muhammed nickte, während er versonnen Sitah nachsah, die sich auf einen Wink von Faust hin entfernte. Nachdem sich die Tür hinter ihr geschlossen hatte, meinte der arabische Gast: »Sie ist schön! Sie ist auch gewiß begabt und willig, vermute ich. Doch allein in meinem Haus, Mr. Faust, kann ich drei nahezu ebenbürtige Exemplare vorweisen. Sie müssen mich, wie gesagt, möglichst bald besuchen.«

»Und was versprechen Sie sich davon?«

»Ich beabsichtige, Sie zu erfreuen — dies ist mein besonderer Wunsch! Darüber hinaus würde ich gern mit Ihnen noch weitere — vielleicht sogar: sehr weitgehende — Geschäfte abschließen. Mit Ihnen persönlich.«

»Ich nehme an, Sie wissen, daß ich hier mit Silvers sozusagen auf vertraglicher Basis zusammenarbeite.«

»Natürlich weiß ich das. Ich kenne sogar, ziemlich genau, Ihren Vertrag — zumindest dessen wesentliche Punkte.«

Faust, der im Raum stehengeblieben war, zog sich ein wenig zurück — zum Fenster hin. Dabei ließ er jedoch seinen Besucher nicht aus den Augen. »Sie wollen also versuchen, Silvers zu überbieten?«

Sir Muhammed nickte. »Ich weiß, was mir hier vorgeführt werden sollte: Ihr vergleichsweise bequemes Leben — bis auf weiteres. Eine Menge Annehmlichkeiten; etwa dies Apartment, einschließlich Sitah, ferner Essen in erstklassigen Restaurants, dazu ausreichend Anzüge und Wäsche. Auch eine Gewinnbeteiligung?«

»Auch die!«

»Und später vermutlich eine Fahrkarte erster Klasse heimwärts, in Ihr Deutschland.« Muhammed sah, befriedigt, daß Faust zustimmend nickte. »Aber wann ist das, bitte — dieses Später?«

»Das werden Sie dann vermutlich als einer der ersten merken, Mr. Muhammed! Doch bis dahin bleibt Ihnen wohl kaum etwas anderes übrig, als mit mir zu rechnen. Und das kann noch ziemlich lange dauern.«

»Und Sie wünschen nicht, daß diese Zeitspanne verkürzt wird — sogar erheblich verkürzt?«

»Etwa mit Ihrer Hilfe?«

»Warum denn nicht? Ich weiß, daß Sie für Silvers ein Vermögen wert sind. Solange Sie eben hier sind. Doch auch für mich sind Sie ein Vermögen wert! Aber eben nur, wenn Sie schnellstens von hier verschwinden. Ist das deutlich genug?«

»Scheint so«, sagte Faust. »Was also beabsichtigen Sie, mir zu bieten?«

»Einen Paß — das zunächst. Und natürlich wird das ein Paß sein, mit dem sich in dieser Zeit so gut wie alles anfangen läßt. Ein Schweizer Paß, ausgestellt in Bern. Oder ein norwegischer Paß, direkt aus Oslo bezogen.«

»Und was weiter, bitte?«

»Eine voll im voraus bezahlte, exakt gebuchte Passage ab Alexandria auf einem neutralen Schiff — etwa bis Genua oder Lissabon, wohin immer Sie wollen. Von dort können Sie dann bequem nach Ihrem Deutschland gelangen, wo Sie ja unbedingt hinwollen. Mir gleichgültig, warum.«

»Um einen umzulegen! Hören Sie sich das nur an. Ich beabsichtige, in meinem Deutschland einen Sauhund ins Jenseits zu befördern! Und Sie wollen mir dabei helfen?«

»Was geht mich das an!« sagte Muhammed mit lässig abwehrender Geste. »Ich will Sie loswerden! Schnellstens! Denn Sie stören hier meine Geschäfte.«

»Womit ich mich aber um alle meine sichere Gewinnbeteiligung bei Silvers bringen würde. Denn der Kerl, den ich zu erledigen gedenke, kann warten — bis ich hier mein Betriebskapital kassiert habe!«

»Aber selbstverständlich, Herr Faust, bin ich bereit, auch das zu berücksichtigen. Die von Ihnen möglicherweise zu erwartende Endsumme biete ich Ihnen sofort. Sie ist vermutlich in britischen Pfund kalkuliert. Doch von mir dürfen Sie, in genau der gleichen Höhe, amerikanische Dollar erwarten. Und mit denen, Faust, können Sie sich zur Zeit in Ihrem Deutschland eine ganze Menge kaufen — Dörfer, Geschäftsketten und Industriegelände quadratkilometerweise! Auch jede möglicherweise gewünschte Leiche. Nun?«

»Mal sehen«, sagte Faust, offenbar nicht unbeeindruckt.

»Ich lege Beschwerde ein!« erklärte feierlich der Lagerälteste von Zone C, Oberleutnant Hartmannsweiler. Worauf er sich verbesserte: »Wir — legen Beschwerde ein!«

»Das mag durchaus Ihr gutes Recht sein!« versicherte entgegenkommend Corporal Copland, der von sich selber ernannte Vorsitzende oder auch Präsident aller Fußballvereine des Lagers. Und als solcher hatte er überraschenderweise einige neuartige Eigenheiten entwickelt: Wenn es sich etwa um eine »seiner« Mannschaften handelte, fühlte er sich geradezu persönlich engagiert. »Wogegen, bitte, richtet sich Ihre Beschwerde?«

»Gegen die Mannschaft B.«

»Nun ja, ich weiß: Ihre Elf hat, im Zwischenspiel, gegen B verloren: eins zu zwei! Sehr bedauerlich, gewiß; vielleicht auch nicht ganz dem Spielverlauf entsprechend — doch ein einwandfrei erzieltes Resultat. Zumal ich selber dabei Schiedsrichter gewesen bin. Und ich nehme doch nicht an, daß Sie etwa mir Parteilichkeit vorwerfen?«

»Das natürlich nicht!« versicherte Hartmannsweiler. »Dennoch bezweifeln wir, daß dieses Resultat unter fairen Voraussetzungen entstanden ist.«

»Und warum das, bitte?«

Sie standen sich inmitten der einstigen »Arena«, der »Zone

Null«, gegenüber, dem nunmehrigen »Stadion«: der Präsident, also Copland, und der Vereinsvorstand C, mithin Hartmannsweiler. Was sie zu besprechen hatten, erregte das ganze Lager — die organisierten Wettspiele erwiesen sich als Volltreffer.

»Die Mannschaft B«, erklärte Hartmannsweiler, »ist nicht nur besser und länger trainiert worden — sie wurde auch gründlicher ausgesucht. Außerdem sind die der Mannschaft B gelieferten Fußballschuhe ungleich besser als die unseren — mit doppelter Sohle und verstärkter Spitze!«

»Aber das sind doch nur Äußerlichkeiten!« sagte Copland, obgleich er wußte, daß Silvers, gemeinsam mit McKellar, für die Bevorzugung der Mannschaft B gesorgt hatte — vermutlich von Faust dazu inspiriert. »Entscheidend allein sind doch Können und Kampfgeist — mangelt es nicht doch etwas daran bei Ihnen?«

»Geben Sie mir drei Wochen Zeit!« rief Oberleutnant Hartmannsweiler entschlossen. »Dann werden wir von C jede andere Mannschaft in die Pfanne hauen!«

»Das sollte mich freuen!« behauptete Copland.

Er betrachtete nachdenklich die mitten im Gelände aufgestellte quadratmetergroße Tafel, auf der die bisherigen Ergebnisse der Fußballwettkämpfe verzeichnet waren. Danach hatten »seine« Zonenmannschaften, nach intensivem Training, die ersten Freundschaftsspiele absolviert; und das durchaus vielversprechend. C war zunächst gegen A angetreten — und hatte 2:0 gesiegt. A verlor dann gegen B 1:3, was viel unruhiges Blut machte. Der dann folgende Sieg von B über C — dieses umstrittene 2:1 — führte zu heftigen Diskussionen.

»Diese ersten Runden«, versicherte Fußballpräsident Copland, »sind lediglich Vorspiele, Testversuche, Anfangsexperimente — mehr nicht. Jetzt geht es hier erst richtig los! Denn nun werden wir den vorläufigen Sieger, also B, gegen eine britische Auswahlmannschaft antreten lassen.«

»Was — nur diese hochgemästete Horde von B? Nicht eine gemeinsame deutsche Auswahlmannschaft? Da muß ich protestieren!«

»Sparen Sie sich das für später auf!« empfahl Präsident Copland. »Denn zunächst einmal kommt es darauf an, daß wir unsere Fußballmannschaften sozusagen salonfähig machen! Man muß uns auch in britischen Kreisen ernst nehmen, uns anerkennen! Und genau dafür werde ich sorgen!«

Zu diesem Zweck begab er sich zunächst zu Ken McKellar. Doch der war nicht ansprechbar: der übte mit seiner Band. Und dabei spielte er den Part des abwesenden Faust auf dem Dudelsack — recht und schlecht. Er jedenfalls hörte sich gern!

Corporal Copland entzog sich diesem Genuß und meldete sich bei Captain Moone. Den versuchte er mit seinen speziellen Problemen vertraut zu machen, worauf der nur abwehrend beide Hände ausstreckte. »Was gehen mich diese Fußballprobleme an — ich bin für Kricket!«

Copland zog sich, leicht beleidigt, zurück, um hierauf längere Zeit nachzudenken. Dann klagte er, noch am gleichen Abend, Sid Silvers sein Leid. Und damit war er genau an der richtigen Adresse. Denn Silvers erkannte, was nun hier gespielt werden mußte. Er begab sich unverzüglich zum Colonel.

Und gleich am nächsten Morgen — sogar in aller Herrgottsfrühe, also um neun — bat Colonel Nelson zu sich: Major Turner, Captain Moone, Sergeant-Major McKellar — dazu Copland und Silvers. Und zu ihnen sagte er: »Mir liegt ein Antrag vor, wonach gebeten wird, die erfreuliche sportliche Betätigung in unserem Lager — unserem Musterlager — durch britische Teilnahme vielversprechend zu ergänzen.«

»Ich ziehe musische Betätigung vor«, erklärte McKellar mit schöner Selbstverständlichkeit.

»Was denken sich diese Deutschen eigentlich!« rief der Major T. S. Turner ergrimmt aus. »Wollen die uns etwa herausfordern? Und das sogar als Fußballer?«

»Immer noch besser, Sir«, meinte Silvers freundlich, »als wenn die sich hier als Ausbrecher betätigen. Das könnte wesentlich unangenehmer werden — für Sie, Sir.«

»Ich verbitte mir derartige Anspielungen, Silvers!« rief Turner energisch. »Offenbar scheint Ihnen entgangen zu sein, daß hier in den letzten Wochen niemand auszubrechen gewagt hat.«

»Was Sie für Ihr Verdienst halten, Sir?«

»Allerdings, Silvers! Das sollten Sie endlich einsehen. Aber ich fürchte, Sie denken da nicht britisch genug! Sonst müßten auch Sie erkannt haben, daß es hier um wesentlich größere Dinge geht als nur um Volksbelustigungen — Fußball ist schließlich unser Nationalsport!«

»Ich meinerseits«, versicherte Captain Moone aufs neue, »ziehe wirklich Kricket vor.«

Colonel Nelson lächelte überlegen. »Ich habe nicht die Absicht, hier irgend jemanden zu beeinflussen — ich gebe lediglich zu bedenken: gemeinsame britisch-deutsche Sportveranstaltungen könnten unserem gewiß wohlverdienten Ruf, das vorbildlichste Lager auf afrikanischem Boden zu sein, nur noch fördern.«

»Zumal wir doch nichts zu befürchten haben — was?« Corporal Copland blickte hoffnungsstark um sich. »Oder sollte jemand der Ansicht sein, daß es besser wäre, wenn wir sicherheitshalber ausweichen?«

»Wie kommen Sie mir denn vor, Mann!« bellte der Major empört. »Ihre Unterklassenvereine können sich mit einer britischen Auswahl doch nicht messen! Die werden doch glatt überrollt!«

»Das«, meinte Silvers, »würde ich gern erleben. Organisieren Sie das, Sir?«

»Das erledige ich!« entschied der Major. Er war sich seiner Sache sicher und überdies der Zustimmung des Colonels gewiß. Denn er sah den wohlwollend nicken.

Und T. S. Turner organisierte das tatsächlich — mit der ihm eigenen Bulldoggenenergie, als britischer Sportliebhaber ebenso wie gleichzeitig als Fachmann für Sicherheit. Innerhalb von knapp achtundvierzig Stunden erledigte er einfach alles.

Zunächst fahndete der Major unter seinen Leuten nach aktiven Fußballspielern — er fand vier. Diese ließ er durch ausgeliehene Soldaten von anderen, benachbarten Einheiten ergänzen — sieben ehemalige Profis wurden von ihm engagiert. Dieses Team gedachte er gegen die Mannschaft B aufzubieten, den Sieger aus der ersten Lagerrunde.

»Ich werde auch noch zwei Panzer auffahren lassen«, verkündete er. »Zwecks Absicherung. Denn schließlich haben wir es hier mit Fußballfanatikern zu tun. Außerdem ist alles reinste Routine! Der mir befreundete Kommandeur des in der Nähe gelegenen Panzerbataillons sieht es gern, wenn seine Leute im Training bleiben.«

Captain Moone, der Kricketspieler, zog sich kopfschüttelnd zurück. Damit überließ er T. S. Turner das Feld. Und der tat, als käme es darauf an, hier das Ansehen der Krone zu verteidigen.

»Denen werden wir es jetzt mal zeigen!« versicherte er seinen Vertrauten, den Leutnanten Miller und Mills. Und die verkündeten diese Eröffnung bereitwillig jedem, der sie hören wollte.

Dieses Spiel der siegreichen Lagermannschaft gegen eine britische Auswahlelf fand am übernächsten Nachmittag statt. Im Fußballstadion durften sich aus jeder Zone zweihundert Leute einfinden — mithin sechshundert insgesamt. Sie hatten die Erlaubnis erhalten, kleine Kisten, Kartons, Sitzböcke, sogar Stühle mitzubringen. Erwartungsvoll umhockten sie den Spielplatz.

Colonel Nelson war nicht erschienen — er gab vor, leider verhindert zu sein. Dementsprechend fand sich auch der Oberst von Schwerin nicht ein — wohl aber Hauptmann Müller-Wipper und Major Roßberg. T. S. Turner begrüßte die beiden mit kurzem Kopfnicken und einem Grinsen, das auf sie einigermaßen besorgniserregend wirkte.

»Das Spiel kann beginnen!« rief der Major munter.

Die Mannschaft B trottete in das »Stadion« hinein. Sie wurde mit mittelstarkem Applaus begrüßt, der zumeist von den eigenen Zonenleuten gespendet wurde. Danach erschien die von T. S. Turner organisierte »britische Auswahlelf« — unter höflich-dünnem Beifall. Bereits bei ihrem Anblick begannen Fußballfachleute zu ahnen, was sich hier anzubahnen drohte.

Knapp fünfzehn Minuten nach dem Anpfiff — Schiedsrichter war Copland — stand es bereits drei zu null. Nach der ersten Halbzeit — fünf zu null. Und bis zum Schluß erhöhten die ausgewählten Briten — mühelos und lässig — die Zahl ihrer Treffer auf neun. Die Zuschauer verstummten in würdiger Qual.

Nach dem Abpfiff rief Major Turner freudig grinsend: »Noch irgendwas unklar?«

Die Briten trabten davon. Die so vernichtend geschlagene Mannschaft B stand mit verlegenen Gesichtern um Feldwebel Schulz herum. Und sogar Corporal Copland machte einen ratlosen, unglücklichen Eindruck — bis er die Schreistimme von Oberleutnant Hartmannsweiler vernahm.

Der hatte sich, zunächst flüsternd und erregt, mit Roßberg und Müller-Wipper besprochen — offenbar mit eindeutigem Resultat. Denn nun protestierte er wieder.

»Schnauze halten!« rief ihm der Corporal befehlsstark zu. »Keine Wirkung zeigen! Wird sich alles noch finden!«

Denn Copland war schnell wieder zu seiner Rolle als Fußballpräsident zurückgekehrt. Er versammelte alle drei Mannschaften des Lagers um sich, einschließlich Ersatzspieler, Betreuer, Organisatoren, Vorstände. Bedeutsam blickte er hierauf in die Runde, reckte und räusperte sich und sagte dann: »Männer — dies ist ein dunkler Tag!«

»So was«, rief Hartmannsweiler, »hätte niemals passieren dürfen! Nicht in diesem Ausmaß.«

»Wir jedenfalls«, verteidigte Feldwebel Schulz seine Mannschaft, »haben getan, was wir konnten.«

»Wie die Flaschen habt ihr gespielt!« rief Hartmannsweiler. »Und so was nennt sich hier siegreiche Lagermannschaft! Daß ich nicht lache!«

»Von mir aus«, meinte Schulz bissig, »können Sie sich totlachen — das würde manches vereinfachen!«

»Darf ich auch mal was sagen?« mischte sich der Leutnant Langohr ein, von Zone A. »Worauf ich hinweisen möchte, ist dies: Die hier aufgebotene Elf kann keine Auswahlmannschaft von britischen Soldaten aus unserem Lager gewesen sein! Der Major muß irgendeinen Fußballklub engagiert haben.«

»Men!« rief Copland stark. »Darauf kommt es doch gar nicht an! Wir sind doch Fußballsportler — oder etwa nicht? Und als solche, Boys, haben wir uns nach einer Niederlage vor allem die Frage zu stellen: Wie wetzen wir diese Scharte wieder aus? Denn das allein, Men, ist jetzt unser Problem!«

»Wir fordern Revanche!« rief Hartmannsweiler.

»Aber doch nicht bei diesen Bullen!« meinte Leutnant Langohr zweifelnd. »Die spielen wie Profis — sind vielleicht welche. Bei denen haben wir nichts zu bestellen.«

»Ach was!« erklärte nun Copland streitbar. »Nur nicht aufgeben! Und selbst wenn Major Turner beim nächstenmal mit der britischen Nationalmannschaft antreten sollte! Wir werden jede erdenkliche Herausforderung annehmen!«

»Jawohl!« tönte Hartmannsweiler. Und es war, als habe er einen Racheschwur ausgestoßen.

»Also, Men«, sagte Copland, ganz verantwortungsbewußter Präsident, »wir werden jetzt trainieren und trainieren und wieder trainieren! Wir werden — nach weiteren Zwischenrundenspielen — die besten unserer Spieler zu einer kampfstarken gesamtdeutschen Auswahlmannschaft zusammenstellen. Wir werden eine Taktik erarbeiten. Und dann sollen sie nur kommen, Kameraden!«

Der Vormittag eines jeden Sonnabends gehörte dem Rolls-Royce des Colonels. Silvers wußte, daß es Nelson beglückte, sein Prunkstück hingebungsvoll gepflegt zu wissen. Und diese Freude wurde ihm gegönnt.

»Wie üblich«, brauchte der Vertraute des Colonels jetzt lediglich noch zu sagen.

Unverzüglich traten dann die eingearbeiteten Mitglieder der Ken-McKellar-Band, wortlos und tüchtig, in Aktion. Und Feldwebel Schulz — obgleich Zonenältester — ließ es sich nicht nehmen, dieses Kommando persönlich zu betreuen.

Auch er brauchte nur noch zu sagen: »Wie üblich!«

Denn jeder Mann seiner Gruppe war für diesen Job bereits weitgehend spezialisiert. Der eine auf die Räder, ein anderer auf die Bremsen, ein dritter auf das Armaturenbrett; vier teilten sich in die Karosserie, drei konzentrierten sich auf den Innenraum, zwei hatten sich als Fachleute für den Motorblock entwickelt. Der Rest absolvierte Handlangerdienste, sorgte für Wasser, spülte Schwämme und Lappen aus, hielt Putzwolle, Ölkannen, Bürsten, Ledertücher und Säuberungswatte bereit.

»Schulz und Faust zu mir«, ordnete Silvers an.

Sid hatte den Rolls-Royce vor seinen Schuppen gefahren — unter das aufgespannte Sonnensegel, über die ausgehobene Montagegrube. Er selber hockte auf seinem verschwenderisch gepolsterten Feldbett, von wo aus er die Arbeiten bei weit geöffneten Türen bequem übersehen konnte.

Schulz und Faust nahmen neben ihm Platz. Silvers bot ihnen zunächst, aus seinem Kühlschrank, Bier in Büchsen an; in Nordschottland gebraut. Was anerkennend, zumindest von Schulz, gewürdigt wurde.

Faust aber meinte, während er trank: »Diese regelmäßige stupide Wochenendbeschäftigung — für uns nichts wie ein Zeitverlust.«

»Aber einer, der sich lohnt«, versicherte Silvers. »Denn nichts beglückt ja den Colonel so, wie der Anblick seines strahlenden Rolls-Royce.«

»Auch ich liebe diesen Kasten«, bekannte der Feldwebel Schulz fast ein wenig verschämt. »Die ganze Woche freue ich mich schon darauf, ihn auf Hochglanz zu bringen. Diese Karre ist mir richtiggehend ans Herz gewachsen.«

»Aber unser Faust wäre jetzt wohl lieber in Kairo«, vermutete Sid Silvers.

»Zumal dort«, versicherte der, »noch eine Menge zu erledigen ist.«

»Aber leider nicht nur dort«, erklärte Silvers. Er griff unter sein Kopfkissen und zog ein Aktenstück hervor. »Auch damit müssen wir uns beschäftigen.«

»Was ist denn das?« fragte neugierig Schulz.

»Eine Zusammenstellung diverser Anschuldigungen, Verdächtigungen und Anklagen. Erstellt von der deutschen Lagerkommandantur. Betreffend einen sogenannten unzumutbaren Faschisten. Fragen Sie mich nicht, woher ich dieses Produkt habe — ich habe es!«

Faust lachte etwas gequält auf. »Lokuspapier doch wohl.«

»Nicht so voreilig, Menschenskind! Sie sollten zunächst erst einmal gründlich nachlesen, was da so alles über Sie behauptet wird! Das muß ja nicht stimmen. Doch wenn das womöglich geglaubt wird, Faust — dann könnte ich meinen Geschäftspartner verlieren, Schulz seine wichtigste Rückendeckung und McKellar seinen Ersten *piper!*«

»So was«, rief Feldwebel Schulz, »darf natürlich nicht geschehen!«

»Es dürfte nicht — könnte aber!« Sergeant Silvers offerierte seinen Gesprächspartnern zwei weitere Büchsen Bier. »Es gibt da nämlich für gewisse unverbesserliche, unbelehrbare Nazis diverse Sonderlager; das wirksamste davon im hochtemperierten südlichen Sudan. Dort existieren Compounds mit elektrisch geladenen Stacheldrahtzäunen und drei bis vier Meter tief eingegrabenen Metallsperren. Ihre vielversprechende Karriere als Ausbrecher, Faust, wäre in einem dieser Lager mit Sicherheit beendet.«

»Das muß ja wohl nicht unbedingt sein«, meinte Faust und griff nach dem Aktenstück. Er schlug es auf und begann darin zu lesen. Und der Feldwebel Schulz beugte sich, nicht minder angeregt, gleichfalls darüber.

Zur gleichen Zeit werkten draußen die Spezialisten hingebungsvoll am Rolls-Royce herum. Und Sid fühlte sich versucht, sich gähnend auf sein dickgepolstertes Bett fallen zu lassen. Doch bevor er das tun konnte, fiel ein scharfer, schmaler Schatten von der Tür her in den Raum. Er gehörte zu einem weiblichen Wesen.

»Hallo!« rief eine muntere, helle Stimme.

Nancy Nelsons Stimme. Vom fahlen Wüstenlicht leicht geblendet, blinzelte sie in den Schuppen hinein. Ihr blütenweißes Leinenkleid leuchtete irritierend. Sie hatte den Kopf leicht zurückgeworfen — was ihre offenen langen Haare ungemein dekorativ erscheinen ließ. »Hallo, Sid!« rief sie.

Der richtete sich langsam auf. Dann fragte er gedehnt: »Was hast du hier zu suchen?«

»Ich suche immer — irgend etwas. Doch was genau, weiß ich nicht.«

Nancy Nelson schien erst jetzt Einzelheiten in diesem Raum zu erkennen — sie stutzte, schüttelte kurz ihre Pferdemähne, sah noch einmal genauer hin. Dann blickte sie, mit großen Augen, ausschließlich auf Faust. Und dabei sagte sie, um Lässigkeit bemüht: »Ich wollte nur mal kurz meinen lieben Vater, den Colonel, besuchen — und dir dabei guten Tag sagen, Sid.«

»Na schön!« sagte Sid, wobei er aufstand und sich vor Faust stellte. »Du hast mir also guten Tag gesagt. Und dein lieber Vater, der Colonel, hält sich hier nicht auf, wie du siehst! Sonst noch was?«

Nancy betrachtete, wie prüfend, Faust, dann Feldwebel Schulz — wobei sie in ausnehmend freundliche Gesichter blickte.

Sie sagte leichthin: »Falls du deinem Freund Henry begegnen solltest, Sid, mit dem möchte ich mich gern unterhalten. Vielleicht am kommenden Montagnachmittag? Oder ist das zuviel verlangt?«

»Montag also«, stimmte Sid Silvers ein wenig mühsam zu.

Nancy hob, wie grüßend, die Hand. Hierauf entfernte sie sich, wippend wie eine Bachstelze. Allein Schulz sah ihr ungetrübt begeistert nach.

»Ich weiß nicht«, bekundete der Feldwebel entzückt, »worum man Colonel Nelson mehr beneiden soll — um seinen Rolls-Royce oder um diese Tochter!«

»Mann Gottes«, bemerkte Sergeant Silvers, »Sie sind vielleicht ahnungslos! Ich hoffe aber, daß Sie wenigstens lesen können!«

»Falls Sie etwa damit dieses Aktenstück über unseren Faust meinen sollten, Mr. Silvers — darin ist kaum ein Wort unklar. Im großen ganzen: eine Menge Mist, der naturgemäß kräftig stinkt. Aber er riecht nach denjenigen, die ihn erzeugt haben. Dennoch muß ich zugeben: zumindest eine der sogenannten Zeugenaussagen darin will mir nicht unbedenklich erscheinen.«

»Die eines Armleuchters!« meinte Faust.

»Können Sie diese Zeugenaussage entkräften?«

»Wie denn wohl?« fragte Faust. »Ich kann lediglich sagen: Alles das ist Quatsch! Aber damit steht Aussage gegen Aussage!«

»Was erfahrungsgemäß nicht genügt«, stellte Silvers fest. Und dann sagte er, weitere Bierbüchsen öffnend: »Ja, mit Ihnen, Menschenskind, habe ich mir eine Menge Unannehmlichkeiten eingehandelt!«

»Sie brauchen mich doch nur, ganz einfach, von hier verschwinden zu lassen, Silvers — dann löst sich dieses Problem von selbst.«

»Mann, das kommt gar nicht in Frage — nicht, nachdem ich soviel in Sie investiert habe!«

»Kein Grund zu ernstlicher Besorgnis«, meinte der Feldwebel Schulz ermunternd. »Denn was ist denn schon so ein angeblicher Zeuge? Man braucht doch nur einen anderen Zeugen zu organisieren — einen, der das genaue Gegenteil behauptet.«

»Und das, meinen Sie«, schnappte Sid Silvers zu, »könnte sich machen lassen?«

»Das mache ich«, sagte der Feldwebel Schulz zuversichtlich. »Denn zumindest das bin ich unserem McKellar und seiner Band schuldig.«

»Da sind Sie also!« Nancy Nelson musterte, in der Halle des *Hotels Semiramis*, Faust sichtlich erfreut. »Ich möchte mich gern mit Ihnen ein wenig näher beschäftigen — etwas dagegen, Sid?«

»Langsam, Nancy«, sagte Silvers, wobei er sich zwischen sie stellte. »Faust ist nicht dein Eigentum — er ist mein Geschäftspartner!«

»Kann ja sein«, meinte Nancy Nelson munter. »Aber was habe ich davon?«

»Was glaubst du denn davon möglicherweise haben zu können?«

»Nun — so was wie einen Begleiter; zunächst. Ich wollte mir den Zoologischen Garten von Kairo bereits vorige Woche ansehen — aber ich kam nicht dazu.«

»Jedes Taxi, Nancy, fährt dich dorthin!«

»Aber mein lieber Vater, der Colonel, wünscht ausdrücklich, daß ich mich hier niemals ohne ausreichenden Schutz bewege.«

»Nun gut, Nancy — dann werde ich dich begleiten!«

»Das ist sehr lieb von dir, Sid! Doch dein Freund Henry ist für mich im Augenblick interessanter. Gönnst du mir das nicht, Sid?«

»Nein«, sagte Silvers. »Das kann ich mir kaum leisten. Deine Neugier droht sich für mich zu einer glatten Geschäftsschädigung auszuwachsen — und möglicherweise mein Privatleben einzuengen. Solltest du hierauf Wert legen?«

»Wie kannst du so was annehmen, Sid!« rief Nancy amüsiert aus. »Ich bin doch nur ein Schaf. Nicht wahr? Vielleicht sogar in deinen Augen ein niedliches — das immer hinter dir hertrottet, solange es darf.«

»Komm, komm«, meinte Silvers, »spiele hier nicht etwa die Unschuld vom Lande. Warum willst du denn unbedingt deine gewiß niedliche Nase in Dinge stecken, die dich nichts angehen!«

»Na schön«, sagte Nancy unentwegt munter, »dann werde ich eben meinen lieben Vater bitten, mir einen Begleiter zu besorgen — und mir auch sonst Ratschläge zu erteilen und Aufklärung zu geben, über Vorgänge, von denen ich offenbar nichts verstehe.«

»Also gut«, entschied Sid Silvers widerwillig. »Ich überlasse dir meinen, deinen, unseren Faust — für zwei Stunden.«

»Und ich«, wollte der wissen, »werde überhaupt nicht gefragt?«

»Nein«, sagte Silvers. »Warum denn auch? Sie werden doch erkannt haben, hoffe ich, daß es sich hier um eine recht weibliche Art von Erpressung handelt. Was kann man gegen Neugier machen?«

»Falls Sie meinem Wunsch, von Ihnen begleitet zu werden«, versicherte Nancy, Faust ansehend, »nur ungern Folge leisten, dann bestehe ich nicht darauf.«

»Ich begleite Sie gern«, versicherte Faust mit einigem Eifer, »wohin auch immer Sie wollen! Nur fürchte ich, daß ich Ihnen nichts zu sagen habe, was nicht Ihr, oder eben unser Silvers Ihnen ebensogut sagen könnte — falls er das wollte.«

»Zwei Stunden also!« entschied Sid Silvers, nun wieder einigermaßen heiter. »Ich fahre euch zum Zoologischen Garten hinaus — mit meinem Bentley, der vor der Tür steht.«

»Sie haben einen Bentley?« fragte Faust interessiert.

»Es ist unser Firmenwagen! Und es ist nicht der einzige.« Silvers gab sich geschäftig. »Ich setze euch also ab und warte; ihr könnt die Flamingos von Kairo bewundern. Aber redet dabei kein dummes Zeug — schon gar nicht über meine Geschäfte.«

Zwei Stunden danach traf Silvers mit Nancy Nelson und Faust wieder im *Hotel Semiramis* ein — beim Nebeneingang in der Seitenstraße. Silvers öffnete die Wagentür. Faust stieg aus und reichte Nancy schier ritterlich die Hand.

Sie aber sagte zu Silvers: »Dein Faust kann, wenn er will, genauso nichtssagend herumreden wie du! Mein Lieber — ihr seid vielleicht zwei komische Vögel!«

»In deinen Augen, Nancy!« meinte Silvers, nicht unzufrieden. »Kann aber auch sein, daß du uns dazu machst — falls du nicht aufhörst, hier derartig unbekümmert mitmischen zu wollen!«

Nancy Nelson lachte auf und hüpfte dann die Treppen hinauf, um sich in ihr Zimmer zu begeben — nicht ohne beiden gleichermaßen herzlich und verheißungsvoll zugelächelt zu haben. Silvers sah ihr verkniffen nach. Faust gab sich gleichgültig.

»Imponiert Ihnen dieses neugierige Weibsbild etwa?«

»In gewisser Weise durchaus.«

»Kann ich verstehen«, gab Sid zu.

»Ich weiß aber: dies ist Ihr Revier, Silvers — zumal ich eine Menge wesentlich anderer Probleme habe.«

Sie ließen sich in der Halle des *Semiramis* nieder — an dem von ihnen bevorzugten und vom Oberkellner freigehaltenen Tisch. Sogleich wurde ihnen, wie gewohnt, Whisky auf Eis serviert — kleine Gletscherberge, von goldbrauner Flüssigkeit umspült. Sie lehnten sich zurück und streckten die Beine vor sich.

»Wie sehen denn Ihre Probleme derzeit aus?« wollte Sid Silvers wissen.

»Im Grunde immer die gleichen«, meinte Faust. »Sie wissen ja, daß ich ausbrechen will — zumindest bis zu unserem Vertrag wollte ich nichts als das. Und jetzt könnte ich das wieder — wenn ich wollte.«

»Und — wollen Sie?«

»Die Versuchung ist groß, Silvers! Vielversprechende Möglichkeiten werden mir geradezu aufgedrängt.«

»Von wem denn? Von unserem Muhammed?«

Faust nickte, wie anerkennend. Genießerisch schlürfte er von seinem Whisky. »Ein neutraler Paß wäre vorhanden, eine gebuchte Passage auch, Reisekostenvorschuß wird großzügig bewilligt — ich brauche also nur noch hier auszusteigen.«

»Wie denn?«

»Das ist doch ganz einfach!« Faust lächelte gewinnend. »Zum Beispiel brauchte ich jetzt nur zu sagen: Ich geh' mal austreten! Sie könnten dann ruhig bis zu jener Tür mitkommen oder mich von O'Casey begleiten lassen. Doch die Herrentoilette besitzt mehrere Entlüftungsfenster — und nur eine Querstraße weiter wartet ein Auto auf mich. Aber das ist noch nicht alles. Ich kann jedem auf mich angesetzten Bewacher jederzeit entwischen, so gut der auch aufpaßt. Ich renne dann einfach in eine Nebenstraße hinein, durch einen Hauseingang hindurch, von dort über ein Dach hinweg — auf ein wartendes Auto zu. Aber das wäre so gut wie sinnlos.«

»Sinnlos, Faust? Weshalb?«

»Ich könnte jetzt erklären: Weil für mich ein Vertrag ein Vertrag ist. Ich könnte sogar sagen, Silvers, daß Sie mir lieb und wert sind.«

»Und wohl auch, daß Nancy eine große Anziehungskraft auf Sie ausübt — der Sie sich nicht ohne weiteres entziehen wollen.«

»Gewiß, Silvers — auch das könnte ich sagen! Aber ich sage es nicht. Und zwar deshalb nicht, weil ich überzeugt davon bin, daß Sie genau wissen, was hier gespielt wird. Beziehungsweise: gespielt werden soll!«

»So — weiß ich das? Durch wen wohl?«

»Durch diesen Ali, Muhammeds Sohn, vermute ich. Denn der Knabe ist Ihnen ganz und gar ergeben — das zu erkennen war wirklich nicht schwer. Er wird Sie unterrichtet haben, nur um Ihnen persönlich einen Gefallen zu tun. Denkbar natürlich auch, daß Sie ihn geschickt ausgefragt haben.«

»Sie wußten also, daß ich es wußte — deshalb Ihr Entgegenkommen! Nichts wie eine wohlberechnete Einschätzung der gegebenen Möglichkeiten. Mann — mit Ihnen habe ich mir wirklich allerhand eingehandelt!«

Silvers lachte auf. Dann trank er sein Glas leer und bedeutete dem nächsten stumm wartenden arabischen Bedienten, ihm einen neuen Whisky zu bringen. »Kann doch auch sein, Faust, daß ich mich, wieder einmal, als erfolgreicher Einfänger eines notorischen Ausbrechers präsentieren wollte.«

»Wenn Ihnen so was Spaß macht, Silvers — ich stehe zur Verfügung.«

Doch Sid Silvers winkte ab. »Wissen Sie, was ich vermute, Faust? Vermuten muß? Nicht nur Sie wollte man wirksam verführen — sondern auch ich sollte geradezu elegant hereingelegt werden.«

»Durch Muhammed?«

»Na klar!« Sid Silvers schlug mit der flachen Hand auf den Tisch. »Denn es ist zwar Muhammeds Sohn gewesen, der mir Details über Ihre neuesten Ausbruchsmöglichkeiten zugeflüstert hat, unter dem Siegel der Verschwiegenheit, versteht sich. Doch sein Vater kann ihm das eingetrichtert haben.«

Faust nickte. »Das ist unserem Geschäftsfreund durchaus zuzutrauen! Er macht mir ein ebenso heikles wie auch vielversprechendes Angebot — und zugleich läßt er Sie hinterrücks darüber informieren. Unser Muhammed kennt sich ganz gut aus in dieser Scheißwelt — allerdings ohne uns beide wirklich erkannt zu haben.«

»Fürwahr — ein prächtiger Intrigant!« Silvers lächelte nahezu respektvoll. »Erst setzt er Sie in Bewegung, dann setzt er mich auf Sie an — damit ich Sie, gerade noch rechtzeitig, abfangen kann. Danach aber — so hat er sich wohl ausgerechnet — muß ich mich von Ihnen hintergangen fühlen, also danach trachten, Sie abzuservieren.«

»Diesen Gefallen werden wir ihm kaum tun — was?«

Silvers hob sein Glas: »Wir verstehen uns, Henry!«

»Und nur deshalb wohl, Sid, lebe ich noch — gerade so!«

»Gentlemen!« sagte der Colonel Nelson betont förmlich. »Mir liegen hier diverse, sehr weitgehende Anschuldigungen gegen einen Angehörigen dieses Lagers vor. Sein Name ist Faust.«

»Anschuldigungen«, sagte Hauptmann Müller-Wipper kraftvoll, »die wir zutiefst bedauern, die wir aber als äußerst schwerwiegend ansehen müssen.«

»Doch keinesfalls als bewiesen, Sir!« rief, wie vereinbart, Captain Moone aus.

Der Colonel nickte entschieden. »Um das herauszufinden, sind wir hier.«

Diese sozusagen amtliche Untersuchung — nach den Spielregeln einer Gerichtsverhandlung — fand in der einstigen Vernehmungsbaracke am Rande des nunmehrigen »Stadions« statt. Die deutsche Lagerkommandantur hatte beharrlich darauf gedrängt und schließlich in Major Turner einen heftigen Fürsprecher gefunden.

»Das«, rief der aus, »muß endlich geklärt werden!«

»Nach den hier zur Zeit geltenden Bestimmungen und Richtlinien«, bestätigte Colonel Nelson.

Er glaubte seiner Sache — seiner stets guten Sache, da er sie vertrat — durchaus sicher zu sein. Zumal ihm das Silvers bestätigt hatte. Dessen erwartungsfrohes Lächeln stimmte denn auch zuversichtlich — kaum merkbar blinzelten sie sich zu.

Colonel Nelson hatte in der Mitte der Breitseite eines langen Tisches Platz genommen. Neben ihm, rechts, saß Oberst von Schwerin, zu dieser Untersuchung als ›Fachmann‹ hinzugebeten. Ganz rechts außen: Major T. S. Turner — und hinter ihm gleichfalls zwei ›Fachleute‹: Müller und Roßberg. Sie stellten eine Art Anklagevertretung dar. Für die Verteidigung war, links außen, Captain Moone, der Londoner Rechtsanwalt, aufgeboten — in dessen unmittelbarer Nähe sich Sid Silvers aufhielt.

»Beginnen wir also«, sagte der Colonel. »Und achten wir dabei darauf, daß alles so fair wie irgend möglich vor sich geht. Ich wünsche einwandfreie Ergebnisse!«

Es erschien Faust. Er blieb zunächst an der Tür abwartend stehen. Kam dann näher — von Colonel Nelson herbeigewinkt. Der betrachtete ihn längere Zeit.

Hierauf sagte der Colonel, lässig die rechte Hand hebend, zum allgemeinen Erstaunen: »Heil Hitler, Volksgenosse Faust!«

»Heil Hitler, Sir«, sagte der in entgegenkommendem Ton.

»Wenn ich aber nun sagen würde: *God save the King* — wie würden Sie dann reagieren, Mr. Faust?«

»Dann würde ich das auch sagen, Sir! Wenn es Ihnen nur Freude macht.«

Colonel Nelson lachte auf, schien daran Gefallen zu finden, lachte weiter — doch ganz plötzlich verstummte er. Um dann zu fragen: »Sind Sie ein Nazi?«

»Nein.«

»Sind Sie jemals ein Nazi gewesen?«

»Das weiß ich nicht ganz genau«, sagte Faust. »Sind Sie einer, Sir?«

»Das«, bellte Major Turner auf, »geht denn doch wohl zu weit!«

»Lassen Sie ihn ruhig, Major«, meinte der Colonel souverän und äußerst verbindlich. »Wir Briten werden in solchen Zusammenhängen ja gern diverser Unmenschlichkeiten beschuldigt. Etwa einiger Vorfälle in Indien, im vorigen Jahrhundert. Oder auch, knapp vierzig Jahre vor dieser Zeit, der Errichtung von Konzentrationslagern für die Buren. Lassen Sie ihn nur reden. Wollen Sie darauf hinaus, Mr. Faust?«

»Wie soll ich denn wissen, was ich hier will«, erklärte der. »Denn ich weiß ja nicht, was Sie von mir wollen!«

»Eindeutige Zeugenaussagen liegen vor!« rief Hauptmann Müller-Wipper. »Zeugenaussagen, die unerschütterlich sind. Eindeutig gegen Faust!«

»Aber es existieren auch Zeugenaussagen für ihn!« stellte Colonel Nelson fest. »Versuchen wir, uns ein möglichst vollständiges Bild zu machen!«

Er ließ dann einen von der deutschen Kommandantur gelieferten Zeugen gegen Faust aufmarschieren. Hierauf einen Zeugen für Faust; dieser war von Feldwebel Schulz organisiert worden. Beide hörte sich der Colonel geduldig an.

»Diese Argumente«, sagte er sodann, die Hände faltend, »vermögen mich nicht zu überzeugen. Vielmehr will mir scheinen, daß hier eine Behauptung die andere aufhebt.«

»Es steht also eins zu eins«, meinte Copland, selbst hier noch Fußballpräsident. Er stand neben McKellar in Türnähe. »Mithin unentschieden.«

»Dies ist eine Verhandlung«, sagte T. S. Turner, »und kein Freundschaftsspiel! Hier geht es um harte Tatsachen. Um einen notorischen Ausbrecher, der noch dazu Faschist sein soll — was ganz gut, in unserer Situation, zusammenpaßt!«

»Sir!« bemerkte Hauptmann Müller-Wipper, »wir sind entschlossen, uns von fragwürdigen Elementen zu befreien! Wir distanzieren uns von ihnen — entschieden!«

»Schön, schön!« sagte Colonel Nelson. »Und wie ist das mit Ihnen, Kriegsgefangener Faust — fühlen Sie sich durch derartige Behauptungen betroffen?«

»In gewisser Hinsicht schon, Sir.«

»Stimmt es, daß Sie gelegentlich ›Heil Hitler‹ gerufen haben?«

»Gelegentlich, Sir! Etwa auf dem Lokus.«

»Nun, ich meine: dies ist ein ganz geeigneter Ort dafür!« versicherte der Colonel, wobei er den Oberst von Schwerin anlächelte. Der lächelte zurück und nickte.

»Dieser Faust«, rief nun der Hauptmann Müller-Wipper, »ist

ein ausgemachter, mit allen Wassern gewaschener Provokateur! Ausreichendes Material steht zur Verfügung.«

»Es wird nichts davon verlorengehen«, sagte Colonel Nelson. »Wir nehmen es zu den Akten. Sonst noch was?«

»Außerdem« — das stieß nun Müller-Wipper scharf hervor, herausfordernd deutlich — »scheint festzustehen, daß sich dieser Faust als Schwarzhändler betätigt! Und das sogar in ganz großem Stil — drüben in Kairo. Gemeinsam mit Sergeant Silvers!«

»Aber das ist doch völlig absurd!« meinte Colonel Nelson überzeugt. »Silvers macht so was nicht! Der hat mein vollstes Vertrauen!«

Nun schaltete sich Captain Moone ein. »Eine derartig eindeutige Erklärung von Colonel Nelson dürfte doch wohl kaum angezweifelt werden, wie?«

»Keinesfalls!« verkündete, eingreifend, der Oberst von Schwerin. Er sagte es ebenso energisch wie besorgt. »Erlauben Sie mir, das verbindlich zu versichern! Dennoch möchte ich bemerken, daß die über Faust zusammengetragenen Unterlagen, von bewährten Offizieren meiner Umgebung erstellt, mir denn doch durchaus beachtenswert erscheinen wollen.«

»Darf ich dazu mal was sagen, Sir?« erkundigte sich, von der Tür her, Sergeant-Major Ken McKellar, der bis dahin in dumpfen Schweigen dagestanden hatte.

»Sagen Sie es!« forderte ihn Colonel Nelson auf.

»Soweit ich informiert bin«, erklärte McKellar gewichtig, »sind diese Verdächtigungen gegen Faust ganz einfach infam. Widerlich. Gemein. Das müssen Sie mir glauben, Sir —!«

»Weiter!«

»Dieser Faust hat, kurz vor Kriegsschluß, seine Eltern verloren. Sie wurden denunziert, vor ein Sondergericht gestellt und hingerichtet — wegen Hochverrat, Wehrkraftzersetzung oder ähnlichem.«

»Stimmt das, Faust?«

»Sie sind tot«, sagte der abweisend.

»Doch warum!« rief Hauptmann Müller-Wipper aufspringend. »Nach unseren Unterlagen scheint festzustehen, daß es sich bei den Eltern dieses Faust nicht um wahrhafte Widerstandskämpfer gehandelt hat, sondern um gewissenlose Provokateure!«

»Armes Deutschland«, sagte Colonel Nelson leise — doch vernehmbar. Und der deutsche Oberst neben ihm senkte sein Haupt.

Sergeant McKellar erklärte: »Bei uns in Schottland pflegt man in solchen Fällen zu sagen: Die Scheiße weiß nicht, daß sie stinkt.«

»Wir sind hier aber nicht in Schottland.« Colonel Nelson betrachtete den Sergeant-Major nicht ohne Wohlwollen. Dann musterte er Müller-Wipper und fragte ihn: »Halten Sie Ihre Behauptungen nicht für ein wenig zu gewagt?«

»Nein«, sagte der steif. Worauf er tief Luft holte und dann erklärte: »Das, Sir, ist noch nicht alles. Und so sehr ich auch bedaure, das aussprechen zu müssen, Sir, aber dieser Faust ist in Peenemünde beschäftigt gewesen — also bei der Raketenabschußbasis gegen England.«

»Das«, rief Major T. S. Turner, »paßt ganz in das Bild, das ich mir von diesem Bastard gemacht habe!«

»Sagten Sie Peenemünde?« fragte der Colonel, sich zurücklehnend — wobei er zu Sid Silvers hinübersah.

Der beugte sich zu Captain Moone hinunter. Und der erklärte wenige Sekunden danach: »Das ist ein völlig neuer Gesichtspunkt. Er ist in keiner der bisherigen Unterlagen über Faust enthalten gewesen. Ich bitte also um eine Vertagung dieser Untersuchung, um mögliches Material hierzu überprüfen zu können.«

»Eine Unterbrechung wird bewilligt!« entschied Nelson, nach zustimmendem Nicken von Silvers. »Dauer derselben: eine Stunde.«

»Jetzt haben wir ihn!« rief T. S. Turner und schlug Müller-Wipper auf die breiten Schultern.

Auch er wußte — wie alle anderen —, was Peenemünde zu bedeuten hatte: ein immer noch, zumindest für Briten, höchst alarmierender Fall! Leute, die dort beschäftigt worden waren, mußten unverzüglich in ein Speziallager in der Nähe von London eingeliefert werden. Damit aber war man diesen Faust endgültig los!

Nach einer Stunde marschierte der Zeuge gegen Faust auf — Krauser, Hermann, von Major Roßberg abgerichtet so gut es ging. Und er erklärte geradezu feierlich: »Ich habe ihn — Faust — gesehen. Mitten im Lager von Peenemünde. An einer Rakete arbeitend!«

Captain Moone, von Sid Silvers unterstützt, bot prompt einen Gegenzeugen auf — Feldwebel Schulz. Und der versicherte: »Faust und ich sind im Verlauf der letzten Jahre — von neunzehnhundertneununddreißig bis neunzehnhundertfünfundvierzig — stets bei der gleichen Einheit gewesen. Doch niemals in Peenemünde!«

»Alle diesbezüglichen Unterlagen«, versicherte Captain Moone, »sind genauestens überprüft. Sie besagen so gut wie gar nichts. Klar ist hingegen die Laufbahn des Feldwebels Schulz. Wenn Schulz nun versichert, immer mit Faust zusammengewesen zu sein — dann kann sich der auch nicht in Peenemünde betätigt haben.«

»Was ich auf meinen Eid nehme!« versicherte der Feldwebel Schulz.

Damit war alles entschieden. Colonel Nelson sprach ein Machtwort: der Verleumder Krauser wurde nach England abserviert — da er allem Anschein irgendwelche Kenntnisse von Peenemünde besaß. Faust wurde freigesprochen. Die restlichen Teilnehmer an dieser Untersuchung durften sich entfernen.

»Sir«, sagte Sid Silvers anerkennend zum Colonel, »diesmal haben Sie sich selber übertroffen!«

»Wir sollten uns noch ein wenig näher kennenlernen, Henry«, meinte Nancy Nelson lebhaft. »Darauf bestehe ich!«

»Das wird aber«, gab Faust zu bedenken, »unserem Freund Silvers gar nicht recht sein. Sie wollen doch nicht etwa, Miß Nancy, uns beide gegeneinander ausspielen?«

»So ungefähr, Henry.«

»Und Sie glauben, da mache ich mit?«

»Ach, Henry, was bleibt Ihnen denn anderes übrig!«

Sie hatte ihn zu sich bestellt, ins *Hotel Semiramis* — durch einen Boten, den sie zu Sitahs Apartment geschickt hatte; mithin kannte sie auch diese Adresse bereits. Die Faust übermittelte Botschaft besagte: Er werde von Sid Silvers dringend erwartet.

Nun trank Faust in der Hotelhalle Tee. Nancy hatte sich Gin mit Zitrone auf Eis bestellt. Und der unvermeidliche Peter O'Casey saß einen Tisch seitwärts von Ihnen und schlürfte irisches Exportbier. Das alles auf Spesenrechnung des leistungsfähigen Unternehmens »Holiday Service«.

»Was Sie sich hier so unbedenklich leisten, Miß Nancy«, sagte Faust warnend, »das könnte sich tatsächlich zu einer empfindlichen Störung der Geschäfte von Sid Silvers auswachsen. Und in dieser Hinsicht, fürchte ich, versteht er wenig Spaß.«

»Aber Ihnen gefällt es — nicht wahr?«

»Natürlich macht es mir Freude, Sie zu sehen«, versicherte Faust. »Sie sind ungemein attraktiv — und das wissen Sie genau.«

»Dann rücken Sie doch näher, Henry!«

»Sie überschätzen mich, vermutlich — in der hier für mich gegebenen Situation. Unter anderen Umständen wäre ich Ihnen inzwischen wohl schon kräftig auf die Bude gerückt!«

Das können Sie haben: Sie brauchen nur in mein Hotelzimmer zu kommen — wozu Sie herzlich eingeladen sind.«

»Was wollen Sie damit beweisen? Nicht sich, nicht mir — aber doch wohl Silvers?«

Nancy Nelson sah Faust groß an. Dabei trank sie von ihrem Gin, lächelte ausgedehnt und sagte dann: »Dem möchte ich gern eine Lektion erteilen.«

»Und warum, Nancy?«

»Er ist zu selbstsicher! Er glaubt, mit allen Menschen, die ihm über den Weg laufen, machen zu können, was er will — und wann er will. Auch mit mir! Und dagegen will ich endlich was tun. Mit Ihrer Hilfe, Henry?«

»Tut mir leid. Ich lasse mich nicht gegen Silvers mißbrauchen!« Faust erklärte das mit Entschiedenheit. »Von niemandem!«

Nancy Nelson lachte auf. »Fürchten Sie ihn?«

»Ich bin ihm verpflichtet«, versicherte Faust. »In mehrfacher Hinsicht.«

»Und mir gar nicht?«

»Nicht im geringsten, Nancy! Und ich kann nur hoffen, daß Sie nicht den Fehler machen, ihn zu unterschätzen. Sie könnten damit sich und uns allen eine Menge Ärger ersparen.«

»Sie vergessen dabei nur«, sagte Nancy Nelson, »daß ich eine Menge von Ihnen weiß. Ich kann Sie zwingen, mir den einen oder anderen Gefallen zu tun!«

»Wollen Sie das unbedingt?«

»Warum denn nicht?« erklärte sie, trank ihr Glas leer und sagte dann, ohne ihn anzusehen: »Sie sind ein Deutscher!«

»Was besagt das schon.« Faust war bemüht, sich gelassen zu geben.

»Sie sind Kriegsgefangener.«

»Fragen Sie mal Silvers, was er dazu meint.«

»Sie sind Kriegsgefangener in einem Lager, in dem mein Vater Kommandant ist.«

»Wollen Sie den aufklären — über mich?« Faust sah sie besorgt prüfend an. »Versuchen Sie das nur — wenn Sie Silvers unbedingt und endgültig loswerden wollen.«

»Silvers! Immer wieder Silvers!« rief Nancy Nelson. »Ich kann diesen Namen nicht mehr hören! Klingt für mich schon fast wie eine Firma, zu der ich auch gehören soll! Und Sie selbstverständlich. Warum tun wir nicht endlich was dagegen? Wir beide! Gemeinsam.«

»Also gut, Nancy«, sagte Faust und erhob sich. »Dann gehen wir also auf Ihr Zimmer.«

»Na prima!« Nancy Nelson erhob sich ebenfalls. »Wenn ihn das nicht aus seinem Gleichgewicht bringt — was dann?«

Auch Peter O'Casey stemmte sich hoch; das jedoch nicht, ohne schnell noch sein Bier auszutrinken. »Wohin denn?« fragte er.

»Zu mir — in mein Hotelzimmer«, klärte ihn Nancy auf. »Was dagegen?«

»Das«, sagte der schwergewichtig, »ist nicht eingeplant!«

»Aber wohl nicht zu vermeiden, Peter«, erklärte Faust. Und flüsternd fügte er hinzu: »Verständige Silvers! Er soll hier schnellstens erscheinen — bevor es womöglich zu spät ist.«

»Ich benötige Faust dringend; zumindest für den nächsten Sonnabend«, forderte Ken McKellar.

Silvers nickte. »Den kannst du haben, von mir aus für immer!«

»Nächster Sonnabendnachmittag genügt!« versicherte der Sergeant-Major. »Dann findet nämlich das große Fußballendspiel um die Meisterschaft statt. Auch meine Band wird in Aktion treten. Und auf Faust, meinen Ersten *piper*, kann ich nicht verzichten.«

»Brauchst du auch nicht, Ken.«

McKellar, Faust und Silvers saßen im Rolls-Royce-Schuppen des Sergeants — dem störungsfreiesten Raum im Lager. Sie tranken und schwiegen sich an. Dann erschien Corporal Copland. Und der wirkte ungemein tatenfreudig.

Copland verkündete: »Diesmal werden wir es schaffen!«

»Wer ist wir!« sagte Sid Silvers gleichgültig. »Und was wollt ihr schaffen?«

»Den Sieg!«

»Was für einen Sieg denn, Mensch?«

»Na, den Sieg unserer Auswahlmannschaft!« Corporal Copland war verwundert. »Da kann Major Turner aufbieten, was er will — diesmal wird seine Mannschaft bei uns auf Granit beißen!«

»Der Colonel persönlich«, berichtete Ken McKellar, »hat eine Art Volksfest angeordnet! Und dabei wird meine Band aufspielen! Wozu ich eben unseren Faust benötige — hoffentlich nicht zum letztenmal!«

»Wieso denn zum letztenmal, Mensch?«

»Nun — wo doch weitere, verschärfte Untersuchungen gegen ihn angeordnet sind!« klärte ihn Ken McKellar auf. »Mit neuem Material und weiteren wichtigen Zeugen.«

»Irgendwelche Hunde bellen immer«, sagte Faust, »aber die Karawane zieht bekanntlich weiter!«

»Wir wünschen Ihnen das Beste, Faust!« versicherte Corporal Copland. »Aber bei Leuten wie Roßberg und Müller muß man immer auf einiges gefaßt sein.«

»Stimmt«, sagte der Sergeant-Major, »die leisten es sich doch tatsächlich, und zwar mit Zustimmung des Colonels, eine Art Konkurrenzorchester zu gründen! So mit Geigen und Schifferklavier! Was mein künstlerisches Empfinden auf das schwerste beleidigt.«

»Besonders sportlich jedenfalls«, meinte Copland, »ist das gerade nicht.«

»Ach, geht doch zum Teufel — ihr alle!« rief Sid Silvers plötzlich. »Ich kann eure Biedermannsvisagen nicht mehr ertragen! Verschwindet gefälligst!«

»Gern«, erklärte Ken McKellar würdevoll. »Aber du erlaubst doch wohl, daß ich die Whiskyflasche mitnehme?«

»Könnte ich auch eine bekommen?« erkundigte sich Corporal Copland höflich. »Und zwar für jede meiner Mannschaften eine? So was würde meine Männer mächtig anfeuern!«

Silvers bewilligte sechs Flaschen: drei für Copland, zwei für McKellar; die sechste war für Mary Timemaker, »statt Blumen«. »Bei nächster günstiger Gelegenheit werde ich dafür kassieren,

Kameraden! Aber nun macht endlich, daß ihr mir aus den Augen kommt, ihr kläglich zweckentfremdeten Zeitgenossen!«

McKellar und Copland entfernten sich grinsend. Faust wollte ihnen folgen. Doch ihn hielt Sid Silvers zurück. »Sie bleiben! Denn wir beide sind miteinander noch nicht fertig!«

»Das, Silvers, werden wir wohl niemals sein!«

Sie saßen jetzt, wie einträchtig, nebeneinander. Doch sie vermieden es, einander anzusehen. Längere Zeit schwiegen sie.

Dann sagte Sid mit großer Ruhe: »So geht das wirklich nicht weiter, Faust.«

Und der sagte, nicht minder ruhevoll: »Sollten Sie etwa um Nancy fürchten?«

»Noch nicht.«

»Das brauchen Sie auch nicht, Silvers! Und wenn ich auch sozusagen in ihr Hotelzimmer geschleift worden bin — es ist dort nichts passiert, was Sie irgendwie beunruhigen könnte.«

Sid Silvers winkte ab. »Ich weiß, was ich weiß! Nancy, dieses niedliche Luder, hat versucht, uns gegenseitig auszuspielen.«

»Stimmt genau!« bestätigte Faust erleichtert. »Womit sie sich aber — bei mir — verrechnet hat.«

»Auch Sie, Faust, sind schließlich ein Mann; und Nancy ist nichts anderes als ein weibliches Wesen. Das ist eine Tatsache! Eine unter anderen!«

»Damit also«, meinte Faust, »sieht meine Zukunft vermutlich so aus: Ich mime bei McKellar den Ersten *piper* und kann mich weiter mit unseren Nazis herumschlagen! Bis die mich endgültig erledigt haben.«

»Sie könnten aber auch noch im Sonderlager für unverbesserliche Faschisten landen! Weit unten im Sudan, wo Sie dann schmoren wie ein Spanferkel am Rost! Oder Sie werden sonstwohin abgeschoben — es gibt da noch mehrere Möglichkeiten!«

»Schöne Aussichten — so oder so!« Faust sah Silvers offen an. »Dabei ist wohl die Hauptsache für Sie, daß ich hier aus dem Bereich Ihrer Nancy verschwinde — in möglichst unerreichbare Fernen!«

»Ersparen Sie mir gefälligst einen derartig verdammten Unsinn, Menschenskind!« rief Sid. »Ich will hier nichts wie meine Geschäfte machen — und Sie sind für mich der denkbar beste Partner! Aber leider kann ich Sie mir nicht auf die Dauer leisten!«

»Also muß ich verschwinden. Jedoch — wie? Und wohin? Nach Deutschland?«

»Warum denn nicht? Sie brauchen da gar nicht so gierig zu schauen.« Silvers fühlte sich belustigt. »Von mir aus sollen Sie bekommen, wonach Sie so dringlich zu verlangen scheinen.«

»Danke, Sid«, sagte Faust.

»Nicht die geringste Veranlassung dafür! Denn dort — in Ihrem

Deutschland — werden Sie sich bald nach unseren Zuständen hier in Kairo und vielleicht sogar nach denen im Lager zurücksehnen. Aber das soll dann Ihre Sorge sein.«

»Trotzdem, Silvers — herzlichen Dank! Und was ist der Preis dafür? Sie pflegen schließlich nichts zu verschenken.«

»Stimmt genau! Sie werden zuvor die wichtigsten Verträge mit Muhammed unter Dach und Fach bringen.«

»Wird erledigt! Und wie wär's mit einem kleinen Abschiedsgeschenk?«

»Sie bekommen Ihre Anteile — wie ausgemacht.«

»Fein, Silvers! — Aber das meine ich gar nicht. Mir geht es da um die Erfüllung eines Lieblingswunsches. Ich möchte mich hier von einigen besonders nachdrücklich verabschieden.«

»Worauf wollen Sie hinaus, Faust? Möglichst genau! Wen wollen Sie denn hier, bevor Sie abtreten, noch aufs Kreuz legen?«

»Roßberg und Müller! Dann wäre mir wohler.«

»Und wie stellen Sie sich das vor?«

»Dazu, vermute ich, wird uns sicherlich noch einiges einfallen! Uns und unseren Freunden.«

»Menschenskind, Faust! Muß denn das unbedingt sein? Sie kommen mich tatsächlich verdammt teuer zu stehen! Nun gut, Mann, nun gut — auch dieses heikle Geschäft ist schon so gut wie perfekt. Denken wir nun mal gemeinsam, aber ganz scharf, darüber nach!«

Das große fußballfreudige Volksfest im Lager — dem denkbar besten aller britischen Lager — begann außerordentlich vielversprechend. Bereits in den Mittagsstunden des Sonnabends. Denn der Sergeant-Major ließ zusätzliche Verpflegung ausgeben!

Und die bestand nicht nur aus Hammelbraten mit reichlich Soße und Kartoffeln dazu — insgesamt etwa sechshundert Gramm pro Person —, zusätzlich wurde auch noch eine Art Pudding ausgegeben, der seine einhundertfünfzig bis zweihundert Gramm wog. Ferner wurde, für das Abendessen, Corned beef angekündigt. Und zwar eine Portion in jedem Fall; doch eine doppelte beim Sieg der Lagermannschaft. Dafür hatte Copland gesorgt.

Einige der so enthusiasmierten Kriegsgefangenen stimmten spontan ein kräftiges »Hurra« an — was entschieden zu weit ging. Leutnant Langohr, derzeit deutscher Lagerordnungshüter, stürzte sich denn auch sofort auf diese Leute — auf Weisung von Hauptmann Müller.

»Immer Haltung bewahren, Kameraden!« rief er ihnen zu. »Was die Briten auch immer tun — sie tun das alles aus Berechnung!«

Doch selbst er vermochte die sich anbahnende gute Stimmung

nicht zu trüben. Die Leute hatten zwar in diesem Lager niemals
schwer zu hungern brauchen, aber satt waren sie auch niemals
geworden. Kein Wunder daher, wenn die Fülle der Kalorien, die
sie in sich hineinstopfen durften, erwartungsvolle, behagliche
Festfreude erzeugte.

»An diesen Tag«, versicherte einer der so abgespeisten Kriegsgefangenen, »werden wir noch lange zurückdenken.« Womit er
dann auch recht haben sollte.

Um vierzehn Uhr dreißig — das Fußballspiel zwischen der britischen und deutschen Auswahlelf war für fünfzehn Uhr festgesetzt
— gab es den festlich fröhlichen Auftakt: die inzwischen wesentlich verstärkten »Scottish-Bavarian-Highlanders« hatten sich beim
Innentor formiert. Von hier aus setzten sie sich in Bewegung und
schritten — pfeifend und trommelnd — die Lagerstraße entlang. Sie
spielten zunächst: *My home.*

Feldwebel Schulz, eine breite Schärpe aus schottischem Tuch
tragend — eine Art riesigen Knüppel schwingend —, schritt ihnen
voran. Worüber niemand zu lachen wagte — denn der mächtige
Sergeant-Major bewegte sich stolz und genießerisch neben Schulz.
Sie schritten zunächst zum Tor der Zone C.

»Schweeen-ken!« rief McKellar seiner Band zu. »Fooolgen!«
befahl er den Leuten von C.

Alles — auch dies — war denkbar gründlich organisiert. Der
Sergeant-Major holte, diesmal mit Musik, die Teilnehmer des
Fußballfestes ab — je Zone zweihundertfünfzig Mann. Die Mit-
nahme von Spruchbändern, Fahnen und Wimpeln war ausdrücklich erlaubt worden; mit der einzigen Auflage: Nazisymbole oder
-sprüche durften nicht in Erscheinung treten — das würde den
sofortigen Ausschluß nicht nur der Zuschauer, sondern auch der
Fußballspieler der jeweiligen Zone zur Folge haben. Und das
wollte natürlich niemand.

»Als nächste Darbietung«, rief Ken McKellar seiner Band zu:
»*The Rhodesian Regiment!*«

Und unter diesen munteren Klängen bewegte sich alsbald eine
lange Schlange freudiger Festteilnehmer durch das Lager, Sitzge-
legenheiten tragend, auch einige, noch verdeckte, Spruchbänder
dazu — zum Fußballplatz, dem »Stadion«, hin.

»Das ist ja fast schon Rattenfängerei!« meinte Hauptmann
Müller-Wipper.

»Hauptsache«, versicherte Major Roßberg, »unsere Leute siegen! Und dafür, hoffe ich zuversichtlich, wird dieser Copland sorgen. Das traue ich dem glatt zu! Schließlich haben wir ihm diese
Fußballspielerei zu verdanken!«

Da diesmal sogar Colonel Nelson — auf Anraten von Silvers — sein Erscheinen zugesagt hatte, zögerte auch der Oberst von Schwerin nicht, diese Veranstaltung zu besuchen.

Die Herren Kommandanten trafen sich, wie verabredet, am inneren Tor. Der Oberst hatte, in gemessener Entfernung, auf das Auftauchen des Colonels gewartet. Es schien, als schritten sie sich ganz zufällig entgegen.

Sie blieben, auf genau drei Meter Entfernung, einander gegenüber stehen. Sie grüßten sich, militärisch, mit genau dem Zeremoniell entsprechenden Bewegungen — nicht schwungvoll exakt, eher leicht lässig. Schließlich sahen etliche hundert Leute neugierig zu. Was aber Nelson und den von Schwerin nicht daran hinderte, sich anzulächeln, dezent und sozusagen intern.

»Freue mich«, sagte der Colonel.

»Ganz meinerseits«, sagte der Oberst.

»Zumal ich eine kleine — angenehme — Überraschung für Sie habe vorbereiten lassen.«

»Bin außerordentlich gespannt!«

Sie begaben sich — Seite an Seite, dabei stets angemessen Abstand haltend — in das dicht, breit und hoch abgezäunte nunmehrige »Stadion« hinein. Doch hier nahmen sie noch nicht die für sie bereitstehenden Stühle ein — sie schritten vielmehr um die Leute, die es sich beim Fußballfeld bequem machten, herum, auf die hintere linke Ecke zu. Hier blieben sie stehen.

Und der Colonel fragte, mit großer Geste: »Nun, mein Lieber, was sagen Sie dazu?«

»Beachtlich!« sagte der Oberst hocherfreut, den Anblick genießend. »Wirklich sehr beachtlich!«

»Eine äußerst exakte Rekonstruktion!«

Was sie vor sich hatten, war ein riesiges, sorgfältig gebautes Modell von nahezu fünfundzwanzig Quadratmetern — darstellend: die Schlacht von El Alamein! Was wohl sonst! Und das war nicht nur eine respektgebietende fachmännische Leistung in ihren Augen — das war geradezu ein Kunstwerk!

Sie erblickten: das tiefblau gefärbte Mittelmeer, die grellgelbe Wüste dahinter, sodann grauweiße Bergketten. Und dazwischen: kleinformatige, kaum maikäfergroße Panzerattrappen; knopfartige, wie gebündelt wirkende Abwehrstellungen; und ein ameisenhaftes Gewimmel von Miniaturfiguren, Streichhölzern und Papierfähnchen, wodurch Kampfgruppen, Einzelverbände und Divisionen dargestellt wurden.

Der Oberst Henning von Schwerin-Sommershausen vermochte sein Entzücken über diesen Anblick nun nicht mehr zu verbergen. »Einfach herrlich!« rief er aus. »Das ist der schönste Augenblick für mich seit Jahren — sagen wir: seit dem Tag, an dem ich Rommel zu seinem Sieg bei Tobruk gratulieren konnte.«

»Ich wollte«, meinte Colonel Nelson bedächtig, »wir könnten das alles in Muße genießen.«

»Wer sollte uns daran hindern?«

»Einige unserer Offiziere, fürchte ich, Herr Oberst! Für Ihren Bereich nenne ich da nur zwei Namen: Roßberg und Müller! Sie drohen jede gute, gesunde Entwicklung in diesem Lager zu stören.«

»Die halten das vermutlich für einen durchaus berechtigten und bei Kriegsgefangenen allgemein üblichen Vorgang.«

»Aber eben damit, Herr Oberst, vermag ich mich auf die Dauer nicht abzufinden. In unser aller Interesse! Dafür werden Sie Verständnis haben — hoffe ich sehr.«

»Hört mal her, Men!« rief Corporal Copland seiner ihn im Halbkreis umstehenden Auswahlelf zu. »In wenigen Minuten werden wir das Fußballstadion betreten — und dann werden wir siegen! Klar?«

»Klar!« Das versicherte der Oberleutnant Hartmannsweiler, der nicht geruht hatte, bis er sich als Mittelstürmer und Mannschaftskapitän betätigen konnte. »Wir siegen — halbwegs normale Verhältnisse vorausgesetzt! Falls uns allerdings die Briten wieder mit einer ausgekochten Profimannschaft kommen sollten . . .«

»Dann werden wir eben kämpfen, Men! Sportkameraden! Kämpfen werden wir dann wie die Löwen! Und wenn nicht — dann werde ich wie ein Wüstensturm über euch hinwegbrausen; dann lasse ich euch am ausgestreckten Arm verhungern! Kapiert? Aber dazu darf und wird es nicht kommen — diesmal nicht! Denn nun mal ganz im Vertrauen, Männer — Major Turner hat diesmal eine Menge Schwierigkeiten. Und die gönne ich ihm!«

»Hört mal her, Leute!« rief zur gleichen Zeit der Major T. S. Turner, an der anderen Seite des Fußballstadions, seiner ihn gleichfalls im Halbkreis umstehenden Auswahlmannschaft zu. »Ihr müßt es schaffen! Das sind wir einfach Großbritannien schuldig! Wenn nicht dem ganzen Empire!«

Er war einigermaßen zuversichtlich; und dazu glaubte er auch berechtigt zu sein. Denn er hatte aus seinem direkten Bereich die gleichen vier begabten Fußballer aufgestellt wie beim vorigen Mal; drei Mitwirkende waren Profis, von benachbarten Einheiten ausgeborgt; hinzukamen, auf den Ratschlag von Silvers, vier weitere Männer, die zu den beiden Absicherungspanzern gehörten.

Es waren dies die Panzer, die T. S. Turner vor einigen Tagen angefordert hatte. Sie standen immer noch im britischen Bereich des Lagers herum. Zur Zeit hielt sich der Rest der Besatzung, freudig gaffend, am Zaun auf. Und wurde dort von O'Casey, im Auftrag von Silvers, mit schwerem, milchigem Bier aus Irland großzügig versorgt. Auch Mary Timemaker fand sich ablenkungsbereit ein.

»Wir werden siegen, Leute!« verkündete der Major Turner abschließend seiner Mannschaft. »Und warum werden wir siegen? Weil das verdammt selbstverständlich ist! Denn schließlich sind unsere Gegner Deutsche! Das sagt doch wohl alles.«

Mitten auf dem Fußballfeld hatte sich Ken McKellars Band gruppiert. Die »Scottish-Bavarian-Highlanders« spielten, nach *The Rodesian Regiment, Jock Wilson's Ball,* danach *The Kilt is My Delight.* Und das alles spielten sie sehr eindringlich, durchaus schwungvoll, aber auch gellend laut. Der Beifall der versammelten Kriegsgefangenen war allgemein und anhaltend.

Ken McKellar blinzelte dankbar anerkennend seinem Ersten *piper* zu — seinem Faust. So hinreißend schön, in wundersam anund abschwellenden Tonfolgen, jauchzend, wie beglückt, hatte der bisher noch niemals geblasen. Er würde ihn vermissen — wie kaum einen anderen Menschen sonst!

»Und jetzt, meine Lieben, noch einmal: *My home!*« rief Ken aus, nach seiner Lieblingsmelodie verlangend.

My home ertönte prompt — wie schwebend, sich aufschwingend, aufjubelnd, sich dann verlierend in dämmernder Trauer. Ken McKellar hatte Tränen in den Augen, als er noch einmal seinem Faust zunickte. Dann wendete er sich ab, fast schroff. Und schritt davon.

Inzwischen hatte der Colonel Platz genommen. Er saß auf dem für ihn bereitgestellten hochlehnigen Stuhl; an der Breitseite des Fußballfeldes — die Sonne im Rücken. Unmittelbar neben ihm, doch einige wenige Zentimeter zurückgerückt, befand sich der Sitzplatz des Obersts. Captain Moone ließ sich nicht blicken — er übe inzwischen Kricket, hatte er verlauten lassen; was wohl bedeutete: Er blätterte in Magazinen. Auch für Roßberg und Müller waren massive Stühle bereitgestellt worden — diese jedoch mehr seitwärts, in der Nähe des deutschen Tors.

Nunmehr erschien Corporal Copland. Er baute sich im Mittelfeld auf und salutierte in Richtung des Colonels. Die deutsche Mannschaft lief ein und nahm Aufstellung. Fast gleichzeitig erschien die britische Auswahlelf. Beifall rauschte auf.

Die ersten Spruchbänder wurden entrollt. Auf dem einen stand: *Vorwärts zum Sieg!* Auf einem anderen war zu lesen: *Deutschland schläft nicht!* Ein drittes verkündete: *Tor um Tor! Kameraden — vor!*

Corporal Copland, der sich hier abermals selbstherrlich und

unbeanstandet zum Schiedsrichter ernannt hatte, blies kräftig in seine Trillerpfeife.

Das Spiel begann ungemein dramatisch. Die britische Elf war sogleich in Ballbesitz, überrollte im ersten Ansturm die tiefgestaffelte deutsche Abwehr, umspielte die Verteidiger, drang in den Strafraum ein, durchtänzelte fast die nun aufgescheuchten deutschen Reihen — doch das Leder knallte gegen den Torpfosten. Es war der linke. Die Zuschauer sprangen erregt von den Sitzen.

Es folgten überraschend schnelle Gegenangriffe der Deutschen, und einer davon brachte eine klar Torchance — etliche hundert Kameraden sprangen hoffnungsfroh auf. Hartmannsweiler hatte einen Gegenspieler umdribbelt, täuschte den zweiten, paßte zum mitgelaufenen Rechtsaußen, erhielt den Ball wieder und schoß wuchtig aufs britische Tor — und zwar meterweit daneben.

»Flasche!« riefen etliche; vermutlich gehörten sie der Zone B an.

Doch andere, ersichtlich A-Leute, riefen empört: »Die britische Abwehr — das sind ja Ringer! Catcher sind das ja! Die klammern wie die Affen!«

Hierauf wurde prompt, unter den Zuschauern der Zone C, ein weiteres Spruchband entrollt, auf welchem zu lesen war: *Wir sind Sportler, keine Affen — keiner kann uns schaffen!*

Und ein Kriegsgefangener der Langohr-Ordnungsgruppe, in Nähe von Roßberg und Müller, rief nach einem verlorenen Zweikampf des Halblinken mit dem gegnerischen Stopper gellend aus: »Das sind ja ganz schäbige Tricks! War doch klares Foul!« Er blickte um sich, nach Anerkennung gierend — und fand sie prompt. Rief dann ermunternd: »Der Angriff ist immer noch die beste Verteidigung!«

Womit er, ohne es zu wissen, Clausewitz zitiert hatte, den preußischschten aller Strategen. Die deutsche Auswahlelf jedenfalls, kräftig angefeuert, prellte angriffsfreudig vor. Das jedoch immer wieder vergeblich.

Hartmannsweiler, der Mittelstürmer, rammte einen Briten, der zu Boden stürzte und sich krümmte, sprang über ihn oder vielmehr halb auf ihn, schien dabei in ihn hineinzutreten und feuerte unmittelbar danach, aus knapp zehn Meter Entfernung, aufs Tor — und zwar weit über die Latte.

»Pfui!« riefen nun mehrere aus Zone B im Chor, und wiederum »Flasche!« — das eine galt dem Foul, das andere dem Fehlschuß. Und sogleich erhoben sich Stimmen: »Schulz nach vorn!«

Corporal Copland, der Schiedsrichter, lief zu dem sich wälzenden Spieler, sprach mit dem britischen Linienrichter und verwies dann Hartmannsweiler mit bedauernder Geste des Feldes. Für ihn ging der bisherige Verteidiger Schulz in den Sturm. Der britische

Spieler erhob sich wieder, humpelte aber, auf zwei Betreuer gestützt, vom Feld. Zehn Deutsche spielten nun gegen zehn Briten.

Hartmannsweiler zog sich grollend und achselzuckend zurück, alles Britische, besonders britische Schiedsrichtermethoden und insbesondere Copland halblaut verwünschend. Schulz aber schoß innerhalb der nächsten zehn Minuten ein vielbejubeltes Tor.

Es blieb das einzige während der ersten Halbzeit.

In der Pause geschah eine ganze Menge. Zunächst hielt Copland eine aufmunternde und gleichzeitig seine Entscheidung verteidigende kurze, doch gehaltvolle Ansprache. Zur gleichen Zeit beschwor T. S. Turner seine Leute abermals, an das Empire zu denken. Außerdem fand er die britische Spielauffassung in der ersten Hälfte zu defensiv.

Auf beiden Seiten wurden Muskeln massiert, stimmungsfördernde Gespräche geführt und alle Kraftreserven nach Möglichkeit mobilisiert. Fruchtsäfte, Mineralwasser und Kaugummi wurden verteilt. Fußballpräsident Copland schwitzte Zuversicht aus. Turner auch.

Währenddessen formierte sich zum erstenmal das deutsche Freizeitorchester: drei Geigen, ein Schifferklavier, dazu allerlei Schlagwerk. Ken McKellar entfernte sich schnellstens und tauchte im Silvers-Schuppen unter, wo er bereits erwartet wurde.

Der Colonel und der Oberst erfreuten sich gemeinsam an den prächtigen Modellbauten der El-Alamein-Schlacht. Einträchtig umwandelten sie ihren speziellen Spielplatz. Hier würden sie, in Zukunft, so manche schöne Stunde verbringen können — hofften sie.

Die Kriegsgefangenen, die das Fußballfeld umwimmelten, waren freudig erregt. Das eins zu null der ersten Halbzeit bewegte ihre Gemüter heftig. Sie wurden lauter, bekamen unternehmungslustige Gesichter, schlugen sich auf Schultern und Schenkel.

Ein schnell gebildeter Sprechchor, gemeinsam von Angehörigen der Zone C und A, rief rhythmisch anfeuernd: »Immer 'ran — Mann für Mann — wer kann der kann — und das sind wir!«

Nun tauchte Ken McKellar wieder aus dem Silvers-Schuppen auf. Er begab sich, lässig dahinschlendernd, auf Major Roßberg und Hauptmann Müller zu. Die beiden hielten sich ein wenig abseits auf und flüsterten miteinander — offenbar diskutierten sie, schon wieder einmal, die Lage. Sie wirkten ungemein aufgemuntert.

»Pardon!« sagte Ken McKellar zu ihnen. »Eine Anregung des Colonels!«

»In welcher Hinsicht?« erkundigte sich Major Roßberg hoffnungsvoll.

»Nun, verehrte Herren — heute ist bei uns so etwas wie ein Tag der offenen Tür. Eine ausgesprochen demokratische Einrichtung — falls Sie sich was darunter vorstellen können.«

»Können wir«, sagte Hauptmann Müller-Wipper lächelnd. »Doch was wäre hier bitte praktisch darunter zu verstehen?«

»Der Colonel«, erklärte nun Ken McKellar, ohne sonderlich zu zögern, »ist von Ihrer besonderen Vorliebe für Panzer unterrichtet.«

»Schließlich sind wir ja auch Fachleute.«

»Dann darf ich die Herren also bitten! Das neueste, verbesserte Sherman-Modell steht zur Besichtigung bereit.«

»Ein begrüßenswertes Entgegenkommen!« sagte Major Roßberg tief befriedigt.

Und Hauptmann Müller-Wipper fügte hinzu: »Ein sehr vielversprechender neuer Anfang für eine bessere gegenseitige Zusammenarbeit — nehme ich an.«

»So ungefähr«, meinte McKellar.

Als Major Roßberg und Hauptmann Müller-Wipper — von McKellar begleitet — am inneren britischen Tor angekommen waren, sagte der zum Posten: »Anordnung des Colonels!« Worauf sie ungehindert passieren durften.

Sergeant Silvers erwartete sie bereits. »Bitte, mir zu folgen!« Wobei er auf den klobigen, vor dem britischen Kommandanturgebäude stehenden Panzer wies.

Dabei blickte Silvers noch einmal schnell prüfend um sich — alles schien in bester Ordnung! Denn Captain Moone, der Kricketspieler, hatte sich zurückgezogen; die Posten am inneren britischen Tor wurden von McKellar beschäftigt; und die am äußeren britischen Tor durften sich der ablenkenden Anwesenheit von Mary Timemaker erfreuen. Und soweit die Besatzung der Panzerfahrzeuge nicht als Fußballer zweckentfremdet worden war oder am Zaun zuschaute, wurde sie von O'Casey betreut: im Rolls-Royce-Schuppen, mit scharfen Getränken, frei nach Wahl.

Den Rest besorgten die deutschen Kriegsgefangenen recht wirkungsvoll. Denn ihre pausenfüllende musikalische Darbietung inmitten des Fußballfeldes war eine Attraktion, zumal für Briten. Das Orchester mit dem schönen Namen »Heimatklänge«, unter der Leitung eines ehemaligen Oberlehrers, hatte zunächst *Alte Kameraden*, dann *Erika* und hierauf Verwandtes intoniert. Danach trat ein Sängerchor auf, sinnigerweise »Wüsten-Liedertafel« benannt. Und der sang gefühlvoll: *Im schönsten Wiesengrunde* . . .

Auch die Briten lauschten wie die Hasen! Die auf den Wachtürmen ebenso wie die im Stadion, auch die am Zaun. Selbst Major Turner unterbrach die Belehrungen seiner Auswahlmannschaft, was diese als Erleichterung empfand. Nur den Colonel und den Oberst lenkte selbst das nicht von ihrer Sandkastenwelt ab.

»Bitte, nur einzusteigen, meine Herren!« ermunterte Sid Silvers die beiden deutschen Offiziere. »Oder darf ich helfen?«

»Nicht nötig — wir sind noch nicht eingerostet!«

Major Roßberg bestieg fachmännisch, wenn auch ein wenig mühsam, den Sherman-Panzer, unmittelbar gefolgt von Hauptmann Müller. Sie stiegen so schnell hintereinander ein, um zu demonstrieren, daß sie sich hier nun wieder — endlich — in ihrem ureigenen Element befanden.

Sie stiegen durch die obere Luke ins Innere des Panzers. Dort wanden sie sich abwärts. Und sogleich, als der Kopf von Müller völlig verschwunden war, sprang Silvers herbei, schlug die Verschlußluke zu — und sprang wieder zurück.

Sofort dröhnten die Motoren auf. Sie wurden kurz dreimal durch Vollgas zu wildem Geheul hochgetrieben. Unmittelbar danach setzte sich der Sherman in Bewegung. Genau auf das äußere britische Lagertor zu.

Schob sich gegen dieses Lagertor, riß es auf, zersprengte es. Überrollte es. Stieß sich taumelnd, tanzend, auf Hochtouren dröhnend weiter, ins Freie — auf die Wüste zu, in Richtung Nil.

Faust war am Steuer!

Einer der Posten am Tor schoß das Magazin seiner Maschinenpistole leer. Selbstverständlich vergeblich. Ein weiterer Posten tat das gleiche; gleichfalls vergeblich. Auch von den Wachtürmen A und B sprühten alsbald dichte Geschoßgarben dem Panzer nach. Der wühlte eine dichte, breite, den Himmel verdunkelnde Staubwolke auf — und entschwand!

»Alarm!« brüllte der aufgestörte Major Turner. Er war nun wieder, in Sekundenschnelle, ganz Fachmann für Sicherheit. »Das Lager ist sofort zu sperren! Bereitschaftswagen vorfahren! Die Leutnante Miller und Mills unverzüglich zu mir! Der zweite Panzer macht sich marschbereit und wartet auf mein Kommando — mit scharfer Munition.«

»Und unser Fußballspiel, Sir?« fragte Corporal Copland, nur in dieser Hinsicht beunruhigt. »Was wird mit dem?«

»Das fällt selbstverständlich ins Wasser, Mensch! Alle Kriegsgefangenen haben sich unverzüglich zurück in ihre Käfige — ich meine: Zonen! — zu begeben. Jetzt nur eine falsche Bewegung — und es wird scharf geschossen! Also ab mit den Leuten!«

Diese Leute, die deutschen Kriegsgefangenen, murrten. Doch sie fügten sich. Wobei sie sich im allgemeinen dahingehend einig waren: Diese Briten hätten in dieser Situation einen Zwischenfall dringend nötig gehabt! Ihn also vermutlich selber herbeigeführt. Nur um dieses Endspiel nicht haushoch verlieren zu müssen.

»So was«, murrten sie, »kann man doch mit uns nicht machen.«

Doch genau das wurde mit ihnen gemacht — sie wurden abgedrängt, das Tor wurde für sie geöffnet, sie verzogen sich. Und wenn sie das auch mit Murren taten — der Herdentrieb geriet nicht ernsthaft in Gefahr.

Sie formierten sich und trotteten in ihre Compounds — in ihre Zonen — zurück. Dabei summten sie — Hartmannsweiler hatte es angestimmt — das Deutschlandlied. Zunächst verhalten, dann immer lauter. Immerhin: eine Melodie von Josef Haydn, aus dem Kaiserquartett, und somit etwas wie Kultur.

»So was«, sagte der Colonel Nelson bedeutungsschwer und mit ehrlichem Bedauern, »hätte nicht passieren dürfen!«

»Ich bin schuldlos daran«, versicherte, gleichfalls traurig, der Oberst von Schwerin. »Aber ich verstehe Ihre Empfindungen — und achte sie!«

»Dafür danke ich Ihnen!«

Der von Faust gesteuerte Panzer — mit den Insassen Roßberg und Müller-Wipper — wurde knapp eine halbe Stunde nach diesen Ereignissen aufgefunden, mitten in der Wüste. Dort stand der Sherman wie ein Stein.

Major Turner umkreiste dieses Objekt mit seinen Sicherungs- und Einsatzgruppen taktisch absolut vorbildlich. Zunächst blockierte er, mit zwei Panzergeschützen, das Gelände in Richtung Nil. Dann ließ er, flankierend, Granatwerfer und Maschinengewehre in Stellung bringen. Hierauf erhielten Stoßtrupps die Aufgabe, »eventuelle Zwischenlücken auszuschalten«.

Major Turner näherte sich den Ausbrechern dicht im Schutz des zweiten Panzers. Dessen Geschützrohr war auf den ersten, den entführten Panzer gerichtet. Es war Turner glaubwürdig versichert worden, daß der keinerlei Munition für seine Waffen mit sich führte; doch so ganz schien er nicht daran glauben zu wollen.

Vielmehr schrie er kriegerisch: »Ergebt euch! Werft die Waffen weg! Hände hoch — und herkommen!«

Sie stiegen hastig aus und kamen auf ihn zu, wie befohlen mit hocherhobenen Händen: Müller-Wipper neben Roßberg; und hinter ihnen, herausfordernd lässig einherschreitend, Faust. Der schien lediglich einen kleinen Spaziergang zu unternehmen, wobei er freundlich grinste.

»Herr Major«, begann Roßberg geradezu kameradschaftlich, »ein außerordentlich peinlicher Irrtum . . . .«

»Schnauze!« rief T. S. Turner energisch. »Sie können Ihr Maul wieder aufmachen, wenn das Urteil über Sie zu sprechen sein wird! Überlegen Sie sich gut, was Sie dann vor sich hinjaulen wollen!«

»Da wir beschossen wurden, konnten wir nicht . . .«

»Kein Wort weiter, verdammt noch mal!« brüllte der Major. »Hier zählen nur noch Tatsachen! Und die, meine ich, sind völlig unmißverständlich!«

Die unmittelbare Folge dieser »Tatsachen« sah zunächst so aus: Die drei in einem britischen Panzer aufgegriffenen Deutschen landeten prompt in den neu errichteten Einzelbunkern — unmittelbar hinter dem Krankenrevier.

Doch von dort wurde dann Faust herausgeholt — kurz nach dem schnellen, fast schlagartigen Einbruch der Dunkelheit. Silvers war in Aktion getreten. Und in seinem Rolls-Royce-Schuppen zog sich Faust die Uniform eines britischen Corporals über. Dann stieg er in des Colonels Prunkwagen ein. Und in ihm verließ er das Lager.

Ohne sich noch einmal umzusehen.

»Kompliment!« sagte Faust zu Silvers, nachdem der Rolls-Royce in die Hauptstraße nach Kairo eingebogen war. »Sie haben offenbar ganze Arbeit geleistet.«

»Scheint so«, sagte der. »Sie sind also wieder einmal ausgebrochen, Henry — und das nunmehr zum letztenmal. Damit also endgültig!«

»Und die Schwierigkeiten, Sid, die sich daraus ergeben?«

»Für wen denn?« meinte Silvers gelassen. »Denn feststeht doch wohl, daß Sie nicht aus dem Bereich von McKellar ausgebrochen sind, was wir dem ja nicht antun konnten. Sie sind aber auch nicht ausgebrochen, während ich für sie, offiziell, verantwortlich war. Allein verantwortlich für Sie ist derjenige, dem die drei Einzelbunker direkt unterstehen. Und das ist Turner. Der muß das jetzt ausbaden — und dem ist das zu gönnen.«

Faust nickte Silvers anerkennend zu. Noch aber war er nicht frei von Besorgnis — seiner Freunde wegen nicht. »Aber die zu erwartenden Aussagen von Roßberg und Müller . . .«

»Ach, Mensch, was bedeuten die schon!« Silvers umfaßte zärtlich das Steuerrad seines Rolls-Royce. »Ken McKellar kann sich an nichts erinnern — und ich auch nicht! Was allein feststeht, ist dies: Roßberg und Müller sind, gemeinsam mit Ihnen, Faust, mit dem neuesten Sherman-Modell davongebraust!«

»Eine Meisterleistung, Sid! Ich glaube nicht, daß ich so was derartig überzeugend fertiggebracht hätte!«

»Weil Sie eben, in Ihrem derzeitigen Bereich, über keine Silvers-Clique verfügen! Wie immer Sie so was auch nennen wollen, lieber Freund — von mir aus auch Kameradschaft. Auch das ist so was wie eine internationale Gewerkschaft — von Brüdern im Geiste. Und was das sein kann, vermag der Colonel nicht zu ahnen, obgleich der durchaus kein Dummkopf ist.«

»Es ist also endgültig, Sid — Sie schieben mich ab! Nach Deutschland?«

»Sie werden dieses Ihr gelobtes Land bereits morgen wiedersehen. Graut Ihnen gar nicht davor?«

»Nein, Sid! Denn was ich auch immer in diesem Deutschland vorfinde — ich suche dort nur einen einzigen Mann, um ihn umzulegen. Was danach kommt, ist mir gleichgültig!«

»Sie sind unverbesserlich! Tun Sie also, was Sie offenbar nicht lassen können. Im Morgengrauen startet ein Transportflugzeug nach Köln. Sie werden eine Spezialsendung von mir begleiten. Transportleiter und Chefpilot sind vorsorglich informiert worden — mit jeweils einhundert Pfund.«

»Sie leisten stets ganze Arbeit — was?«

»Was denn wohl sonst? Wer überleben will, muß einfallsreich sein! Ich fahre Sie jetzt zu Ihrem Appartement, damit Sie von Sitah Abschied nehmen können. Etwa eine Stunde lang. Das wird reichen, meine ich. Danach ziehen Sie die dort bereitliegende Zivilkleidung an!«

»Und warum, Sid, tun Sie das alles?«

»Henry — ich habe selten eine so dumme Frage gehört!«

Faust blickte nachdenklich vor sich hin. Schließlich gestand er: »Sie sind ein großer Verführer, Sid. Ein Wort nur — und ich bleibe hier!«

»Unser Spiel«, sagte der, »ist gespielt. Machen wir also Schluß! Hier zumindest. Was danach alles noch kommen kann, mögen die Götter wissen. Denn die Verbindung zwischen uns wird wohl niemals mehr abreißen. Menschen wie wir sind Geschäftspartner auf Lebenszeit.«

»Das, Sid, befürchte ich auch!« Faust nickte ergeben.

»Ich habe noch ein Versprechen zu erfüllen, Henry! Wenn Sie mit Sitah fertig geworden sind, werde ich Ihnen die Pyramiden von Gizeh und die Sphinx zeigen. Wie verabredet. Bevor Sie mich und Ägypten verlassen!«

Diese letzte Nacht um sie war wie ein endloses dunkelblaues Segel. In nicht weiter Ferne von ihnen schimmerten silbern der Nil, kaum anders wohl als in Jahrtausenden zuvor. Und unmittelbar vor ihnen zerriß der vielfach malträtierte Kopf der Sphinx einen — so wirkte er — maßlos geduldigen Himmel. Die drei

Pyramiden dahinter schienen nichts als gigantische Schatten zu sein.

So saßen sie, dicht nebeneinander, Faust und Silvers, auf einem harten, glatten, keineswegs kalten Felsblock. Silvers entnahm einer Tasche, die er mitgebracht hatte, zwei Gläser — eins davon reichte er Faust. Danach kam eine dickbauchige Flasche zum Vorschein. Sie enthielt — unbezweifelbar — Champagner.

Diese Flasche öffnete Silvers und füllte die Gläser. Das seine hielt er gegen das Licht des Mondes und betrachtete darin die sich schnell verlierenden, hastig erschöpfenden, feuerwerkartig verzischenden Blasengebilde.

Danach sagte er: »Versuch wiederzukommen, Henry!«

Und Faust sagte, sein Glas erhebend: »Ich werde dich und deine Freunde — deine sogenannte Clique — niemals vergessen, Sid.«

Längere Zeit schwiegen sie. In schöner, hilfloser Harmonie betrachteten sie die Sphinx, als vermöge die ihnen möglicherweise zu helfen, mit ihren Problemen fertig zu werden. Dieses Steingebilde war kaum mehr als hundert Meter von ihnen entfernt. Unendlich gelassen, auch jetzt noch, nach nahezu dreitausend Jahren, schien die Sphinx zu lächeln. Als wäre ihr Antlitz niemals zerstört worden und als sei nichts als ein gelassenes Lächeln sinnvoll — in alle Ewigkeit.

»Unser Freund Ken wollte unbedingt mitkommen«, sagte Sid Silvers. »Und das vermutlich nur, um dir zum Abschied *My home* zu spielen. Ich hatte erhebliche Mühe, ihn davon abzuhalten.«

»Mir ist, als höre ich ihn«, sagte Faust versonnen.

»Wir wollen doch nicht sentimental werden, alter Freund!« rief Silvers. »Denn so was können wir uns, unter Brüdern, einfach nicht leisten. Denn wie dein Bruder, Henry, komme ich mir manchmal ja vor. Aber wie dein älterer Bruder, wohlgemerkt!«

»Das habe ich mir schon immer gewünscht«, sagte Faust heiter. »Denn ich habe niemals, mußt du wissen, einen Bruder gehabt — aber mich immer danach gesehnt, einen zu haben.«

»Allerhöchste Zeit«, rief nun Sid, bemüht, seine Gefühlsanwandlungen zu unterdrücken, »daß du von hier verschwindest! Sonst vergesse ich womöglich noch meine Geschäfte und spiele mit Ken und dir Dudelsack!«

Die blaufunkelnde, blutwarme Nacht hüllte sie ein. Es war ihnen, als gehörten sie zu den majestätischen Schatten der Pyramiden und jenem Lächeln der angeschossenen, zerschundenen, verwitterten Sphinx. Sie ballte, so schien es jetzt, ihre Klauen. Wie zwei Fäuste.

»Viel Glück also für dein Deutschland!« rief Silvers seinem Partner zu. »Wenn sich auch niemand so recht vorstellen kann, was darunter wirklich zu verstehen ist. Aber du wirst das vermutlich herausfinden.«

»Er hat uns verlassen!« Das erklärte, drei Tage später, Sid Silvers. Und seine Erklärung hörte sich glaubhaft betrübt an. »Er wollte hier einfach nicht länger mit uns leben!«

»Wozu du ihn veranlaßt hast«, mutmaßte Nancy.

»Er konnte sich frei entscheiden. Mehrere Möglichkeiten standen ihm offen. Doch er wollte unbedingt nach Deutschland.«

»Was will er denn dort? Sich durchhungern? Für dich Geschäfte machen? Oder existiert dort irgendein weibliches Wesen im Hintergrund?«

»Nichts davon, Nancy. Er will dort irgend jemanden umlegen, der für den Tod seiner Eltern verantwortlich sein soll. Und so idiotisch das auch klingen mag — man muß ihm das glauben. Ich jedenfalls glaube ihm das.«

»Weißt du, Sid, wie sich das anhört?« fragte Nancy Nelson höchst aufmerksam. »Wie ein Nachruf! Du scheinst ihn offenbar lebhaft zu vermissen!«

»Etwa so, wie man einen Bruder vermißt«, murmelte Sid Silvers.

Sie standen, an einem strahlenden herbstlichen Nachmittag auf einer der Hauptbrücken des Nils beieinander. In der unmittelbaren Nähe lag das *Hotel Semiramis*. Silvers beugte sich weit über das Geländer und starrte in den graugrünen, zähflüssig dahingleitenden Strom.

Nancy Nelson aber blickte, mit der erlebnisfreudigen Unruhe ihrer jungen Jahre, wie verlangend um sich. Sie sah zu den Pyramiden am Rande der Stadt Kairo hinüber; dann blickte sie zur Britischen Botschaft hin, auch auf die Prunkhotelkästen am linken Ufer. Sie betrachtete Menschen, Flußboote, Fahrzeuge, Esel und Palmen. Mit Ausdauer.

Dann jedoch, ganz plötzlich, rief Nancy Nelson aus: »Sid — du bist entweder ein Lügner oder ein Fantast! Das sage ich, weil ich es sehe.«

»Und was siehst du — außer mir und Kairo?«

»Unseren Faust!« stellte Nancy Nelson wie beglückt fest.

»Unmöglich!« rief Sid Silvers.

Er richtete sich auf. Sah in die Richtung, in die Nancy Nelson blickte — auf das *Hotel Semiramis* zu. Und nun erblickte auch er, zu seinem Erstaunen: Faust. In gut sitzender, sorgfältig gebügelter, seriös wirkender Zivilkleidung. Lässig schlenderte er auf sie zu, blieb vor ihnen stehen, grüßte höflich.

»Mann Gottes!« rief ihm Sid Silvers maßlos überrascht entgegen. »Wie kommst du hierher?«

»Gleiche Transportmöglichkeit, Sid! Und zusammen mit einer Ladung von erstklassigen mitteleuropäischen Antiquitäten! Damit müßten sich hier glänzende Geschäfte machen lassen.«

»Schön, daß Sie wieder da sind, Henry!« sagte Nancy.

Doch Sid Silvers stellte sich vor sie und fragte Faust: »Hast du dort alles erledigt?«

»Leider nein, Sid«, sagte Faust bedauernd. »Denn der Mann, den ich umlegen wollte, hat sich inzwischen abgesetzt. Mit stattlichem Betriebskapital. Er soll in Kairo sein. Und hier werde ich ihn finden!«

»Also beginnt jetzt alles noch einmal von vorn?« Sid Silvers blickte alarmiert. »Und so was glaubst du mir zumuten zu können?«

»Warum denn nicht, Sid! Wo du doch mein einziger Freund und so etwas wie mein älterer Bruder bist! Das verpflichtet nun mal! Jetzt wollen wir sehen, was sich damit, in der Praxis, wirklich anfangen läßt!«

Hans Hellmut Kirst

GOLDMANN